PETIT DICTIONNAIRE DE MOTS [RARES]

À ALAIN REY

À MM. LAROUSSE, LITTRÉ & ROBERT

AUX LEXICOGRAPHES
GLOSSATEURS
ANTHOLOGUES
COMPILATEURS
TERMINOLOGISTES
NOMENCLATEURS
COLLIGEURS
VOCABULISTES
BUTINEURS DE PARADIGME
RECENSEURS DE LANGUE
COMPILATEURS D'ANALOGONS
OBSESSIONNELS DE LA COLLOCATION
MONOMANES DE LA CHRESTOMATHIE
EXHAUSTIFS SÉMIOLOGUES
À TOUS LES ACCUMULATEURS
ET COLLECTIONNEURS DE MOTS

THIERRY PRELLIER

Petit dictionnaire de mots [rares]

LE CHERCHE MIDI ÉDITEUR

ISBN : 2-253-15338-9- 1re publication - LGF
ISBN : 978-2-253-15338-2- 1re publication - LGF

UNE COLLECTION DE MOTS

Disciplinez-vous, que diable ! Et lorsque vous achoppez sur un hapax, lorsque vous vous heurtez à un mot inconnu, ne vous laissez pas tenter par le syndrome de l'*à-quoi-boniste*. Ne vous est-il pas possible d'avoir à votre chevet les deux tomes du *Dictionnaire historique de la langue française*, les dix tomes et les deux suppléments du *Grand Larousse encyclopédique*, l'austère et merveilleux *Lexis*, les six tomes et le supplément du *Littré*, et le *Petit Robert* en un volume, et encore les deux tomes du *Nouveau Larousse universel (édition de 1949)*, une mine aussi, celui-là ? La plupart des mots s'y trouvent. Et cela fait tellement plaisir de saisir un mot qui s'est présenté, de saisir son sens, de saisir sa matérialité, sa réalité, comme on se saisit d'un objet convoité !

Laissez deux secondes votre récit, aussi passionnant soit-il. Ce vocable nouveau auquel vous vous êtes aheurté, il a des choses à vous dire.

Cornez votre page ou glissez-y votre signet, cassez le dos de l'ouvrage sur un coin de table de nuit ou bien soulignez directement dans le texte, laissez une bandelette de papier, notez le numéro de la page, poinçonnez-la, mangez-en un bout... Mais ne restez pas sans rien faire ! C'est comme si vous rencontriez, à une soirée chez des amis, une personne nouvelle, extraordinaire, énigmatique, et que vous repartiez ensuite sans savoir qui elle est, sans avoir entendu le son de sa voix ni sans avoir échangé la moindre chose avec elle. C'est comme si vous savouriez un excellent repas et que vous laissiez, sans autre forme de procès, un légume, une épice, une préparation inconnue, sur le bord de l'assiette. On le dit si souvent aux enfants : « Goûtez ! Mais goûtez donc ! »

Allons ! Posez votre livre et donnez un peu de sens à votre lecture. Cherchez donc parmi vos lourds dictionnaires ce que veut dire... « hapax ». *A priori*, cela ressemble plutôt à une marque de mouchoir jetable ou bien à une poudre détergente. Cependant les mots n'ont pas qu'un son, qu'une robe ; ils ont leur notation et leurs connotations. Ils ont leur signification directe et leurs nuances, leurs emplois propres et leurs emplois métaphoriques.

Un mot, c'est une fleur. L'herbier vous donne sa description et la glose son sens. Mais la rencontre de la plante parmi son paysage, dans l'entourage, le biotope qui lui est familier font plus, souvent, que toutes les planches botaniques du monde. Elle donne au végétal inconnu une réalité, une présence, une évidence !...

Pourtant les mots, contrairement aux fleurs rares, n'ont pas besoin de protection. Ne cueillez pas le *narcisse des Glénan*, c'est une espèce précieuse et unique, vous fragiliseriez encore son petit univers insulaire. À l'opposé, faites donc des bouquets de mots peu entendus, d'adjectifs rares, de noms lus pour la première fois, de verbes inusités. Plus on les emploiera, plus on les cueillera et recueillera, plus on les offrira, et plus ils auront de vie, de sens et de raisons d'être. Il s'en trouve d'indispensables qui désignent des objets, des concepts, des gestes précis. Il en est d'adventices, de futiles, quelques-uns se font décoratifs, d'autres précieux, certains maniérés, pédants peut-être (mais il est si bon parfois de jouer le professeur, pour donner une couleur à son discours). Il en est de labiles aussi, qui s'oublient, qui glissent à terre comme un pétale fané, que notre mémoire ne flâtrera pas au fer de ses synapses.

Alors, lorsque le mot est décelé, lorsque la connivence est faite avec l'auteur qui avait eu le toupet d'écrire un syntagme inconnu, c'est le moment d'en user. Osez ! osez vous resservir de ces richesses insoupçonnées, osez jeter l'éclat d'une de ces pépites dans le sable soyeux de vos conversations, sur les grèves précieuses de vos écrits. Utilisez les mots que vous savez ignorés des autres. Glissez-les, sans forfanterie ni sans gêne, dans votre vie. Vous vous apercevrez bientôt que certains de ces mots deviendront rapidement une vraie nécessité. Comment viviez-vous sans eux ?

« Mais enfin, objecterez-vous, nous n'allons pas, là, au quotidien, ressortir tel de ces mots qu'il nous a fallu préciser, définir, découvrir dans un dictionnaire ? »

« Si ! Si ! vous dis-je. Usez de ces mots qui vous ont fait plaisir. Il n'y a pas de mots compliqués. »

« Même avec des enfants ? »

« Même ! »

« Mais enfin ! On ne peut pas… »

« Ah ! Ne me faites pas endêver ! »

Tiens !, prenons un exemple directement dans notre conversation. D'abord, je vous assure que le mot « endêver », bien qu'il soit généralement peu connu, n'est pas plus difficile à comprendre, à retenir (même pour un enfant), à interpréter et à prononcer, que... disons... « exagérer », « décapotable » ou autre terme quadrisyllabique. « Endêver », je l'utilise, moi, dans l'expression « faire endêver » qui peut se définir comme faire enrager, faire tourner en bourrique, agacer, tourmenter. Cependant, aucune de ces définitions ne colle au véritable sens d'endêver, lequel est plus doux, ou plus proche des agaceries enfantines que de l'enragement des adultes. Ainsi, lorsque des gamins se cherchent « des crosses », tentent de provoquer chez l'autre un tourment léger mais patent, je m'interpose et je dis : « Eh ! Petit gars ! Arrête de faire endêver ton copain. » Il n'y a alors aucune ambiguïté et l'enfant sait parfaitement ce que je veux dire. Pourvu que j'utilise l'expression deux ou trois fois et elle fera partie du vocabulaire habituel des intéressés. Aussi, allez-y !, nous sommes là pour ça !, pour communiquer avec des mots qui ont des sens.

Au début de mes écritures, je me souviens avoir trouvé plus charmant, plus joli, d'utiliser l'adjectif « nacarat » plutôt que rouge et « lilial » plutôt que blanc. J'ai ainsi, sur les dernières pages de mes très sérieux cahiers de mathématiques, commencé une première collection, des adjectifs de couleur pour la plupart, mais aussi aspectuels. Comme je préparais mon bac français, j'ai utilisé dans un commentaire composé le terme de « flaccidité » (où donc l'avais-je pêché, celui-là !). Je retrouve et revis encore aujourd'hui l'émotion, l'impression outragée d'injustice et de honte par transfert que je sentis pour mon professeur. Celui-ci avait rageusement cancelé le mot, et maculé la marge de points d'interrogation ironiques. Qu'il ne connût pas le mot, qu'importe, nul ne lui en tiendrait rigueur. Mais qu'il me condamnât avec mépris et hauteur, sans chercher à en savoir plus... Monsieur, après vingt-cinq ans de ressentiment, je tiens à vous signaler que dans un commentaire composé sur le poème « L'huître » de Francis Ponge, il n'était pas absurde ou emphatique de parler de flaccidité, de la qualité flasque de l'animal. Non mais !

À l'encontre, je garde aussi un souvenir cuisant d'une inspection où le Monsieur Important, la Hiérarchie de l'Institution, avait assené à une de mes collègues des phrases alambiquées, farcies de *points nodaux*, d'*énaction*, de *prototype-typicalité* qui, sans références, sans explications, n'étaient plus que les armes, l'esbroufe d'un jargon fourbi pour humilier une subordonnée.

La collection de mots doit servir et non pas asservir la Compréhension, la Communication, l'Esthétique, la Correspondance, dans le sens baudelairien du terme aussi bien que dans le sens postal. N'usez de termes nouveaux aux autres qu'avec délicatesse, avec respect. Offrez du contexte, donnez une explication éventuellement, non pas doctorale mais limpide, d'un simple clin d'œil de connivence. Offrez les mots de votre collection. Ils ne seront jamais perdus pour vous et prendront, *a contrario*, encore plus de saveur.

Lorsque, jeune homme, je remplissais des carnets de mes trésors linguistiques, je fus surpris, par mon entourage, à lire, le soir, en catimini, à la lampe de poche, le *Lexis* ou autres fadaises. On s'est inquiété pour moi. De dictionnaire en dictionnaire, de lexique en glossaire, de répertoire analogique en thésaurus, de traité d'étymologie en recueils et chrestomathies diverses, je me construisais un petit nid bien douillet parmi les mots que j'aimais tant. J'écrivais mes nouvelles, mes poèmes, mes romans, mes correspondances, y semant, sans jamais les perdre, quelques-uns des trésors trouvés dans mes lectures. J'eus des récoltes hasardeuses et des filons éblouissants. Huysmans me charma longtemps et je cherchais absolument à placer son « infundibuliforme » qui me ravissait, un des plus jolis mots que je connaisse, une de ces bizarreries, si laide, si tortillée, si baroque, qu'elle en devient fascinante.

C'est peut-être Nabokov avec le roman *Lolita* qui suscita mes premières glanes organisées. Mes carnets se remplirent de citations, mes livres se barbouillèrent de soulignements, de croix, de repères, de signets, de listes et de notules. Il se rencontre, dans le domaine des mots « rares », quelques auteurs particulièrement intéressants comme Jules Verne, particulièrement exhaustifs comme Umberto Eco, prolixes comme Richard Jorif, techniques comme C.S. Forester, curieux comme Michel Tournier. Ce sont eux qui fournissent le plus d'entrées, mais bien d'autres apportent encore leurs contributions et la liste ne sera jamais achevée.

Alors s'organisa, peu à peu, un long répertoire de gloses et de citations que le tableur, nouvel outil fascinant, savait toujours ranger en séries alphabétiques. Ainsi colligeai-je passionnément et sans but autre que ma propre érudition durant quelques années.

Et maintenant je suis prisonnier, pour toujours, de cette infernale manie de souligner, dans mes lectures, les mots que je ne connais pas, ou que je crois peu ou mal connus, prisonnier de ma passion de potasser mes dictionnaires, de relever les citations, et cela n'aura ni fin ni cesse.

Mais souvenez-vous de ma supplique : ce petit dictionnaire, ne vous contentez pas de le lire, de le parcourir, de le compulser ; continuez-le, vous aussi, cherchez les mots abstrus et abscons, précipitez-vous sur ma petite collection et sur les œuvres lourdes des lexicographes patentés.

Usez de ces vocables dans vos écrits, vos communications, vos rapports, vos courriers, vos lettres d'amour et même, pourquoi pas, dans vos simples pense-bêtes : « Rapporte du pain, chéri. Pas de procrastination pour les plaisirs terrestres ! À ce soir ! »

T. P.

A

ABATTURES [sfpl] : Trace que les animaux sylvestres laissent sur leur passage (branches cassées, herbes couchées). « *... il semblait même que le cheval, ayant compris à la longue ce que l'on attendait de lui, flairait les voies et repérait les abattures des cerfs avec une ardeur de limier...* » (MICHEL TOURNIER : *Le Roi des aulnes*).

ABERRER [verbe] : Se tromper. « *... peu à peu, au cours de notre cohabitation aberrée et bestiale, il était venu à l'esprit conventionnel de ma Lolita que la plus horrible des vies familiales eût été préférable à cette parodie d'inceste...* » (VLADIMIR NABOKOV : *Lolita*).

ABNIER (S') [verbe] : Se sacrifier, faire preuve d'abnégation. « *Admirable ambiguïté de la phorie qui veut qu'on possède et maîtrise dans la mesure où l'on sert et s'abnie !* » (MICHEL TOURNIER : *Le Roi des aulnes*).

ABOUCHER [verbe] : Joindre deux tubes, deux tuyaux. « *... et un baiser de dernière minute devait illustrer la morale profonde de l'histoire, à savoir que le Mirage et la Réalité s'abouchent pour donner naissance à l'Amour* » (VLADIMIR NABOKOV : *Lolita*).

ABOUCHER (S') [verbe] : S'accointer, se mettre en rapport. « *Ne dédaignez pas de vous aboucher avec des hommes ordinaires qui, pour quelques pièces, vous sortent leurs entrailles* » (UMBERTO ECO : *L'Île du jour d'avant*).

ABOULIE [sf] : Absence pathologique de volonté. « *On dirait que le ministre, le doyen, les professeurs sont frappés d'aboulie. On théorise, on philosophasse [...] mais on n'agit pas* » (ROBERT MERLE : *Derrière la vitre*).

ABSCONS [adj] : Incompréhensible, obscur. « *... il pressentait que ses devinettes devenaient trop absconses même pour un limier de ma classe...* » (VLADIMIR NABOKOV : *Lolita*).

ABSIDIOLE [sf] : Petite chapelle dans une abside, derrière le chœur d'une église. « *... je dessine et mets en place avec facilité : l'église, l'abside, accompagnée des quatre absidioles en cul-de-four* » (FERNAND POUILLON : *Les Pierres sauvages*).

ABSOLUTOIRE [adj] : Qui donne l'absolution. « *Celui-ci eut un geste absolutoire plein d'onction accompagné [d'un] sourire entendu...* » (JEAN FAILLER : *Le Manoir écarlate*).

ABSOUTE [sf] : Prière, courte cérémonie autour d'un cercueil. « *Heureusement qu'il n'y eut pas de messe, seulement une absoute...* » (GEORGES SIMENON : *Maigret et l'homme du banc*).

ABSTRUS [adj] : Abstrait, obscur, difficile à comprendre. « *... son vers, coupé par d'invraisemblables césures, devenait souvent singulièrement abstrus...* » (JORIS-KARL HUYSMANS : *À rebours*).

ACAGNARDER (S') [verbe] : Se laisser paresser. « *Je pris un billet pour Gournay et m'acagnardait dans un compartiment de troisième, persuadé que tous les voyageurs lisaient sur mon visage ma double indignité de séquestré et de fugueur* » (MICHEL TOURNIER : *Le Roi des aulnes*).

ACCORDANCE [sf] : Façon dont les personnalités s'accordent entre elles. « *... il faut [...] en amour, une parfaite harmonie, une accordance absolue du geste, de la voix, de la parole...* » (GUY DE MAUPASSANT : *Les Sœurs Rondoli [Mots d'amour]*).

ACCORDANT [sm] : Accordeur. « *... c'étaient alors des maîtres sonneurs, de vrais accordants qui répercutaient l'état d'âme d'une Ville avec ses joies ou ses deuils de l'air !* » (JORIS-KARL HUYSMANS : *Là-bas*).

ACCORE [adj] : Très pentu, quasiment vertical. « ... *à la recherche de quelque accore promontoire ou d'un roc escarpé sur lequel implanter la borie indispensable à ses macérations...* » (JACQUES FLEURENT : *Celteries*).

ACCOUVER ou **ACCOUVIR** [verbe] : Installer pour couver, accroupir, protéger dans un nid. « *[Il] remua les braises accouvies dans les cendres et il y jeta des morceaux de résine et des feuilles* » (JORIS-KARL HUYSMANS : *Là-bas*).

ACCROÎT [sm] : Accroissement, croissance. « ... *un germe de peur était en lui dont il ne pouvait entraver l'accroît* » (GUY DE MAUPASSANT : *Notre cœur*).

ACCUL [sm] : Impasse. « ... *il fallait la suivre [...] pour n'aboutir, en fin de compte, qu'à d'irréductibles acculs...* » (JORIS-KARL HUYSMANS : *En rade*).

ACÉDIE ou **ACÉDIA** [sf] : Langueur et découragement. « *Il lui fallait résoudre des cas de dérogation à la règle des frères affaiblis, malades ou frappés d'acédie – cette langueur des clercs trop vertueux...* » (JACQUES FLEURENT : *Armorica*).

ACHEVALER (S') [verbe] : Se mettre à cheval. « *Là faisait saillie l'extrémité d'une poutre, une sorte de gros moyeu au bout duquel il était possible de s'achevaler* » (JULES VERNE : *Un drame en Livonie*).

ACICULAIRE [adj] : En forme d'aiguille (cristal). « ... *la Réunion, où il s'attarda un moment, dans les balisiers, les arums, les gingembres blancs et dans de grandes formes digitées et aciculaires* » (YVES BERGER : *Immobile dans le courant du fleuve*).

ACRIDIENS [smpl] : Insectes sauteurs. « *Connaîtrait-il aussi bien [...] tout l'est de l'Afrique sans les acridiens : le criquet locuste et le pèlerin, par gigantesques essaims de milliards...* » (YVES BERGER : *Immobile dans le courant du fleuve*).

ACROCÉPHALE [adj] : Qui a le haut du crâne en pointe. « *Tiffauges apprit [...] qu'on peut être [...] chamæcéphale ou hyspicéphale selon la hauteur plus ou moins grande de la tête, tapeinocéphale ou acrocéphale selon sa largeur...* » (MICHEL TOURNIER : *Le Roi des aulnes*).

ACROSONIQUE [adj] : Qui concerne les sons aigus. « *... on soupçonnait le technicien chargé de ces effets acrosoniques d'être brouillé à mort avec le directeur du théâtre de marionnettes...* » (VLADIMIR NABOKOV : *Lolita*).

ACROSTICHE [sm] : Poème ou texte dont les initiales forment un mot ou une phrase. « *... tout ce que j'ai écrit sur ces feuillets [...] n'est rien d'autre qu'un centon, un poème figuré, un immense acrostiche qui ne dit et ne répète rien d'autre que ce que ces fragments m'ont suggéré...* » (UMBERTO ECO : *Le Nom de la rose*).

ACROTÈRE [sm] : Socle au sommet d'un fronton ou à ses extrémités. « *... ces murs, légèrement inclinés en talus, étaient surmontés d'un acrotère à pointe de métal capable d'arrêter quiconque eût essayé de les franchir* » (THÉOPHILE GAUTIER : *Le Roman de la momie*).

ACTINIE [sf] : Anémone de mer. « *Les anémones de mer, les merveilleuses actinies qui berçaient leurs couronnes dans les remous des courants* » (ERNST JÜNGER : *Visite à Godenholm*).

ADAMANTIN [adj] : Qui a l'aspect du diamant. « *[Les] monts Appalaches [...] apparaissaient dans mon imagination comme une [...] montagne intégrale, succession grandiose de pics adamantins devant l'azur du ciel...* » (VLADIMIR NABOKOV : *Lolita*).

ADAMIQUE [adj] : Qui a rapport avec le premier homme, Adam. « *L'affinité adamique et paradisiaque de ces arts corporels est évidente* » (MICHEL TOURNIER : *Gaspard, Melchior et Balthazar*).

ADENTER (S') [verbe] : Se tenir à plat ventre. « ... *adentée sur sa serviette, elle exposait son dos au feu boucanier du ciel* » (RICHARD JORIF : *Le Navire Argo*).

ADORNER [verbe] : Orner. « *Une autre femme, avec une tête de Victoire adornée d'un touret...* » (CHARLES LE QUINTREC : *Des enfants de lumière*).

ADRAGANTE [adj] : Nom de la gomme, sève de l'astragale. « *Cette gomme adragante tient une place de choix dans les hautes sphères de la société. [...] Mais c'est dans le rahat loukoum qu'elle trouve son apothéose* » (MICHEL TOURNIER : *Gaspard, Melchior et Balthazar*).

ADRET [sm] : Versant ensoleillé, solane *vs* ombrée ou ubac. « *Ils allaient à présent de monts en combes dans un pays d'anticlinaux [...] d'adrets en ombrées et il ne cessait de compter [...] des terrasses [...] et des crêtes* » (YVES BERGER : *Immobile dans le courant du fleuve*).

ADUIT [adj] : Attaché à un lieu. « ... *il importait, expliqua Bertold, de bien séparer les pigeons aduits, c'est-à-dire attachés au colombier à la fois par l'accoutumance et un conjoint, et les pigeons appartenant à un autre colombier...* » (MICHEL TOURNIER : *Le Roi des aulnes*).

ADULTAT [sm] : Statut d'adulte dans la sociologie. « *Comment vivre [...] sans ces ballonnets d'oxygène qui font oublier quelques instants la pestilence de l'adultat ?* » (MICHEL TOURNIER : *Le Roi des aulnes*).

ADVENTICE [adj] : Ajouté au hasard à un endroit inattendu. « *Je l'autorisais à s'asseoir dans un milk-bar avec ses compagnes, et là, à glousser et caqueter avec de jeunes mâles adventices tandis que j'attendais dans la voiture...* » (VLADIMIR NABOKOV : *Lolita*).

ADVERSATIF [adj] : Qui indique une opposition. « ... *personne ne sut jamais si [sa pause était] due à des difficultés* *respiratoires ou à la volonté perverse de souligner comme adversative la dernière clause* » (UMBERTO ECO : *Le Nom de la rose*).

AÈDE [sm] : Poète chanteur antique. « *Certaines pommettes n'eussent pas déparé dans Mycènes quand certaines bouches auraient pu rivaliser avec celles de nos aèdes* » (CHARLES LE QUINTREC : *Des enfants de lumière*).

ÆGAGRE [sf] : Chèvre sauvage. « *À son arrivée, il ne trouva pas de quadrupèdes, à l'exception de quelques ægagres ou chèvres sauvages* » (EDGAR ALLAN POE : *Les Aventures d'Arthur Gordon Pym*).

AÉROLITHE [sm] : Roche venue de l'espace. « *C'était l'essence de l'être tombé du ciel comme un aérolithe, et appelé à se fondre dans la terre* » (MICHEL TOURNIER : *Le Roi des aulnes*).

AFFÉTER (S') [verbe] : S'apprêter avec coquetterie. « *Le château, ranimé par un bain de soleil, se défublait de ses mines grognonnes, rajeunissait, s'affétait, coquettait pour son départ* » (JORIS-KARL HUYSMANS : *En rade*).

AFFÉTERIE [sf] : Façon maniérée ou affectée. « *Il rit de nouveau avec afféterie* » (JEAN FAILLER : *La Mort au bord de l'étang*).

AFFILER [verbe] : Redonner du fil, du tranchant. « *[Des] plumes fines que certains moines affilaient à l'aide d'une lamelle de canif...* » (UMBERTO ECO : *Le Nom de la rose*).

AFFOUILLEMENT [sm] : Creusement ou mouvement du sol par les eaux. « *Je ne pense pas que l'épave ait bougé d'un pouce. [...] Il n'y a ici ni marée ni affouillement* » (C.S. FORESTER : *Trésor de guerre*).

AFFOUILLER [verbe] : Creuser par les eaux. « *Femmes et enfants traquent les coquillages, affouillent à marée basse chenaux et canalicules vaseux !* » (JACQUES FLEURENT : *Armorica*).

AFFOURCHER [verbe] : Mouiller deux ancres en fourche. « ... *la carcasse du brick [...] était déjà enlisée, et aussi solidement fixée que si elle eût été affourchée sur ses ancres* » (JULES VERNE : *L'Île mystérieuse*).

AFFUSION [sf] : Arrosement, aspersion. « *Il supprima les alcools, le café, le thé, but des laitages, recourut à des affusions d'eau froide...* » (JORIS-KARL HUYSMANS : *À rebours*).

AGGIORNAMENTO [sm] : Adaptation de quelque chose au progrès. « *Les religions sombrent ou retournent au fondamentalisme parce [...] que leurs tentatives, modestes, d'aggiornamento ont échoué* » (PIERRE BERGÉ : *L'Affaire Clovis*).

AGNELINE [adj] : Laine agneline, première laine. « *Nuit extraordinaire passée au creux de cette laine plus tendre, mais non moins musquée que de l'agneline brute !* » (MICHEL TOURNIER : *Le Roi des aulnes*).

AGNELLE [sf] : Agneau femelle. « *Éliane a élevé une agnelle au biberon qui s'appelait Sophie. Elle suivait Éliane comme un chien...* » (EPHRAÏME GRENADOU ET ALAIN PRÉVOST : *Grenadou, paysan français*).

AGNITION [sf] : Retrouvailles de théâtre. « ... *de ces équivoques fondamentales [du roman] doivent naître des équivoques épisodiques, enveloppements, péripéties et, enfin, d'inattendues et agréables agnitions* » (UMBERTO ECO : *L'Île du jour d'avant*).

AGRAINAGE [sm] : Mise à disposition de grains pour les oiseaux à chasser. « *Il aurait fallu exterminer tous les cochons de la réserve [...] les forestiers [...] craignaient pour leurs pépinières et leurs sentiers d'agrainage* » (MICHEL TOURNIER : *Le Roi des aulnes*).

AGRAINER [verbe] : Jeter du grain. « *Il suffirait d'agrainer judicieusement les chemins [...] faisans, perdrix et canards viendraient se mêler à sa basse-cour* » (JEAN FAILLER : *La Mort au bord de l'étang*).

AGRÉGER (S') [verbe] : Se mêler parfaitement, se fondre dans, s'incorporer. « *Elle s'entendit, sans y croire, prononcer ces mots : Je viens chanter avec vous. Elle s'agrégea au chœur sans réfléchir...* » (ÉLISABETH HENNEBERT : *Amer*).

AGRIFFER (S') [verbe] : Se tenir par les ongles, les griffes. « *Elle [...] s'était jetée à genoux et, ballottant la tête lentement mais avec véhémence, elle s'agriffait à mon pantalon* » (VLADIMIR NABOKOV : *Lolita*).

AGROUPER [verbe] : Mettre en groupe. « *Agroupés aux pieds d'Auguste Comte, les trublions, encore maîtres du pavé, attendent avec des visages de fièvre...* » (RICHARD JORIF : *Le Navire Argo*).

AGUEUSIE [sf] : Perte des sens et principalement du goût. « *De l'agueusie à l'embâcle [...] l'agueusie n'était tout simplement que la perte de tous les sens et surtout celui du goût [...] l'embâcle était le contraire de la débâcle, le moment précis où la glace commence à gagner...* » (YVES NAVARRE : *Dernier Dimanche avant la fin du siècle*).

AHEURTER (S') [verbe] : S'obstiner, se borner, se bloquer. « *Au sixième étage d'un immeuble encore debout [...] une fenêtre intacte disait le refus, l'obstination d'une vieille locataire aheurtée à ses souvenirs* » (RICHARD JORIF : *Le Navire Argo*).

AIGUADE [sf] : Provision d'eau douce d'un navire. « *Primo, l'aiguade et les vivres, car ils étaient arrivés à l'extrême limite...* » (UMBERTO ECO : *L'Île du jour d'avant*).

AIGUE-MARINE [adj] : Bleu marine. « *... dans les lueurs différentes du vert, dans les lueurs vert-lumière de l'émeraude, prasines du péridot, glauques de l'aigue-marine, jaunâtres du zircon, céruléennes du béryl...* » (JORIS-KARL HUYSMANS : *En rade*).

AIGUILLETTE [sf] : Petit filin d'accrochage. « *Les canons sont transférés à l'arrière, capitaine. Les aiguillettes sont raidies* » (C.S. FORESTER : *Seul maître à bord*).

AIGUILLON [sm] : Pointe qui termine les fientes des gibiers. « *Il montra ainsi que les fumées des cerfs sont à un seul aiguillon [...] alors que celles des biches sont à deux aiguillons, glaireuses...* » (MICHEL TOURNIER : *Le Roi des aulnes*).

AIGUILLOT [sm] : Mamelon des gonds fixés au gouvernail. « *Sous lui, les aiguillots du gouvernail grinçaient dans les femelots* » (C.S. FORESTER : *Un vaisseau de ligne*).

AIS [sm] : Planche de bois, poutre. « *La tempête, d'ailleurs, redoublait au-dehors. Les ais de la maison gémissaient sous ses coups* » (JULES VERNE : *Kéraban-le-têtu*).

AKÈNE [sm] : Fruit sec, fermé, ne contenant qu'une graine. « *... les si jolies grosses fraises rouges globuleuses et luisantes [...] dont tous les akènes proclament leur affinité avec les papilles de votre langue* » (VLADIMIR NABOKOV : *Roi, dame, valet*).

ALABASTRIN [adj] : D'albâtre ou de l'aspect de l'albâtre. « *Pour le reste ce n'était qu'un vomissement de faunes, [...] un épanchement d'amphores alabastrines, une saignée de cornes d'abondance* » (UMBERTO ECO : *L'Île du jour d'avant*).

ALAIRE [adj] : Relatif aux ailes. « *... il avait même essayé de nager à leur image en vol, avec un ample mouvement alaire des bras...* » (UMBERTO ECO : *L'Île du jour d'avant*).

ALBUGINEUX ou **ALBUGINÉ** [adj] : Blanchâtre (médical). « *Des polypes ocellés, qui dans leur grouillement vermiculaire et lubrifié révélaient l'incarnadin d'une grande lèvre centrale, effleuraient des plantations d'olothuries albuginées au gland de passe-velours* » (UMBERTO ECO : *L'Île du jour d'avant*).

ALBUMEN [sm] : Blanc d'œuf. « *Les médiums paraissaient suer une substance d'abord gazeuse, puis consistante, c'était comme de la lave, de l'albumen qui serpentait lentement...* » (UMBERTO ECO : *Le Pendule de Foucault*).

ALBUMINURIE [sf] : Présence d'albumine dans l'urine. *« Pour moi, une bonne hypertrophie, une bonne albuminurie, et surtout un bon commencement d'ataxie locomotrice vaudraient cent fois mieux [...]. Mais pour qu'ils meurent vite [les académiciens], il faut les nommer vieux et malades »* (GUY DE MAUPASSANT : *Bel-Ami*).

ALCARAZA ou **ALCARAZZA** [sf] : Cruche ou carafe poreuse pour rafraîchir l'eau par évaporation. *« Il alla vers un impressionnant plateau d'argent damasquiné posé sur un trépied de bois. Une alcarazza s'y trouvait, emplie d'un breuvage ambré... »* (GILBERT SINOUÉ : *Le Livre de saphir*).

ALÊNE [sf] : Poinçon perçant pour trouer le cuir. *« On fit appel à tous [...] pour aider au perçage des doubles épaisseurs de cuir et au fastidieux travail aux paumelles et aux alênes »* (JACQUES FLEURENT : *Armorica*).

ALENTIR [verbe] : Rendre lent, ralentir. *« ... l'hélicoptère [...] alentissait son rythme comme si le regret le poignait du proche départ et bien qu'il fût assuré de revenir »* (YVES BERGER : *Immobile dans le courant du fleuve*).

ALEXIPHARMAQUE [sm] : Antipoison. *« ... cela ne nous explique point les vertus d'alexipharmaque, d'antidote, qu'attribue à ce sacrifice le docteur Johannès »* (JORIS-KARL HUYSMANS : *Là-bas*).

ALEZAN [adj] : Couleur rouge-jaune d'un cheval. *« ... Indianite est morte d'entérite. Pour la remplacer, j'ai choisi une petite jument alezane que j'ai appelée Ponette »* (EPHRAÏME GRENADOU ET ALAIN PRÉVOST : *Grenadou, paysan français*).

ALFA [sm] : Graminée servant en Afrique du Nord à des ouvrages de sparteries. *« ... on fabrique des jarres, des amphores et des gargoulettes dans une pâte d'argile mêlée de cendre d'alfa »* (MICHEL TOURNIER : *Gaspard, Melchior et Balthazar*).

ALFANGE [sf] : Sabre recourbé ; cimeterre mauresque. *« Il dégaina de son fourreau une alfange à l'acier moiré et la pointa sur la jugulaire de Sarrag »* (GILBERT SINOUÉ : *Le Livre de saphir*).

ALGIDE [adj] : Donnant sensation de froid (fièvre algide). *« Roberto [...] à peine émergé d'un voyage, somme toute non encore couronné de succès, vers une île qui lui échappait dans les brumes algides du jour d'avant »* (UMBERTO ECO : *L'Île du jour d'avant*).

ALIGNÉE [sf] : Ligne, lignée, suite de choses. *« Sur leur gauche, se dresse une alignée de bâtiments insipides que commande un portail rouge... »* (RICHARD JORIF : *Le Navire Argo*).

ALJIBES [sm] : Réservoir d'eau en Espagne mauresque. *« Ils contournèrent un aljibes, l'un des innombrables réservoirs publics qui abreuvaient la cité... »* (GILBERT SINOUÉ : *Le Livre de saphir*).

ALKERMÈS [sm] : Liqueur rouge à base de cannelle et de girofle. *« Il s'en fut [...] pour acheter de fines essences de cédrat et de cet alkermès dont le goût évoque l'idée d'une confiserie pharmaceutique de l'Orient »* (JORIS-KARL HUYSMANS : *Là-bas*).

ALLIACÉ [adj] : Au goût de l'ail. *« Le baron n'arrivait pas à supporter l'haleine alliacée de l'inquisiteur »* (FRANZ-OLIVIER GIESBERT : *Le Sieur Dieu*).

ALLOGÈNE [adj] : D'origine extérieure, arrivé tardivement ; qui n'est pas autochtone ou indigène. *« ... c'était à lui, le gendre, l'allogène, le mutin surtout [...] à recoller les morceaux qu'il avait cassés »* (JEAN-LUC GRANDNÉ : *Harmonie*).

ALMA MATER [sf] : L'Université. *« ... le monde appartient aux réalistes, c'est-à-dire, soyons plus précis, dans le sein de l'Alma Mater, aux lèche-culs »* (ROBERT MERLE : *Derrière la vitre*).

ALMÉE [sf] : Danseuse égyptienne dont les danses sont accompagnées de chants. « *[La syphilis] grimpait à la surface [...] mettant, par ironie, une parure de sequins d'almée sur le front des pauvres diables...* » (JORIS-KARL HUYSMANS : *À rebours*).

ALOPÉCIE [sf] : Perte des pilosités. « *... vue d'en haut, éclairée dans le soir, [la ville] a l'air d'une chevelure avec des plaques sombres d'alopécie* » (UMBERTO ECO : *Le Pendule de Foucault*).

ALPE [sf] : Alpage, pâture montagnarde. « *... les édifices de l'abbaye s'étendaient le long du doux plateau qui arrondissait en une molle cuvette – ou alpe – la cime du mont* » (UMBERTO ECO : *Le Nom de la rose*).

ALPHONSINES [adj pl.] : Désigne les tables astronomiques créées par Alphonse de Castille au XIIIe siècle. « *L'utilisation de l'astrolabe et de tables de calcul, telles que les tables alphonsines, nous permet de faire le point...* » (GILBERT SINOUÉ : *L'Enfant de Bruges*).

ALTÉRANT [adj] : Qui altère, qui transforme l'organisme. « *... maintenant l'on se sert, à doses altérantes, de la limaille et des sels de ce métal [l'or]* » (JORIS-KARL HUYSMANS : *Là-bas*).

ALTHÉE [sf] : Sorte de rose trémière. « *... avec une décoction de racine d'althée on fait des compresses pour les maladies de la peau* » (UMBERTO ECO : *Le Nom de la rose*).

AMALDINE [sf] : Minéral. « *Des grappes de grenats et d'amaldines...* » (JORIS-KARL HUYSMANS : *En rade*).

AMARINER [verbe] : Équiper d'un équipage ; habituer à la mer. « *C'est un chalutier [...] probablement bien amariné. Cinquante hommes au moins doivent être dessus* » (C.S. FORESTER : *Trésor de guerre*).

AMBAGE [sm] : Contour. « *... une étroite robe la précisait [...] lignant les ambages ondulés du torse* » (JORIS-KARL HUYSMANS : *En rade*).

AMBLE [sm] : Allure d'un quadrupède avançant deux pattes d'un côté puis deux pattes de l'autre côté. « *Je jouissais pleinement, dans la fraîcheur soudaine du jour finissant, de l'amble souple de ma chamelle* » (MICHEL TOURNIER : *Gaspard, Melchior et Balthazar*).

AMBON [sm] : Tribune surélevée à l'entrée du chœur des églises anciennes. « *... ils montaient sur les ambons et les jubés interrompant l'assemblée du peuple dévot et chassant les prédicateurs...* » (UMBERTO ECO : *Le Nom de la rose*).

AMBRESAILLES [sfpl] : Myrtilles en parler suisse. « *J'eus l'audace d'effleurer du bout des doigts le duvet d'ambresailles qui striait l'arête de son tibia...* » (VLADIMIR NABOKOV : *Lolita*).

AMBROSIAQUE [adj] : D'une agréable odeur d'ambroisie. « *Ils entrèrent dans un salon de thé [...] où [...] l'on servait des pâtisseries ambrosiaques* » (RICHARD JORIF : *Le Navire Argo*).

AMBULATOIRE [adj] : Qui est en mouvement, qui déambule. « *Les mises en garde véhémentes se succédaient comme des déflagrations d'orage au-dessus des têtes déambulatoires, mettant en cause la conduite de leurs vies...* » (JACQUES FLEURENT : *Armorica*).

AMBULER [verbe] : Marcher, circuler, errer. « *Il ambula dans de longs cachots aux murs énormes et aux plafonds en arc...* » (JORIS-KARL HUYSMANS : *En rade*).

ÂME [sf] : Partie centrale, noyau, cœur d'un objet creux ou dont l'intérieur a de l'importance. « *Les innombrables âmes des cristaux s'éveillaient à la lumière* » (ROSNY AÎNÉ : *La Mort de la Terre*).

AMÉNORRHÉE [sf] : Absence des règles, des flux menstruels. « *On use de l'arséniate d'or [...], du cyanure contre l'aménorrhée et les scrofules, du chlorure de sodium et d'or contre les vieux ulcères !* » (JORIS-KARL HUYSMANS : *Là-bas*).

AMER [sm] : Point du littoral servant de repère. « *Une trentaine de pirates, dispersés dans les haubans, ne perdaient pas un des mouvements du canot et relevaient certains amers qui devaient leur permettre d'atterrir sans danger* » (JULES VERNE : *L'Île mystérieuse*).

AMIBOÏDE [adj] : De la forme d'une amibe : animal microscopique ovoïde. « *La substance allait se désincorporer d'eux et prenait des formes amiboïdes* » (UMBERTO ECO : *Le Pendule de Foucault*).

AMICT [sm] : Linge béni qui couvre le cou et les épaules du prêtre à la messe. « *Le vieil archiprêtre, les cheveux plus blancs que l'amict, se retourna vers l'assistance des fidèles et dans un geste de soie blanche [...] il leur donna sa bénédiction* » (GILBERT SINOUÉ : *Le Livre de saphir*).

AMNIOTIQUE [adj] : Qui a rapport à l'amnios, la poche contenant l'embryon. « *[Il désirait] seulement lire un peu, boire et dormir beaucoup, dans la chaleur amniotique d'une narcose dont il ne se réveillerait peut-être jamais* » (YVES BERGER : *Immobile dans le courant du fleuve*).

AMOME [sm] : Plante donnant des maniguettes, graines de paradis. « *... un mets fortement relevé où entrent le piment, la cannelle, le cumin, la girofle, le gingembre, la noix de muscade et des grains d'amome* » (MICHEL TOURNIER : *Gaspard, Melchior et Balthazar*).

AMPHIBOLOGIE [sf] : Construction à double sens. « *... la curiosité du style de Tertullien, un style concis, plein d'amphibologies, reposé sur des participes...* » (JORIS-KARL HUYSMANS : *À rebours*).

AMPHISBÈNE [sm] : Serpent ayant l'apparence d'avoir une seconde tête au bout de la queue. « *Il y avait des vipères, [...] des cérastes, [...] des trigonocéphales, [...] des amphisbènes marchant en avant et en arrière...* » (THÉOPHILE GAUTIER : *Le Roman de la momie*).

AMPHITRYON [sm] : Celui qui reçoit quelqu'un. « ... *l'un ou l'autre des invités de Schwarzenberg le raccompagnait parfois – relations anciennes ou récentes de l'amphitryon, avec lesquelles il avait partagé la soirée* » (ERNST JÜNGER : *Visite à Godenholm*).

AMURE [sf] : Cordage fixé au point inférieur d'une voile au vent. « ... *il lui suffirait d'éventer ses voiles et une jolie brise le pousserait rapidement hors de la baie, sans qu'il eût à changer ses amures* » (JULES VERNE : *Mistress Branican*).

AMYGDALOÏDE [sf] : Roche contenant dans sa matière des caillots en forme d'amande. « ... *les sources étaient de plus en plus rares dans ces terrains composés en grande partie de trachytes fendillés et d'amygdaloïdes poreuses* » (JULES VERNE : *Les Révoltés de la* Bounty).

ANA [sm] : Recueil de mots d'auteurs. « ... *ses personnages vivaient, sortaient de ces limbes où les inhument les cinéraires anas de ses confrères* » (JORIS-KARL HUYSMANS : *Là-bas*).

ANACHORÈTE [sm] : Moine solitaire. « *Il y a là un immense malentendu, car les Hébreux n'entendent nullement devenir un peuple d'anachorètes fixés dans l'aridité du désert* » (MICHEL TOURNIER : *Éléazar*).

ANAGOGIQUEMENT [adv] : D'une manière anagogique, qui au-delà du textuel recherche le sens spirituel. « *[Ton rêve] avait une autre queue, une autre tête, comme tous les rêves, et les visions. Il faut le lire allégoriquement ou anagogiquement...* » (UMBERTO ECO : *Le Nom de la rose*).

ANAGRAMMATIQUE [sf] : Qui procède de l'anagramme. « *Chaque poème en cachait d'autres. Villon est un réservoir anagrammatique* » (ROBERT SABATIER : *Le Lit de la merveille*).

ANALOGON [sm] : Recueil de textes. « ... *un analogon de la Création, une forme où enclore toute la beauté, toute la fureur du monde* » (C.S. FORESTER : *Un vaisseau de ligne*).

ANAMNÉSIE [sf] : Éternelle mémoire ou rejaillissement du souvenir. « *Le souvenir, l'anamnésie, réalisé, d'après Plutarque [les initiés] deviennent libres, ils vont sans lien...* » (UMBERTO ECO : *Le Pendule de Foucault*).

ANAMORPHIQUE [adj] : Déformé par une anamorphose. « *Des vieux violons, couleur du glacis de tableaux anciens, s'entassaient à l'entrée sur une table d'une anamorphique irrégularité* » (UMBERTO ECO : *Le Pendule de Foucault*).

ANASTOMOSE [sf] : Abouchement thérapeutique de deux conduits naturels. « *Comme la mamelle [de la vache] est près de la vessie, [ce feu] irrite aussi celle-ci, provoquant l'anastomose des veines qui y confluent, si bien que la vache pisse du sang* » (UMBERTO ECO : *L'Île du jour d'avant*).

ANATHÉMISER ou **ANATHÉMATISER** [verbe] : Frapper d'anathème, de condamnation absolue. « *Nous étions maudits, lui et moi, lui plus que moi encore, car anathémisé depuis le fond des âges* » (JEAN-LOUIS BAILLY : *L'Ombre de Théophile*).

ANATIFE [sm] : Crustacé ressemblant à un mollusque, qui se fixe sur les bois dans l'eau. « *Le* Hotspur *échapperait alors à son poursuivant telle une baleine raclant ses anatifes contre un écueil...* » (C.S. FORESTER : *Seul maître à bord*).

ANDAIN [sm] : Jonchée des herbes fauchées alignées. « *... il n'y a plus eu qu'une immense jonchée de corps aussi régulièrement étalés que les andains de blé ou d'herbe après le passage du faucheur* » (MICHEL TOURNIER : *Le Roi des aulnes*).

ANDOUILLER [sm] : Ramure secondaire des bois de cervidés. « *Il éprouva du bout du doigt les pointes acérées des andouillers de massacre et des surandouillers, dont la blancheur ivoirine contrastait avec le brun brûlé des merrains* » (MICHEL TOURNIER : *Le Roi des aulnes*).

ANDRINOPLE [sf] : Rouge d'andrinople ou andrinople ; coton rouge de bon marché. « ... *des becs d'acétylène [...] répandaient [...] une lumière atroce que les draperies d'andrinople [...] absorbaient uniformément...* » (FRANCIS CARCO : *Jésus la Caille*).

ANÉMIQUE [adj] : Qui est maladif, pauvre en sang. « *Une fleur anémique, un aster peut-être, sortait d'une crevasse mémorable du trottoir* » (VLADIMIR NABOKOV : *Lolita*).

ANÉROÏDE [adj] : Vide d'air, particulièrement pour un baromètre contenu dans une boîte. « ... *il prenait sur les tables des baromètres anéroïdes, des baromètres coudés, des baromètres à typhon, des baromètres et thermomètres florentins à mercure...* » (YVES BERGER : *Immobile dans le courant du fleuve*).

ANGARIADE [sf] : Vexation, tourment. « ... *un séjour dans l'île où elle avait essuyé quelques angariades l'avait convaincue que la Martinique n'était pas son pays* » (RICHARD JORIF : *Les Persistants Lilas*).

ANGUIFORME [adj] : En forme de serpent. « ... *trois couples de lions dressés en X [...] la crinière ébouriffée en volutes anguiformes...* » (UMBERTO ECO : *Le Nom de la rose*).

ANHÉLER [verbe] : Respirer péniblement. « *Il recommença à fuir dans sa chambre et le soufflet de ses flancs anhéla plus fort* » (JORIS-KARL HUYSMANS : *En rade*).

ANIMADVERSION [sf] : Réprobation, refus par le blâme. « ... *des malentendus [...] avaient suscité contre Jean-Jacques l'animadversion de ses prétendus pairs* » (RICHARD JORIF : *Le Navire Argo*).

ANIMALCULE [sm] : Très petit animal. « ... *dans l'eau peu profonde, cette clarté mouvante se remplissait d'étranges animalcules au corps fait d'un rayon de lune...* » (WILLIAM GOLDING : *Sa Majesté des mouches*).

ANKOU [sm] : Représentation de la mort en Bretagne. *« Les ancêtres [...] contant aux petits enfants de terrifiantes histoires pleines d'ankou, de revenants et d'esprits maléfiques »* (JEAN FAILLER : *La Mort au bord de l'étang*).

ANONCHALIR (S') [verbe] : Se vautrer avec nonchalance. *« Quant à Louise, elle se confina dans sa chambre, somnolant, anonchalie sur une chaise... »* (JORIS-KARL HUYSMANS : *En rade*).

ANOPHÈLE [sm] : Moustique propagateur du paludisme. *« ... savez-vous ce qu'est un anophèle ? – Un insecte... un moustique ? – Bravo. Plus précisément c'est, avec le cousin, une des deux sortes de moustiques les plus répandues dans le monde »* (PIERRE DESPROGES : *Des femmes qui tombent*).

ANOURE [adj] : Sans queue. *« ... le ressentiment [l']exposait à croître indûment le nombre des batraciens anoures »* (RICHARD JORIF : *Les Persistants Lilas*).

ANSÉ [adj] : Qui porte une anse. *« Penou est superstitieux et coquet [...] il a mis [...] une croix ansée pour rester en vie et un petit cœur en argent... »* (ODILE WEULERSSE : *Les Pilleurs de sarcophages*).

ANTE LITTERAM [adv] : Avant la lettre. *« ... aussi bien Kircher que son disciple Schott projettent de petits orgues mécaniques, des mécanismes à fiches perforées, des computers ante litteram »* (UMBERTO ECO : *Le Pendule de Foucault*).

ANTHUME [adj] : Antérieur à la mort, à l'inhumation ; contraire de posthume. *« Je songerais plutôt à une collation rituelle, une sorte de communion anthume partagée avant le sacrifice suprême avec quelques fidèles »* (MICHEL TOURNIER : *Le Roi des aulnes*).

ANTICLINAL [sm] : Pli montagneux convexe. *« Ils allaient à présent de monts en combes dans un pays d'anticlinaux [...] d'adrets en ombrées et il ne cessait de compter [...] des terrasses [...] et des crêtes »* (YVES BERGER : *Immobile dans le courant du fleuve*).

ANTIPHONAIRE [sm] : Livre de plain-chant d'Église. *« Le négoce avait envahi les cloîtres où, en guise d'antiphonaires, les grands livres de commerce posaient sur des lutrins »* (JORIS-KARL HUYSMANS : *À rebours*).

ANTIPHONIE [sf] : Couple de sons contrastés ; chant avec deux chœurs alternés. *« … ses jambes d'ivoire pâle et son cou de lis composèrent une antiphonie exquise (en termes de musique spinale)… »* (VLADIMIR NABOKOV : *Lolita*).

ANTIQUAILLE [sf] : Vieillerie. *« Je n'aurai été précoce que dans l'antiquaille intime. Il me manque une videlle pour percer mes abcès »* (PIERRE DRACHLINE : *Fin de conversation*).

ANTISTROPHE [sf] : Deuxième strophe sur le modèle d'une première. *« – Elle se trouvait déjà dans l'histoire [...]. Parce qu'il y a, en antistrophe au remords d'Adelme, un remords de Béranger »* (UMBERTO ECO : *Le Nom de la rose*).

ANTROPOPHORE [adj] : Qui porte un homme. *« … ces automobiles [...] n'en sont pas moins dans leur trivialité l'instrument porteur d'homme, anthropophore, phorique par excellence »* (MICHEL TOURNIER : *Le Roi des aulnes*).

APÂLIR (S') [verbe] : Pâlir. *« Il sortit du sac [...] les cahiers d'écolier où l'encre violette s'était apâlie »* (RICHARD JORIF : *Les Persistants Lilas*).

APERCEPTION [sf] : Compréhension immédiate, facilité absolue à saisir un concept, intuition. *« Il donne à entendre que l'art n'est nullement la limite sécante, l'inclusion rétroversée d'un phénomène d'aperception dans un tout contingent… »* (MARCEL AYMÉ : *Le Vin de Paris*).

APERTEMENT [adv] : Ouvertement. *« [Elle] n'eût pas goûté qu'un satyre, même rougissant, étalât si apertement ses desseins »* (RICHARD JORIF : *Le Navire Argo*).

APICAL [adj] : Qui concerne l'apex, le sommet de la tête, la pointe du casque. *« … dessous, en guise de lèvres, des figues* *sèches, une betterave avec sa broussaille apicale pour le menton...* » (UMBERTO ECO : *L'Île du jour d'avant*).

APIQUER [verbe] : Incliner les vergues de haut en bas. « ... *il ne voyait que la ligne gracieuse de l'étrave de la Félicité, son mât de beaupré fortement apiqué...* » (C.S. FORESTER : *Seul maître à bord*).

APOCRYPHE [adj] : Qui n'est pas reconnu par le canon de l'Église. « *Rien ne prouve que ce texte ne soit pas apocryphe. Mais s'il était vrai, cela ne change rien* » (FRANZ-OLIVIER GIESBERT : *Le Sieur Dieu*).

APOLOGUE [sm] : Petit récit, fable illustrant une morale. « *Le Rabbi racontait une histoire, une fable, un apologue que Taor perçait à moitié...* » (MICHEL TOURNIER : *Gaspard, Melchior et Balthazar*).

APOSTASIE [sf] : Abandon d'une religion, d'une doctrine. « *Avec une sorte d'apostasie joyeuse, il examinait d'un œil impitoyable et critique ces règles, ces précédents, cette tradition vénérable* » (VERCORS : *Les Animaux dénaturés*).

APOSTAT [adj] : Qui commet l'apostasie, le reniement de sa foi. « ... *un prêtre privé de son église à cause de sa conduite et un moine apostat de l'ordre de saint Benoît* » (UMBERTO ECO : *Le Nom de la rose*).

APOSTER [verbe] : Placer quelqu'un en poste. « *Il s'apostait près de cette maison à l'heure de la promenade diurne* » (UMBERTO ECO : *L'Île du jour d'avant*).

APOSTILLER [verbe] : Ajouter une note, une remarque en marge ou en bas de page. « *Il notait les manquements à l'étiquette sur un petit carnet [...] et il n'était pas bon d'y voir son nom apostillé* » (JEAN FAILLER : *L'Homme aux doigts bleus*).

APOSTUME [sf] : Abcès. « *Je me gonfle comme des apostumes sur une viande malade* » (JEAN GIONO : *Le Serpent d'étoiles*).

APOTHÉOSE [sf] : Déification d'un empereur antique ou d'un autre personnage important. « *Béni soit celui qui a inventé le bain [...]. Que ce soit Hercule ou Bacchus, il mérite l'apothéose !* » (BULWER-LYTTON : *Les Derniers Jours de Pompéi*).

APOTHICARIAL [adj] : Qui concerne la boutique ou la profession d'apothicaire, de pharmacien. « *L'anéantissement du gynécée apothicarial [...] suscita bientôt un délicieux frémissement d'horreur...* » (PIERRE DESPROGES : *Des femmes qui tombent*).

APPALOOSA [sm] : Type de cheval. « *Oregon avait hésité entre un palomino, un pinto et un appaloosa. La ferveur qu'il portait aux Nez-Percés le destinait à l'appaloosa* » (YVES BERGER : *Immobile dans le courant du fleuve*).

APPARAUX [smpl] : Appareils servant à la manœuvre des agrès. « *Idriss et Abdul [...] s'affairaient, parmi les apparaux, au réglage des lanceurs d'aussières* » (JACQUES FLEURENT : *Celteries*).

APPARIER [verbe] : Réunir par paire. « *L'obscénité doit être appariée à la banalité...* » (VLADIMIR NABOKOV : *Lolita*).

APPAROIR [verbe] : Se présenter comme une évidence. « *... voyez-vous, mon commandant, il appert que vous encaissez des contributions pour le gouvernement fasciste asservi à l'envahisseur* » (UMBERTO ECO : *Le Pendule de Foucault*).

AQUILÉ [adj] : En forme d'aigle. « *... ils courront s'enrôler sous [...] nos enseignes aquilées [...] à seule fin d'acquérir la citoyenneté romaine...* » (JACQUES FLEURENT : *Celteries*).

ARACHNÉEN [adj] : De la nature de l'araignée. « *[Le globe] apparaissait comme un organe anatomique tumescent et noir, traversé par un réseau arachnéen de veines luminescentes, serpentines et flamboyantes* » (UMBERTO ECO : *Le Pendule de Foucault*).

ARANTÈLE [sf] : Toile d'araignée. « *Mais que faire avec un esprit limité à une extrémité par un corps et, à l'autre, par* *l'arantèle de la raison* » (PIERRE DRACHLINE : *Le Cœur à l'horizontale*).

ARATOIRE [adj] : Qui concerne l'agriculture. « *[Les communs] servaient de garage au tracteur, à sa remorque et aux instruments aratoires* » (JEAN FAILLER : *La Mort au bord de l'étang*).

ARAUCARIA [sm] : Arbre écailleux d'Amérique du Sud, souvent planté en Bretagne et en Normandie. « *Édith susurra j'ai couru dans la serre, une branche d'araucaria m'a égratigné le front* » (YVES NAVARRE : *Dernier Dimanche avant la fin du siècle*).

ARCASSE [sf] : Cul du bateau. « *Le remplacement de l'arcasse [...] s'était révélé une entreprise considérable : il avait fallu reconstruire ou presque l'arrière du* Hotspur » (C.S. FORESTER : *Seul maître à bord*).

ARCHIÂTRE [sm] : Médecin chef. « *Mais nos modernes archiâtres manquent par trop d'humour. Ils ne dialoguent plus avec leurs patients* » (PIERRE DRACHLINE : *Fin de conversation*).

ARCHIPOMPE [sf] : Logement très protégé des pompes d'un bateau. « *Mais, pour mettre le comble à nos malheurs, nous sondâmes l'archipompe, et nous trouvâmes pas moins de sept pieds d'eau* » (EDGAR ALLAN POE : *Les Aventures d'Arthur Gordon Pym*).

ARCHITECTONIQUE [adj] : Qui a rapport à l'architecture. « *Pour quelque lointaine raison architectonique, cette aile de la bâtisse était mansardée, et la lumière pénétrait par des vitrages obliques* » (UMBERTO ECO : *Le Pendule de Foucault*).

ARCHITRICLIN [sm] : Celui qui organise un repas. « *On ne trouvait pas [...] à s'éblouir de l'ameublement des salons où l'architriclin confinait ses hôtes* » (RICHARD JORIF : *Le Navire Argo*).

ARDÉLION [sm] : Personne qui gêne par ses prévenances et son empressement ; mouche du coche. « *Pourtant, en me tenant trop coi, ne risquais-je pas d'éveiller l'attention importune d'une œuvre charitable ou de quelque autre ardélion ?* » (VLADIMIR NABOKOV : *Lolita*).

ARDILLON [sm] : Pointe de boucle de ceinture. « *Je suis à la fois le vacher et la vache, je me pique l'ardillon dans les reins...* » (BENOÎTE ET FLORA GROULT : *Le Féminin pluriel*).

ARDRE [verbe] : Brûler. « *La grande cheminée méridionale ardait déjà comme une forge, tandis que dans le four se préparait le pain du jour* » (UMBERTO ECO : *Le Nom de la rose*).

ARÉNACÉ [adj] : Qui a l'aspect du sable. « *Il suffisait donc de l'affuter d'abord sur une pierre de grès. [...] Or ce genre de roche arénacée se rencontrait abondament sur la grève...* » (JULES VERNE : *L'Île mystérieuse*).

ARÈNE [sf] : Sable. « *Il restait à suivre à la lumière des étoiles le lent chapelet de grains d'arène murmuré par un sablier...* » (UMBERTO ECO : *L'Île du jour d'avant*).

ARÉNEUX [adj] : Sablonneux. « *Ils pataugeaient dans le fond mi-aréneux mi-vaseux depuis près de la demi-journée...* » (JACQUES FLEURENT : *Armorica*).

ARÉOLE [sf] : Cercle autour du sein. « *Peu me chaut [...] qu'enflent et se craquellent les aréoles de ses seins, que se déchire et s'étiole son adorable delta...* » (VLADIMIR NABOKOV : *Lolita*).

ARÉOPAGE [sm] : Assemblée de gens d'une même fonction. « *L'aréopage s'inclina comme un seul homme* » (JEAN FAILLER : *La Mort au bord de l'étang*).

ARISTOLOCHE [sf] : Plante grimpante à fleurs jaunes. « *[La sieste] avait lieu, il convient de le préciser, en plein air,* *sur une terrasse ombragée par un entrelacs d'aristoloches »* (MICHEL TOURNIER : *Gaspard, Melchior et Balthazar*).

ARMET [sm] : Casque ou heaume. « *L'armet laissait un trou pour un œil, tandis qu'à la hauteur du nasal poussait une barre surmontée d'un anneau* » (UMBERTO ECO : *L'Île du jour d'avant*).

ARMILLAIRE [adj] : Formé de cercles et d'anneaux. « *... avec les papiers étaient diversement disposés des lunettes de longue-vue, [...] une sphère armillaire fixée sur le plan de la table...* » (UMBERTO ECO : *L'Île du jour d'avant*).

ARMILLE [sf] : Bracelet antique, annelet d'architecture sur les chapiteaux doriques. « *... parmi les coraux il cherchait l'armille de la femme aimée, le filet de ses cheveux...* » (UMBERTO ECO : *L'Île du jour d'avant*).

ARMOISIN [sm] : Sorte de taffetas assez léger et peu lustré. « *... une robe d'armoisin à la couleur chaude qui hésite entre amarante et nacarat* » (GENEVIÈVE DORMAN : *Le Roman de Sophie Trébuchet*).

AROMAL [adj] : Tenant son origine des arômes. « *... c'était une gigantesque débauche de fleurs, une colossale orgie aromale, d'un caractère tout particulier, inconnu chez les autres peuples* » (THÉOPHILE GAUTIER : *Le Roman de la momie*).

ARRÉRAGES [smpl] : Ce qui est dû d'un affermage ou d'un revenu quelconque. « *Les parents et les veuves touchaient les arrérages de la solde du défunt, et certaines gratifications* » (C.S. FORESTER : *Seul maître à bord*).

ARROI [sm] : Équipage, appareil, train. « *Tout le morne et mortel arroi de la passion* » (PIERRE BENOÎT : *Lunegarde*).

ARTÉMONIEN [sm] : Hérétique de l'Église ancienne. « *Je peux nier par exemple la divinité de Jésus-Christ... – comme les artémoniens...* » (RICHARD JORIF : *Le Navire Argo*).

ARTHRODÈSE [sf] : Soudure ou blocage d'une articulation. « *... tu t'es renseigné sur l'arthrodèse ? [...] Oui : ça veut dire bloquer. Ton pied ne cambrera plus* » (ALBERTINE SARRAZIN : *L'Astragale*).

ARUSPICE ou **HARUSPICE** [sm] : Sacrificateur, prédicateur dans les entrailles. « *Lorsque les haruspices inspectèrent les entrailles des victimes, il parut éprouver une pieuse anxiété, et se réjouir lorsque les signes furent déclarés favorables* » (BULWER-LYTTON : *Les Derniers Jours de Pompéi*).

ARYTHMIE [sf] : Absence de rythme ou mauvais rythme. « *L'arythmie cardiaque du bonhomme, insomniaque et déjà à demi impotent, l'inquiétait depuis quelque temps* » (PIERRE DESPROGES : *Des femmes qui tombent*).

ARYTHMIQUE [adj] : Qui n'a aucun rythme, qui est en dehors du rythme. « *Une pluie désobligeante, arythmique, énervante, tapait en* la *mineur au carreau sale* » (PIERRE DESPROGES : *Des femmes qui tombent*).

ASPHALTITE [adj] : Qui contient de l'asphalte (nom de la mer Morte). « *... la cueillette des pommes de Sodome [...] se faisait sur les couches de gypse et de marne salifères, déposées par les transgressions du lac asphaltite* » (MICHEL TOURNIER : *Gaspard, Melchior et Balthazar*).

ASPIDISTRA [sm] : Plante d'appartement. « *Un aspidistra jaillissait d'un cache-pot de cuivre* » (SIMONE DE BEAUVOIR : *Le Sang des autres*).

ASSATION [sf] : Coction de médecines ou nourritures dans seulement leur propre jus. « *[Ils pensaient] qu'il y avait un Styx de mollification, assations, humations, liquéfactions, pétrissage, imprégnations, submersion, terre fétide, sépulcre puant...* » (UMBERTO ECO : *Le Pendule de Foucault*).

ASSENTIR [verbe] : Donner son assentiment ; accepter. « *La présence de son neveu la dissuadait d'assentir à des propositions qu'une moue, un renfrognement de Frédéric rendaient nulles* » (RICHARD JORIF : *Le Navire Argo*).

ASSOMMOIR [sm] : Machine ou construction de guerre pour assommer les assaillants. « ... *deux tours rondes aux toits pointus et obtus [...] écrasaient de leur masse l'entrée étranglée défendue par des assommoirs* » (MICHEL TOURNIER : *Le Roi des aulnes*).

ASTHÉNIE [sf] : Affaiblissement fonctionnel. « *L'asthénie, l'atonie l'entourent de brume, comme d'un cercueil léger* » (RAOUL GAIN : *Le Jeu sexuel*).

ASTROPHORE [adj] : Qui porte un astre. « ... *il me semble qu'Atlas uranophore, Atlas astrophore, est le héros mythologique vers lequel devrait tendre ma vie pour trouver [...] son apothéose* » (MICHEL TOURNIER : *Le Roi des aulnes*).

ATARAXIE [sf] : Quiétude idéale de l'âme. « *Pimentez d'un zeste d'euphorisant [...] et vous atteignez l'ataraxie, la complète béatitude, le bonheur intégral* » (JACQUES FLEURENT : *Celteries*).

ATAVIQUE [adj] : Qui procède de l'atavisme, d'une hérédité profonde sur de nombreuses générations. « ... *le pouvoir magique de quelque mystérieux chromosome capable d'embraser automatiquement son visage, en témoignage atavique de Dieu sait quel ancien cérémonial de bienvenue...* » (VLADIMIR NABOKOV : *Lolita*).

ATAXIE [sf] : Désorganisation des mouvements (des bras et des jambes) due à un désordre nerveux. « *Pour moi, une bonne hypertrophie, une bonne albuminurie, et surtout un bon commencement d'ataxie locomotrice vaudraient cent fois mieux [...]. Mais pour qu'ils meurent vite [les académiciens], il faut les nommer vieux et malades* » (GUY DE MAUPASSANT : *Bel-Ami*).

ATÊTER (S') [verbe] : S'opposer, s'attaquer, tenir tête. « *Mais aucun leveur de coude n'aurait pu tenir longtemps la gageure de s'atêter au maire* » (RICHARD JORIF : *Les Persistants Lilas*).

ATHANOR [sm] : Fourneau des alchimistes du Moyen Âge. « *D'après les documents que nous possédons, nous le voyons faire construire le fourneau des alchimistes, l'athanor, acheter des pélicans, des creusets et des cornues* » (JORIS-KARL HUYSMANS : *Là-bas*).

ATOLLON [sm] : Petit atoll. « *Ce groupe, réparti sur trente milles de l'est à l'ouest, et treize milles du nord au sud, ne renferme pas moins de soixante-cinq îlots ou atollons* » (JULES VERNE : *Mistress Branican*).

ATONIE [sf] : Manque de force, de vitalité. « *L'asthénie, l'atonie l'entourent de brume, comme d'un cercueil léger* » (RAOUL GAIN : *Le Jeu sexuel*).

ATOPIE [sf] : Absence de localisation. « *... rien n'aiguisait davantage son imagination que les lieux frappés d'atopie* » (SYLVIE GERMAIN : *Opéra muet*).

ATTERRAGE [sm] : Arrivée à terre. « *Il imaginait très bien l'émotion de l'atterrage aussitôt suivie de l'intense et presque joyeuse activité de leur débarquement...* » (JACQUES FLEURENT : *Celteries*).

ATTERRER [verbe] : Faire tomber, jeter à terre. « *... un grand chien danois [...] lui déboula dans les jambes et l'atterra lourdement* » (RICHARD JORIF : *Le Navire Argo*).

ATTRITION [sf] : Contrition imparfaite. « *... de sévères et fortes phrases de Pascal dont l'austère pessimisme, dont la douloureuse attrition lui allaient au cœur* » (JORIS-KARL HUYSMANS : *À rebours*).

AUBAINE [sf] : Succession d'un étranger revenant au souverain. « *Alors il chercha vers les droits d'aubaine. Pas de droits d'aubaine non plus, à croire qu'aucun étranger n'était* *jamais entré...* » (Yves Berger : *Immobile dans le courant du fleuve*).

AUGURAL [adj] : Qui concerne les augures, les prédictions. « *Ils s'étaient rassemblés autour des feux auguraux de Bel* » (Jacques Fleurent : *Celteries*).

AULIQUE [adj] : De la Cour. « ... *son œuvre nostalgique se confinait près d'un parc aulique...* » (Joris-Karl Huysmans : *À rebours*).

AULNAIE [sf] : Forêt ou bois d'aulnes. « *C'était une succession de champs de seigle mûr, [...] entourés par la sombre toison d'une aulnaie, de champs de blé noir alternant avec des pièces de lin blanc* » (Michel Tournier : *Le Roi des aulnes*).

AURICULAIRE [adj] : Qui a entendu de ses propres oreilles (témoin auriculaire). « *Les cathares refusaient les sacrements de l'Église, pas les Vaudois qui refusaient seulement la confession auriculaire* » (Umberto Eco : *Le Nom de la rose*).

AURIGE [sm] : Cocher qui pilote un char, un quadrige. « *Mon cœur serait avec toi sur le char ; je vouerais au malheur les auriges qui dresseraient des embûches sur ta route...* » (Jean Séverin : *Le Soleil d'Olympie*).

AUSSIÈRE [sf] : Cordage à trois gros torons servant à l'amarrage des gros bateaux. « *Idriss et Abdul [...] s'affairaient, parmi les apparaux, au réglage des lanceurs d'aussières* » (Jacques Fleurent : *Celteries*).

AUTOMÉDON [sm] : Cocher habile, par ironie. « *L'automédon était vêtu comme un maréchal de Napoléon, bicorne, cape et capote, des mêmes couleurs que le harnachement des chevaux* » (Umberto Eco : *Le Pendule de Foucault*).

AVALASSE ou **AVALAISON** [sf] : Cours d'eau torrentiel qui se forme à la suite de pluies abondantes. « *Impossible de s'aventurer sur [...] ces impétueuses avalasses, brisées en* *mille remous où se creusaient des gouffres* » (JULES VERNE : *Les Enfants du capitaine Grant*).

AVALOIRE [sf] : Partie du harnais qui permet de freiner le véhicule contre la cuisse du cheval. « *Philippe tâtait, examinait les harnais, passait les mains sous la dossière, l'avaloire, les traits et le collier, appréciait l'épaisseur des cuirs...* » (FERNAND POUILLON : *Les Pierres sauvages*).

AVENT [sm] : Temps et dimanches précédant Noël. « *... une débandade de souvenirs, photo de mariage, croix de fer sur lit de velours grenat, bouquet de lavande séché, bretzels enrubannés et couronne d'avent en branches de sapin piquée de quatre chandelles* » (MICHEL TOURNIER : *Le Roi des aulnes*).

AVENTURINE [sf] : Pierre semée de petits points d'or. « *Il [...] ouvrit une petite boîte de vermeil au couvercle semé d'aventurines* » (JORIS-KARL HUYSMANS : *À rebours*).

AVERS [sm] : La première face, par opposition au revers. « *Si l'amour et la haine sont l'avers et le revers de la même médaille, je n'aimais rien ni personne* » (JEAN-PAUL SARTRE : *Les Mots*).

AVEULIR [verbe] : Rendre veule, lâche et sournois. « *L'abus des mignardises, des riens aimables susurrés et des regards fripons l'aveulissait* » (MARCEL AYMÉ : *Le Vin de Paris*).

AVISO [sm] : Petite embarcation pour porter ou chercher des nouvelles, des avis. « *... il ne pouvait compter que sur l'aviso de la douane, dont le concours était tout indiqué dans la circonstance...* » (JULES VERNE : *Le Pilote du Danube*).

AVUER [verbe] : Suivre des yeux la proie convoitée. « *Ce garçon sans qualités avuait les vieilles personnes et, sous couleur* *de leur venir en aide, leur arrachait leur sac à main...* » (RICHARD JORIF : *Les Persistants Lilas*).

AVUNCULAIRE [adj] : Qui concerne ou provient d'un oncle. « *Il s'agissait surtout de concevoir et rédiger des réclames pour les parfums avunculaires* » (VLADIMIR NABOKOV : *Lolita*).

AVUNCULICIDE [sm] : Celui qui tue son oncle ; meurtre de l'oncle. « *... vieillard accablé de maux, coupable de péchés pires que l'avunculicide, il évoquerait [ce temps] avec un rire dédaigneux* » (VLADIMIR NABOKOV : *Roi, dame, valet*).

AXILLAIRE [adj] : Qui se situe sur l'axe ou la tige. « *C'était une plante de triste mine, herbacée, à feuilles alternes, ovales, aiguës et géminées, avec de grandes fleurs rouges en forme de clochettes monopétales et soutenues par un pédoncule axillaire* » (JULES VERNE : *Les 500 millions de la Bégum*).

AXILLAIRE [adj] : Qui a rapport aux aisselles. « *... la révélation d'une soyeuse rousseur axillaire me resta dans les veines durant de longues semaines* » (VLADIMIR NABOKOV : *Lolita*).

AXOLOTL [sm] : Amblystome larvaire ; sorte de triton ou de salamandre du Mexique dont la larve peut se reproduire.. « *Il admira l'aquarium du Trocadéro où les amours des axolotls le divertirent* » (RICHARD JORIF : *Le Navire Argo*).

AXONGE [sf] : Graisse animale fondue ; saindoux. « *Quelques [fleurs] paraissaient couvertes de pansements, plaquées d'axonge noire mercurielle, d'onguents verts de belladone...* » (JORIS-KARL HUYSMANS : *À rebours*).

AZIMUT [sm] : Angle mesurant la hauteur et la direction d'un astre de la voûte céleste. « *J'écoute les bruits que font les autres bateaux en essayant de déterminer leur azimut et leur distance* » (ROBERT MERLE : *Le jour ne se lève pas pour nous*).

AZULEJO [sm] : Carreau de faïence bleu en Espagne. *« Elles descendirent les marches et, [...] traversèrent le vestibule décoré de stucs et d'azulejos au bleu flamboyant »* (GILBERT SINOUÉ : *Le Livre de saphir*).

AZURESCENT [adj] : Devenant azuré. *« Montagnes lointaines ; montagnes proches ; encore des montagnes – merveilles azurescentes, toujours inaccessibles... »* (VLADIMIR NABOKOV : *Lolita*).

B

BABÉLIQUE [adj] : Digne de Babel et de la discorde humaine. « ... *la langue babélique du premier jour après le châtiment divin, la langue de la confusion des premiers âges...* » (UMBERTO ECO : *Le Nom de la rose*).

BABILLARDE [sf] : Lettre, correspondance écrite. « ... *je pourrais couler ma babillarde, ma conscience, dans des caractères de bronze...* » (JEAN-PAUL SARTRE : *Les Mots*).

BACCHANTE [sf] : Statue de femme nue et impudique. « *Et dans un coin de notre balcon, [...] la bacchante déchue nous envoyait son sourire de pierre* » (ANDREÏ MAKINE : *Le Testament français*).

BAGUENAUDE [sf] : Fruit du baguenaudier dont les gousses éclatent. « *Des buissons de baguenaudes agitaient leurs gousses de taffetas gommé sous des arbres bizarres...* » (JORIS-KARL HUYSMANS : *En rade*).

BAHULÉE [sf] : Précipitation commune de la meute de chiens de chasse. « ... *il fonçait en avant, guidé par la bahulée des chiens qu'il avait déjà perdus de vue* » (MICHEL TOURNIER : *Le Roi des aulnes*).

BAHUTIER [sm] : Facteur de bahuts, coffres et malles ; qui fait plus de bruit que de travail. « *Ils évoquaient avec bénignité ce fracas pittoresque, cette fête perpétuelle des bahutiers, ces mille cris de Paris rassemblés en ce lieu comme pour une anthologie* » (RICHARD JORIF : *Le Navire Argo*).

BAILLE [sf] : Baquet de marin : baille à drisse, baille à lavage. « *[Des] barriques encordées et bondées, [des] bailles à salaison et [des] cages à volailles...* » (JACQUES FLEURENT : *Celteries*).

BALANCINE [sf] : Cordages qui soutiennent les vergues. *« Vergue de misaine, vergue de petit hunier, grand-vergue et vergue de grand hunier, aucune n'avait de balancines en chaînes »* (C.S. FORESTER : *Seul maître à bord*).

BALANCINE [sf] : Sorte de banc-balançoire. *« ... elle s'abîmait, inerte et atrocement excitante, dans un fauteuil à bascule rouge sang, ou une chaise longue verte, ou une balancine de toile rayée... »* (VLADIMIR NABOKOV : *Lolita*).

BALATUM [sm] : Sorte de revêtement de sol proche du linoléum. *« Luc fait glisser le fauteuil sur le balatum façon marbre »* (YVES NAVARRE : *Les Loukoums*).

BALEINE [sf] : Vague ou gerbe d'eau qui éclabousse le pont d'un navire. *« ... à vous voir, vous avez pris quelques bonnes baleines en plein nez... »* (ROBERT MERLE : *Le jour ne se lève pas pour nous*).

BALEINÉ [adj] : Garni de baleines. *« Toute simple, avec une fine taille baleinée et une tournure légère... »* (GENEVIÈVE DORMAN : *Le Roman de Sophie Trébuchet*).

BALISTE [sf] : Machine de guerre médiévale lançant flèches et pierres. *« Un lance-pierres, un tire-élastiques, une fronde... énuméra Laviolette. – Un mangonneau, une baliste, un onagre... ironisa Chabrand »* (PIERRE MAGNAN : *Le Sang des Atrides*).

BALIVEAU [sm] : Arbre droit d'un taillis que l'on conserve pour la futaie. *« Sur le quai, la foule était dense mais l'Irlandais la fendait [...] comme un sanglier lancé écarte des baliveaux »* (JEAN FAILLER : *Boucaille sur Douarnenez*).

BALLER [verbe] : Ballotter. *« Léna leva ses bras en signe de lassitude et les manches du sweat ballèrent sur ses poignets comme deux nageoires »* (YANN QUEFFÉLEC : *Disparue dans la nuit*).

BALNEUM [sm] : Baignoire antique. *« ... j'établissais la chronique d'un empire écroulé, allongé dans le balneum, les veines* *coupées, en attendant de me noyer dans mon sang...* » (UMBERTO ECO : *Le Pendule de Foucault*).

BALOURD [sm] : Déséquilibre d'un mécanisme rotatif. « *On dit d'une machine qu'elle a le balourd quand elle est mal équilibrée* » (ROBERT MERLE : *Le jour ne se lève pas pour nous*).

BALSAMIQUE [adj] : De la nature d'un baume, de son parfum, de son efficacité. « *Je frayais avec les diaboliques, désinvolte comme un psychiatre qui se prend d'affection pour ses patients et trouve balsamiques les brises qui soufflent au milieu du parc séculaire de sa clinique privée* » (UMBERTO ECO : *Le Pendule de Foucault*).

BALTIQUE [adj] : Sorte de couleur bleue. « *... les rideaux vieux bleu, bleu baltique ?, cramés par la poussière et le temps, mais rideaux d'origine, avaient été délicatement tirés...* » (YVES NAVARRE : *Dernier Dimanche avant la fin du siècle*).

BALZAN [adj] : Qui porte des taches blanches aux pieds (cheval). « *À l'angle d'une venelle, deux chevaux balzans attendaient sagement* » (GILBERT SINOUÉ : *L'Enfant de Bruges*).

BALZANE [sf] : Poils blancs aux pieds des chevaux. « *... c'était une superbe monture, noire avec deux balzanes aux pieds qui faisaient des taches opalines* » (GILBERT SINOUÉ : *Le Livre de saphir*).

BANC D'ŒUVRE [sm] : Banc réservé, dans les églises, aux marguilliers, administrateurs des paroisses. « *Il apposa contre le mur, en face, un banc d'œuvre, surmonté d'un grand dais à jour garni de miséricordes sculptées en plein bois...* » (JORIS-KARL HUYSMANS : *À rebours*).

BANCAOU [sm] : Muret de soutènement des collines méridionales. « *Des murs en gradins, bancaou en provençal, ruinés et perdus au milieu de jeunes pins, soutiennent d'immenses oliviers de plein vent...* » (FERNAND POUILLON : *Les Pierres sauvages*).

BANCROCHE [adj] : Qui a les jambes tordues. « ... *la tante, intrépide et douce, à la poitrine gonflée de proverbes, l'oncle bancroche, fou de livres...* » (RICHARD JORIF : *Le Navire Argo*).

BANETTE [sf] : Couchette de bateau. « *Ils avaient déserté le carré pour prendre quelque repos allongés sur leurs banettes* » (JACQUES FLEURENT : *Celteries*).

BANNE [sf] : Bâche de protection. « *Roberto allait arracher la toile, quand il se rendit compte que c'était une banne coulissante, comme un rideau* » (UMBERTO ECO : *L'Île du jour d'avant*).

BANNETTE [sf] : Petit panier garni de toile. « ... *elles se mirent à remuer un tas de bobines de soie dans une bannette* » (GUY DE MAUPASSANT : *Bel-Ami*).

BARBACANE [sf] : Meurtrière ou chantepleure. « *Durtal [...] tâtonnait de nouveau [...] suivant les courtes lueurs jaillies des barbacanes...* » (JORIS-KARL HUYSMANS : *Là-bas*).

BARBE [adj] : Originaire d'Afrique du Nord, de Barbarie, pour un cheval. « *C'est un demi-sang de quatre ans [...] dont le chanfrein busqué et la robe d'ébène moirée se souviennent de ses origines barbes, malgré sa taille* » (MICHEL TOURNIER : *Le Roi des aulnes*).

BARBE [sf] : Dent de métal, formant des barbelures. « *Nos épieux ne restaient pas dans la peau parce qu'ils n'avaient pas de barbes* » (WILLIAM GOLDING : *Sa Majesté des mouches*).

BARBE [sf] : Filaments qui, de chaque côté du rachis, forment les plumes. « ... *là, regardez, le plastron ovale et la lavallière cerclée de rouge [...] les ocelles dans le rachis des barbes et des barbules...* » (YVES BERGER : *Immobile dans le courant du fleuve*).

BARBEAU [adj] : Bleuet, bluet, de la couleur du bleuet. « *Petit-Pierre avait un habit complet de drap bleu barbeau, un gilet rouge...* » (GEORGE SAND : *La Mare au diable*).

BARBES [sfpl] : Tissu, ou dentelle, suspendu à une coiffe. « *[Il] se sentait embarrassé de ne pas avoir la coiffe à barbes cannelées, le gorgerin d'émaux et le pagne étroit...* » (THÉOPHILE GAUTIER : *Le Roman de la momie*).

BARBILLON [sm] : Filament tactile des poissons ; barbelure d'une flèche. « *... une tête qui rappelait plutôt la morue, et portait deux barbillons robustes* » (ERNST JÜNGER : *Visite à Godenholm*).

BARBULE [sf] : Petit crochet qui maintient les barbes de plume entre elles. « *... là, regardez, le plastron ovale et la lavallière cerclée de rouge [...] les ocelles dans le rachis des barbes et des barbules...* » (YVES BERGER : *Immobile dans le courant du fleuve*).

BARD [sm] : Civière pour le transport de matériel. « *Le transport des déblais à l'aide de bards fait perdre du temps [...] la pente est insuffisante pour installer un plan incliné* » (FERNAND POUILLON : *Les Pierres sauvages*).

BARDOT ou **BARDEAU** [sm] : Croisement d'un cheval et d'une ânesse. « *Le mulet et le bardeau naissent stériles, comme si la nature voulait couper court à une expérience qu'elle juge déraisonnable* » (MICHEL TOURNIER : *Le Roi des aulnes*).

BARONNET [sm] : Haut titre nobiliaire anglais ; membre d'un ordre de chevalerie datant de Jacques Ier, 1611. « *... des services importants rendus dans une circonstance périlleuse [...] conduisirent le gouverneur général de la province de Bengale à demander et à obtenir pour l'époux de la Bégum le titre de baronnet* » (JULES VERNE : *Les 500 millions de la Bégum*).

BARRANCA [sf] : Entaille dans un cône volcanique. « *... il repérait des cônes sillonnés de barrancas là-bas au bout de la terre où ils allaient...* » (YVES BERGER : *Immobile dans le courant du fleuve*).

BARREAUDÉ [adj] : Armé, protégé de barreaux. « *Éclairés par un rayon de soleil qui filtrait par une petite fenêtre barreaudée, les trois hommes étaient penchés sur une carte rudimentaire...* » (GILBERT SINOUÉ : *Le Livre de saphir*).

BARRETTE [sf] : Chapeau de prêtre. « *... le prêtre, la tête inclinée sur une épaule et coiffé de sa barrette carrée, le suivait en murmurant des prières* » (GUY DE MAUPASSANT : *Le Diable*).

BARROT [sm] : Poutre qui soutient le pont d'un navire. « *... il se dressa si brusquement de toute sa hauteur que sa tête heurta violemment le barrot du pont* » (C.S. FORESTER : *Trésor de guerre*).

BASIN [sm] : Tissu de fil et de coton. « *Il fallait voir tous ces messieurs fureter dans les basins, les draps, les velours, les cuirs, les dentelles et les galons* » (GENEVIÈVE DORMAN : *Le Roman de Sophie Trébuchet*).

BASOCHE [sf] : Milieu du monde de la justice. « *Maître Béréven avait-il un fils dans la basoche ? [...] sous la férule d'un premier clerc sourcilleux* » (JEAN FAILLER : *Mort d'une rombière*).

BASSIER [sm] : Pêcheur à pied qui récolte à la marée basse. « *Les derniers bassiers remontaient, le panier à la main, se penchant encore, çà et là, pour ramasser une coque, un bigorneau, une ultime palourde...* » (JEAN FAILLER : *Mort d'une rombière*).

BASSINOIRE [sf] : Moine, ustensile formé d'une bassine au bout d'un manche avec lequel on réchauffe les lits. « *J'adore sans fausse honte le style Relais Fleuri, [...] les bassinoires de cuivre au mur, l'onctuosité de la patronne et les volants aux rideaux bonne-femme* » (BENOÎTE ET FLORA GROULT : *Le Féminin pluriel*).

BASSITUDE [sf] : Caractère de ce qui est bas au sens concret. « *Or les mines de sel et leur extrême bassitude, Taor* *les éprouvait dans sa chair et son âme...* » (MICHEL TOURNIER : *Gaspard, Melchior et Balthazar*).

BÂTIÈRE [sf] : En forme de bât ou de toit à double pente plate. « *Les couvercles de ces sarcophages sont taillés en bâtières, fréquemment évidés à l'intérieur* » (JACQUES SIRAT : *Le Vexin français à l'époque mérovingienne*).

BATTANCE [sf] : Propriété d'un sol à former des plaques croûteuses. « *[Les] coupes claires [...] ne le cédaient qu'à des plaques de battances, striées profond de ravines et de griffes d'érosion* » (YVES BERGER : *Immobile dans le courant du fleuve*).

BAU [sm] : Poutre traversière dans la largeur de la coque. « *La longueur de ce cylindre, de tête en tête, est exactement de soixante-dix mètres, et son bau, à sa plus grande largeur, est de huit mètres* » (JULES VERNE : *Vingt mille lieues sous les mers*).

BAUGER (SE) [verbe] : Se cacher dans sa bauge. « *... les chasseurs étaient parvenus à s'emparer d'un couple [de la race porcine] qui s'était baugé dans un épais taillis...* » (JULES VERNE : *L'Île mystérieuse*).

BAULE [sf] : Étang maritime dans les régions de l'estuaire de la Loire. « *En début d'après-midi, le bateau échouait sur une grève marécageuse, une côte à vasards et à baules...* » (JACQUES FLEURENT : *Armorica*).

BAYE ou **BAÏLE** [sm] : Berger de troupeau transhumant. « *Moi j'ai été petit baïle, petit chef, petit berger. Deux cents moutons* » (JEAN GIONO : *Le Serpent d'étoiles*).

BAZ-CROG [sm] : Gaffe (en breton). « *On a vu le corps qui flottait. – Et alors ? – Ben alors Bernard l'a croché avec son baz-crog et nous on l'a tiré sur la cale* » (JEAN FAILLER : *Marée blanche*).

BÉGUÉTER [verbe] : Émettre un bêlement chevrotant de caprin. « *Mais là où je bégaie, maints copistes béguètent en chœur !* » (PIERRE DRACHLINE : *Le Cœur à l'horizontale*).

BÉGUIN [sm] : Religieux de Belgique. « *Les bégards et les béguins accueillaient les sans-logis pour les catéchiser* » (FRANZ-OLIVIER GIESBERT : *Le Sieur Dieu*).

BÉGUINAGE [sm] : Communauté religieuse belge. « *… des descendances de béguinages et de cloîtres, des prières de famille hollandaise très fervente…* » (JORIS-KARL HUYSMANS : *À rebours*).

BÉGUINE [sf] : Religieuse de Belgique. « *Ce n'était un secret pour personne que les béguines consacraient leur vie à la prière et aux œuvres de piété* » (GILBERT SINOUÉ : *L'Enfant de Bruges*).

BÉLIÈRE [sf] : Anneau de suspension d'un battant de cloche ou de tout autre objet (boucle d'oreille, arme, etc.). « *Lafleur n'a pas fière allure avec les menottes, son bandeau sur l'œil et son sabre attaché à la bélière* » (YVONNE CHAUFFIN : *La Marion du Faouët*).

BENOÎT [adj] : Plein de douceur (fausse ou vraie). « *… il apercevait […] la Forteresse des Roches, lointaine et benoîte* » (WILLIAM GOLDING : *Sa Majesté des mouches*).

BÉQUILLARD [adj] : Boiteux, mal équilibré. « *J'entendais sautiller sur le sentier des oiseaux béquillards* » (MARIE LE FRANC : *Enfance marine*).

BERCE [sf] : Ombellifère de grande taille des lieux humides. « *Ils allaient à présent de front, dans une végétation souple qu'ils écartaient en douceur, balançant les angéliques, les mimosas, les berces à la façon d'un vent ami…* » (YVES BERGER : *Immobile dans le courant du fleuve*).

BERNAGE [sm] : Encombrement de la coque des navires par des bernaches ou anatifes. « *… les hommes ne tardèrent pas à s'activer sur leurs racloirs de fer pour enlever le gros du bernage et des algues qui tapissait la coque* » (JACQUES FLEURENT : *Armorica*).

BERNER [verbe] : Faire subir la brimade de la berne, couverture tendue où la victime est secouée. « *Promené sur des épaules glissantes, puis berné dans une couverture, je fus enfin transporté dans ma case* » (RICHARD JORIF : *Le Navire Argo*).

BERNICLE ou **BERNACLE** [sf] : Coquillage. « *On apercevait, en nageant, le roc nu, où les bernacles luisaient comme de l'os* » (ERNST JÜNGER : *Visite à Godenholm*).

BERSAGLIER [sm] : Soldat de l'infanterie italienne coiffé d'un feutre à plume. « *Dans la ville indifférente, les uniformes filaient tels des bersagliers en campagne* » (JEAN-LUC GRANDNÉ : *Harmonie*).

BÉRYL [sm] : Minéral. « *... dans les lueurs différentes du vert, dans les lueurs vert-lumière de l'émeraude, prasines du péridot, glauques de l'aigue-marine, jaunâtres du zircon, céruléennes du béryl...* » (JORIS-KARL HUYSMANS : *En rade*).

BÉTYLE [sm] : Pierre sacrée de valeur divine. « *Il s'avance à pas comptés vers le bétyle et il avance une main prudente jusqu'au sommet de l'omphalos...* » (JACQUES FLEURENT : *Celteries*).

BÉZOARD [sm] : Concrétion pierreuse tirée des intestins de certains animaux et à laquelle on prêtait des propriétés magiques. « *C'était un [égagre], dont les intestins contiennent quelquefois une concrétion pierreuse, le bézoard qui est si estimé en Orient pour ses prétendues qualités hygiéniques* » (JULES VERNE : *Kéraban-le-têtu*).

BIBI [sm] : Chapeau. « *... c'était au temps [...] où la reine d'Angleterre était encore fraîche, avec des bambins et des bibis pour tous ses derbies* » (YVES NAVARRE : *Dernier Dimanche avant la fin du siècle*).

BIFURQUÉ [adj] : Terminé en fourche. « *... ils furent maintenus à la gorge, deux par deux, au moyen d'une perche longue de six à sept pieds, bifurquée à chaque bout et fermée par une tige de fer* » (JULES VERNE : *Un capitaine de quinze ans*).

BIGE [sm] : Char antique attelé à deux chevaux. « ... *les faveurs des Athéniens vont à Alcibiade auréolé par sa victoire à la course de biges* » (JEAN SÉVERIN : *Le Soleil d'Olympie*).

BIGORNE [sf] : Enclume allongée. « *Il y avait quatre figures qui bougeaient rythmiquement les bras en frappant la bigorne avec des martelets métalliques* » (UMBERTO ECO : *L'Île du jour d'avant*).

BIGUE [sf] : Mât incliné pour le levage. « ... *une bigue propre à emplanter les mâts des grands navires* » (C.S. FORESTER : *Seul maître à bord*).

BILLEBAUDER ou **BILBAUDER** [verbe] : Aller à droite et à gauche, mal suivre la piste (chien). « ... *la bête primordiale qui était en moi bilbaudait à la recherche de quelque enfant court-vêtue que je pourrais serrer un instant...* » (VLADIMIR NABOKOV : *Lolita*).

BILOBÉ [adj] : Qui a deux lobes. « ... *la lumière de la fenêtre bilobée se fondait avec celle d'une large lampe posée sur une table d'acajou sombre, recouverte de papiers* » (UMBERTO ECO : *Le Pendule de Foucault*).

BILOCATION [sf] : Ubiquité. « ... *tu essaies de projeter un double de toi dans n'importe quel point de l'espace : bilocation, comme les yogis, tu devrais apparaître simultanément en plusieurs formes distinctes* » (UMBERTO ECO : *Le Pendule de Foucault*).

BIMANE [sm] : Qui a deux mains. « *Octave Sarrasin paraissait un jeune dieu au milieu de ces bimanes...* » (JULES VERNE : *Les 500 millions de la Bégum*).

BISSAC [sm] : Sacoche double que l'on fait pendre de part et d'autre de l'épaule. « *Pour nous introduire à Damas, nous nous sommes affublés du bonnet et du bissac des marchands ambulants* » (MICHEL TOURNIER : *Gaspard, Melchior et Balthazar*).

BISTORTE [sf] : Sorte de renouée à fleurs roses. « ... *en triturant et en broyant le rhizome de la bistorte, on soigne les* *diarrhées et certains maux chez les femmes...* » (UMBERTO ECO : *Le Nom de la rose*).

BLÈSE [adj] : Qui prononce mal, qui zézaye. Qui émet un phonème faible en place d'un phonème fort. « *Je les revis, un peu blèses, quelques fils blancs dans les cheveux, un verre de whisky entre les mains* » (UMBERTO ECO : *Le Pendule de Foucault*).

BLETTISSANT [adj] : Qui devient blet, abîmé, flétri. « *Survint [...] la jeune drôlesse aux formes blettissantes, puant l'urine et l'ail...* » (VLADIMIR NABOKOV : *Lolita*).

BLOCAILLE [sf] : Débris de roches éclatées, de briques ou de moellons en maçonnerie. « *Sur un tertre de blocaille morainique qui semblait gigantesque dans ce pays plat, Kaltenborn dressait sa silhouette massive et tabulaire* » (MICHEL TOURNIER : *Le Roi des aulnes*).

BLOSSIR [verbe] : Devenir blet, ramolli par le gel et le dégel. « *... acheter à vil prix de pleins cageots de poires blossissantes ou de pommes déjà prêtes pour la marmelade* » (RICHARD JORIF : *Le Navire Argo*).

BLUETTE [sf] : Étincelle. « *Il a à la main une bluette palpitante et légère comme un papillon de lumière, si fantasque que nous craignons tous qu'elle ne s'éteigne avant que le petit boutefeu n'ait accompli son office* » (MICHEL TOURNIER : *Le Roi des aulnes*).

BLUTOIR [sm] : Tamis à farine dans un moulin. « *... le blutoir, qui, par l'opération du tamisage, sépare le son de la farine, cela se fabriqua sans peine* » (JULES VERNE : *L'Île mystérieuse*).

BOBÉCHON [sm] : Petite bobèche, soucoupe pour tenir les coulures des bougies. « *Il prit une autre bougie [...], la ficha dans le bobéchon et empoigna sa canne* » (JORIS-KARL HUYSMANS : *En rade*).

BOËTTE ou **BOUETTE** [sf] : Appât de pêche. « *Les mess rivalisèrent d'ingéniosité dans la confection de leurs boëttes et de leurs hameçons* » (C.S. FORESTER : *Seul maître à bord*).

BOGOMILE [sm] : Secte religieuse de la fin du Moyen Âge. « *... les bogomiles s'en prirent à la vermine monastique qui, en concubinage avec les possédants, exploitait l'humanité jusqu'à l'os* » (FRANZ-OLIVIER GIESBERT : *Le Sieur Dieu*).

BOISSELLERIE [sf] : Fabrique de boisseaux, de récipients cylindriques en bois. « *Plus loin [...] ils construiraient l'oratoire [...]. Et plus tard la forge, l'atelier de boissellerie et de reliure...* » (JACQUES FLEURENT : *Armorica*).

BOLLARD [sm] : Quai. « *Après tous ces jours de mer, voilà que nous nous retrouvions solidement amarrés aux bollards...* » (JACQUES FLEURENT : *Celteries*).

BONACE [sf] : Temps calme sur la mer. « *... pas besoin d'ennuyer le lecteur avec l'histoire du déluge et du rôle qu'a eu cet oiseau en annonçant la paix et la bonace...* » (UMBERTO ECO : *L'Île du jour d'avant*).

BONNETTE [sf] : Lentille ajoutée à un objectif photographique pour en changer la distance focale. « *Deux enfants s'occupent à désangler les patins du blessé, tandis que j'adapte des bonnettes de deux dioptries au viseur et à l'objectif de mon Rollei* » (MICHEL TOURNIER : *Le Roi des aulnes*).

BORDÉ [sm] : L'ensemble des bordages, des planches qui forment la coque d'un navire et qui sont fixées sur les membrures. « *... les calfats outillés d'un burin et d'une mailloche bourraient les interstices entre les bordés* » (JACQUES FLEURENT : *Armorica*).

BORDIER [adj] : Qui vient en bordure. « *... il arrêta Barbe-Bleue pour découvrir un corps caché dans le fossé bordier sous une vieille cape de berger* » (MICHEL TOURNIER : *Le Roi des aulnes*).

BORÉE [sm] : Vent du nord. « *L'entrée du port faisait face au nord, car ici le borée est le vent du beau temps* » (Michel Tournier : *Gaspard, Melchior et Balthazar*).

BOSCO [sm] : Maître de manœuvre sur un bateau. « *... après avoir tenté [...] de détourner les cascatelles qui s'écoulaient de la voilure carguée, le bosco ne put que [...] rabattre son capuchon sur ses yeux...* » (Jacques Fleurent : *Armorica*).

BOSSAGE [sm] : Saillie en bosse plus ou moins taillée de grosses pierres de construction. « *... la partie supérieure [...] était décorée extérieurement et intérieurement par une série de bossages, formés de moellons carrés à demi encastrés...* » (Jules Verne : *Le Pilote du Danube*).

BOSSER [verbe] : Fixer au moyen d'une bosse. « *Je désire bosser un croupiat sur notre aussière* » (C.S. Forester : *Trésor de guerre*).

BOSSOIR [sm] : Appareil de levage à bord d'un navire. « *... dans les bossoirs ouverts, [l'embarcation] portait douze avirons...* » (C.S. Forester : *Trésor de guerre*).

BOTTICELLIEN [adj] : De la qualité de l'art du peintre Botticelli. « *... je raffole de cette pointe de rose botticellien, et de ce rose plus cru autour des lèvres...* » (Vladimir Nabokov : *Lolita*).

BOUCAILLE [sf] : Temps brumeux et bouché. « *... quand la boucaille des mois noirs n'aveuglait pas les lieux après en avoir éteint les couleurs et mangé les formes [...] frère Brochmaël [...] descendait sur la grève...* » (Jacques Fleurent : *Armorica*).

BOUCANER [verbe] : Sécher et fumer. « *... ils font volontiers la chasse aux singes, et, s'ils la font, c'est que la chair de cet animal, surtout lorsqu'elle est boucanée, est excellente* » (Jules Verne : *Un capitaine de quinze ans*).

BOUCAUT [sm] : Tonneau pour marchandise sèche. « *Qui croirait qu'au lieu de sacs de café ou de boucauts de sucre,* *il s'agissait d'êtres humains à expédier comme marchandise ?* » (JULES VERNE : *Un capitaine de quinze ans*).

BOUCHAIN [sm] : Partie arrondie de la carène entre le fond presque horizontal et la muraille presque verticale. « ... *peu à peu les navires talonnèrent la grève, puis s'échouèrent de guingois sur leur bouchain* » (JACQUES FLEURENT : *Armorica*).

BOUCHONNER [verbe] : Être ballotté de haut en bas sur la surface de l'eau comme un bouchon. « ... *quelques barques de ligneurs ou de fileyeurs bouchonnaient, pivotaient sur place, tiraient sur leur mouillage...* » (JACQUES FLEURENT : *Armorica*).

BOUFFETTE [sf] : Nœud de ruban, houppette. « ... *elle portait des câlines : une coiffe d'étoffe blanche, des fleurs brodées dessus, sous le menton un grand nœud bien amidonné, la bouffette* » (EPHRAÏME GRENADOU ET ALAIN PRÉVOST : *Grenadou, paysan français*).

BOUILLANCE [sf] : Caractère bouillant. « ... *ce léger rosissement de mes pommettes n'était dû qu'à la bouillance de ma résolution* » (PHILIPPE DJIAN : *Crocodile*).

BOUILLÉE [sf] : Bouillonnement. « ... *d'une bouillée de roseaux sortait une fine aigrette blanche, un martin-pêcheur nuancé d'émeraude et de lapis* » (PIERRE LOTI : *Le Roman d'un spahi*).

BOUILLONNÉ [adj] : Couvert de bouillon, ayant l'aspect de l'eau bouillante. « *Devant lui s'étendait une vaste cour bouillonnée par des bulles de pissenlits s'époilant au-dessus de feuilles vertes...* » (JORIS-KARL HUYSMANS : *En rade*).

BOUJARDON [sm] : 1/16 de litre. « ... *veillez à ce que tous les servants de cette pièce reçoivent un boujardon de rhum ce soir* » (C.S. FORESTER : *Un vaisseau de ligne*).

BOULAIE [sf] : Lieu planté de bouleaux. « *Je me suis ainsi égaré dans une boulaie. Des arbres chauves y crachaient des oiseaux atones...* » (PIERRE DRACHLINE : *Le Cœur à l'horizontale*).

BOULANGE [sf] : Boulangerie, ce qui concerne la boulangerie et le métier de boulanger. « *... un enfer qui sent bon les fascines de pin, la résine, la boulange* » (FERNAND POUILLON : *Les Pierres sauvages*).

BOULE DE BICHAT [sf] : Muscle de la joue. « *1,85 m, bien bâti, beau garçon. La rondeur de sa joue (la boule de Bichat comme disent les anatomistes) garde encore je ne sais quoi d'enfantin* » (ROBERT MERLE : *Le jour ne se lève pas pour nous*).

BOULET [sm] : Articulation du pied du cheval. « *En ce point les chevaux pataugeaient dans l'eau jusqu'aux boulets* » (C.S. FORESTER : *Trésor de guerre*).

BOULIN [sm] : Trou dans un mur pour colombier ou pour échafaudage. « *... on avait pu le transformer [le jardin] tout entier en volière. Là [...] sur les planches d'entrée d'une rangée de boulins s'ébattait une faune vivante aussi étrange que l'autre...* » (MICHEL TOURNIER : *Le Roi des aulnes*).

BOULINE [sf] : Manœuvre fixée aux ralingues. « *À border les boulines devant !* » (C.S. FORESTER : *Seul maître à bord*).

BOUQUIN [sm] : Bec de pipe en corne ou en ambre. « *... le long serpenteau, entouré de fil d'or et terminé par un bouquin d'ambre de la Baltique, trouva place entre les lèvres des deux amis* » (JULES VERNE : *Kéraban-le-têtu*).

BOUQUIN [sm] : Lièvre mâle. « *... les laissées des sangliers – en forme de quilles l'hiver, de bousards inconsistants l'été –, les repaires des lièvres – secs et pointus, épars et noirâtres pour le bouquin, grosses sphères luisantes pour la hase...* » (MICHEL TOURNIER : *Le Roi des aulnes*).

BOURDALOU [sm] : Ruban de chapeau ; vase de nuit ovale. « *Les dames d'atour pissent de saisissement dans leur bourdalou* » (RICHARD JORIF : *Les Persistants Lilas*).

BOURDON [sm] : Bâton de pèlerin. « *Au centre, un cavalier et un passager, à droite un pèlerin agenouillé avec une grosse* *ancre en guise de bourdon* » (UMBERTO ECO : *Le Pendule de Foucault*).

BOURGERON [sm] : Courte blouse de toile pour le travail. « ... *il y trouva le jeune homme en tenue de travail, vêtu du bourgeron du mécanicien, les mains noires de limailles* » (ÉMILE ZOLA : *Paris*).

BOURLINGUE [sf] : Travail difficile. « *C'est pas bien marrant ton petit truc. La bourlingue avec des valises en plomb et la bise qui vous coupe la gueule...* » (MARCEL AYMÉ : *Le Vin de Paris*).

BOURLINGUER [verbe] : Fatiguer ; s'user par le mauvais temps et les longues manœuvres (se dit pour les matériels aussi bien que pour les hommes). « ... *la Lydia qui était couverte de toile commençait à bourlinguer* » (C.S. FORESTER : *Retour à bon port*).

BOURRÉE [sf] : Fagot de petit bois. « *Ses antiques landiers sur lesquels se tordaient les rouges serpents des bourrées sèches...* » (JORIS-KARL HUYSMANS : *En rade*).

BOURRETTE [sf] : Soie brute et grossière sur l'extérieur du cocon. « ... *rien que des tissus souples, fluides, nobles [...] en lin, en coton, en bourrette de soie, en mousseline, en soie sauvage, en panne de velours, en organza...* » (YVES BERGER : *Immobile dans le courant du fleuve*).

BOUSARD [sm] : Petite bouse, fiente molle. « ... *Les laissées des sangliers – en forme de quilles l'hiver, de bousards inconsistants l'été –, les repaires des lièvres – secs et pointus, épars et noirâtres pour le bouquin, grosses sphères luisantes pour la hase...* » (MICHEL TOURNIER : *Le Roi des aulnes*).

BOUTEFEU [sm] : Bâton à mèche pour enflammer la charge de poudre d'un canon ou pour allumer un foyer. « *Il a à la main une bluette palpitante et légère comme un papillon de lumière, si fantasque que nous craignons tous qu'elle* *ne s'éteigne avant que le petit boutefeu n'ait accompli son office »* (MICHEL TOURNIER : *Le Roi des aulnes*).

BOUTIS [sm] : Endroit où un sanglier a fouillé avec son boutoir. « *... le vaillant sanglier sacerdotal en son boutis...* » (JACQUES FLEURENT : *Celteries*).

BOUTISSE [sf] : Pierre mise perpendiculairement dans l'appareillage d'une maçonnerie ne montrant que sa plus petite face et renforçant l'ouvrage dans l'épaisseur. « *Le bourrage en maçonnerie ordinaire est le plus rapide, mais exige de nombreuses boutisses qui traversent toute l'épaisseur des murs* » (FERNAND POUILLON : *Les Pierres sauvages*).

BOYARD [sm] : Ancien noble russe ; personne cossue. « *... un aventurier russe avec lequel il se serait saoulé comme un boyard pendant trois jours* » (BENOÎTE ET FLORA GROULT : *Le Féminin pluriel*).

BRACHIAL [adj] : Qui se rapporte au bras (substantiv., le muscle du bras). « *Il avait, pour le talent de l'organiste une estime médiocre [...]. Lui-même répétait avec ingénuité [ce] compliment ironique : Vous avez un brachial antérieur et un grand palmaire qui sont des merveilles* » (MARCEL AYMÉ : *Le Moulin de la Sourdine*).

BRACHYCÉPHALE [adj] : Qui a le cerveau étroit. « *... mesurant l'indice céphalique horizontal, Blättchen ne se contentait pas de distinguer les têtes rondes, ou brachy-céphales, des têtes ovales, ou dolichocéphales...* » (MICHEL TOURNIER : *Le Roi des aulnes*).

BRACHYSKÉLIQUE [adj] : Qui a des jambes courtes. « *Tiffauges apprit [...] qu'on peut être brachyskélique ou macroskélique, selon qu'on a les jambes courtes ou longues par rapport au buste* » (MICHEL TOURNIER : *Le Roi des aulnes*).

BRAGOUBRAZ [sm] : Large pantalon bouffant des Bretons. « *Les cavaliers portent la veste de drap brodé et le bragou-*

braz de toile blanche » (YVONNE CHAUFFIN : *La Marion du Faouët*).

BRAI [sm] : Boue, goudron, résine de pin. « ... *avec des gravats d'expressions et du brai de mots, l'on peut exhausser d'énormes et de puissantes œuvres...* » (JEAN FAILLER : *Mort d'une rombière*).

BRAISIÈRE [sf] : Étouffoir à braiser ; cocotte à braiser. « ... *une troupe d'avortons, de nabots aux grosses têtes en forme de braisière, entra en courant...* » (UMBERTO ECO : *Le Nom de la rose*).

BRAN [sm] : Son, boue, sciure, merde, résine noire des pruniers. « *Une odeur de vieux gilet de flanelle, [...] de bran, une senteur d'étable...* » (JORIS-KARL HUYSMANS : *En rade*).

BRANDILLER [verbe] : Balancer, flotter (tête, drapeau). « ... *il regardait couler la foule, filer les voitures de maîtres et les fiacres, brandiller les charrettes de louage...* » (JORIS-KARL HUYSMANS : *En ménage*).

BRASILLANT [adj] : Scintillant. « *[La Packard noire] s'était immobilisée là, brasillante au soleil, ses portières ouvertes comme des ailes...* » (VLADIMIR NABOKOV : *Lolita*).

BRASILLER [verbe] : Scintiller comme des braises. « *Sur la table de nuit, à côté d'un crayon et d'une serviette de papier, sa bague de topaze brasillait au soleil* » (VLADIMIR NABOKOV : *Lolita*).

BRASSER [verbe] : Tirer à bras. « *Guindez les mâts de perroquet. Brassez les vergues* » (C.S. FORESTER : *Seul maître à bord*).

BRASSEYAGE [sm] : Halage des manœuvres à bras. « *– Bien Monsieur Prowse, dit-il en jetant un coup d'œil [...] au brasseyage des vergues* » (C.S. FORESTER : *Seul maître à bord*).

BRASSEYER [verbe] : Tirer à bras. « *Les deux bordées étaient sur le pont, halant sur les bras main sur main pour brasseyer les vergues avec précision...* » (C.S. FORESTER : *Seul maître à bord*).

BRAYER [verbe] : Enduire un vaisseau de brai. « *Neuf jours plus tôt, le Hotspur était complètement désarmé. – A-t-il été brayé en cale sèche ?* » (C.S. FORESTER : *Seul maître à bord*).

BRAYETTE [sf] : Ancien nom de la braguette, braguette des vêtements anciens, des braies. « *... à la porte d'un autre [garage] un capot rouge saillait comme une brayette médiévale...* » (VLADIMIR NABOKOV : *Lolita*).

BREF [sm] : Lettre pastorale du pape à caractère privé. « *... j'obtiendrai du Saint-Père un bref qui vous délivrera de vos serments* » (HONORÉ DE BALZAC : *La Duchesse de Langeais*).

BRÉHAIGNE [adj] : Stérile, paticulièrement en parlant d'une jument. « *[Mmes C&G] sont de bien lymphatiques bas-bleus et de bien dévotieuses bréhaignes* » (JORIS-KARL HUYSMANS : *À rebours* [préface]).

BRÊLER [verbe] : Assembler deux ou plusieurs pièces de bois au moyen d'un cordage. « *... l'aviron de gouverne [...] une simple planche brêlée à une forte perche...* » (JACQUES FLEURENT : *Armorica*).

BRELLAGE [sm] : Assemblage d'un chargement avec des cordages. « *Ensuite avait lieu le brellage des charges de sel [...] tantôt en plaques rectangulaires translucides [...] tantôt en cônes moulés...* » (MICHEL TOURNIER : *Gaspard, Melchior et Balthazar*).

BRENNEUX [adj] : Merdeux. « *Une maison de retraite dans ces taudis brenneux juste bons à abriter les vaches !* » (JEAN FAILLER : *La Mort au bord de l'étang*).

BRÉSILLER [verbe] : Déchiqueter ; réduire en poudre par dessiccation. *« Ils saisissent l'hérétique, ils lui macrouillent le râble, ils lui dragonnent l'abdomen, ils lui brésillent la luette, ils lui verjutent la bite »* (RICHARD JORIF : *Le Navire Argo*).

BREUIL [sm] : Taillis buissonnant où les gibiers peuvent se cacher ou se réfugier. *« Il n'était pas rare, à ces moments de fraîche [...] de surprendre le brame d'un cerf surgi des halliers et des breuils... »* (JACQUES FLEURENT : *Armorica*).

BRICOLE [sf] : Bretelle de portefaix. *« Les charrettes de louage [...] tirées à la bricole par-devant et poussées à bras par-derrière... »* (JORIS-KARL HUYSMANS : *En ménage*).

BRICOLE [sf] : Coup avec la bande au billard. *« C'était comme un coup de bricole au billard, et il semble que, pendant de nombreuses années encore, les navigateurs seraient destinés à arriver à deux encablures de l'Australie sans la voir »* (UMBERTO ECO : *L'Île du jour d'avant*).

BRIDON [sm] : Petite bride légère. *« ... il lui choisit [...] une selle ouvragée avec un troussequin élancé, des bridons et des muserolles encochés de figures géométriques »* (YVES BERGER : *Immobile dans le courant du fleuve*).

BRINQUEBALE [sf] : Levier de pompe à bras. *« Des matelots étaient aux brinquebales ; par ce temps horrible, les pompes étaient en service une demi-heure toutes les deux heures... »* (C.S. FORESTER : *Seul maître à bord*).

BROCARD [sm] : Chevreuil mâle d'un an. *« ... la fougue d'un brocard ne recule pas devant la masse d'un grand cerf, et ses broches peuvent lui infliger des blessures irréparables »* (MICHEL TOURNIER : *Le Roi des aulnes*).

BRONDIR [verbe] : Faire entendre un brondissement, un bruit de toupie. *« ... au milieu du cri de guerre aigu des Bretons brondit une volée de traits... »* (JACQUES FLEURENT : *Celteries*).

BROQUETTE [sf] : Clou de tapisserie, semence. « *Il monta presque seul avec un instrument pour serrer les broquettes, une armature de demi-cercles et de petites barres de fer…* » (UMBERTO ECO : *L'Île du jour d'avant*).

BROUÉE [sf] : Brume brouillasseuse. « *… l'immensité houleuse constellée des crêtes blanches qui se perdait dans la brouée pour s'intégrer aux nues* » (JACQUES FLEURENT : *Celteries*).

BROUSSÉE [sf] : Bouquet de broussailles. « *… de saumâtres vaguelettes léchaient les vases, approchaient les broussées d'ajoncs et les genêtaies…* » (JACQUES FLEURENT : *Armorica*).

BROUSSER [verbe] : Courir dans les broussailles. « *Tiffauges laissait les rênes molles à Barbe-Bleue qui […] défonçait les épiniers, broussait dans les oseraies, broyait les fougeraies et les bruyères…* » (MICHEL TOURNIER : *Le Roi des aulnes*).

BROUT [sm] : Pousse printanière des arbres qui se broutent. « *… il s'enfonça dans la hêtraie toute tendre des premiers brouts de mai…* » (JACQUES FLEURENT : *Celteries*).

BRUINEUX [adj] : Mouillé de bruine. « *Toutes les nuits […] je percevais, incessant, le heurt des anneaux bruineux contre les palis…* » (RICHARD JORIF : *Les Persistants Lilas*).

BRUMAILLE [sf] : Légère brume. « *Mais le brouillard ne devait pas tarder à se lever. Ce n'était qu'une brumaille de beau temps* » (JULES VERNE : *L'Île mystérieuse*).

BRUNE [sf] : Demi-jour du crépuscule. « *… ses chants […] tiennent à la brune les guerriers en éveil aux lueurs des brasiers* » (JACQUES FLEURENT : *Celteries*).

BRUNETTE [sf] : La brune, la tombée du soir. « *Pendant tout l'automne, ils [les avions] ont continué. Tous les soirs à la brunette, on commençait à les entendre* » (EPHRAÏME GRENADOU ET ALAIN PRÉVOST : *Grenadou, paysan français*).

BRUNISSEUR [sm] : Ouvrier qui exécute un brunissage, un polissage fin de surfaces métalliques. « *Elle était douce, rieuse, discrète. Brunisseuse de son état, la limaille incrustée dans sa peau avait rendu ses mains noires comme ses cheveux* » (DANIEL ZIMMERMANN : *Le Dieu devenu homme*).

BUCRANE [sm] : Crâne de bœuf servant de motif décoratif. « ... *un bucrane et des ossements de bœuf semés çà et là témoignaient qu'une victime avait été immolée...* » (THÉOPHILE GAUTIER : *Le Roman de la momie*).

BUDDLÉIA [sm] : Fleur. « *Les effluves de miel chaud que répandent à midi les buddléias hantés d'abeilles saoules* » (GENEVIÈVE DORMAN : *Le Roman de Sophie Trébuchet*).

BUFFLETERIE [sf] : Matériel de gros cuir. « *[Deux gendarmes] marchaient lentement [...] brillants au soleil avec leurs chapeaux cirés, leurs buffleteries jaunes et leurs boutons de métal...* » (GUY DE MAUPASSANT : *Le Vagabond*).

BUIRE [sf] : Vase ciselé en forme de cruche. « *Différents objets encombraient [la table] : un pot de fleurs de lotus [...] une buire d'agathe rubanée pleine de poudre d'antimoine...* » (THÉOPHILE GAUTIER : *Le Roman de la momie*).

BULLATIQUE [adj] : Qui fait des bulles. « *J'insiste sur le fait que j'étais consciemment responsable de chaque suintement de son sang bullatique...* » (VLADIMIR NABOKOV : *Lolita*).

BUNS [smpl] : Gâteaux anglais. « *Toasts filiformes, miel des Alpes, miel de la Forêt-Noire, miel du Gâtinais, buns, scones et autres anglicismes* » (BENOÎTE ET FLORA GROULT : *Le Féminin pluriel*).

BUPRESTE [sm] : Insecte d'aspect métallique à larve xylophage. « ... *j'ai écrit d'abord pour m'amuser des lettres phosphorées, pimentées de poussière de buprestes et de cantharides...* » (JORIS-KARL HUYSMANS : *Là-bas*).

BUSC [sm] : Baleine de vêtement. *« ... le corsage grand ouvert, étayant de ses buscs cachés les touffes blanches des seins »* (JORIS-KARL HUYSMANS : *En ménage*).

BYSSUS [sm] : Filaments de fixation des coquillages comme les moules. *« Ces étoffes qui vous couvrent sont tissées avec le byssus de certains coquillages... »* (JULES VERNE : *Vingt mille lieues sous les mers*).

C

CABILLOT [sm] : Cheville d'amarrage. « *... douze hommes prêts à tout, ayant à portée de la main les armes de fortune que sont les cabillots et autres accessoires* » (C.S. FORESTER : *Aspirant de marine*).

CABOCHON [sm] : Pierre précieuse polie ; clou de cuivre d'ameublement. « *Pas besoin d'arme, il avait ses mains. Qu'avait-il eu besoin de les charger de pistolets, comme une rombière a des cabochons plein les phalanges...* » (YANN QUEFFÉLEC : *Disparue dans la nuit*).

CACARDER [verbe] : Crier en parlant d'une oie. « *... les grands seigneurs cacardaient pour appeler leurs serviteurs à plein gosier* » (UMBERTO ECO : *L'Île du jour d'avant*).

CACHECTIQUE [adj] : Dans un état d'affaiblissement et d'amaigrissement. « *D'irrésistibles courants entraînaient drets des membres cachectiques griffant l'air noir* » (JACQUES FLEURENT : *Celteries*).

CACIQUE [sm] : Prince, chef amérindien. « *Il lui semblait avoir devant lui un grand cacique, ou un capitaine de navire...* » (ERNST JÜNGER : *Visite à Godenholm*).

CACOGRAPHE [sm] : Qui écrit mal, qui commet des erreurs d'écriture ou d'orthographe. « *Le cacographe a maintes fois vacillé et déchiré plus de pages qu'il n'en écrira désormais* » (PIERRE DRACHLINE : *Le Cœur à l'horizontale*).

CADENETTE [sf] : Longue tresse de cheveux portée de chaque côté du visage. « *Une énorme servante mafflue, aux cheveux tressés en cadenettes, parut sur le seuil* » (PIERRE BENOÎT : *Lunegarde*).

CADENT [adj] : Tombant. « *Je me souviens aussi qu'il usait avec prédilection d'un mot qui me paraissait alors savant : l'euphorie. Adrets, disait-il, avait découvert l'euphorie cadente* » (MICHEL TOURNIER : *Le Roi des aulnes*).

CADRANÉ [adj] : Divisé, découpé comme un cadran depuis le centre en rayons, atteint de cadranure, fissures étoilées. « ... *des troncs énormes, cadranés d'entailles d'où coulaient, pareilles à des gouttes de sucre fondu, des larmes de résine blanche* » (JORIS-KARL HUYSMANS : *En rade*).

CADUCÉE [sm] : Baguette ailée avec serpent, symbole de Mercure et de la concorde, emblème des médecins. « *Mon ami ici présent, cette honte des caducées, cet amoindri d'Esculape...* » (PIERRE DESPROGES : *Des femmes qui tombent*).

CÆCUM [sm] : Intestin entre grêle et côlon, intestin aveugle. « ... *on s'aperçut que la salle n'avait pas d'issue et qu'on avait abouti à une sorte de cæcum* » (THÉOPHILE GAUTIER : *Le Roman de la momie*).

CAGNARD [adj] : Paresseux. « *Combien de nos abbayes, qui, il y a deux cents ans, étaient centres resplendissant de grandeur et de sainteté, sont à présent refuges de cagnards* » (UMBERTO ECO : *Le Nom de la rose*).

CAÏEUX [smpl] : Pousses secondaires des bulbes servant au repiquage. « *Demain elle [...] enfouira les caïeux d'ail blanc et les petites échalottes qui seront mûres au début de l'été* » (GENEVIÈVE DORMAN : *Le Roman de Sophie Trébuchet*).

CAILLEBOTTE [sf] : Lait caillé passé en clayette. « *On arrive ainsi [...] pour goûter de caillebottes qui sont là, délicieuses* » (GENEVIÈVE DORMAN : *Le Roman de Sophie Trébuchet*).

CAÏQUE [sm] : Bateau turc, long et étroit. « *[Là] accostent des centaines de caïques peinturlurés, dont la double rame [...] caresse plutôt qu'elle ne frappe les eaux bleues de la Corne d'Or et du Bosphore* » (JULES VERNE : *Kéraban-le-têtu*).

CAL [sm] : Callosité, durcissement de la peau là où elle travaille. « *... cette petite plaie profonde et purulente [...] se couvrit d'un cal dur et épais qu'aucun aiguillon ne parviendrait jamais à entamer* » (MICHEL TOURNIER : *Gaspard, Melchior et Balthazar*).

CALAME [sm] : Roseau taillé pour écrire. « *Les deux hommes étaient accroupis au pied du bureau, avec à leurs côtés une carte géographique détaillée de l'Espagne, un encrier et un calame* » (GILBERT SINOUÉ : *Le Livre de saphir*).

CALAMISTRER [verbe] : Friser, onduler avec le fer. « *... un splendide évêque grec-orthodoxe, calamistré, parfumé, barbu, tout rutilant d'ors, de moire, d'émaux...* » (PIERRE BENOIT : *Lunegarde*).

CALAMITE [sf] : Plante des forêts houillères. « *Les insectes, les batraciens et les reptiles connurent les forêts de la fougère géante, le pullulement des calamites et des sagittaires* » (ROSNY AÎNÉ : *La Mort de la Terre*).

CALASIRIS [sf] : Vêtement de lin à franges. « *... la naissance de la gorge [...] transparaissait rose et blanche à travers la trame aérienne de la calasiris* » (THÉOPHILE GAUTIER : *Le Roman de la momie*).

CALCANÉUM [sm] : Os du talon. « *Sur la fine poudre grise qui sablait le sol se dessinait très nettement, avec l'empreinte de l'orteil, des quatre doigts et du calcanéum, la forme d'un pied humain...* » (THÉOPHILE GAUTIER : *Le Roman de la momie*).

CALCÉDOINE [sf] : Albâtre blanche très légèrement teintée de bleu. « *Je l'ai vu se pencher sur des monceaux de turquoises, d'améthystes, d'hydrophanes et de calcédoines, ou faire rouler dans le creux de sa main des diamants bruts...* » (MICHEL TOURNIER : *Gaspard, Melchior et Balthazar*).

CALÉFACTIF [adj] : Qui produit de la chaleur. « *Si l'on concentre les rayons du soleil avec un miroir, on en renforce la puissance caléfactive* » (UMBERTO ECO : *L'Île du jour d'avant*).

CALÉFACTION [sf] : Phénomène où une goutte d'eau reste sphérique sur une surface très chaude ; production de chaleur. « *... une pierre tombe dans un volcan [...]. Se peut-il qu' [...] elle ne sente pas sa caléfaction et avec elle sa mort imminente ?* » (UMBERTO ECO : *L'Île du jour d'avant*).

CALER [verbe] : Abaisser (en parlant des mâts). « *... dans un dernier effort, les mâts de hune furent calés* » (C.S. FORESTER : *Seul maître à bord*).

CALER [verbe] : S'enfoncer dans l'eau en parlant d'un objet flottant. « *... cette gabare, qui lège, aurait dû normalement caler à peine d'un pied, s'enfonçait dans l'eau de près de sept* » (JULES VERNE : *Le Pilote du Danube*).

CALFAT [sm] : Ouvrier qui calfate. « *... c'était ce concert de grenouilles, que Cameron compare au bruit des calfats qui calfatent, des riveurs qui rivent...* » (JULES VERNE : *Un capitaine de quinze ans*).

CALFATER [verbe] : Bourrer de matière faisant joints les espaces entre les planches d'une coque. « *Mélanius avait entrepris de recalfater une fuite à la râblure de quille...* » (JACQUES FLEURENT : *Armorica*).

CALIBISTRIX [sm] : Sexe de la femme. « *C'est ce qu'on appelle le calibistrix ; le sourire que les femmes gardent caché en elles...* » (FRANZ-OLIVIER GIESBERT : *Le Sieur Dieu*).

CALICOT [sm] : Toile de coton ; banderole. « *Sur les façades des immeubles on voyait de longues bandes de calicot rouge avec leurs habituels slogans à la gloire du Parti...* » (ANDREÏ MAKINE : *Le Testament français*).

CÂLINES [sfpl] : Coiffe de la Beauce. « *... elle portait des câlines : une coiffe d'étoffe blanche, des fleurs brodées dessus, sous le menton un grand nœud bien amidonné, la bouffette* »

(EPHRAÏME GRENADOU ET ALAIN PRÉVOST : *Grenadou, paysan français*).

CALIORNE [sf] : Palan sur un bateau. « *Quant aux canons provenant du brick [...] [ils] furent hissés au moyen de caliornes et de grues jusqu'au palier même de Granite-house* » (JULES VERNE : *L'Île mystérieuse*).

CALLEUX [adj] : Qui porte des cals, des durillons, des boursouflures dures. « ... *le grognement de douleur, le craquement calleux du poing sur le menton, le coup de botte au ventre...* » (VLADIMIR NABOKOV : *Lolita*).

CALLICORE [sf] : Sorte de papillon. « *[Les] callicores bleutées [...] se chrysalident en grappes et s'envolent toutes ensemble, obéissant à une mystérieuse correspondance grégaire* » (MICHEL TOURNIER : *Gaspard, Melchior et Balthazar*).

CALLIPYGE [adj] : Qui a de belles fesses. «... *un sultan, le visage empreint d'une souffrance infinie, [...] aidant une petite esclave callipyge à gravir à califourchon une colonne d'onyx* » (VLADIMIR NABOKOV : *Lolita*).

CALLOGE [sf] : Cabane faite avec un reste de bateau. « ... *calloges, elle croyait se souvenir que c'est ainsi que l'on nomme, dans le nord de la France, ces abris mi-maison mi-bateau* » (JEAN FAILLER : *Boucaille sur Douarnenez*).

CALLU [sm] : Cal ou callosité. « *Je crois bien que l'écaillé clair va nous faire un callu à l'aile gauche. J'ai remarqué au point d'attache une légère bosse jaunâtre* » (MICHEL TOURNIER : *Le Roi des aulnes*).

CALORICITÉ [sf] : Capacité des organismes vivants à produire de la chaleur. « *Dès le début, Lo fit de la fièvre comme on dit, et je ne pus résister à l'exquise caloricité de voluptés inédites – venus febriculosa –...* » (VLADIMIR NABOKOV : *Lolita*).

CALUS [adj] : Induration, durcissement, cal sur la peau. « *Seules les mains turgides, [...] les calus et les croûtes des pau-*

mes, le cuir regredillé, indiquaient qu'ils travaillaient réellement la terre » (JORIS-KARL HUYSMANS : *En rade*).

CAMAIL [sm] : Cotte de mailles de tête ; grande cagoule des ecclésiastiques. « – *À vous décorner une harde de cocus ! ... s'enhardit-il même à plaisanter, à présent détendu, rejetant son camail sur ses épaules* » (JACQUES FLEURENT : *Armorica*).

CAMARD [adj] : Au nez aplati. « *Mondésir, [...] qui flairait de son nez camard, dut le laisser passer le premier, par respect hiérarchique* » (ÉMILE ZOLA : *Paris*).

CAMELIN [adj] : De la race des chameaux. « *... il serait plus malaisé d'être accueilli au royaume de Dieu [...] qu'à une bête cameline...* » (JACQUES FLEURENT : *Armorica*).

CAMPANAIRE [adj] : Qui porte des cloches, qui a rapport aux cloches. « *... je cherchai le chemin de la tour campanaire. Comme j'y arrivai, je me suspendis à toutes les cordes, en sonnant le tocsin* » (UMBERTO ECO : *Le Nom de la rose*).

CAMPANIER [sm] : Sonneur de cloches. « *... les campaniers du Moyen Âge n'étaient point de misérables hères ; il est vrai que les sonneurs modernes sont bien déchus* » (JORIS-KARL HUYSMANS : *Là-bas*).

CANALICULE [sm] : Petit canal. « *Femmes et enfants traquent les coquillages, affouillent à marée basse chenaux et canalicules vaseux !* » (JACQUES FLEURENT : *Armorica*).

CANCELER [verbe] : Raturer en croix un acte diplomatique. « *(Le jour inoubliable) ajoutait Balzac, mention soigneusement cancelée, et déchiffrée pour la première fois par P.-G. Castex* » (Préface de *La Duchesse de Langeais*).

CANEZOU [sm] : Corsage à dentelle. « *... une petite femme un peu bossue [...] avec une jupe de taffetas, un fichu de canezou et coiffée d'un turban vert* » (GENEVIÈVE DORMAN : *Le Roman de Sophie Trébuchet*).

CANGE [sf] : Bateau égyptien antique. « *La cange qui avait amené les deux voyageurs [...] était amarrée de l'autre côté du Nil* » (THÉOPHILE GAUTIER : *Le Roman de la momie*).

CANITIE [sf] : Décoloration des cheveux. « *La poésie... Elle a brûlé la jeunesse de Sapho, et elle a nourri la canitie de Goethe...* » (UMBERTO ECO : *Le Pendule de Foucault*).

CANNELÉ [adj] : Rainuré. « *[Il] se sentait embarrassé de ne pas avoir la coiffe à barbes cannelées, le gorgerin d'émaux et le pagne étroit...* » (THÉOPHILE GAUTIER : *Le Roman de la momie*).

CANNELLE [sf] : Pièce fixe d'un robinet ou robinet de tonneau. « *Voyons, fit-il, en tournant la cannelle, et lui et sa femme dégustèrent ce vin* » (JORIS-KARL HUYSMANS : *En rade*).

CANNELURE [sf] : Rainure creuse. « *Il avait orné [ces formes] de cannelures, de torsades et d'anneaux...* » (ERNST JÜNGER : *Visite à Godenholm*).

CANNETILLE [sf] : Fil métallique en broderie. « *... un vignoble de pierreries se dressait en tumulte, emmêlant des cannetilles d'acier...* » (JORIS-KARL HUYSMANS : *En rade*).

CANON [sm] : Carton à prière sur les autels. « *... un merveilleux canon d'église, aux trois compartiments séparés, ouvragés comme une dentelle...* » (JORIS-KARL HUYSMANS : *À rebours*).

CANON [sm] : Tube ou tuyau divers. « *[L'eau] bondissait en saccades hors du canon de bois ; une eau lourde à odeur de soufre...* » (JEAN GIONO : *Le Serpent d'étoiles*).

CANOPE [sm] : Vase à viscères funéraire. « *... ce sourire tendre et résigné qui plisse d'une si délicieuse moue les bouches des têtes adorables surmontant les vases canopes au musée du Louvre* » (THÉOPHILE GAUTIER : *Le Roman de la momie*).

CANTHARIDE [sf] : Insecte vert, réduit en poudre pour vésication. « *... j'ai écrit d'abord pour m'amuser des lettres phosphorées, pimentées de poussière de buprestes et de cantharides...* » (JORIS-KARL HUYSMANS : *Là-bas*).

CANTHARIDÉ [adj] : Qui contient de la poudre de cantharide. « *[Papiton] lui répondait avec aisance, et pour un peu, eût jeté sur la table [...] la boîte de pilules cantharidées de Félix Faure* » (RICHARD JORIF : *Le Navire Argo*).

CAP DE MOUTON [sm] : Lentille de bois percée de trois trous qui, par paire, sert à tendre ou à rider un cordage au moyen d'une ride passée dans les trous. « *[Les] haubans [...] seraient maintenus raidis pendant l'érection [du mât], au moyen de ridoirs et des caps de mouton* » (C.S. FORESTER : *Retour à bon port*).

CAPE [sf] : Manœuvre mettant le navire en suspens sous peu de voile par gros temps. « *... les petits changements de route du* Hotspur *à la cape* » (C.S. FORESTER : *Seul maître à bord*).

CAPÉER ou **CAPEYER** [verbe] : Être à la cape, avoir réduit les voiles pour stationner. « *À la chute du jour, je vis passer à l'horizon un grand navire qui luttait péniblement. Il capeyait sous petite vapeur pour se maintenir debout à la lame* » (JULES VERNE : *Vingt mille lieues sous les mers*).

CAPELER [verbe] : Faire une boucle avec un cordage et en entourer une pièce. « *Accablés de fatigue, le reste de l'équipage, deux matelots, dormaient dans le poste, capelés dans leurs cirés jaunes, encore bottés* » (JEAN FAILLER : *Marée blanche*).

CAPITOLIN [adj] : Du Capitole à Rome. « *Mais le Dieu de Rome, le Dieu qui a pris la place de Jupiter capitolin, pourrait-il n'être pas le vrai Dieu ?* » (VALERY LARBAUD : *Fermina Marquez*).

CAPITULAIRE [adj] : Relatif au chapitre d'un monastère. « *... je vis l'abbaye comme je ne l'avais jamais vue auparavant [...] l'église, l'Édifice, la salle capitulaire se profilaient, même de loin, de façon plutôt imprécise...* » (UMBERTO ECO : *Le Nom de la rose*).

CAPONNER [verbe] : Ranger l'ancre. « *Son ancre caponnée, il brassa ses vergues en grand et se dirigea vers le large* » (C.S. FORESTER : *Aspirant de marine*).

CAPOTER [verbe] : Chavirer. « *... une brise soudaine surprit le brick, avant qu'on eût le temps de serrer la voile, et le fit presque capoter* » (EDGAR ALLAN POE : *Les Aventures d'Arthur Gordon Pym*).

CAPRICANT [adj] : À la façon d'une chèvre. « *Devant ces sauts capricants de paroles et la gêne des vieux...* » (JORIS-KARL HUYSMANS : *En rade*).

CAPTIEUX [adj] : Trompeur. « *En transportant cette captieuse déviation [...] nul doute qu'on ne puisse [...] jouir de chimériques délices semblables, en tous points, aux vraies* » (JORIS-KARL HUYSMANS : *À rebours*).

CAPUCE [sm] : Capuchon pointu. « *... la Vierge, coiffée d'un capuce d'un rose de sang séreux, tombant en des ondes pressées sur une robe d'azur las à longs plis...* » (JORIS-KARL HUYSMANS : *Là-bas*).

CAQUE [sf] : Tonneau pour garder des poissons en saumure. « *Ces sales femmes sont capables de tout. Du reste, on n'a qu'à voir d'où elles sortent ; allez, on a beau faire, la caque sent toujours le hareng* » (VALERY LARBAUD : *Fermina Marquez*).

CARACAL [sm] : Félin. « *Il crache de dépit [...] et avec l'agilité d'un caracal saute sur la selle* » (ANDREÏ MAKINE : *Le Testament français*).

CARACUL [sm] : Fourrure d'agneau bouclé. « *En face de lui [...] venait une dame svelte aux cheveux courts, en manteau de caracul...* » (VLADIMIR NABOKOV : *Roi, dame, valet*).

CARDEUR [sm] : Qui fait le métier de carder la laine. « *... on m'avait signalé une certaine Frau Dorn, cardeuse de sa profession, mais qui posséderait un métier à tisser...* » (MICHEL TOURNIER : *Le Roi des aulnes*).

CARÈNE [sf] : Partie inférieure d'un navire, coque. « *Ce moulin, ainsi qu'il est habituel dans ce pays, se coiffait d'une sorte de carène renversée...* » (JULES VERNE : *Un drame en Livonie*).

CARÉNER [verbe] : Entretenir la carène d'un navire, la partie immergée de sa coque. « *Et puis on avait caréné à Occismor, avant de partir. Une coque propre, ça fait la différence !* » (JACQUES FLEURENT : *Armorica*).

CARGUER [verbe] : Replier, serrer les voiles. « *... sa voile claquant au vent jusqu'à ce qu'on l'eût carguée* » (C.S. FORESTER : *Trésor de guerre*).

CARLIN [sm] : Petit dogue à museau noir. « *Un vieux carlin somnolait sur un coussin brodé* » (VLADIMIR NABOKOV : *Roi, dame, valet*).

CARLINGUE [sf] : Grosse pièce de bois consolidant la carène. « *Les deux hommes étaient accroupis dans cette sorte de niche basse que le mât traverse pour venir s'emmancher dans la carlingue...* » (GUY DE MAUPASSANT : *Sur l'eau*).

CARMINÉ [adj] : De la couleur carmin. « *... une mégère [...] avec une moustache charbonneuse coiffant sa lèvre trop carminée et un accent marseillais qui frisait la parodie, me fit entrer...* » (VLADIMIR NABOKOV : *Lolita*).

CARNATION [sf] : Qualité de la couleur de la chair, de la peau. « *Combien différente des autres Riganes [...] avec leur carnation trop rose, leurs yeux trop bleus, leur regard trop inexpressif...* » (JULES VERNE : *Un drame en Livonie*).

CARNYX [sm] : Instrument de musique. « *[Les] beuglements des cors et des carnyx dressés tels des cobras au-dessus des têtes...* » (JACQUES FLEURENT : *Celteries*).

CAROLE [sf] : Danse médiévale. « *On ne dansera pas les caroles de mort devant les brasiers !* » (JACQUES FLEURENT : *Celteries*).

CARONADE [sf] : Petit canon de marine léger et mobile. « *Hornblower commença par la caronade tribord du pont de* *dunette. Tout était en ordre* » (C.S. FORESTER : *Seul maître à bord*).

CARONCULE [sf] : Chair rouge et pendante du coq. « *Après avoir vérifié que les caroncules étaient désunies [...] son doigt ressortit du couffinet avec ce qui était prévu. [...] Elle a été violée ?* » (FRANZ-OLIVIER GIESBERT : *Le Sieur Dieu*).

CARROUSEL [sm] : Ensemble de choses tournantes, comme des chevaux au manège ; réservoir de diapositives de forme circulaire. « ... *Carmelo avait disposé [...] un carrousel de photos diapositives relié à un système archaïque de son par magnétophone* » (YVES NAVARRE : *Dernier Dimanche avant la fin du siècle*).

CARTAHU [sm] : Cordage. « *Monte là-haut ! lui dit-il. Passe un cartahu dans la poulie de la fusée de vergue du grand mât !* » (C.S. FORESTER : *Trésor de guerre*).

CARTAYER ou **CARTOYER** [verbe] : Rouler un peu en dehors de la voie pour éviter les ornières. « *À dix pas devant eux [...] cartayaient les chariots chargés de ravitaillement...* » (JACQUES FLEURENT : *Celteries*).

CARTEL [sm] : Décor de pendule murale ou pendule elle-même. « *Une heure sonna au cartel du grand salon, ou bien était-ce la demie de la première heure du samedi ?* » (YVES NAVARRE : *Dernier Dimanche avant la fin du siècle*).

CASAQUIN [sm] : Camisole courte. « ... *un grand vieillard avec de la barbe jusqu'à la ceinture et une sorte de casaquin par-dessus le paletot* » (CHARLES LE QUINTREC : *Des enfants de lumière*).

CASCARET [sm] : Personnage frêle et chétif. « *Le fils, cascaret de huit ans, se détourna pour lâcher, sournois, quelques négros dont il fut aussitôt récompensé par deux chinfreneaux...* » (RICHARD JORIF : *Les Persistants Lilas*).

CASCATELLE [sf] : Petite chute d'eau, petite cascade. « ... *après avoir tenté [...] de détourner les cascatelles qui s'écou-*

laient de la voilure carguée, le bosco ne put que [...] rabattre son capuchon sur ses yeux... » (JACQUES FLEURENT : *Armorica*).

CASÉEUX [adj] : Qui ressemble à du fromage. « *Bon Dieu ! pensais-je à part moi, si Wawruchka et le volontaire caséeux voyaient cela !* » (STEFAN ZWEIG : *La Pitié dangereuse*).

CASIMIR [sm] : Étoffe de laine mince et croisée. « *Il apprécia la coupe de sa culotte de casimir blanc* » (C.S. FORESTER : *Un vaisseau de ligne*).

CASSE-LUNETTES [sm] : Sorte de centaurée jugée bénéfique pour les yeux. « *Avec les bleuets des champs fondus dans la rosée, elle apprend à faire de l'eau de casse-lunettes qui ôte aussi les bouffissures du chagrin* » (GENEVIÈVE DORMAN : *Le Roman de Sophie Trébuchet*).

CASSINE [sf] : Petite maison isolée dans la campagne, bicoque... blockhaus. « *Vous voyez ces cassines dans la plaine ? Si nous les contrôlions nous tiendrions à portée de tir de nombreuses positions ennemies* » (UMBERTO ECO : *L'Île du jour d'avant*).

CASSON [sm] : Verre brisé destiné à la refonte ; bloc de sucre sans forme. « *... les lotus [...] tombent en morceaux, de tous les vases, et sèment [...] leurs larges pétales roses pareils à des cassons de globes d'opale...* » (PIERRE LOTI : *Madame Chrysanthème*).

CASTRAMÉTATION [sf] : Qualité de choisir et d'installer un camp. « *Deux villages défendus par des palissades, des parapets et des doubles fossés, qui annonçaient de sérieuses connaissances en castramétation* » (JULES VERNE : *Les Enfants du capitaine Grant*).

CASUEL [adj] : Fortuit, qui arrive éventuellement au cas par cas. « ... *[Le sourire lolitien] flottait dans la brume lointaine et fleurie de sa propre vacuité [...] il errait avec une myopie angélique sur des objets casuels...* » (VLADIMIR NABOKOV : *Lolita*).

CATADIOPTRE [sm] : Système réfléchissant la lumière. *« C'était une bicyclette de marque Alcyon, de couleur grenat fileté jonquille, avec [...] à l'arrière un porte-bagages sur lequel était fixé un catadioptre... »* (MICHEL TOURNIER : *Le Roi des aulnes*).

CATALPA [sm] : Bignonia d'Amérique aux fleurs blanches et pourpres. *« ... les Peaux-Rouges fumant le calumet sous les catalpas »* (VLADIMIR NABOKOV : *Lolita*).

CATAPHOTE [sm] : Catadioptre ; système qui réfléchit et réfracte intensément la lumière dans la nuit. *« ... une succession de poteaux, d'un blanc spectral et constellés de cataphotes, empruntaient la lumière de mes phares pour me signaler tel ou tel virage »* (VLADIMIR NABOKOV : *Lolita*).

CATAPHRACTAIRE [adj] : De la nature d'une cataphracte, cotte militaire couverte d'écailles de métal. *« ... un géant, un horrible être gris à l'expression atone, le corps cataphractaire à patine couleur bronze, appuyé sur un noueux bâton de bois blanc tourné en spirale »* (UMBERTO ECO : *Le Pendule de Foucault*).

CATAPHRACTE [sf] : Cuirasse à écailles métalliques. *« ... une sorte de chasuble rigide [...] le recouvrait jusqu'aux pieds, et cette chasuble ou cataphracte était incrustée de pierres rouges et jaunes »* (UMBERTO ECO : *Le Nom de la rose*).

CATAPHRACTÉ [adj] : Couvert ou protégé d'une cataphracte. *« Les moines se libèrent de leur froc et surgissent cataphractés dans une armure jusqu'alors cachée, une croix flamboyante sur leur manteau blanc comme neige »* (UMBERTO ECO : *Le Pendule de Foucault*).

CATARRHAL [adj] : De la nature d'un gros rhume. *« ... les infirmités d'une vieillesse horrible, l'expuition catarrhale des eaux, les couperoses du plâtre, la chassie des fenêtres, les fistules de la pierre... »* (JORIS-KARL HUYSMANS : *En rade*).

CATATONIQUE [adj] : De la nature de la catatonie, à l'état de stupeur mentale. « *Je m'étais réveillé à deux heures de l'après-midi, abasourdi et catatonique* » (UMBERTO ECO : *Le Pendule de Foucault*).

CATHARTIQUE [adj] : Qui purge avec douceur. « *Avant ce carnage final, j'avais droit à un moment de répit, à un spasme cathartique de régurgitation mentale* » (VLADIMIR NABOKOV : *Lolita*).

CATHÈDRE [sf] : Chaise médiévale à haut dossier. « *Les bancs se transformèrent en cathèdre avec du reps rouge sur les accoudoirs* » (CHARLES LE QUINTREC : *Des enfants de lumière*).

CATOPTRIQUE [adj] : Relatif à la réflexion de la lumière. « *... un pylone, [...] supportant un appareil catoptrique, c'est-à-dire une lanterne à réflecteurs [...] tel était le phare d'Atina...* » (JULES VERNE : *Kéraban-le-têtu*).

CAUDAL [adj] : Qui concerne la queue. « *... le pigeon militaire [...] doit avoir [...] douze plumes caudales plutôt courtes que longues, renforcées à la base par de nombreuses petites plumes et constituant un gouvernail à la fois mobile, souple et fort...* » (MICHEL TOURNIER : *Le Roi des aulnes*).

CAUTÈLE [sf] : Prudence rusée. « *Écoutez, dit Grélito, avec dans la voix plus d'un tour de cautèle...* » (CHARLES LE QUINTREC : *Des enfants de lumière*).

CAUTELER [verbe] : Ruser. « *Ils l'entendaient se couler le long des gouttières, lécher les angles, tâtonner dans les creux, cauteler au ras des pignons...* » (JACQUES FLEURENT : *Celteries*).

CAVALIN [adj] : Chevalin. « *Oppressé et euphorique [Oregon] se parlant [...] parlait à sa bête cavaline aussi...* » (YVES BERGER : *Immobile dans le courant du fleuve*).

CAVÉE [sf] : Chemin creux. « *Cheminant dans la cavée il ne songea pas [...] à déceler [...] les innombrables et subtiles manifestations du sacré...* » (JACQUES FLEURENT : *Celteries*).

CAVERNICOLE [adj] : Qui vit dans les cavernes. *« Hilliow [...] retrouva son assiette dès le pied posé sur le rivage, en dépit d'un reste d'hébétude attardé dans l'expression cavernicole de son regard »* (JACQUES FLEURENT : *Armorica*).

CÉDRAT [sm] : Sorte d'agrume, ressemblant à un gros citron. *« Il doit bien rester du ragoût, un demi-vautour, des concombres au cédrat... »* (MICHEL TOURNIER : *Gaspard, Melchior et Balthazar*).

CÉDULE [sf] : Petit mot pense-bête ; promesse écrite. *« Gilles de Rais [...] demandait au démon Science, Pouvoir, Richesse, tout ce que l'humanité envie, dans des cédules signées de son propre sang ! »* (JORIS-KARL HUYSMANS : *Là-bas*).

CÉLESTIEL [adj] : De nature céleste. *« L'eau baptismale, l'eau lustrale, l'eau des ablutions célestielles ... »* (CHARLES LE QUINTREC : *Les Nuits du Parc-Lann*).

CELLÉRIER [sm] : Religieux s'occupant du cellier, économe d'une communauté religieuse. *« Il régla tout d'abord avec le cellérier un contentieux concernant le ravitaillement en sel et en farine d'épeautre »* (JACQUES FLEURENT : *Armorica*).

CÉNOBITE [sm] : Moine communautaire au contraire de l'anachorète qui est solitaire. *« Le lendemain, dès après les laudes, ils rencontrèrent les cénobites de Landoho et devisèrent amicalement en leur compagnie... »* (JACQUES FLEURENT : *Armorica*).

CÉNOBITIQUE [adj] : Qui est de la nature des cénobites, des moines vivant en collectivité. *« ... Cadoc et sa communauté cénobitique au complet [...] traversèrent la ria en deux voyages sur leur coracle »* (JACQUES FLEURENT : *Armorica*).

CENTON [sm] : Œuvre faite de morceaux empruntés, accolés ; patchwork littéraire. *« ... tout ce que j'ai écrit sur ces feuillets [...] n'est rien d'autre qu'un centon, un poème figuré, un immense acrostiche qui ne dit et ne répète rien d'autre que ce* *que ces fragments m'ont suggéré...* » (UMBERTO ECO : *Le Nom de la rose*).

CÉRASTE [sm] : Vipère à corne. « *Tu es pis que l'aspic qui empoisonna Cléopâtre, pis que le céraste qui attire les oiseaux [...] pis que l'amphisbène qui [...] déverse tant de poison...* » (UMBERTO ECO : *L'Île du jour d'avant*).

CÉRÉMONIAIRE [sm] : Employé chargé de régler le cérémonial d'un événement ; chargé du protocole. « *À dix-sept heures trente, le cardinal Caccia Dominioni s'est présenté sur la loggia centrale de Saint-Pierre que les cérémoniaires avaient ouverte...* » (MICHEL TOURNIER : *Le Roi des aulnes*).

CÉRULÉ ou **CÉRULÉEN** [adj] : D'une teinte azurée. « *... dans les lueurs différentes du vert, dans les lueurs vert-lumière de l'émeraude, prasines du péridot, glauques de l'aigue-marine, jaunâtres du zircon, céruléennes du béryl...* » (JORIS-KARL HUYSMANS : *En rade*).

CÉRUSER [verbe] : Blanchir avec une peinture à la céruse ou blanc d'argent. « *... cette orpheline aux yeux battus (jusqu'aux ombres cérusées sous ses yeux qui étaient grêlées de lentigo !)* » (VLADIMIR NABOKOV : *Lolita*).

CERVELLES DE GOUVERNAIL [sfpl] : Flancs du gouvernail. « *... il s'est probablement laissé glisser dans l'eau en se tenant aux cervelles de gouvernail, juste sous la voûte...* » (C.S. FORESTER : *Seul maître à bord*).

CESTE [sm] : Gant de fer des pugilats antiques. « *Il ne prit pas plus de goût aux prouesses des deux combattants qui, le bras gauche garni d'un ceste, s'escrimaient avec des bâtons* » (THÉOPHILE GAUTIER : *Le Roman de la momie*).

CHABLIS [sm] : Bois abattu par les intempéries. « *[Le bois] semblait devoir prolonger sans fin [...] le désordre de ses racines renversées dans les chablis...* » (YVES BERGER : *Immobile dans le courant du fleuve*).

CHALANDISE [sf] : Fréquentation de chalands, de foule d'acheteurs, de clients potentiels. « *Deux seuls événements provoquaient la chalandise à l'exubérance : la fête municipale et l'ouverture de la chasse* » (RICHARD JORIF : *Les Persistants Lilas*).

CHALUTER [verbe] : Traîner au bout d'un cordage. « *Tout le phare de misaine est tombé sur tribord. La plupart des haubans ont résisté, le tout chalute le long du bord* » (C.S. FORESTER : *Seul maître à bord*).

CHAMÆCÉPHALE [adj] : À tête d'aspect terreux. « *Tiffauges apprit [...] qu'on peut être [...] chamæcéphale ou hyspicéphale selon la hauteur plus ou moins grande de la tête, tapeinocéphale ou acrocéphale selon sa largeur...* » (MICHEL TOURNIER : *Le Roi des aulnes*).

CHAMÆRHINIEN [adj] : À nez d'aspect terreux. « *Tiffauges apprit [...] qu'on peut être [...] leptorhinien ou chamærhinien selon la finesse ou l'épaisseur du nez* » (MICHEL TOURNIER : *Le Roi des aulnes*).

CHAMAILLE [sf] : Dispute ; querelle. « *... comme par hasard, les mots donc se moquent un peu de moi et c'est la chamaille* » (YVES NAVARRE : *Dernier Dimanche avant la fin du siècle*).

CHANCI [adj] : Moisi. « *... des enfilades de chambres muettes et chancies, sentant la tombe...* » (JORIS-KARL HUYSMANS : *En rade*).

CHANCRELLEUX [adj] : Taché de petits chancres. « *Il constate des exostoses et des ulcères, des plaies taillées à pic, des tubercules chancrelleux, des caries atroces* » (JORIS-KARL HUYSMANS : *Là-bas*).

CHANFREIN [sm] : Partie de la tête du cheval, des oreilles aux naseaux. « *... du plat de la main, il les distribuait [les caresses], en alternance, le long de la ganache et sur le chanfrein* » (YVES BERGER : *Immobile dans le courant du fleuve*).

CHANTEAU [sm] : Tranche de pain. « ... *potage au cochon de lait, concombre nageant dans une jatte d'eau salée, gros chanteaux de pain qu'on appelle le pain aigri...* » (JULES VERNE : *Un drame en Livonie*).

CHANTEPLEURE [sf] : Fente verticale dans un mur pour l'écoulement des eaux ; robinet de tonneau ; arrosoir à long verseur. « *[Les] tourelles en cornets, aux pignons en poivrières, aux murs percés de chantepleures et armés de dents...* » (JORIS-KARL HUYSMANS : *Là-bas*).

CHANTOURNAGE [sm] : Travail d'un bois évidé et mouluré, chantourné. « ... *la fenêtre manuéline, la Janela par excellence, un chantournage, un collage de trouvailles marines et sous-marines, algues, coquillages, ancres, cordes et chaînes...* » (UMBERTO ECO : *Le Pendule de Foucault*).

CHANTOURNER [verbe] : Donner un profil à une planche de bois. « *Bientôt mes doigts effleurèrent le manche de bois chantourné qui coiffait la jupe de cuivre du petit objet pesant et traître* » (MICHEL TOURNIER : *Le Roi des aulnes*).

CHAPE [sf] : Vêtement de cardinal. « ... *un lot d'anciennes soieries d'Église gisait en un coin. C'étaient des chapes solennelles, et de gracieuses chasubles...* » (GUY DE MAUPASSANT : *Les Sœurs Rondoli [Le lit]*).

CHARRUER [verbe] : Passer la charrue, labourer. « ... *la brise les portait doucement [...] gonflant la voile du bateau vénète qui charruait inlassablement les vagues luisantes des reflets de la lune...* » (JACQUES FLEURENT : *Armorica*).

CHARYBDE EN SCYLLA (DE) [sm] : Du mal au pire. « *Kerleven pensait sincèrement que l'envoi de la lettre le soulagerait. [...] Ce fut au contraire le passage de Charybde en Scylla* » (ÉLISABETH HENNEBERT : *Amer*).

CHASSIE [sf] : Humeur visqueuse qui coule des yeux. « ... *les infirmités d'une vieillesse horrible, l'expuition catar-*

rhale des eaux, les couperoses du plâtre, la chassie des fenêtres, les fistules de la pierre... » (JORIS-KARL HUYSMANS : *En rade*).

CHAT À NEUF QUEUES [sm] : Fouet. « *D'autres proposaient de vous déchirer les épaules avec le chat à neuf queues, jusqu'à ce que mort s'ensuivît* » (JULES VERNE : *Les Révoltés de la* Bounty).

CHÂTAIGNE [sf] : Saillie cornée des membres du cheval. « *Allumé le feu de mesquite, Oregon a sorti du bât quatre bananes puis [...] il a renouvelé, à la châtaigne, le pansement de la jument* » (YVES BERGER : *Immobile dans le courant du fleuve*).

CHAUDRON [sm] : Creux terreux où s'affalent les sangliers. « *... un ancien chaudron de laie lui permit de s'agenouiller et d'examiner le fond du ravin à la jumelle* » (MICHEL TOURNIER : *Le Roi des aulnes*).

CHAUFOUR [sm] : Four à chaux. « *... l'âme [...] se fait pierre mise au chaufour pour se défaire en chaux, et crépite léchée par la flamme* » (UMBERTO ECO : *Le Nom de la rose*).

CHAULER [verbe] : Passer à la chaux, blanchir à la chaux. « *Dans les maisons chaulées à plafond bas, c'était à peu près partout la même discussion...* » (ÉLISABETH HENNEBERT : *Amer*).

CHÉLIDOINE [sf] : Fleur aux propriétés anti-verrues. « *Inlassablement, la vieille et l'enfant arrachent aux vieux murs la chélidoine dont le suc jaune fait sécher les verrues...* » (GENEVIÈVE DORMAN : *Le Roman de Sophie Trébuchet*).

CHÉLOÏDE [adj] : En forme de lèvres. « *Dans leur peau [...] ils pratiquent des incisions [...] et provoquent la formation d'élevures chéloïdes qu'ils retravaillent au feu...* » (MICHEL TOURNIER : *Gaspard, Melchior et Balthazar*).

CHÉLONIEN [sm] : Reptile à carapace du type tortue. « *La monture était en écaille de tortue – compte tenu, évidem-*

ment, du fait que les chéloniens font l'objet de diverses et nombreuses imitations » (VLADIMIR NABOKOV : *Roi, dame, valet*).

CHÊMER (SE) [verbe] : Maigrir, dépérir. « *... sa mère se chêmait d'inquiétude...* » (RICHARD JORIF : *Les Persistants Lilas*).

CHÉNEAU [sm] : Gouttière. « *Réparer une toiture ici, faire déboucher un chéneau là ou remonter un mur de clôture en ruine* » (GENEVIÈVE DORMAN : *Le Roman de Sophie Trébuchet*).

CHÉNEVIÈRE [sf] : Culture de chanvre. « *Le mur du jardin et de la chénevière était crépi à chaux et à sable* » (GEORGE SAND : *La Mare au diable*).

CHÈNEVOTTE [sf] : Fin brin de chanvre écorcé. « *– Il faut, dit Frédéric, songer à reteiller nos chènevottes* » (RICHARD JORIF : *Le Navire Argo*).

CHENU [adj] : Blanchi de vieillesse. « *... il songea sérieusement à congédier ses ministres chenus, et à prendre lui-même en main les rênes du gouvernement* » (MICHEL TOURNIER : *Gaspard, Melchior et Balthazar*).

CHÈRE [sf] : Visage, figure, en ce qu'elle présente d'expression. « *Les parents lui firent d'abord mauvaise chère, mais leur hostilité se fatigua vite...* » (MICHEL TOURNIER : *Le Roi des aulnes*).

CHEVANCE [sf] : Bien ; propriété ; possession ; ce que l'on détient. « *... bien avant que le maréchal se fût confiné dans ses chevances, Charles VII était assailli de plaintes...* » (JORIS-KARL HUYSMANS : *Là-bas*).

CHEVIOTE [sf] : Laine d'agneau d'Écosse. « *[Il] était pauvrement vêtu d'un petit veston de cheviote lui étreignant les manches...* » (JORIS-KARL HUYSMANS : *À rebours*).

CHÈVRE [sf] : Appareil pour le levage des pierres. « *L'ordre, la propreté, les installations, le treuil et la chèvre, la* *pierre enfin prête près de la fondation, le matériel de pose »* (FERNAND POUILLON : *Les Pierres sauvages*).

CHIASME ou **CHIASMA** [sm] : Croisement (anatomique ou linguistique). *« J'avais laissé ma Lolita au bord du lit [...] me révélant la face interne de sa cuisse jusqu'au chiasme de la culotte... »* (VLADIMIR NABOKOV : *Lolita*).

CHIBOUK [sm] : Pipe à long tuyau. *« [L']infinie jouissance que procure le narghilé, bien préférable au chibouk, au cigare ou à la cigarette... »* (JULES VERNE : *Kéraban-le-têtu*).

CHINER [verbe] : Taquiner, harceler de plaisanteries, persifler. *« Eh bien, observa Sarrag à l'intention de Vargas, ce juif n'aura de cesse qu'il n'ait fini de vous chiner »* (GILBERT SINOUÉ : *Le Livre de saphir*).

CHINFRENEAU [sm] : Coup au visage ou sur la tête. *« Le fils, cascaret de huit ans, se détourna pour lâcher, sournois, quelques négros dont il fut aussitôt récompensé par deux chinfreneaux... »* (RICHARD JORIF : *Les Persistants Lilas*).

CHIROGNOMONIE [sf] : Recherche du caractère de la personne dans l'aspect des mains. *« ... ses mains [étaient] fines, allongées, éminemment psychiques pour employer un mot de la chirognomonie... »* (JULES VERNE : *Vingt mille lieues sous les mers*).

CHLAMYDE [sf] : Vêtement militaire grec. *« Je les reconnus à peine sous la chlamyde noire des condamnés, le crâne rasé, portant les stigmates des interrogatoires qu'ils avaient subis »* (MICHEL TOURNIER : *Gaspard, Melchior et Balthazar*).

CHLOROTIQUE [adj] : Atteint de chlorose, d'anémie, d'étiolement. *« Elle multiplie les tentations comme on fait de bons petits plats à une chlorotique »* (BENOÎTE ET FLORA GROULT : *Le Féminin pluriel*).

CHOQUÉ [adj] : Martelé. *« Il utilisait une arme aux canons très choqués, qui tient le plomb groupé »* (JEAN FAILLER : *La Mort au bord de l'étang*).

CHORÉE [sf] : Danse, danse de Saint-Guy. « ... *comme secouée par une inépuisable chorée, l'anse du panier dansa...* » (JORIS-KARL HUYSMANS : *En rade*).

CHOUÏA [sm] : Un tout petit peu ; pas grand-chose. « *La beauté, ça ne veut pas dire chouïa. Celui qui voudrait juger sur la mine...* » (MARCEL AYMÉ : *Le Vin de Paris*).

CHOULEUR [sm] : Engin de travaux. « ... *une lourde machinerie : bétonnières, pelleteuses, chouleurs, bulldozers* » (SYLVIE GERMAIN : *Opéra muet*).

CHOUQUE [sm] : Pièce servant à assembler le mât supérieur au mât inférieur. « ... *le bas-mât et le mât de hune étaient encore réunis par le chouque et les élongis...* » (C.S. FORESTER : *Aspirant de marine*).

CHRISME [sm] : Monogramme du Christ. « *Les sarcophages sont ornés à la tête et au pied de chrismes et de croix* » (JACQUES SIRAT : *Le Vexin français à l'époque mérovingienne*).

CHRISTOGRAMME [sm] : Monogramme du Christ ; ensemble de signes écrits qui par quelques lettres entrecroisées forment un symbole graphique du Christ. « *– Et que fais-tu graver sur la pierre ? – Eh bien mais, le nom du défunt évidemment, quelle question ! [...] Ah, bien sûr, j'oubliais : rassure-toi, il y a aussi un christogramme ou un poisson...* » (JACQUES FLEURENT : *Armorica*).

CHRYSÉLÉPHANTIN [adj] : Fait d'or et d'ivoire. « *Puis je vis un diptyque chryséléphantin, divisé en cinq parties, avec cinq scènes de la vie du Christ...* » (UMBERTO ECO : *Le Nom de la rose*).

CHRYSOPRASE [sf] : Calcédoine vert poireau. « ... *il déambulait toute la journée dans le potager, examinant les plantes comme si c'étaient des chrysoprases ou des émeraudes...* » (UMBERTO ECO : *Le Nom de la rose*).

CHTONIEN [adj] : Infernal, souterrain. « *Il parlait maintenant son latin érudit, en lançant les bras comme pour évoquer* *les différents phénomènes célestes et chtoniens...* » (UMBERTO ECO : *L'Île du jour d'avant*).

CICÉRONE [sm] : Guide d'un étranger. « *[Le directeur] se mit à sa disposition, ne voulant laisser à personne l'honneur d'être son cicérone...* » (JULES VERNE : *Face au drapeau*).

CILIAIRE [adj] : Nom des muscles orbiculaires ajustant l'iris. « *Il savait que le pigeon militaire de bonne race [...] doit avoir la tête convexe, le bec robuste, un œil à la clignotante rapide, aux muscles ciliaires vifs et sensibles...* » (MICHEL TOURNIER : *Le Roi des aulnes*).

CILICE [sm] : Étoffe rugueuse que les pénitents portent pour se faire souffrir. « *Jean est le contraire d'un tourmenté qui vit sous un cilice* » (BENOÎTE ET FLORA GROULT : *Le Féminin pluriel*).

CIMAISE [sf] : Moulure à hauteur d'appui dans un intérieur. « *... un Lafleur était exposé à l'intérieur de la galerie, où il était solidement arrimé à la cimaise* » (MARCEL AYMÉ : *Le Vin de Paris*).

CINABRE [sm] ou **CINABRIN** [adj] : Rouge vermillon. « *... il exhiba [...] une femme nue, avec des mamelons de cinabre et un delta indigo, délicieusement tatouée sur le dos de sa main...* » (VLADIMIR NABOKOV : *Lolita*).

CINÉRAIRE [adj] : Qui se rapporte aux cendres. « *... ses personnages vivaient, sortaient de ces limbes où les inhument les cinéraires anas de ses confrères* » (JORIS-KARL HUYSMANS : *Là-bas*).

CINGULUM [sm] : Bourrelet d'émail des dents. « *... sa simarre noire retombait avec ses amples manches au sol, comme pour créer un cingulum, un cordon ombilical entre la position aérienne des mains et la surface, ou les profondeurs, de la terre* » (UMBERTO ECO : *Le Pendule de Foucault*).

CIRCATEUR [adj] : Qui accomplit un circuit de surveillance. « *... un des moines circateurs déambulait entre les* *stalles avec une petite lanterne pour réveiller qui s'endormirait »* (UMBERTO ECO : *Le Nom de la rose*).

CIRCONCELLION [sm] : Secte de la fin de l'Antiquité. *« Au IVe siècle, en Afrique du Nord, les circoncellions s'attaquaient aux riches et libéraient les esclaves au nom du Christ »* (FRANZ-OLIVIER GIESBERT : *Le Sieur Dieu*).

CIRCONVALLATION [sf] : Tranchée des assiégeants. *« Les habitants approfondissaient les circonvallations et, à grand renfort de haches et de masses, palifiaient ou consolidaient les enceintes fortifiées de leurs oppida »* (JACQUES FLEURENT : *Celteries*).

CIRCUMNAVIGATEUR [sm] : Navigateur qui tourne autour d'un continent. *« … ce havresac servait d'estrade aux vigies de bateaux-théâtres, aux marins ignivores, aux circumnavigateurs de brasseries »* (RICHARD JORIF : *Le Navire Argo*).

CIRCUMNAVIGATION [sf] : Navigation autour d'un continent ou de la Terre. *« En 1803, Alexandre, empereur de Russie, chargea les capitaines Kreutzenstern et Lisiauski d'un grand voyage de circumnavigation »* (EDGAR ALLAN POE : *Les Aventures d'Arthur Gordon Pym*).

CIRRHOPODE ou **CIRRIPÈDE** [sm] : Sorte de crustacé (balane, anatife, etc.). *« … la quille [...] recouverte [...] d'une couche épaisse de gros cirrhopodes, qui nous fournirent une nourriture excellente… »* (EDGAR ALLAN POE : *Les Aventures d'Arthur Gordon Pym*).

CLABAUDERIE [sf] : Cris de ceux qui clabaudent. *« Mamitate dut convenir qu'elle ne pourrait jamais goûter la saveur de son moi parmi ce concours de clabauderies »* (RICHARD JORIF : *Le Navire Argo*).

CLABAUDEUR [adj] : Qui crie mal à propos. *« Les canards clabaudeurs interrompant soudain leur ronde pour s'ébrouer dans l'eau »* (SYLVIE GERMAIN : *Opéra muet*).

CLAIE [sf] : Plateau de tressage végétal rigide pour faire sécher. *« … le chef du village remet à mon père un couffin de galettes d'orge, des pots de miel et une claie remplie de fromages »* (JEAN SÉVERIN : *Le Soleil d'Olympie*).

CLAMPINER [verbe] : Paresser, traîner la patte. *« … un fracas de tintements ménagers parvint de la cuisine, où Dick et Bill clampinaient de droite et de gauche en quête d'un verre de bière »* (VLADIMIR NABOKOV : *Lolita*).

CLANGUEUR [sf] : Cri trompetté de certains animaux. *« [Les convulsionnaires] interrompaient les cours de leurs clangueurs obscènes et déchiraient les professeurs de haineuses invectives »* (RICHARD JORIF : *Le Navire Argo*).

CLANIQUE [adj] : Qui se rapporte au clan. *« … eux qui n'avaient jamais connu de Saxons hors de la mémoire familiale et clanique… »* (JACQUES FLEURENT : *Armorica*).

CLAPIR (SE) [verbe] : Se cacher dans un trou, se blottir comme un lapin au fond d'un clapier. *« Je finis par regagner la voiture et, pendant je ne sais combien d'heures, j'y restai clapi dans l'obscurité… »* (VLADIMIR NABOKOV : *Lolita*).

CLAPPANT [adj] : Qui produit des clappements ; que l'on entend clapper. *« … ils somnolèrent par séquences […] alarmés par les bruits clappants de la marée et les mouvements et craquements du navire… »* (JACQUES FLEURENT : *Armorica*).

CLAQUEBOIS [sm] : Petit instrument de musique à lames de bois tapées avec des baguettes. *« Partout tintent des crécelles, bruissent durement des claquebois »* (PIERRE LOTI : *Madame Chrysanthème*).

CLAQUESON [sm] : Forme francisée de klaxon. *« … des flamants […] les survolaient les saluant des coups appuyés de leurs claquesons… »* (YVES BERGER : *Immobile dans le courant du fleuve*).

CLAQUETER [verbe] : Émettre le cri de la poule qui va pondre. *« Il […] ignor[ait], le malheureux, que la poule cla-*

quette quand elle va pondre, caquette quand elle pond, et crételle quand elle a pondu » (RICHARD JORIF : *Le Navire Argo*).

CLAVEAU [sm] : Clef de voûte, de linteau, de corniche. « ... *notre guide nous fit visiter une salle secondaire au plafond serré dans quelques claveaux. [...] sur certain je vis sculptée une face barbue et vaguement caprine...* » (UMBERTO ECO : *Le Pendule de Foucault*).

CLERGEON [sm] : Enfant de chœur. « ... *le troisième larron, devenu clergeon d'un culte grotesque, balançait gravement à leurs pieds un encensoir fumant* » (MICHEL TOURNIER : *Gaspard, Melchior et Balthazar*).

CLICHER [verbe] : Faire un cliché, une empreinte, une marque. « *Ce tatouage des pères, pratiqué au moyen d'une matière bleue introduite dans les incisions, se cliche point par point sur le corps des enfants...* » (JULES VERNE : *Un capitaine de quinze ans*).

CLIGNOTANTE [sf] : Paupière des oiseaux. « *Il savait que le pigeon militaire de bonne race [...] doit avoir la tête convexe, le bec robuste, un œil à la clignotante rapide, aux muscles ciliaires vifs et sensibles...* » (MICHEL TOURNIER : *Le Roi des aulnes*).

CLIMATÉRIQUE [adj] : Année climatérique, année critique de la vie tous les 7 ou 9 ans. « ... *les institutions ont leurs années climatériques où les mêmes mots n'ont plus les mêmes significations, où les idées prennent d'autres vêtements...* » (HONORÉ DE BALZAC : *La Duchesse de Langeais*).

CLIN [sm] : Planche qui recouvre la planche précédente. « *Kerleven lui expliquait les moindres subtilités de la construction à clin ou à franc-bord...* » (ÉLISABETH HENNEBERT : *Amer*).

CLINFOC ou **CLIN-FOC** [sm] : Petit foc. « ... *il ne portait pas d'autres voiles que sa misaine et sa grande voile, avec un clinfoc* » (EDGAR ALLAN POE : *Les Aventures d'Arthur Gordon Pym*).

CLIQUE [sf] : Ensemble de tambours et de cuivres. « *La clique du gaillard d'arrière joua un air sacré, après quoi l'aumônier célébra l'habituel office du matin* » (HERMAN MELVILLE : *Billy Budd, marin*).

CLISSER [verbe] : Garnir de clisses, d'un treillis de tiges végétales, tisser ces tiges mêmes. « ... *les portes étaient closes, et aux fenêtres, fermées de stores en roseaux clissés, nulle tête n'apparaissait* » (THÉOPHILE GAUTIER : *Le Roman de la momie*).

CLOVISSE [sf] : Sorte de palourde de Méditerranée. « *Il mangea trois langoustes [...] tout en dévorant des yeux les assiettes des autres convives et [...] picora dans les unes ou les autres : clovisses de Galice, pouce-pieds de Bilbao...* » (GABRIEL GARCÍA MÁRQUEZ : *Douze contes vagabonds*).

COAPTATION [sf] : Réduction d'une fracture ou d'une luxation. « ... *il fut décidé qu'on panserait les deux plaies sans essayer de les fermer par une coaptation immédiate* » (JULES VERNE : *L'Île mystérieuse*).

COCHE [sf] : Femelle du cochon, truie. « ... *chaque coche avait sa petite maison d'où elle sortait comme elle voulait, des distributeurs de nourriture, le tout propre et rose et blanc* » (EPHRAÏME GRENADOU ET ALAIN PRÉVOST : *Grenadou, paysan français*).

COCHLÉARIA [sm] : Plante crucifère des lieux humides à forme de cuiller. « *[Ils] apportèrent [...] une grande quantité de céleri brun et de cochléaria, ou herbe au scorbut...* » (EDGAR ALLAN POE : *Les Aventures d'Arthur Gordon Pym*).

COCTION [sf] : Cuisson. « *[Les alchimistes] s'emploient jours et nuits, à la coction du grand œuvre* » (JORIS-KARL HUYSMANS : *Là-bas*).

CODEX [sm] : Recueil de formules, liste de nomenclatures. « ... *un volumineux codex intégralement couvert de listes* » (UMBERTO ECO : *Le Nom de la rose*).

COGNATION [sf] : Consanguinité, parenté par les femmes. « ... *consentante et sans trêve conspirante cognation par force profonde et interne apte à opérer l'univoque dans l'alternance même du jeu des équivoques [...] voilà que s'entrelaçaient toutes les fleurs...* » (UMBERTO ECO : *Le Nom de la rose*).

COLBACK [sm] : Bonnet à poil des tambours napoléoniens. « *Elle est enveloppée d'une fourrure d'ours blanc, ses longs cheveux blonds fluent de dessous son colback crâneur, regard hautain, mine sarcastique* » (UMBERTO ECO : *Le Pendule de Foucault*).

COLIFICHET [sm] : Babiole de décoration, de parure. « *Ah ! il ne s'inquiète guère des femmes, celui-là, de nos femmes à colifichets, à dentelles et à déguisement* » (GUY DE MAUPASSANT : *Notre cœur*).

COLLATION [sf] : Action de réunir, de rassembler, de colliger ; ensemble des objets ainsi réunis. « ... *ornementation et collation de créatures tour à tour irréductibles et réduites tour à tour...* » (UMBERTO ECO : *Le Nom de la rose*).

COLLIGER [verbe] : Réunir pour un recueil, rassembler, collectionner. « ... *on suppose que le texte a été colligé en France dans la dernière décennie du* XIXe*, au temps de l'affaire Dreyfus...* » (UMBERTO ECO : *Le Pendule de Foucault*).

COLLIMATION [sf] : Visée dans un objectif. « *Il bloqua le sextant [...] il essayait de se rappeler ce qu'il fallait faire de la différence entre les deux lectures, de l'erreur de collimation* » (C.S. FORESTER : *Lieutenant de marine*).

COLLOCATION [sf] : Classement, ordonnancement de quelque chose (particulièrement des dettes). « ... *notre plus haut effort a été de trouver un ordre dans ces sept mesures [...]. Cette haute et incomparable collocation [...] nous donne [...] la vraie sapience* » (UMBERTO ECO : *Le Pendule de Foucault*).

COLLOQUER [verbe] : Ordonner, placer. « *Frédéric s'est trouvé colloqué dans une chambre nue, au deuxième étage de l'hôpital* » (RICHARD JORIF : *Le Navire Argo*).

COLLUSION [sf] : Intelligence secrète et traîtresse. *« Par la suite, il devait constater fréquemment cette collusion du marché noir [...] avec les services constitués pour leur répression »* (MARCEL AYMÉ : *Le Vin de Paris*).

COLOMBIN [adj] : Désigne un baiser à pleine bouche, à pleine langue. *« Il y aurait plein de dimanches fleurant la tarte aux poires. Tu me ferais mourir sous tes baisers colombins »* (RICHARD JORIF : *Le Navire Argo*).

COLOMBINE (DE) [sf] : Désigne des baisers amoureux à pleine bouche, à pleine langue. *« La courbure prénubile de son dos [...] la lenteur langoureuse de ses baisers de colombine me préservèrent de mes tentations honteuses »* (VLADIMIR NABOKOV : *Lolita*).

COLOMBOGRAMME [sm] : Message porté par les pigeons voyageurs. *« Docilement Tiffauges sortit du panier le crayon encre et le carnet de feuillets spéciaux en papier pelure destinés aux colombogrammes »* (MICHEL TOURNIER : *Le Roi des aulnes*).

COLTIS [sm] : Couple au point où commence la saillie des bossoirs. *« ... tous les vaisseaux de ligne construits en Angleterre avaient ce coltis auquel les yeux d'Hornblower étaient habitués »* (C.S. FORESTER : *Un vaisseau de ligne*).

COMBE [sf] : Petite vallée. *« Il ira dissimuler le bijou sous un rocher de la combe, dès que ses camarades seront endormis »* (ODILE WEULERSSE : *Les Pilleurs de sarcophages*).

COMBLEAU [sm] : Grosse corde pour tirer les canons. *« Deux cents hommes, dans l'eau jusqu'aux cuisses, peinaient aux combleaux fixés au tube »* (C.S. FORESTER : *Un vaisseau de ligne*).

COMMA [sm] : Intervalle de tonalité minimum (il y a neuf commas dans un ton). *« Frédéric, le temps d'un comma, retrouve le fondant de l'enfance »* (RICHARD JORIF : *Le Navire Argo*).

COMMETTANT [sm] : Personne qui commet, qui charge quelqu'un de ses affaires. « *Il accomplissait toute basse mission que ses commettants lui confiaient, mais seulement si le mal qu'il faisait ne prenait pas des proportions telles qu'eux-mêmes en eussent pu éprouver de la répugnance* » (UMBERTO ECO : *L'Île du jour d'avant*).

COMMIXTION [sf] : Mélange. « *C'est une histoire compliquée. [...] on a l'influence des groupes bantous et à partir de là commencent les commixtions en chaîne* » (UMBERTO ECO : *Le Pendule de Foucault*).

COMPENDIEUX [adj] : Bref. « *Je pense que vous devriez travailler un compendieux recueil d'hagiographie ou préparer un savant in-folio sur le blason* » (JORIS-KARL HUYSMANS : *Là-bas*).

COMPISSER [verbe] : Souiller de pisse. « *Elle se retroussa, mit à l'air son comment a nom, et compissa Frédéric* » (RICHARD JORIF : *Le Navire Argo*).

COMPOIX ou **COMPOIDS** [sm] : Registre de répartition des impositions coutumières dans le Midi. « *Le pays avait bien échappé au cadastre. [...] Il chercha encore du côté du compoix, qui n'existait pas, aussi du côté des attestations de finage, vainement* » (YVES BERGER : *Immobile dans le courant du fleuve*).

COMPOSSIBLE [adj] : Qui peut exister en même temps. « *... nous feignons, de l'infini univers et des mondes, la pluralité des compossibles...* » (UMBERTO ECO : *Le Pendule de Foucault*).

CONCHE [sf] : Anse ou étang d'eau de mer. « *... les circonvolutions du chemin côtier qui grimpait, dégringolait, contournait les conches éblouissantes ou les anses envasées [...] les retardèrent...* » (JACQUES FLEURENT : *Armorica*).

CONCLAVISTE [sm] : Serviteur d'un cardinal en conclave. « *Soixante-deux cardinaux assistés chacun d'un conclaviste et d'un garde noble se sont enfermés avant-hier matin dans la* *partie du Vatican réservée au conclave* » (MICHEL TOURNIER : *Le Roi des aulnes*).

CONCRESCENT ou **CONGRESCENT** [adj] : Qui se solidifie. « *Là, hommes et bêtes emmêlés, imbriqués, congrescents...* » (JACQUES FLEURENT : *Celteries*).

CONCUPISCIBLE [adj] : Qui peut succomber à la concupiscence. « *... ce qui paraissait manque d'assurance était au contraire et seulement curiosité, mais au début je savais bien peu de cette vertu, que je croyais plutôt une passion de l'esprit concupiscible...* » (UMBERTO ECO : *Le Nom de la rose*).

CONDORMANT [sm] : Hérétique de l'Église ancienne. « *– Tiens, il y avait une secte de condormants ? Quelle était leur spécialité ? – Ils autorisaient la promiscuité des sexes* » (RICHARD JORIF : *Le Navire Argo*).

CONFABULER [verbe] : Bavarder familièrement. « *Puis il fallut attendre le bon plaisir des maîtres qui confabulaient autour de la cheminée monumentale au milieu des cigares et des liqueurs* » (MICHEL TOURNIER : *Le Roi des aulnes*).

CONFERVE [sf] : Algue verte flottante. « *Ils abordaient, quelques instants après, au milieu d'une écume verte de conferves et d'autres plantes aquatiques* » (JULES VERNE : *Un capitaine de quinze ans*).

CONGLUTINER [verbe] : Agglutiner, serrer et coller ensemble. « *Un homme et une femme plus ou moins conglutinés dans l'ombre d'une voiture [...] affirmèrent que nous étions au cœur du parc...* » (VLADIMIR NABOKOV : *Lolita*).

CONGRÉER [verbe] : Remplir les hélices d'un cordage. « *Congréer et limander un filin puis le lover dans une soute à l'avant, prêt à être utilisé comme aussière* » (C.S. FORESTER : *Seul maître à bord*).

CONGRUENCE [sf] : Parfaite ressemblance, perfection de la mesure, de la similitude. « *... uniques dans la diversité et diverses dans leur conforme ensemble, en admirable congruence* *des parties alliée à une séduisante suavité des teintes [...] voilà que s'enlaçaient toutes les fleurs...* » (UMBERTO ECO : *Le Nom de la rose*).

CONGRÛMENT [adv] : Convenablement, pertinemment. « *Dès qu'il put placer un mot, Laviolette répondit* Non ! *le plus congrûment du monde* » (PIERRE MAGNAN : *Le Sang des Atrides*).

CONNAISSEMENT [sm] : Déclaration des marchandises, du fret. « *Ils ont débarqué votre chargement ? [...] Le Hollandais citait évidemment mot pour mot les termes de son connaissement* » (C.S. FORESTER : *Mission aux Antilles*).

CONNECTIF [sm] : Qui sert à unir (terme de botanique). « *... si [...] vous y mettez quelques dizaines de propositions [...] plus quelques connectifs [...], nous pourrions obtenir des séquences révélatrices* » (UMBERTO ECO : *Le Pendule de Foucault*).

CONNEXITÉ [sf] : Concordance, relation étroite. « *Y a-t-il connexité entre cette révélation [...] et le double enlèvement...* » (JULES VERNE : *Face au drapeau*).

CONOÏDE [sm] : En forme de cône. « *Des horloges à ressort où un conoïde rainé déroulait une chaînette...* » (UMBERTO ECO : *L'Île du jour d'avant*).

CONSENTIR [verbe] : Céder ou se courber par l'effort sans retour, sans élasticité. « *Toute augmentation de la surface de toile augmentait les risques de voir une pièce du gréement consentir* » (C.S. FORESTER : *Seul maître à bord*).

CONSOMPTION [sf] : Amaigrissement et affaiblissement progressif. « *J'eus peur en lisant que chez l'amant sincère, auquel se dérobe la vue de l'objet aimé, ne peut que survivre un état de consomption allant souvent jusqu'à lui faire prendre le lit...* » (UMBERTO ECO : *Le Nom de la rose*).

CONSUBSTANTIEL [adj] : Qui est de la même substance. « *... un tatouage [est] une amulette permanente, un* *bijou vivant qu'on ne peut enlever parce qu'il est consubstantiel au corps* » (MICHEL TOURNIER : *Gaspard, Melchior et Balthazar*).

CONTADIN [sm] : Paysan. « *Il rentra au village sous une pluie battante et les applaudissements d'une poignée de contadins* » (RICHARD JORIF : *Le Navire Argo*).

CONTEMPTEUR [adj] : Qui méprise, qui dénigre. « *... élite de l'élite, noblesse de la noblesse, [...] contempteurs de la mort qui se dévêtent au moment de l'assaut...* » (JACQUES FLEURENT : *Celteries*).

CONTENDANT [sm] : Qui prend partie à un débat, à une discussion, interlocuteur d'une discussion contradictoire. « *... le règlement d'une affaire emportait qu'un combat singulier opposerait les contendants...* » (RICHARD JORIF : *Le Navire Argo*).

CONTONDRE [verbe] : Blesser par contusion, sans percer, sans inciser. « *... les étudiants [...] s'acharnaient à lui contondre les fesses tout en le déchirant d'invectives* » (RICHARD JORIF : *Le Navire Argo*).

CONTOURNER [verbe] : Tracer le contour ; tourner autour. « *... une véranda [...] contournait le long des murs comme un impluvium antique* » (JULES VERNE : *Les Enfants du capitaine Grant*).

CONTRAPUNCTIQUE [adj] : Qui est produit en contrepoint, en deuxième voix, note contre note. « *Le souvenir qui spiritualise toute chose défunte a transformé cette cavalcade en choral contrapunctique...* » (MICHEL TOURNIER : *Le Roi des aulnes*).

CONTREMANDER [verbe] : Révoquer un ordre. « *... l'auteur de cette seconde lettre connaissait le secret de l'overman, puisqu'il contremandait formellement l'invitation faite à l'ingénieur...* » (JULES VERNE : *Les Indes noires*).

CONTRE-SEMBLANCE [sf] : Fausse ressemblance. « *... le rôle des dobermans concentrationnaires [...] ne lui sembla plus* *qu'une touche presque légère, destinée à parfaire la monstrueuse analogie, cette contre-semblance qui était son enfer personnel »* (MICHEL TOURNIER : *Le Roi des aulnes*).

CONTRETENIR [verbe] : Retenir fortement. « *Les djinns contretiennent de toutes leurs forces, en raidissant leurs jambes musculeuses [...] ces petites voitures chargées...* » (PIERRE LOTI : *Madame Chrysanthème*).

CONTRISTER [verbe] : Attrister par compassion de la tristesse d'un autre. « *Nous nous mettons en route aux lanternes, suivis des trois dames contristées qui nous reconduisent* » (PIERRE LOTI : *Madame Crysanthème*).

CONTROUVER [verbe] : Inventer, imaginer une chose fausse. « *Quant aux documents [...] s'ils ne sont pas apocryphes, d'autres, non moins certains, se déterrent plus tard qui les controuvent...* » (JORIS-KARL HUYSMANS : *Là-bas*).

CONTUMÉLIE [sf] : Injure. « *Certes, au point de vue des contumélies et des blasphèmes, des besognes sacrilèges et galimafrées sensorielles, ce prêtre semble exorbitant...* » (JORIS-KARL HUYSMANS : *Là-bas*).

CONTUS [adj] : Qui est marqué d'une contusion, qui est meurtri. « *Une autre plaie contuse ensanglantait le dos d'Harbert, et la balle qui l'avait frappé s'en échappa aussitôt* » (JULES VERNE : *L'Île mystérieuse*).

CONVENT [sm] : Assemblée générale de francs-maçons. « *Alors il propose aux différents ordres et rites de se rencontrer à Wilhelmsbad pour un convent comme cela s'appelait en ce temps-là...* » (UMBERTO ECO : *Le Pendule de Foucault*).

CONVENTICULE [sm] : Petite réunion. « *Ces derniers sont probablement des amis d'un de ces dix mille conventicules d'utopistes de la renaissance chrétienne* » (UMBERTO ECO : *Le Pendule de Foucault*).

CONVENTUEL [adj] : Qui correspond ou convient à un couvent. « *... j'aurais aimé apercevoir, pour la dernière fois,* *avant notre retraite conventuelle, un doux visage féminin »* (Robert Merle : *Le jour ne se lève pas pour nous*).

CONVOLUTÉ [adj] : Enroulé en cornet. « *[Des feuilles] d'une substance charnue convolutée en conque de manière à contenir encore l'eau de la dernière pluie* » (Umberto Eco : *L'Île du jour d'avant*).

COPROLALIE [sf] : Langage ordurier. « *... des bandeurs en lisières que des affiches de théâtres du Sexe provoquaient à la coprolalie* » (Richard Jorif : *Le Navire Argo*).

COPROLITHE [sm] : Fossile de matière fécale. « *Caressant la chose et tentant de l'émietter, [...] il se persuada qu'il avait trouvé un coprolithe, excrément par le temps durci et blanchi...* » (Yves Berger : *Immobile dans le courant du fleuve*).

COPROLOGIE [sf] : Étude des excréments. « *... il admira que les hasards de la guerre [...] eussent fait de lui le serviteur [...] du deuxième personnage du Reich, expert en phallologie et en coprologie* » (Michel Tournier : *Le Roi des aulnes*).

COPROLOGIQUE [adj] : Qui a trait à la coprologie, étude des excréments. « *... le Reichsmarschall manifestait [...] un don incomparable [...] dans la lecture des laissées du gibier. Tiffauges eut l'occasion de voir s'exercer cette vocation coprologique du maître de Rominten...* » (Michel Tournier : *Le Roi des aulnes*).

COPROPHAGE [sm et adj] : Mangeur de merde, animal se nourrissant dans les déjections. « *Seul un coprophage pourrait encore avoir le désir d'éprouver sa denture sur ma personne !* » (Pierre Drachline : *Le Cœur à l'horizontale*).

COPROPHAGIE et **AUTOCOPROPHAGIE** [sf] : Absorption de matière fécale. « *Outre l'autocoprophagie matinale, [...] le tir au pistolet à eau sur cible murale [...] constituait l'un des sports favoris du petit Christian* » (Pierre Desproges : *Des femmes qui tombent*).

COQUEBIN [adj] : Niais innocent. « … *un pamphlétaire enragé, qui écrivait une langue tout à la fois exaspérée et précieuse, coquebine et farouche* » (JORIS-KARL HUYSMANS : *À rebours*).

COQUERON [sm] : Compartiment dans la coque, soute à fond de cale. « … *l'argent se trouvait dans le coqueron, à l'arrière, par l'arrière du mât d'artimon…* » (C.S. FORESTER : *Trésor de guerre*).

COQUETTER [verbe] : Faire la coquette. « *Le château, ranimé par un bain de soleil, se défublait de ses mines grognonnes, rajeunissait, s'affétait, coquettait pour son départ* » (JORIS-KARL HUYSMANS : *En rade*).

CORACLE [sm] : Petit canot gallois ou irlandais en osier et en peau tendue. « *Il s'agissait d'une de ces barques de peau, un de ces coracles tant décriés la veille par le capitaine vénète, avec un seul homme sur le banc de nage* » (JACQUES FLEURENT : *Armorica*).

CORALLIGÈNE [adj] : Qui produit du corail. « … *cette navigation au milieu de récifs sans nombre, à travers ces étroites passes dont les fonds sont hérissés d'excroissances coralligènes* » (JULES VERNE : *Mistress Branican*).

CORALLIN [adj] : Rouge corail. « *En tête du cortège venaient les formes biscornues, montées des grottes sous-marines et des parterres corallins…* » (ERNST JÜNGER : *Visite à Godenholm*).

CORALLITE [sf] : Érosion, corrosion par le vent de sable. « *Le ciel, assez pur, permettait d'apercevoir […] ces khourghans, ou tombeaux anciens, dont la campagne est couverte, jusqu'en ses moindres collines de corallites* » (JULES VERNE : *Kéraban-le-têtu*).

CORDE [sf] : Unité de mesure du bois de chauffage valant à peu près deux stères. « *[Ils] n'arrivent jamais sans quelque présent : une corde de bois, de la liqueur, des chandelles* *ou une pièce de venaison* » (GENEVIÈVE DORMAN : *Le Roman de Sophie Trébuchet*).

CORDELIÈRE [sf] : Cordon, corde tressée faisant office de ceinture. « ... *leurs suites respectives, la blanche et la noire, [étaient] aussi reconnaissables malgré le désordre que deux cordelières de couleurs différentes étroitement tressées* » (MICHEL TOURNIER : *Gaspard, Melchior et Balthazar*).

CORDIFORME [adj] : En forme de cœur. « *Le soleil paraissait avoir fait le vide dans tout le village. Seule la fontaine cordiforme jasait intarissablement* » (MICHEL TOURNIER : *Le Roi des aulnes*).

CORNAQUER [verbe] : Diriger tel un cornac dirigeant son éléphant, en tenant de près, par les oreilles. « *Cette Catherine Thomas [...] est cornaquée par une mère qui veut caser sa fille en la mettant à l'abri du besoin...* » (GENEVIÈVE DORMAN : *Le Roman de Sophie Trébuchet*).

CORNISTE [sm] : Joueur de cor. « ... *une compagnie de cornistes s'était rassemblée devant le Jägerhof pour lui donner l'aubade à sa descente de voiture* » (MICHEL TOURNIER : *Le Roi des aulnes*).

CORPORISER ou **CORPORIFIER** [verbe] : Donner corps à ce qui n'est qu'esprit. « ... *à Paris, Bérard, un conducteur d'omnibus, de la ligne Panthéon-Courcelles, atteste également qu'il corporise le Paraclet...* » (JORIS-KARL HUYSMANS : *Là-bas*).

CORPUSCULES DE KRAUZE [smpl] : Glandes intervenant dans l'orgasme. « *Les nerfs de la félicité étaient à nu. Les corpuscules de Krauze approchaient de la phase frénétique* » (VLADIMIR NABOKOV : *Lolita*).

CORROYER [verbe] : Malaxer, battre, manipuler. « *L'argile, imbibée d'eau, corroyée ensuite avec les pieds [...] fut divisée en prismes d'égale grandeur* » (JULES VERNE : *L'Île mystérieuse*).

CORUSCANT [adj] : Brillant ; étincelant. « *Sa majesté [...] chevauchait devant Turin dans un costume noir brodé d'or, une plume au chapeau et la cuirasse coruscante !* » (UMBERTO ECO : *L'Île du jour d'avant*).

CORYMBE [sm] : Inflorescence où les fleurs s'organisent sur une même surface plane. « *... voilà que s'entrelaçaient toutes les fleurs et les feuilles et les vrilles et les touffes et les corymbes de toutes les herbes dont on orne les jardins...* » (UMBERTO ECO : *Le Nom de la rose*).

COSME [sm] : Monde. « *La druidesse Pythie rendait dans les transes des oracles sur le mystère primordial des cosmes* » (JACQUES FLEURENT : *Celteries*).

COSMOGONIE [sf] : Système de la formation de l'Univers. « *Il ne concevait pas l'Histoire, ni les sciences de la nature, ni la cosmogonie comme une évolution telle qu'on se la représente à l'ordinaire...* » (ERNST JÜNGER : *Visite à Godenholm*).

COSMOGONIQUE [adj] : Qui explique la création de l'Univers. « *Il [...] arrêtait des anthroponymes, tout entier dans une volonté cosmogonique qui l'amenait au rêve de mailler le Pays, non pour l'emprisonner mais pour le tenir...* » (YVES BERGER : *Immobile dans le courant du fleuve*).

COTONÉASTER [sm] : Sorte d'arbuste. « *... les branches du cotonéaster aux feuilles rondes et luisantes, constellant le mur arrière de la maison d'un essaim de baies rouges* » (SYLVIE GERMAIN : *Opéra muet*).

COTRET [sm] : Fagot de petit bois. « *Ce fut, entre la loge et la cuisine, une lutte quotidienne, [...] pour une brindille de cotret, tombée [...] dans les escaliers* » (JORIS-KARL HUYSMANS : *En ménage*).

COUCHÉE [sf] : Campement de fortune, lieu que l'on prépare pour se coucher. « *Dick Sand et les Noirs revinrent à la grotte. La couchée fut organisée le mieux possible* » (JULES VERNE : *Un capitaine de quinze ans*).

COUFFE [sf] : Couffin, panier souple. *« ... de pauvres femmes [...] leurs enfants suspendus à leur cou dans des lambeaux d'étoffe ou des couffes de sparterie... »* (THÉOPHILE GAUTIER : *Le Roman de la momie*).

COULE [sf] : Vêtement religieux à capuche. *« ... il se levait avec promptitude et resserrait à la taille le cordon de sa coule dont il tirait la capuche sur sa tête »* (JACQUES FLEURENT : *Armorica*).

COULÉE [sf] : Passage visible dans les herbes du sous-bois des petits animaux. *« ... il avait posé quelques lacets à lapins dans les coulées d'une fougeraie prochaine [...] mais il comprit ensuite [...] qu'un goupil ou un haret faisait la relevée avant lui »* (MICHEL TOURNIER : *Le Roi des aulnes*).

COULIS [adj] : Qualifie l'air qui passe par les entrebâillements (vent coulis). *« Je tremblais de la tête aux pieds pris de crainte et saisi par le vent coulis qui pénétrait par les rayères des murs »* (UMBERTO ECO : *Le Nom de la rose*).

COUPOLÉ [adj] : Couvert d'une coupole. *« ... je m'entends crier son nom dans le soleil, et l'acoustique du temps lourdement coupolé charge mon appel [...] d'un tel poids d'angoisse... »* (VLADIMIR NABOKOV : *Lolita*).

COURONNER (SE) [verbe] : Se blesser au genou, particulièrement pour un cheval. *« Mais les bêtes glissaient dans la boue liquide, et l'une d'elles tomba même sur les genoux au risque de se couronner »* (MICHEL TOURNIER : *Le Roi des aulnes*).

COURTILLE ou **COURTIL** [sf ; sm] : Jardin. *« [Des ruelles] s'étrécissaient [...] tournaient brusquement pour déboucher sur un courtil fleuri de roses trémières »* (JEAN FAILLER : *Mort d'une rombière*).

COURTINE [sf] : Rideau de lit ou de fenêtre ou façade entre deux pavillons. *« ... une façade ravagée [se détachait] et les vestiges d'une courtine qui, jadis, avait dû lier deux tours* *carrées qu'on apercevait à l'est et à l'ouest* » (GILBERT SINOUÉ : *Le Livre de saphir*).

COXALGIE [sf] : Maladie de la hanche. « ... *nous débarquons au bout du Finistère. Sur le quai : une coxalgie congénitale, deux coiffes de Pont-Aven, trois cols marins...* » (BENOÎTE ET FLORA GROULT : *Le Féminin pluriel*).

COXALGIQUE [adj] : Atteint d'une arthrite de la hanche. « *Un matin, une paysanne maigre et coxalgique [...] déclara qu'elle était la mère de l'enfant de Savin...* » (JORIS-KARL HUYSMANS : *En rade*).

CRANIOSTÉNOSE [sf] : Rétrécissement du crâne. « *... Jacques était toujours couché [...] la tête prise dans un étau de douleurs [...]. – Exquise craniosténose, docteur, bredouilla-t-il...* » (PIERRE DESPROGES : *Des femmes qui tombent*).

CRAPOUSSIN [sm] : Gamin. « ... *mon encrier [...] est en jade, avec des crapauds mignons et des crapoussins sculptés sur le rebord* » (PIERRE LOTI : *Madame Chrysanthème*).

CRAPOUSSIN [adj et smf] : Qui est court et gros, mal conformé. « *Il [...] se dirigea, sans savoir pourquoi, vers une petite crapoussine dont la robe à fleur n'attirait que les mouches* » (RICHARD JORIF : *Le Navire Argo*).

CRAQUETER [verbe] : Craquer légèrement. « *Des étincelles craquetèrent autour de lui, tout doucement...* » (ERNST JÜNGER : *Visite à Godenholm*).

CRATÈRE [sm] : Grand vase à deux anses. « ... *vite, le cratère ! Le maître d'hôtel disparut en hâte, et revint en portant une vaste coupe d'onyx qu'il posa devant le Reichsmarschall* » (MICHEL TOURNIER : *Le Roi des aulnes*).

CRAVATE [sf] : Cordage solide servant à maintenir une pièce de bois, une ancre pour une manœuvre en la cravatant. « *Bush surveillait les drisses des basses vergues, et Gérard, à la tête du grand mât, s'occupait des cravates* » (C.S. FORESTER : *Retour à bon port*).

CRÉDENCE [sf] : Petit meuble, console à desservir. « *Il s'approcha de la crédence [...] selon la coutume du pays, les grosses pièces y étaient présentées...* » (ERNST JÜNGER : *Visite à Godenholm*).

CRÉMATION [sf] : Destruction par le feu. « *Je ferai un mort bien raisonnable. [...] La crémation aura, peut-être, en définitive, ma préférence* » (PIERRE DRACHLINE : *Le Cœur à l'horizontale*).

CRÉPITOMANIE [sf] : Manie de péter. « *Je m'intéressais [...] [à ces] traités scatologiques sur la crépitomanie...* » (ROBERT SABATIER : *Le Lit de la Merveille*).

CRESPELER ou **CRÊPELER** [verbe] : Onduler. « *... semblables à des crins crespelés par des fers trop chauds, ses cheveux frisaient en se cassant du bout...* » (JORIS-KARL HUYSMANS : *À rebours*).

CRÉSYL [sm] : Produit chimique désinfectant. « *Des arômes se répandaient [...] des relents de crésyl, de savon noir et d'eau de Javel* » (ROBERT SABATIER : *Le Lit de la merveille*).

CRÉTELER [verbe] : Émettre le gloussement de la poule qui vient de pondre. « *Il [...] ignor[ait], le malheureux, que la poule claquette quand elle va pondre, caquette quand elle pond, et crételle quand elle a pondu* » (RICHARD JORIF : *Le Navire Argo*).

CRISTE-MARINE [sf] : Fleur poussant dans les rochers salés. « *... les pâturages couverts de petit gazon, que le cocher appelait de la criste-marine, avaient fait place aux dunes encore suantes, imprégnées de mer* » (GUY DE MAUPASSANT : *Notre cœur*).

CROCODILE [sm] : Grande scie à pierre. « *Toute pierre marbrière lui rappelle sa jeunesse [...]. Son bonheur sur la terre a commencé avec le crocodile, longue scie aux dents du même nom...* » (FERNAND POUILLON : *Les Pierres sauvages*).

CROQUEMBOUCHE [sm] : Nom générique des pâtisseries croquantes. « *... des soufflés de litchis, des fritèches de* *mangues, des croquembouches de nèfles, des crèmes bachiques au vin de Lyda...* » (MICHEL TOURNIER : *Gaspard, Melchior et Balthazar*).

CROTTIER [sm] : Lieu rempli de crottes d'animaux chassés. « ... *on voyait des grattages tout frais, d'importants crottiers et des touffes de poils...* » (JEAN FAILLER : *La Mort au bord de l'étang*).

CRUCIFÈRE [adj] : Qui porte une croix. « *Le visage était illuminé par la terrifiante beauté d'un nimbe crucifère et fleuri...* » (UMBERTO ECO : *Le Nom de la rose*).

CRUCIFORME [adj] : En forme de croix. « ... *un objet bizarre, presque cruciforme pointait du bord de la jarre, comme s'il s'agissait de deux pieux fichés en terre...* » (UMBERTO ECO : *Le Nom de la rose*).

CRUCIPHILE [sm] : Qui aime les crucifix. « ... *les radiesthésistes, les guérisseurs, les acupuncteurs et les homéopathes, et même les douloureux cruciphiles qui déclarent se sentir mieux au retour de Lourdes* » (PIERRE DESPROGES : *Des femmes qui tombent*).

CRYPTIQUE [adj] : Plein de caches et de secrets. « ... *par quelle substitution ce cercueil féminin occupait-il ce sarcophage royal, au milieu de ce palais cryptique...* » (THÉOPHILE GAUTIER : *Le Roman de la momie*).

CRYPTOCHROMISME [sm] : Faculté à se cacher grâce aux couleurs. « ... *le gris, cependant, demeurait son cryptochromisme favori, et je m'évertuais [...] à classer en ordre les spectres de la Chrysler Gris Marin, de la Chevrolet Gris Chardon, de la Dodge Gris Français...* » (VLADIMIR NABOKOV : *Lolita*).

CRYPTOGRAMMIQUE [adj] : De la nature d'un cryptogramme, d'une écriture en caractères secrets. « ... *j'avoue que plusieurs éléments de ce rallye-paper cryptogrammique m'ont échappé* » (VLADIMIR NABOKOV : *Lolita*).

CRYPTOLOGUE [sm] : Celui qui étudie ce qui est caché. « *Beaucoup de volumes sur les écritures secrètes, une véritable collection de cryptologue...* » (UMBERTO ECO : *Le Pendule de Foucault*).

CRYPTOMERIA [sm] : Arbre japonais. « *... des arbres gigantesques, les cryptomerias sacrés, étendent comme un dôme leurs branches noires* » (PIERRE LOTI : *Madame Chrysanthème*).

CHRYSALIDER (SE) [verbe] : Se renfermer dans le cocon pour devenir chrysalide. « *[Les] callicores bleutées [...] se chrysalident en grappes et s'envolent toutes ensemble, obéissant à une mystérieuse correspondance grégaire* » (MICHEL TOURNIER : *Gaspard, Melchior et Balthazar*).

CUBICULE [sm] : Très petite chambre à coucher. « *[Il] eut grand-peine à réprimer un frisson à la vision de l'unique salle de bains, un étroit cubicule serré entre le palier et la chambre de Lo...* » (VLADIMIR NABOKOV : *Lolita*).

CULER [verbe] : Reculer. « *Le* Renown *cula légèrement ; la barre toute d'un bord et les hommes aux écoutes du foc, il évita* » (C.S. FORESTER : *Lieutenant de marine*).

CUNETTE [sf] : Petit canal d'évacuation ou d'accès à une carrière ; petit caniveau dans une fortification, un égout. « *La Grange avait donné l'ordre de la charge contre une petite église abandonnée, longée par les travaux d'une galerie déjà bien avancée, lorsque, soudain, derrière une cunette, le gros de l'armée était apparu* » (UMBERTO ECO : *L'Île du jour d'avant*).

CUPRIFÈRE [adj] : Qui contient du cuivre. « *... cette expédition [...] ne s'intéressait nullement aux ressources cuprifères de l'île Victoria ni à quelque autre question du même acabit...* » (VLADIMIR NABOKOV : *Lolita*).

CUPULE [sf] : Petite coupe ; réceptacle ligneux à la base du gland. « *Il la dissuada de vivre plus longtemps dans le péché avec le risque de se piquer le derrière au contact des cupules épineuses* » (PIERRE DESPROGES : *Des femmes qui tombent*).

CUSTODE [sf] : Boîte de verre à hosties ou rideau de maître-autel. « *Les moines se regroupèrent derrière leur abbé porteur d'une custode en forme de chasse qui recelait l'Hostie et bosselait le haut de sa poitrine...* » (JACQUES FLEURENT : *Armorica*).

CUTICULE [sf] : Petite peau. « *Vous avez tous vu des onglicides à l'œuvre – ces gens qui sarclent leurs cuticules pendant la soirée dansante du bureau* » (VLADIMIR NABOKOV : *Lolita*).

CYCAS [sm] : Arbuste exotique à forme de palmier. « *Des cycas séculaires, aux fraîches touffes de plumes vertes...* » (PIERRE LOTI : *Madame Chrysanthème*).

CYNÉGÉTIQUE [sf] : Art de la chasse. « *Les crânes et les trophées suspendus aux murs dataient de temps plus anciens car Schwarzenberg n'avait, dans aucune des phases de sa vie, pratiqué la cynégétique* » (ERNST JÜNGER : *Visite à Godenholm*).

D

DAGUE [sf] : Bois d'un cerf qui n'a qu'un an. « *[Le] travail de Tiffauges consistait à glaner [...] les bois de mue mis bas par les cerfs [...] les plus jeunes attendant parfois jusqu'au seuil de l'été pour perdre leurs dagues* » (MICHEL TOURNIER : *Le Roi des aulnes*).

DAGUET [sm] : Jeune cerf d'un ou deux ans à bois encore droits. « *La première balle qui stoppa un daguet de deux ans ne ralentit pas la ruée des bêtes...* » (MICHEL TOURNIER : *Le Roi des aulnes*).

DAINTIERS [smpl] : Testicules des cerfs. « *La [main] droite sciait vivement, la gauche fouillait les bourses fendues et recueillait les daintiers qui ressemblaient à des œufs de chair vive d'un rose opalescent* » (MICHEL TOURNIER : *Le Roi des aulnes*).

DALMAIRE [sm] : Sorte de dalmatique. « *Les ornements sacerdotaux foisonnent ; [...] une chape de velours cramoisi, violet, avec drap d'or orfrazé, une autre en drap de Damas aurore, des dalmaires en satin pour diacre...* » (JORIS-KARL HUYSMANS : *Là-bas*).

DALMATIQUE [sf] : Vêtement sacerdotal. « *... la cheminée [...] découpée dans la somptueuse étoffe d'une dalmatique florentine...* » (JORIS-KARL HUYSMANS : *À rebours*).

DALOT [sm] : Trou dans les parois d'un navire pour l'écoulement de l'eau. « *... des torrents de pluie [...] tambourinaient sur le pont, s'écoulaient à flot par les dalots...* » (C.S. FORESTER : *Trésor de guerre*).

DAME-JEANNE [sf] : Réserve d'eau ou de liquide, bonbonne. « *Puis Lalo débouche une dame-jeanne et se met* *à boire au goulot* » (YVES NAVARRE : *Le Petit Galopin de nos corps*).

DAVIER [sm] : Instrument de dentiste, pince pour arracher les dents. « *Pardonnez-moi de vous forcer ainsi dans vos retranchements, de vous arracher de même qu'avec un davier les mots…* » (JORIS-KARL HUYSMANS : *Là-bas*).

DE CUJUS [sm] : Testateur, celui dont on règle la succession. « *La de cujus avait nommé légataire universelle sa dame de compagnie…* » (STEFAN ZWEIG : *La Pitié dangereuse*).

DÉBAGOULER [verbe] : Dégobiller, vomir. « … *des pillards faméliques et débagoulants se répandaient dans les étages…* » (RICHARD JORIF : *Le Navire Argo*).

DÉBOND [sm] : Vidage, écoulement brusque par une bonde ouverte. « *Cela venait du cœur comme un débond soudain et ça m'allégeait à mesure…* » (JEAN GIONO : *Le Serpent d'étoiles*).

DÉBORDER [verbe] : Quitter le bord, se détacher de là où l'on est abordé. « *La baleinière déborda, et, sous l'impulsion de ses quatre avirons, vigoureusement maniés, elle commença à s'éloigner du Pilgrim* » (JULES VERNE : *Un capitaine de quinze ans*).

DÉBOUQUER [verbe] : Contraire d'embouquer, sortir d'un canal. « … *il voyait l'allège du Magasin des Subsistances débouquer de la crique* » (C.S. FORESTER : *Trésor de guerre*).

DÉBOURBER (SE) [verbe] : Se décrotter, retirer la boue, la bourbe. « *Ils attendirent dans l'entrée en se débourbant au paillasson…* » (RICHARD JORIF : *Le Navire Argo*).

DÉBRINGUÉ [adj] : Désordonné. « *Les tons criards qui, livrés à eux-mêmes, s'avancèrent, débringués, au-dessus du val* » (JORIS-KARL HUYSMANS : *En rade*).

DÉBRUTIR [verbe] : Dégrossir. « *[Le maître] modifie, à son gré, la forme séculaire de ses plantes, débrutit les blocs, termine les ébauches…* » (JORIS-KARL HUYSMANS : *À rebours*).

DÉBUCHER [verbe] : Sortir du bois (en parlant d'un animal). « *Soudain, Jeanne débucha, bras dessus, bras dessous avec une autre* » (JORIS-KARL HUYSMANS : *En ménage*).

DÉCALOTTER [verbe] : Retirer le calot, la capuche, tout ce qui peut couvrir. « *En vérité, j'avais grand besoin d'un peu de repos [...] avant de décalotter le prépuce de mon pistolet et de savourer l'orgasme de la détente libérée…* » (VLADIMIR NABOKOV : *Lolita*).

DÉCAPELER [verbe] : Retirer les capelages, déboucler les cordages qui entourent une pièce, dégrafer un vêtement. « *J'en profite pour m'esquiver, gagner ma chambre, décapeler mon ciré et retirer mon bonnet de mer trempé* » (ROBERT MERLE : *Le jour ne se lève pas pour nous*).

DÉCARGUER [verbe] : Desserrer, déplier des voiles. « *… le meunier, [...] venu décarguer ses toiles [...] eût aperçu cet homme…* » (JULES VERNE : *Un drame en Livonie*).

DÉCAVÉ [adj] : Déchu, désargenté. « *Un embêté, un décavé, qui avait eu des différences énormes au baccara, pendant trois mois* » (GUY DE MAUPASSANT : *Apparition [L'endormeuse]*).

DÉCHAL [adj] : Bas, abaissé, rabaissé, comme la mer basse. « *Blessés, déchaux et demi-nus, les yeux égarés par la fièvre, [...] ils allaient hagards…* » (C.S. FORESTER : *Mission aux Antilles*).

DÉCHALER [verbe] : Se retirer, descendre, en parlant de la mer. « *Ses sœurs l'interrogeaient pour savoir si la mer déchalait ce jour-là, si les moules donnaient, si les palourdes perçaient…* » (MARIE LE FRANC : *Enfance marine*).

DÉCLIVE [adj] : En pente. « *… il voulait savoir si ce cône pourrait être tourné à sa base, pour le cas où ses flancs, trop* *déclives, le rendraient inaccessible jusqu'à son sommet* » (JULES VERNE : *L'Île mystérieuse*).

DÉCLIVITÉ [sf] : Pente. « *La peinture de chaque heure du jour, avec son soleil propre et l'exacte déclivité des ombres...* » (JACQUES RIVIÈRE : *Alain-Fournier*).

DÉCRÉTALE [sf] : Lettre du pape pour régler une question, émettre une position officielle. « *[La pauvreté du Christ] a déjà été reconnu[e] par le pape Nicolas II dans la décrétale Exiit qui seminat* » (UMBERTO ECO : *Le Nom de la rose*).

DÉCUBITUS [sm] : Position, attitude où le corps est couché à l'horizontale. « *Je fais mettre Langonnet en décubitus dorsal [...] ce qui veut dire que je le fais coucher sur le dos* » (ROBERT MERLE : *Le jour ne se lève pas pour nous*).

DÉDUIT [sm] : Plaisir, divertissement. « *Il se rend chez une fille de mœurs indécentes et, lui laissant les chapons en hoirie, il en tire occasion d'illicite déduit...* » (UMBERTO ECO : *Le Pendule de Foucault*).

DÉFERLER [verbe] : Déployer les voiles qui étaient ferlées. « *Rien d'autre à faire, sauf, tout à l'heure, déferler ce sacré hunier...* » (C.S. FORESTER : *Aspirant de marine*).

DÉFILER [verbe] : Contraire d'enfiler. « *Lilia avait défilé un rubis de ses doigts (comme il est d'usage en ces cas-là) en demandant d'un air royal : Vous suffit-il ?* » (UMBERTO ECO : *L'Île du jour d'avant*).

DÉFLEURIR [verbe] : Perdre ses fleurs. « *Il y avait une quinzaine d'années à peine, cette cour sablée et roulée avec soin, bordée d'hortensias et de géraniums défleuris [...] n'était qu'un cloaque...* » (JEAN FAILLER : *La Mort au bord de l'étang*).

DÉFOUI [adj] : Sorti de terre. « *[Des] pommes de terre défouies, restées sur le sol retourné* » (GUY DE MAUPASSANT : *Le Vagabond*).

DÉFUBLER (SE) [verbe] : Ôter son déguisement, se déshabiller. « *Le château, ranimé par un bain de soleil, se défublait de ses mines grognonnes, rajeunissait, s'affétait, coquettait pour son départ* » (JORIS-KARL HUYSMANS : *En rade*).

DÉGLUER [verbe] : Retirer de la glu. « *J'essayai en vain de dégluer la voiture, mais les roues arrière hurlèrent dans la tourbe et la terreur* » (VLADIMIR NABOKOV : *Lolita*).

DÉGOLFER [verbe] : Quitter un golfe. « … *les voiles s'orientèrent, et le Pilgrim, manœuvrant de manière à dégolfer par le plus court, mit le cap sur la côte américaine* » (JULES VERNE : *Un capitaine de quinze ans*).

DÉGOUTTELER [verbe] : Dégoutter, laisser tomber des gouttelettes. « *Des femmes passèrent dans la cour avec un bard d'où dégouttelait du linge* » (GUSTAVE FLAUBERT).

DÉLAITER [verbe] : Retirer le lait du beurre. « *Il ne restait plus qu'à saler le beurre et à le travailler avec une grosse cuiller en bois dans la jatte pour le délaiter…* » (MARIE LE FRANC : *Enfance marine*).

DÉLICATER [verbe] : Traiter avec (trop de) délicatesse, gâter. « *Elle n'aurait pas une enfance resserrée mais serait élevée sans faiblesse car il ne faut pas trop délicater les enfants* » (RICHARD JORIF : *Le Navire Argo*).

DÉLINÉER [verbe] : Tracer le contour. « … *une robe d'étoffe épaisse et souple qui la délinéait, serrait ses bras, fuselait sa taille, accentuait le ressaut des hanches…* » (JORIS-KARL HUYSMANS : *Là-bas*).

DÉLITESCENCE [sf] : Désagrégation d'une substance. « … *la peste est certainement produite par des vapeurs fétides qui montent des marais, par la délitescence des nombreux cadavres au cours des guerres…* » (UMBERTO ECO : *L'Île du jour d'avant*).

DÉLOQUETER [verbe] : Réduire en loques. « *C'est un mât, et je crois apercevoir un morceau de pavillon déloqueté par le vent... Oui !... oui !... Ce doit être un signal !...* » (JULES VERNE : *Mistress Branican*).

DÉLOVER [verbe] : Retirer d'une position lovée. « ... *sans cesse tout en parlant, elle délovait son corps du sofa et dardait spasmodiquement le bras vers l'un des trois cendriers...* » (VLADIMIR NABOKOV : *Lolita*).

DELPHIQUE [adj] : De Delphe ; qui est de la nature des oracles comme la sibylle de Delphe. « ... *ses sentencieux oracles [...] n'étaient pas toujours très clairs, mais participaient plutôt de cette obscurité qui baigne la plupart des déclarations delphiques...* » (HERMAN MELVILLE : *Billy Budd, marin*).

DÉLUSOIRE [adj] : Qui trompe, qui illusionne. « *Que fait-on des morts abusés par cette délusoire promesse d'éternité ?* » (RICHARD JORIF : *Les Persistants Lilas*).

DÉMÉRITE [sm] : Ce par quoi on a démérité, contraire du mérite, culpabilité. « *Quel que fût son démérite, Essig ne devait pas soupçonner la gravité de son crime* » (MICHEL TOURNIER : *Le Roi des aulnes*).

DÉMOTIQUE [adj et sm] : Écriture cursive populaire de l'ancienne Égypte. « ... *il inscrivait des comptes en chiffres démotiques à l'aide d'un roseau* » (THÉOPHILE GAUTIER : *Le Roman de la momie*).

DENDRITE [sf] : Pierre arborisée, arbre fossile. « *Je m'émerveillais de posséder la plus belle [...] et d'en découper le visage sur l'écorce des ormes et la dendrite des roches* » (CHARLES LE QUINTREC : *Des enfants de lumière*).

DENTICULE [sm] : Petite forme des dents. « *Les arrière-molaires comportent encore un cinquième denticule comme chez les grands singes ?* » (VERCORS : *Les Animaux dénaturés*).

DENTICULÉ [adj] : Orné de petites dents, de denticules. « *Un autre [cratère], non moins curieux, avait pour couvercle une tête monstrueuse de Typhon [...] ses flancs étaient ornés de feuilles et de zones denticulées* » (Théophile Gautier : *Le Roman de la momie*).

DÉPALER [verbe] : Dévier de sa route. « *S'ils manquaient à virer, [...] ils seraient dépalés sous le vent pendant de longues minutes...* » (C.S. Forester : *Seul maître à bord*).

DÉPRÉCATOIRE [adj] : Qui conjure un malheur ou demande un pardon. « *Il reçut en réponse un haussement d'épaule déprécatoire : – Je ne sais pas, capitaine* » (C.S. Forester : *Un vaisseau de ligne*).

DÉPULPÉ [adj] : À quoi on a retiré la pulpe. « *... on y accédait par quelque secrète montée d'escalier rongée en colimaçon dans la roche, comme si on avait dépulpé une pomme fossile...* » (Umberto Eco : *Le Pendule de Foucault*).

DÉRABANTER [verbe] : Retirer le raban, le cordage qui tient la voile ferlée. « *Sur les vergues, les grosses saucisses encombrantes qu'étaient les voiles furent dérabantées* » (C.S. Forester : *Seul maître à bord*).

DÉRADER [verbe] : Sortir d'une rade. « *Le diesel auxiliaire ? [...] on ne l'utilisait plus qu'en cas d'absolue nécessité ! [...] pour dérader ou se tirer d'un courant vicieux* » (Jacques Fleurent : *Celteries*).

DERBY [sm] ; **DERBIES** [pl] : Voiture à quatre chevaux. « *... c'était au temps [...] où la reine d'Angleterre était encore fraîche, avec des bambins et des bibis pour tous ses derbies* » (Yves Navarre : *Dernier Dimanche avant la fin du siècle*).

DÉRÉLICTION [sf] : Sentiment d'abandon et de solitude. « *... le problème des rapports et des imbrications entre la déréliction et la facticité, d'une part, le dépassement et l'alcalinité-angoisse, d'autre part...* » (Marcel Aymé : *Le Vin de Paris*).

DERMATOGLYPHE [sm] : Empreinte digitale. « *Tiffauges apprit [...] qu'il existe trois types principaux de dermatoglyphes – ou empreintes digitales – : en tourbillon, en crosse ou en arc...* » (MICHEL TOURNIER : *Le Roi des aulnes*).

DÉSAILÉ [adj] : Aux ailes coupées. « *... voir des canards estropiés se traîner jusqu'à l'eau ou des faisans désailés cahoter, fous de douleur* » (JEAN FAILLER : *La Mort au bord de l'étang*).

DÉSARROYER [verbe] : Priver de l'attirail, de l'arroi. « *Il longea au bord du gouffre les chariots désarroyés, les attelages encore agités que les charretiers calmaient à grand-peine* » (JACQUES FLEURENT : *Celteries*).

DESCENSIONNEL [adj] : En descente. « *... l'appareil ne tarde pas à s'immerger. En effet, je sens un mouvement descensionnel dû à l'introduction de l'eau dans les caissons...* » (JULES VERNE : *Face au drapeau*).

DÉSEMPARER [verbe] : Quitter le lieu où l'on est ; retirer à un navire sa faculté de manœuvrer. « *Désemparé, sans direction, l'Atropos pouvait s'échouer...* » (C.S. FORESTER : *Trésor de guerre*).

DÉSIDÉRATIF [adj et sm] : Qui exprime le désir. « *... je risque devant eux des phrases d'un japonais érudit, j'essaie des temps de verbe à effet : des désidératifs, des concessifs, des hypothétiques en ba* » (PIERRE LOTI : *Madame Chrysanthème*).

DÉSORBITÉ [adj] : Sorti de son orbite, de son logement naturel. « *Il tenta de s'analyser, s'avoua qu'il était dans un état désorbité d'âme...* » (JORIS-KARL HUYSMANS : *En rade*).

DESQUAMER [verbe] : Ôter les squames, les pellicules ou les croûtes. « *L'émail des montants [du lit] s'était desquamé par endroits, laissant des marques noirâtres et presque rondes sur la peinture blanche* » (VLADIMIR NABOKOV : *Lolita*).

DÉTORQUER [verbe] : Tirer le sens par les cheveux. « *Ces historiens [...] [travaillaient] à l'aide de ces fameuses piè-*

ces que l'on épluche, que l'on détorque, que l'on trie » (JORIS-KARL HUYSMANS : *Là-bas*).

DEVANTIÈRE [sf] : Tablier. « *... ma mère [...] portait des sabots, [...] un corsage, un grand tablier qui s'appelait une devantière...* » (EPHRAÏME GRENADOU ET ALAIN PRÉVOST : *Grenadou, paysan français*).

DIAMANTIN [adj] : De l'aspect du diamant. « *Au passage, je pouvais distinguer des paillettes d'eau diamantine entre les pins lointains* » (VLADIMIR NABOKOV : *Lolita*).

DIANE [sf] : Sonnerie de clairon du matin pour le réveil. « *Lorsque je regagnai enfin mon petit lit, la nuit était encore d'ébène, mais déjà la diane chantait dans la cour de la caserne voisine* » (MICHEL TOURNIER : *Le Roi des aulnes*).

DIAPHRAGMATIQUE [adj] : Qui concerne le diaphragme. « *J'éprouvais une délicate fusion diaphragmatique, émaillée d'éclairs de sensations tactiles...* » (VLADIMIR NABOKOV : *Lolita*).

DIASCORDIUM [sm] : Électuaire opiacé. « *Deux pots qui avaient sans doute contenu les électuaires, le diascordium et la thériaque d'un vieux couvent* » (JORIS-KARL HUYSMANS : *En rade*).

DIASTOLE [sf] : Mouvement de dilatation du cœur *vs* systole. « *... la machinerie de son cœur [...] tout à son œuvre savante de régulation du sang dans son millénaire complexe de systole et diastole...* » (YVES BERGER : *Immobile dans le courant du fleuve*).

DIATHÈSE [sf] : Disposition d'un malade à être atteint de différentes maladies similaires. « *Rut et coup de folie, ce sont là ses seules diathèses* » (JORIS-KARL HUYSMANS : *Là-bas*).

DICTAME [sm] : Sorte d'origan vulnéraire ; adoucissement de façon générale. « *Le dictame est le sceau-de-Salomon qui, quand il est en fleur, provoque de l'ivresse chez les jardiniers* *s'ils le touchent, comme s'ils avaient bu du vin* » (UMBERTO ECO : *Le Nom de la rose*).

DIFFLUENT [adj] : Qui est très relâché et s'écoule, qui n'a pas de consistance et se répand. « *Des caillots sanguins s'étaient formés dans la masse diffluente qui affectait une couleur lie-de-vin* » (JULES VERNE : *Vingt mille lieues sous les mers*).

DIGITÉ [adj] : Découpé en forme de doigts de main. « *... la Réunion, où il s'attarda un moment, dans les balisiers, les arums, les gingembres blancs et dans de grandes formes digitées et aciculaires* » (YVES BERGER : *Immobile dans le courant du fleuve*).

DILACÉRER [verbe] : Déchiqueter, déchirer. « *Je me dilacérerai les cordes vocales plutôt que d'avouer les questions lorsqu'on me soumettra à la réponse* » (PIERRE DRACHLINE : *Le Cœur à l'horizontale*).

DILECTION [sf] : Amour tendre et pieux. « *Il y avait en lui un tempérament de fervente dilection, de diplomatique tendresse* » (JORIS-KARL HUYSMANS : *À rebours*).

DINGHY [sm] : Canot de sauvetage gonflable. « *[Il] détacha un dinghy qui dansait sur l'eau et l'amarra à l'arrière du yawl de Daniel* » (LAIRD KOENIG : *La Maison au bout de la mer*).

DIOPTRIE [sf] : Unité de mesure en optique, mesure de la vergence : inverse de la distance focale. « *Deux enfants s'occupent à désangler les patins du blessé, tandis que j'adapte des bonnettes de deux dioptries au viseur et à l'objectif de mon Rollex* » (MICHEL TOURNIER : *Le Roi des aulnes*).

DIOPTRIQUE [sf] : Partie de l'optique concernant la réfraction de la lumière. « *... en observant la surface d'un étang [...] le nouveau Narcisse – sans aucune rêverie dioptrique et sciathérique – saisirait la joute alternée de la lumière et de l'ombre* » (UMBERTO ECO : *L'Île du jour d'avant*).

DISCOÏDE [adj] : En forme de disque. « ... *les hommes mettent à terre les diverses pièces des engins qui affectent la forme discoïde* » (JULES VERNE : *Face au drapeau*).

DISQUISITION [sf] : Recherche curieuse. « *Il débuta par une disquisition fort docte sur les raisons qui confortaient les thèses de Pérouse* » (UMBERTO ECO : *Le Nom de la rose*).

DISTIQUE [sm] : Deux vers formant un énoncé, une phrase complète. « ... *les vers se refusaient à prendre cette forme classique et noble sans laquelle un distique latin ne peut se tenir d'aplomb* » (HERMANN HESSE : *Berthold*).

DIVETTE [sf] : Diva d'opérette de music-hall. « ... *une taverne, un music-hall de troisième ordre avec quelques divettes sur le retour...* » (STEFAN ZWEIG : *La Pitié dangereuse*).

DOCIMOLOGIE [sf] : Science de la notation des devoirs. « ... *Littérature sumérienne contemporaine, Institutions de docimologie montessorienne, Philatélie assyro-babylonienne...* » (UMBERTO ECO : *Le Pendule de Foucault*).

DODINER [verbe] : Osciller en parlant d'un balancier. « *L'accueil était toujours le même [...] la tête prise entre les mains et doucement dodinée...* » (JORIS-KARL HUYSMANS : *En ménage*).

DOLICHOCÉPHALE [adj] : Au crâne allongé. « ... *mesurant l'indice céphalique horizontal, Blättchen ne se contentait pas de distinguer les têtes rondes, ou brachycéphales, des têtes ovales, ou dolichocéphales...* » (MICHEL TOURNIER : *Le Roi des aulnes*).

DOLINE [sf] : Dépression inondée dans un paysage calcaire. « ... *Oregon louait la multiplication des défilements qui, quand il les avait franchis ou contournés, lui révélaient une doline, des clairières où jouait le soleil...* » (YVES BERGER : *Immobile dans le courant du fleuve*).

DOLORI [adj] : Endolori. « *Ce garçon enjoué [...] n'a rien de commun avec l'enfant dolori qui déambule de par les rues de la ville...* » (CHARLES LE QUINTREC : *Des enfants de lumière*).

DOMINATIONS [sfpl] : Sorte d'anges. « *... la sardoine évoque les séraphins, la topaze les chérubins, le jaspe les trônes, la chrysolithe les dominations, le saphir les vertus, l'onyx les puissances, le béryl les principats, le rubis les archanges et l'émeraude les anges* » (UMBERTO ECO : *Le Nom de la rose*).

DORIS [sm] : Barque à fond plat des Terre-Neuvas. « *... ces frégates et trois-mâts de Terre-Neuve, avec leurs minuscules doris empilés sur le pont* » (JEAN FAILLER : *Les Diamants de l'archiduc*).

DORMITION [sf] : Mort de la Vierge, sommeil définitif. « *Vers la mi-novembre [...] la terre sembla hésiter entre le sommeil saisonnier et la dormition définitive* » (CHARLES LE QUINTREC : *Des enfants de lumière*).

DOSSE [sf] : Planche dont une face est arrondie (surface du tronc). « *La cabane de l'étang, [...] couverte d'éverite et bardée de dosses de pin...* » (JEAN FAILLER : *La Mort au bord de l'étang*).

DOSSIÈRE [sf] : Partie du harnais sur le dos du cheval. « *Philippe tâtait, examinait les harnais, passait les mains sous la dossière, l'avaloire, les traits et le collier, appréciait l'épaisseur des cuirs...* » (FERNAND POUILLON : *Les Pierres sauvages*).

DOUAIRE [sm] : Somme laissée par un mari à sa femme pour assurer son existence dans le veuvage. « *Heureux celui qui épouse un beau visage et un large douaire ! Que peut-il désirer de plus ?* » (BULWER-LYTTON : *Les Derniers Jours de Pompéi*).

DOUBLEAU [sm] : Arc doublant l'intrados d'une voûte. « *Oregon bannit les angles [...] conçut des arrondis [...] tout ce qui ressortissait aux formes en anses de panier et multiplia les* *doubleaux, les tailloirs, les arcs de décharge* » (YVES BERGER : *Immobile dans le courant du fleuve*).

DOUCE-AMÈRE [sf] : Plante grimpante à baies empoisonnées. « *Au vrai, elle défend peu de chose : manger les boules rouges de la douce-amère qui sont empoisonnées...* » (GENEVIÈVE DORMAN : *Le Roman de Sophie Trébuchet*).

DRAGEON [sm] : Rejet qui vient de la base de l'arbre ou de sa racine. « *... de fanatiques nasitorts, funeste drageon de selve barbare [surgissaient]...* » (UMBERTO ECO : *L'Île du jour d'avant*).

DRAGONNE [sf] : Ornement, cordon servant de poignée. « *... il se figea, sa main s'ouvrit et son pennbaz fût certainement tombé à terre si la dragonne de cuir ne l'avait retenu...* » (JEAN FAILLER : *Le Manoir écarlate*).

DRAGONNER [verbe] : Tourmenter. « *Ils saisissent l'hérétique, ils lui macrouillent le râble, ils lui dragonnent l'abdomen, ils lui brésillent la luette, ils lui verjutent la bite* » (RICHARD JORIF : *Le Navire Argo*).

DRAILLE [sf] : Cordage sur lequel coulisse le foc. « *Le point de drisse du foc en ralingue commença à monter le long de sa draille* » (C.S. FORESTER : *Seul maître à bord*).

DROGUET [sm] : Tissu de petite qualité. « *Je les imagine, sous le droguet pénal, parlant ainsi pendant l'heure de promenade quotidienne* » (ALBERTINE SARRAZIN : *L'Astragale*).

DROME [sf] : Ensemble de pièces de bois et de mâtures de rechange. « *On mit sécher les voiles humides, qui furent étendues sur les dromes. Le pont fut aussi nettoyé* » (JULES VERNE : *Un capitaine de quinze ans*).

DROSSER [verbe] : Faire dériver. « *La vedette des douanes peinait à rester sur place, drossée vers les enrochements du musoir...* » (YANN QUEFFÉLEC : *Disparue dans la nuit*).

DRUPE [sf] : Fruit à noyau. « *[Les femmes travaillaient à] l'extraction de cette huile odorante des drupes du mpafou, sortes d'olives dont l'essence forme un parfum recherché des indigènes...* » (JULES VERNE : *Un capitaine de quinze ans*).

DRYADE [sf] : Nymphe des bois. « *... [des] fresques mièvres montrant des chasseurs enchantés [...] parmi un salmigondis d'animaux blafards et d'arbres et de dryades* » (VLADIMIR NABOKOV : *Lolita*).

DUCTILE [adj] : Qui peut être étiré, qui peut s'allonger. « *Ma Lolita, en amorçant l'essor ample et ductile de son service, avait une façon inimitable de lever son genou gauche légèrement plié...* » (VLADIMIR NABOKOV : *Lolita*).

DULCIFIER [verbe] : Adoucir, réduire l'amertume. « *Elle crut que c'était une faible solution de bromure destinée à lui dulcifier les nerfs...* » (VLADIMIR NABOKOV : *Lolita*).

DYSENTÉRIQUE [adj] : Atteint de dysenterie. « *... les soutaniers ont maintenant des cœurs lézardés, des âmes dysentériques, des cerveaux qui se débraillent* » (JORIS-KARL HUYSMANS : *Là-bas*).

DYSPEPSIE [sf] : Douleur digestive. « *Lolita présentant à Humbert son dos incurvé, et Humbert, les mains sous la nuque, torturé par le désir et la dyspepsie* » (VLADIMIR NABOKOV : *Lolita*).

DYSPNÉIQUE [adj] : Caractéristique d'une difficulté respiratoire. « *Ces cas extrêmes, ce sont la grande angoisse dyspnéique qui me fait lutter sur le sol contre une étreinte invisible et meurtrière, mais aussi la profonde et bienheureuse aspiration...* » (MICHEL TOURNIER : *Le Roi des aulnes*).

DYSTONIE [sf] : Désaccord ; défaut de syntonisation. « *L'avion survolait le mont Blanc, [...] cet obtus bubon poussé* *là du fait d'une dystonie des courants souterrains* » (UMBERTO ECO : *Le Pendule de Foucault*).

DYTIQUE [sm] : Insecte aquatique plongeur. « ... *lorsque l'embarcation fut devenue semblable à un gros dytique noir rampant à la surface de l'eau* » (C.S. FORESTER : *Retour à bon port*).

E

EAU PONTIQUE [sf] : Eau du Pont, produit magique. *« … c'est la pierre philosophale [...] le mercure des philosophes, appelé aussi le lion vert, le serpent, le lait de la Vierge, l'eau pontique »* (JORIS-KARL HUYSMANS : *Là-bas*).

ÉBAUDISSEMENT [sm] : Réjouissement, plaisir. *« … la bibliothèque tapissée de livres du sol au plafond [...] un petit chef-d'œuvre qui ferait un jour une enchère épatante avec préemption ou l'ébaudissement d'un conservateur »* (YVES NAVARRE : *Dernier Dimanche avant la fin du siècle*).

ÉBOULANT [adj] : Qui semble s'ébouler ou qui provoque un éboulement. *« … ma mère, courant dans sa robe détrempée et livide sous la masse éboulante des nuages [...] avait gravi, haletante et extatique, la crête surplombant Moulinet »* (VLADIMIR NABOKOV : *Lolita*).

ÉBRASURE [sf] : Ouverture architecturale dont les bords sont en biais, ébrasement. *« … mais à partir des colonnes prenaient naissance deux ébrasures qui [...] dirigeaient le regard, comme dans le cœur d'un abîme, vers le portail… »* (UMBERTO ECO : *Le Nom de la rose*).

ÉBURNÉ ou **ÉBURNÉEN** [adj] : De l'aspect ou de la consistance de l'ivoire. *« … une mélodie triste [...] semblait vaguer dans l'air éburnéen naissant des chapiteaux ou des clefs de voûte »* (UMBERTO ECO : *L'Île du jour d'avant*).

ÉCACHER [verbe] : Écraser, aplatir, écraser des traits de crayon, ramollir de la cire. *« … curiosité trop aiguë pour qu'elle ne s'écachât pas aussitôt… »* (JORIS-KARL HUYSMANS : *En rade*).

ECCLÉSIOLOGIE [sf] : Science des choses ecclésiastiques, de l'Église et du clergé. « *Mes narines s'emplirent d'une odeur d'humidité et de moisi, une odeur d'ecclésiologie aussi tangible que les émanations excrémentielles et pourtant pleines de charme qui montaient des bouses de vache sous la pluie* » (TIM PEARS : *Un été brûlant*).

ÉCHALAS [sm] : Tige porteuse dans les jardins. « *Partout, du haut en bas, aux cimes des échalas, aux pieds des tiges, les vignes poussaient...* » (JORIS-KARL HUYSMANS : *En rade*).

ÉCHANSON [sm] : Valet ou toute personne qui verse à boire. « *Les buveurs d'Holbein remplissent leurs coupes avec une sorte de fureur pour écarter l'idée de la mort, qui, invisible pour eux, leur sert d'échanson* » (GEORGE SAND : *La Mare au diable*).

ÉCHARDONNER [verbe] : Arracher les chardons. « *Dans les beaux jours, j'aidais aux champs, on échardonnait, on fanait, on moissonnait* » (EPHRAÏME GRENADOU ET ALAIN PRÉVOST : *Grenadou, paysan français*).

ÉCHARPILLER [verbe] : Mettre en charpie. « *Il voit une multitude d'oiseaux de mer écharpiller Bernadette et transformer Aline en pâté de foie* » (RICHARD JORIF : *Le Navire Argo*).

ÉCHAUFFAISON ou **ÉCHAUFFURE** [sf] : Indisposition, rougeur. « *L'aoûtat c'est comme la chauboulue, ça fait de petiotes échauffures !* » (JORIS-KARL HUYSMANS : *En rade*).

ÉCHELLE [sf] : Comptoir en Arabie. « *Samsoun est une des plus importantes échelles de ce levant de la mer Noire, bien que sa rade soit peu sûre...* » (JULES VERNE : *Kéraban-le-têtu*).

ÉCHIDNÉ [sm] : Mammifère australien ressemblant au hérisson. « *L'un [des mammifères] était un échidné de la famille des monotrèmes [...] au corps hérissé de piquants comme un hérisson...* » (JULES VERNE : *Mistress Branican*).

ÉCHOIR [verbe] : Être destiné à. « *... le calme qui par bonheur m'échoyait en ces instants difficiles* » (PHILIPPE DJIAN : *Crocodile*).

ÉCLAMPSIE [sf] : Convulsion. *« De cette tête exulcérée filtraient des lueurs ; une expression surhumaine illuminait l'effervescence des chairs, l'éclampsie des traits »* (JORIS-KARL HUYSMANS : *Là-bas*).

ÉCLI [sm] : Écharde de bois ; petit éclat de bois. *« Le navire fut enveloppé de fumée, à travers laquelle parvenaient le claquement des éclis, le bruit des agrès coupés tombant sur le pont... »* (C.S. FORESTER : *Retour à bon port*).

ÉCLISSE [sf] : Attelle, petit bois pour lutherie. *« Apportez vite des éclisses, des pansements ! Et une civière... »* (C.S. FORESTER : *Lieutenant de marine*).

ÉCORCÉ [adj] : Dont l'écorce a été retirée. *« [Il] disposa les oranges à demi écorcées autour de son oreiller »* (SYLVIE GERMAIN : *Opéra muet*).

ÉCOUVILLON [sm] : Plumeau pour nettoyer l'intérieur d'un tube. *« [Le petit gros] a remis son écouvillon dans le canon droit du fusil... »* (JEAN FAILLER : *La Mort au bord de l'étang*).

ÉCRASIS [sm] : Matière écrasée. *« Il songea au savon noir. [...] Il en frotta [...] sa femme puis s'enduisit furieusement de cet écrasis gras »* (JORIS-KARL HUYSMANS : *En rade*).

ÉCRASURE [sf] : Résultat d'un écrasement, choses broyées. *« Voyez le rouge sur les joues de Madame : de l'écrasure de punaises pilées dans un fond d'abcès »* (MARCEL AYMÉ : *Le Vin de Paris*).

ÉCRÊTER (S') [verbe] : S'abîmer la crête. *« ... des nuages pareils à des fumées d'incendie fuyaient en hâte et s'écrêtaient sur des côtes lointaines... »* (JORIS-KARL HUYSMANS : *En rade*).

ÉCROUIR [verbe] : Durcir un métal par battage à froid. *« ... à ne plus rien faire, les cloches se rouillent, le métal ne s'écrouit pas et vibre mal... »* (JORIS-KARL HUYSMANS : *Là-bas*).

ÉCUBIER [sm] : Trou pour l'ancre (taper l'écubier, boucher le trou). *« L'ancre plongea, entraînant l'aussière qui* *jaillit en grondant de l'écubier* » (C.S. FORESTER : *Trésor de guerre*).

ÉCUISSER [verbe] : Éclater un tronc en l'abattant. « *... de vieux pommiers, aux troncs écuissés...* » (JORIS-KARL HUYSMANS : *En rade*).

ÉCURER [verbe] : Curer ; récurer. « *Frédéric est lavé, écuré, poli. On l'a vêtu d'une salopette et d'un bourgeron délavés* » (RICHARD JORIF : *Le Navire Argo*).

ÉDÉNIQUE [adj] : Digne de l'Éden, d'un paradis. « *... elle s'était fardé les lèvres et tenait entre ses mains en coupe une pomme superbe et banale, d'un rouge édénique* » (VLADIMIR NABOKOV : *Lolita*).

ÉDILITÉ [sf] : Qualité d'édile, de magistrat communal, temps de cette fonction. « *Agrippa, pendant son édilité à Rome, a banni tous les citoyens dangereux ; mais un homme riche !... C'est le devoir d'un édile de protéger les riches* » (BULWER-LYTTON : *Les Derniers Jours de Pompéi*).

ÉDITIONNER [verbe] : Marquer un volume du numéro de son tirage et de son édition. « *Ces irréguliers épuisent tout sauf leurs tirages. Graines à pilon. Éditionner leurs invendus, pour les transformer en attrape-bibliophile occuperait leurs moments de répit...* » (PIERRE DRACHLINE : *Fin de conversation*).

EFFILOQUER [verbe] : Effilocher. « *... un rang de pavillons arrogants et maussades où les rescapés de l'âge industriel effiloquaient sous un pleur de glycine leurs souvenirs attiédis...* » (RICHARD JORIF : *Le Navire Argo*).

EFFLORESCENCE [sf] : (Botanique) pruine ou début de floraison ; (littérature) apparition ou épanouissement de quelque chose. « *Ces avantages sont acquis à l'aristocratie française, comme à toutes les efflorescences patriciennes qui se produiront à la surface des nations...* » (HONORÉ DE BALZAC : *La Duchesse de Langeais*).

EFFLORESCENCE [sf] : Transformation des sels qui se résolvent en matière pulvérulente. « *Les arbres grillagent l'horizon aussi finement que des efflorescences de givre aux carreaux d'une fenêtre* » (RAOUL GAIN : *Le Jeu sexuel*).

EFFLUENCE [sf] : Exhalaison. « *Mais sous les effluences de vapeurs blanchâtres son visage paraissait au contraire infiniment fragile...* » (SYLVIE GERMAIN : *Opéra muet*).

EFFUSIF [adj] : Qui est plein d'effusion, d'affection. « *Au terme de l'interviouve, l'hôte, sur le pas de la porte, lâcha, effusif : Il n'y a pas plus martiniquais que vous...* » (RICHARD JORIF : *Les Persistants Lilas*).

ÉGIPAN [sm] : Satyre. « *Elle vit revenir, et fondre sur sa chair ébahie, une espèce d'égipan, un pandour altéré d'humeurs vaginales...* » (RICHARD JORIF : *Le Navire Argo*).

ÉGLOGUE [sf] : Petit poème pastoral. « *... à l'esprit de compétition de la bourgeoisie industrielle et marchande, elle opposait l'églogue paysanne...* » (GEORGE SAND : *La Mare au diable*).

ÉGROTANT [adj] : Maladif. « *Il entra dans la salle où de taciturnes égrotants attendaient humblement qu'un tribunal de galonnés statuât sur leur sort* » (RICHARD JORIF : *Le Navire Argo*).

ÉGUISIER [sm] : Instrument médical. « *... des tuyaux d'étoffe verte semblables [...] aux tubes exagérés d'un éguisier énorme* » (JORIS-KARL HUYSMANS : *En rade*).

ÉHISCER (S') [verbe] : S'ouvrir. « *Pieds [...] foulant l'eau à pas menus tandis que des lueurs s'ébiscent en tremblant le long des jambes* » (SYLVIE GERMAIN : *Opéra muet*).

EIDÉTIQUE [adj] : Images eidétiques, images vives et détaillées les yeux fermés. « *... et c'est dans cette rue, je m'en souviens avec une évidence eidétique, que sur la droite, au fond d'un cul-de-sac, il y a le Théâtre* » (UMBERTO ECO : *Le Pendule de Foucault*).

ÉJOINTER [verbe] : Écourter les ailes. « *Le bruit dominant était maintenant le coin-coin insouciant des canards éjointés qui demeuraient là...* » (JEAN FAILLER : *La Mort au bord de l'étang*).

ÉJOUIR (S') [verbe] : Se réjouir. « *Il [...] s'éjouit à évoquer une nouvelle existence...* » (JORIS-KARL HUYSMANS : *En rade*).

ÉLECTUAIRE [sm] : Remède fait de poudres mélangées à du miel. « *Deux pots qui avaient sans doute contenu les électuaires, le diascordium et la thériaque d'un vieux couvent* » (JORIS-KARL HUYSMANS : *En rade*).

ÉLÉGIAQUE [adj] : Sentimental, douloureux, mélancolique. « *J'aimais assez le ton sentimental du vieux soldat [...] et le tour élégiaque de son discours n'était pas absolument involontaire* » (VALERY LARBAUD : *Fermina Marquez*).

ÉLÉGIR [verbe] : Diminuer l'épaisseur d'une pièce de bois avec des moulures. « *C'était un célibataire mélancolique [...] dont le corps s'élégissait depuis la taille jusqu'à l'arceau étroit et légèrement dissymétrique de ses épaules...* » (VLADIMIR NABOKOV : *Lolita*).

ÉLEVURE [sf] : Soulèvement. « *Dans leur peau [...] ils pratiquent des incisions [...] et provoquent la formation d'élevures chéloïdes qu'ils retravaillent au feu...* » (MICHEL TOURNIER : *Gaspard, Melchior et Balthazar*).

ÉLINGUES [sfpl] : Cordages pour transporter. « *La moitié [de la cargaison] serait judicieusement répartie sur toute la longueur du navire, dans les élingues à projectiles* » (C.S. FORESTER : *Trésor de guerre*).

ÉLONGÉ [adj] : Rangé le long de. « *Un instant après, l'embarcation débordait [...] puis elle accostait la tartane, et restait élongée sur son flanc de bâbord, tournée au large* » (JULES VERNE : *Kéraban-le-têtu*).

ÉLONGIS [sm] : Pièces de bois placées par paires au niveau des jottereaux du mât dans le sens de la longueur du navire et qui soutiennent la hune, les traversins, etc. « *... le bas-mât et le mât de hune étaient encore réunis par le chouque et les élongis...* » (C.S. FORESTER : *Aspirant de marine*).

ÉLUCUBRER [verbe] : Réaliser par un travail acharné et des veilles ; par extension, réaliser avec ostentation. « *Je me souviens encore de cette charmante petite sotie que j'avais élucubrée pour elle quand elle était enfant...* » (VLADIMIR NABOKOV : *Lolita*).

ÉLUSIF [adj] : Qui détourne, qui élude. « *... la vulgarité [...] n'est pas forcément incompatible avec les caractéristiques mystérieuses, cette grâce trouble, ce charme élusif et changeant, insidieux, bouleversant même, qui distinguent la nymphette de [...] ses congénères...* » (VLADIMIR NABOKOV : *Lolita*).

ÉLYTRE [sm] : Couverture des ailes d'insecte. « *Ongles embués comme des élytres d'insectes pâles volant au crépuscule* » (SYLVIE GERMAIN : *Opéra muet*).

ÉMACIANT [adj] : Qui amaigrit, qui rend émacié. « *... les poupons de la crèche [...] s'adonnaient sans trêve ni merci aux délices émaciantes du touche-pipi* » (RICHARD JORIF : *Le Navire Argo*).

ÉMACIATION [sf] : Amaigrissement extrême. « *... il était [énamouré] de sa souffrante beauté, de sa voluptueuse émaciation, de sa grâce blême, de sa vénusté affaiblie, de ses maigres nudités...* » (UMBERTO ECO : *L'Île du jour d'avant*).

ÉMARGINÉ [sm] : Mis à la marge, marginalisé. « *Point ne change le peuple de Dieu si on ne réintègre dans son corps les émarginés* » (UMBERTO ECO : *Le Nom de la rose*).

EMBÂCLE [sm] : Prise des étendues d'eau par les glaces. « *De l'agueusie à l'embâcle [...] l'agueusie n'était tout simplement que la perte de tous les sens et surtout celui du goût [...] l'embâcle était le contraire de la débâcle, le moment précis où la glace commence à gagner...* » (YVES NAVARRE : *Dernier Dimanche avant la fin du siècle*).

EMBARDER [verbe] : Faire un écart brusque. « *Hornblower donna à l'homme de barre les ordres qui devaient embarder le Sutherland et faire porter sa bordée* » (C.S. FORESTER : *Un vaisseau de ligne*).

EMBAUCHOIR [sm] : Forme pour maintenir les chaussures bien moulées. « *... des chaussures [...] des espadrilles, des sandales, des mocassins, des mules [...] lourds, semblait-il à Oregon, comme si leurs embauchoirs n'eussent pas été de velours* » (YVES BERGER : *Immobile dans le courant du fleuve*).

EMBELLE [sf] : Partie du pont d'un navire entre les gaillards. « *Il descendit sur l'embelle pour inspecter les pièces de 9 tribord* » (C.S. FORESTER : *Seul maître à bord*).

EMBLAVURE [sf] : Terre semée de céréales, de blé. « *... des hommes jaillissaient aux abords des villages et des emblavures* » (ROSNY AÎNÉ : *La Mort de la Terre*).

EMBOBELINER [verbe] : Emmitoufler ; au figuré, séduire traîtreusement. « *On l'aperçut descendre dans son jardin, embobeliné dans une méchante limousine, et jetant aux radis des paraboles schismatiques* » (RICHARD JORIF : *Le Navire Argo*).

EMBOÎTURE [sf] : Endroit où deux pièces s'emboîtent, partie faite pour cet emboîtement. « *Sa chandelle allait bientôt mourir dans l'emboîture...* » (EDGAR ALLAN POE : *Les Aventures d'Arthur Gordon Pym*).

EMBOSSER (S') [verbe] : S'amarrer à l'avant et à l'arrière, présenter un navire par le travers. « *[les détonations] du fulgurateur Roch qui foudroiera les navires avant qu'ils aient pu s'embosser contre l'îlot...* » (JULES VERNE : *Face au drapeau*).

EMBOUQUER [verbe] : S'engager dans un canal ou un passage étroit. « *Nous allions embouquer la passe, fort étroite, mais la marée nous était encore favorable* » (JACQUES FLEURENT : *Celteries*).

EMBRAQUER [verbe] : Tirer sur un cordage pour le raidir. « *Embraquez sur le croupiat si c'est nécessaire, afin que les canons pointent à porter* » (C.S. FORESTER : *Trésor de guerre*).

EMBROCATION [sf] : Pansement chaud et gras. « ... *le recensement des feuillages, racines, herbes ou mousses dont son maître lui enseignait à tirer embrocations, élixirs et vulnéraires...* » (JACQUES FLEURENT : *Celteries*).

ÉMERILLONNÉ [adj] : Gai, vif, tournant comme un émerillon qui est une sorte de faucon. « *Chacun regardait alors le juge, dont l'œil, tout émerillonné de malice, brillait dans l'ombre comme une escarboucle* » (JULES VERNE : *Kéraban-le-têtu*).

ÉMÉTIQUE [sm] : Vomitif. « *Ah ! s'il existait un émétique qui vous fasse rendre toutes les vieilles tendresses qu'on a là-dedans !* » (JORIS-KARL HUYSMANS : *En ménage*).

EMMITONNER (S') [verbe] : S'emmitoufler. « *L'épaisse couverture dont il s'emmitonnait au saut du lit...* » (SYLVIE GERMAIN : *Opéra muet*).

EMMUSQUER (S') [verbe] : Se marquer d'un parfum d'une odeur de musc. « ... *le cerf abattu doit être émasculé sans retard, sinon la viande s'emmusque et devient impropre à la consommation, croit-on communément* » (MICHEL TOURNIER : *Le Roi des aulnes*).

ÉMONCTOIRE [sm] : Anus ; organe de déjection. « ... *des hiatus plissés qui simulent d'immondes émonctoires ou des natures béantes de bêtes* » (JORIS-KARL HUYSMANS : *Là-bas*).

ÉMOUCHER (S') [verbe] : Se flageller pour éloigner les mouches. « *[Les] bœufs blancs qui s'émouchent sous les arbres...* » (CHARLES LE QUINTREC : *Des enfants de lumière*).

EMPAN [sm] : Largeur de la main écartée. « ... *apparurent [...] un jeune garçon et une jeune fille, pas plus haut que quatre* *empans, doux et charnus comme des créatures vivantes…* » (UMBERTO ECO : *Le Pendule de Foucault*).

EMPEIGNE [sf] : Dessus d'une chaussure. « *Mes mains les ont cueillis avec amitié [les brodequins], mes pouces cornés ont fait ployer les semelles – caresse rude mais affectueuse –, mes doigts se sont enfoncés dans l'intimité de l'empeigne* » (MICHEL TOURNIER : *Le Roi des aulnes*).

EMPENNÉ [adj] : Piqué de plumes. « … *des figures symboliques allongeaient leurs bras empennés de plumes semblables à des lames de jalousie…* » (THÉOPHILE GAUTIER : *Le Roman de la momie*).

EMPENNELÉ [adj] : Garni de plumes. « *Et elle reprend ses flèches, empennelées de vives couleurs* » (PIERRE LOTI : *Madame Chrysanthème*).

EMPHYTÉOSE [sf] : Jouissance d'un bien à très longue échéance (bail ou héritage). « *Ce serait une erreur de croire que ces choses finiront par des baux et des emphytéoses* » (RICHARD JORIF : *Les Persistants Lilas*).

EMPILE [sf] : Sorte de fil de pêche. « … *les hameçons qu'il venait de fixer avec l'empile à l'extrémité du crin de Florence* » (JULES VERNE : *Le Pilote du Danube*).

EMPLANTER [verbe] : Enfoncer le mât dans son emplanture. « … *une bigue propre à emplanter les mâts des grands navires* » (C.S. FORESTER : *Seul maître à bord*).

EMPLANTURE [sf] : Pièce de bois où est planté le mât. « *Sous le choc, le mât vint en bas, cassé net au ras de l'emplanture, et la voile s'abattit en grand…* » (JULES VERNE : *Le Pilote du Danube*).

EMPOUACRER ou **EMPOICRER** [verbe] : Salir. « … *ses quatre vaches, […] sur des litières empoicrées par d'excrémentielles tartes* » (JORIS-KARL HUYSMANS : *En rade*).

EMPYRÉE [sm] : Les cieux, le ciel comme monde ultra-terrestre d'un point de vue religieux. « ... *la postérité a mis Balzac dans l'empyrée et précipité Charles de Bernard aux enfers...* » (RICHARD JORIF : *Le Navire Argo*).

EMPYREUMATIQUE [adj] : À odeur de chair brûlée. « ... *Nab eut soin de remuer [la liqueur] avec une spatule de bois, – ce qui devait accélérer son évaporation et l'empêcher en même temps de contracter un goût empyreumatique* » (JULES VERNE : *L'Île mystérieuse*).

ENCALMINER [verbe] : Être en panne. « ... *nous étions là [...] encalminés dans ce temps bouché qu'on rencontre souvent en novembre...* » (JACQUES FLEURENT : *Celteries*).

ENCENSER [verbe] : Incliner la tête de haut en bas (cheval). « *Les chevaux de fiacre encensaient misérablement* » (FRANCIS CARCO : *Jésus la Caille*).

ENCHIFRENER [verbe] : Embarrasser le nez d'humeurs. « ... *durant quelques instants ce furent les notes enchifrenées d'un air à danser...* » (YANN QUEFFÉLEC : *Disparue dans la nuit*).

ENCOCHÉ [adj] : Qui est découpé d'encoches, de petites découpures. « ... *il lui choisit [...] une selle ouvragée avec un troussequin élancé, des bridons et des muserolles encochés de figures géométriques* » (YVES BERGER : *Immobile dans le courant du fleuve*).

ENCOIGNER [verbe] : Mettre dans un coin. « *Durant toute la nuit, encoigné dans son wagon, les yeux mi-clos, les bras croisés...* » (GUY DE MAUPASSANT : *Notre cœur*).

ENCROUÉ [adj] : Se dit d'un arbre tombé dont les branches s'embarrassent dans un autre. « ... *un arbre foudroyé s'était abattu, encroué à ceux qu'il avait entraînés dans sa chute...* » (JEAN M. AUEL : *Le Grand Voyage*).

ENDENTÉ [adj] : Bien endenté, qui a bon appétit, un bon coup de fourchette. « *Ils franchirent sans émotion perceptible le seuil de cette maison [...] où, venus de toute part, se coudoyaient des gourmets bien endentés* » (RICHARD JORIF : *Le Navire Argo*).

ENDÊVER [verbe] : Enrager, s'agacer. « *Elle a deux grands fils de pères très différents qui s'entendent à la faire endêver* » (RICHARD JORIF : *Le Navire Argo*).

ENDRAILLER [verbe] : Fixer dans la draille, le filin de conduite du bord de la voile. « *... ils hissèrent la vergue où était endraillé le bord supérieur de la voile...* » (JACQUES FLEURENT : *Armorica*).

ENDUCTION [sf] : Action d'enduire ou résultat de cette action. « *... il ne resta plus qu'à [...] renverser à nouveau la barque quasi terminée pour l'enduction totale d'un mélange brûlant où le suif [...] tenait la première place* » (JACQUES FLEURENT : *Armorica*).

ENFANÇON [sm] : Tout petit enfant. « *La femme souriait à son compagnon et dédiait à son enfançon un regard d'une infinie tendresse* » (CHARLES LE QUINTREC : *Des enfants de lumière*).

ENFERGES [sfpl] : Entraves aux pieds des animaux de trait. « *La vieille Grise approcha de la haie en faisant résonner ses enferges, essaya de galoper sur la marge du pré pour suivre sa fille...* » (GEORGE SAND : *La Mare au diable*).

ENFEUTRÉ [adj] : Enrobé de feutre ou de matière feutrée. « *Les yeux clos, bouche bée, elle se rappuya sur son coussin, un pied enfeutré reposant à terre* » (VLADIMIR NABOKOV : *Lolita*).

ENFLAQUÉ [adj] : Rempli de flaques. « *Que voyait-on [...] : à droite, une plaine toute enflaquée par la fonte des neiges...* » (JULES VERNE : *Un drame en Livonie*).

ENFLÉCHURE [sf] : Échelon en corde entre les haubans. « ... *l'agilité d'un gabier sur les enfléchures de haubans* » (JULES VERNE : *Un drame en Livonie*).

ENGAINÉ [adj] : Pris dans une gaine ou comme dans une gaine. « ... *dans une ombre verte et noire, émouvante, montaient les fûts des chênes engainés de lierre et de mousse* » (VALERY LARBAUD : *Fermina Marquez*).

ENGEMMER (S') [verbe] : Se couvrir de pierres précieuses, de gemmes. « ... *un figuier [...] versa des larmes de miel, alors que sur un amandier, qui tout s'engemmait de fleurs, gémissait la Colombe couleur orange* » (UMBERTO ECO : *L'Île du jour d'avant*).

ENGERBER [verbe] : Remplir de gerbes. « ... *vous pouvez compter qu'il va engerber les pestilences à grandes fourches* » (RICHARD JORIF : *Le Navire Argo*).

ENGOULER [verbe] : Avaler, prendre en gueule. « *Je pourrais remonter pour engouler une gorgée d'air sans cesser de la maintenir sous l'eau...* » (VLADIMIR NABOKOV : *Lolita*).

ENGRAVER [verbe] : Échouer, bloquer dans le gravier. « ... *en s'approchant de l'île on se serait engravé sur un fond bas, et en s'éloignant on se serait placé dans le vif d'un courant...* » (UMBERTO ECO : *L'Île du jour d'avant*).

ENHARMONIQUE [adj] : De même harmonie (notes de différents noms mais de même son). « ... *la lumière [n'arrive] qu'à travers la gamme enharmonique des couleurs, dont le spectre solaire de nos traités de physique ne constitue que le système diatonique* » (UMBERTO ECO : *Le Pendule de Foucault*).

ENJUGUÉ [adj] : Chargé d'un joug. « ... *une charrette descend[ait] sur l'estran au pas lent de sa paire de bœufs enjugués* » (JACQUES FLEURENT : *Armorica*).

ENLUNÉ [adj] : Baigné de lumière lunaire. « *Sur ces espaces enlunés, l'observateur le plus distrait accroche malgré lui la silhouette furtive du passant…* » (MARCEL AYMÉ : *Le Vin de Paris*).

ENNOYAGE [sm] : Recouvrement d'une terre, d'un continent par l'eau. « *On trouve dans la littérature géomorphologique des régions sèches quantité de glacis de dénudation, d'ablation, d'apondage, d'ennoyage, d'accumulation…* » (YVES BERGER : *Immobile dans le courant du fleuve*).

ENNOYER [verbe] : Inonder un continent. « *… les eaux du Ménaï [...] en torrent dévastateur [...] les ennoier[ont] telle une colonie de rats !* » (JACQUES FLEURENT : *Celteries*).

ENQUINAUDER [verbe] : Rendre quinaud, confus, embarrassé ; enjôler. « *Que cette charmante, tout de même, ne s'imagine pas qu'il se laisse aussi facilement enquinauder…* » (GENEVIÈVE DORMAN : *Le Roman de Sophie Trébuchet*).

ENSELLÉ [adj] : Creusé par la selle (pour un cheval) ; cambré, incurvé. « *Sous la nuque large, un dos charnu [...] est divisé en deux par la vallée vertébrale [...]. Les reins fortement ensellés préparent la saillie exorbitante des fesses* » (MICHEL TOURNIER : *Le Roi des aulnes*).

ENSELLURE [sf] : Creux des reins. « *Elle avait le double de l'âge de Lolita et les trois quarts du mien : une adulte gracile [...] [avec] un dos souple à l'ensellure fascinante…* » (VLADIMIR NABOKOV : *Lolita*).

ENSEUILLEMENT [sm] : Hauteur entre le plancher et l'appui de la fenêtre. « *L'enseuillement de cette fenêtre dont le linteau atteignait le plafond, dépassait un mètre cinquante…* » (JULES VERNE : *Le Pilote du Danube*).

ENSOUILLER (S') [verbe] : S'enfoncer dans la souille, dans la vase. « *[Les bateaux] qui s'étaient ensouillés dans la vase noire du port se redressaient lentement comme on se lève d'une* *couche douillette après un sommeil réparateur* » (JEAN FAILLER : *Boucaille sur Douarnenez*).

ENTER [verbe] : Greffer. « *[Le château fut] reconstruit et agrandi au cours des siècles, si bien qu'à sa partie médiévale sont entées des ailes Renaissance et baroques* » (UMBERTO ECO : *Le Pendule de Foucault*).

ENTÉRITE [sf] : Inflammation des intestins. « ... *Indianite est morte d'entérite. Pour la remplacer, j'ai choisi une petite jument alezane que j'ai appelée Ponette* » (EPHRAÏME GRENADOU ET ALAIN PRÉVOST : *Grenadou, paysan français*).

ENTHYMÈME [sm] : Syllogisme simplifié, avec une élision. « *Pourquoi le diable devrait-il détourner un moine de la tentation du mal ? – Ce me semble un bon enthymème, admit mon maître* » (UMBERTO ECO : *Le Nom de la rose*).

ENTÔLAGE [sm] : Vol, tromperie, commis par une prostituée sur son client. « *La fille Gibon [...] avait passé trois fois par Saint-Lazare [...]. Deux arrestations pour entôlage* » (GEORGES SIMENON : *Maigret et l'homme du banc*).

ENTREFEND [sm] : Espace creux entre des murs. « *Un clocher domine la ville, [...] avec des cloches suspendues dans l'entrefend des murs* » (JULES VERNE : *Frritt-Flacc*).

ENTREGENT [sm] : Facilité de relation. « *Tel était François Ier : bon vivant et mauvais coucheur. Mais il avait du goût et de l'entregent* » (FRANZ-OLIVIER GIESBERT : *Le Sieur Dieu*).

ÉNUCLÉER [verbe] : Retirer un noyau, une tumeur, l'œil. « ... *un corbeau ravissant s'efforce d'énucléer l'œil sanguinolent d'une jeune femme blonde* » (RICHARD JORIF : *Le Navire Argo*).

ENVIE [sf] : Tache sur la peau ou petit filet de peau près des ongles. « *La voyant ainsi affalée, se mordillant une envie, me bafouant de son regard brumeux et insensible [...] je discernai* *soudain, avec un frisson fulgurant, combien elle avait changé…* » (VLADIMIR NABOKOV : *Lolita*).

ÉOLIPILE [sm] : Sphère tournant au moyen de la vapeur. « *Pourquoi reconstruire avec tant d'entêtement le petit éolipile, un menu bec sur une sphère qui, chauffé, tourne en vomissant de la vapeur, quand le premier éolipile a été construit par Héron…* » (UMBERTO ECO : *Le Pendule de Foucault*).

ÉOLITHE [sm] : Pierre taillée par des phénomènes naturels. « *Tobie donne de bonnes arêtes à ses bifaces, mais [...] la camelote que nous fabriquons ne vaut guère mieux que des éolithes* » (ROY LEWIS : *Pourquoi j'ai mangé mon père*).

ÉPANNELAGE [sm] : Travail de préparation de la pierre à tailler où elle est épannelée, seulement dégagée. « *Je crains de m'insurger contre un programme indéterminé, défini seulement dans sa forme, dans son épannelage* » (FERNAND POUILLON : *Les Pierres sauvages*).

ÉPEAUTRE [sm] : Blé ancien. « *Il régla tout d'abord avec le cellérier un contentieux concernant le ravitaillement en sel et en farine d'épeautre* » (JACQUES FLEURENT : *Armorica*).

ÉPHÉLIDE [sf] : Tache de rousseur. « *… son visage allongé et recouvert d'éphélides – comme souventes fois je le vis chez les gens nés entre l'Hibernie et la Northumbrie* » (UMBERTO ECO : *Le Nom de la rose*).

ÉPICENTRE [sm] : Centre de propagation d'un mouvement sismique. « *Sa tendresse ? Allons donc, cette chimère avait fait long feu ! Je la contemplai, figée à l'épicentre du brasier de ma rage* » (VLADIMIR NABOKOV : *Lolita*).

ÉPIDERMURE [sf] : Défaut, abîmure d'une reliure en cuir. « *Les maladies d'un livre se nomment mouillures, rousseurs, piqûres, trous de vers, épidermures…* » (ROBERT SABATIER : *Le Lit de la merveille*).

ÉPIERRER [verbe] : Débarrasser des pierres du sol. « *Tous les jours aussi, on s'échinait à débroussailler, à épierrer,* *à essoucher un terrain pour le potager...* » (JACQUES FLEURENT : *Armorica*).

ÉPIGONE [sm] : Successeur sans originalité. « ... *progressant d'un siècle à l'autre, d'un Louis au suivant, d'un romancier à ses confrères, disciples ou épigones* » (ANDREÏ MAKINE : *Le Testament français*).

ÉPIPHANIE [sf] : Apparition. « *[Il] me disait à voix basse qu'on ne devrait pas reproduire d'images des choses divines, et que celles-ci étaient toutes des épiphanies du veau d'or* » (UMBERTO ECO : *Le Pendule de Foucault*).

ÉPISSER [verbe] : Lier deux cordages au moyen d'une épissure, d'un entrelacement des torons qui les forment. « *Monsieur Mallory, faites épisser cet étai de misaine !* » (C.S. FORESTER : *Aspirant de marine*).

ÉPISSOIRE [sf] : Poinçon pour écarter les torons des cordages à épisser. « ... *des instruments de toute sorte, scies, haches, épissoires, des agrès et des casseroles...* » (GUY DE MAUPASSANT : *Sur l'eau*).

ÉPITOMÉ [sm] : Abrégé, précis d'histoire. « *La salle Lavoisier est un aveu, un message chiffré, un épitomé du Conservatoire tout entier...* » (UMBERTO ECO : *Le Pendule de Foucault*).

ÉPIZOOTIE [sf] : Épidémie dans le monde animal. « *La cause de cette raréfaction ? peut-être la sécheresse [...] ou bien quelque épizootie avait-elle décimé le bétail* » (ROY LEWIS : *Pourquoi j'ai mangé mon père*).

ÉPLOYER [verbe] : Déployer. « ... *la couverture de voyage éployée sur le trottoir [...] recouvrait les restes déchiquetés de Mme Humbert...* » (VLADIMIR NABOKOV : *Lolita*).

ÉPOILER (S') [verbe] : Perdre ses poils. « *Devant lui s'étendait une vaste cour bouillonnée par des bulles de pissenlits s'époilant au-dessus de feuilles vertes...* » (JORIS-KARL HUYSMANS : *En rade*).

ÉPOUFFER (S') [verbe] : Pouffer. « ... *sans égard au lieu [les jumelles] s'épouffaient dans le cou de Frédéric...* » (RICHARD JORIF : *Le Navire Argo*).

ÉPOUSSETTE [sf] : Balai à épousseter. « *Elle soupirait, attestait de mon désordre quelque sainte à l'époussette, puis m'absolvait d'un baiser sur la joue* » (RICHARD JORIF : *Les Persistants Lilas*).

ÉPULATOIRE ou **ÉPULAIRE** [adj] : Qui a rapport aux repas. « *Au fond, le seigneur Kéraban trônait sur une roche, véritable fauteuil d'honneur de cette réunion épulatoire* » (JULES VERNE : *Kéraban-le-têtu*).

ÉQUANIMITÉ [sf] : Égalité de caractère. « ... *s'il y a quelque chose que l'on apprend à la Navy, c'est bien à supporter avec équanimité les changements inattendus* » (C.S. FORESTER : *Seul maître à bord*).

ÉQUIPET [sm] : Petit meuble de cabine. « *Dans un équipet, il y avait quelques livres...* » (C.S. FORESTER : *Seul maître à bord*).

ÉRAILLER [verbe] : Griffer le tissu. « ... *Louise éraillait les draps et mordait les oreillers, pour ne pas crier* » (JORIS-KARL HUYSMANS : *En rade*).

ÉRÉMITIQUE [adj] : Qui concerne les ermites. « ... *les spirituels [...] qui se retranchaient de la vie de l'ordre pour s'adonner à la vie érémitique* » (UMBERTO ECO : *Le Nom de la rose*).

ÉRÉTHISME [sm] : Exhaltation, violence de la passion. « ... *ces émotions, vingt fois répétées, nous maintenaient dans un état d'éréthisme trop violent pour ne pas amener une réaction prochaine* » (JULES VERNE : *Vingt mille lieues sous les mers*).

ERGASTULE [sm] : Prison romaine, souvent souterraine. « *C'est avec une escorte de marchands et de boutiquiers que j'ai quitté l'ergastule romain* » (CHARLES LE QUINTREC : *Des enfants de lumière*).

ÉRISTIQUE [sf] : Art de la controverse. « *L'éristique, tout comme la polémique, n'a de sens que si elle est tournée en permanence contre celui qui la pratique* » (PIERRE DRACHLINE : *Le Cœur à l'horizontale*).

ÉRUCTATION [sf] : Émission de rots. « *Damnation des spasmes, hoquets, éructations, vomissements, relâchements de tous les sphincters, écoulements putrides* » (DANIEL ZIMMERMANN : *Le Dieu devenu homme*).

ESCAMPER (S') [verbe] : S'enfuir. « *Les maris de Simone n'ont pas résisté longtemps [...] l'un est mort, l'autre s'est escampé* » (RICHARD JORIF : *Le Navire Argo*).

ESCARBOUCLE [sf] : Pierre fine d'un rouge vif et sombre. « *Chacun regardait alors le juge, dont l'œil, tout émerillonné de malice, brillait dans l'ombre comme une escarboucle* » (JULES VERNE : *Kéraban-le-têtu*).

ESCHARE [sf] : Escarre ; croûtes et plaies dues aux frottements. « *La voûte éraillée perdant les eschares de sa peau de plâtre...* » (JORIS-KARL HUYSMANS : *En rade*).

ESPAR ou **ESPART** [sm] : Longue pièce de bois sur un bateau. « *Le vent [risquait] de déchirer les voiles ou d'emporter un espar* » (C.S. FORESTER : *Aspirant de marine*).

ESPINGOLE [sf] : Fusil court ; sorte de tromblon. « *... leurs raquettes étaient corsetées de housses et de cadres, et ils les portaient [...] comme des massues, ou des espingoles, ou des vilebrequins...* » (VLADIMIR NABOKOV : *Lolita*).

ESPONTON [sm] : Arme de pique. « *Les fusiliers et le sergent présentèrent respectivement mousquets et espontons* » (C.S. FORESTER : *Seul maître à bord*).

ESQUILLE [sf] : Petit éclat de bois. « *Une de ses blessures se rouvre de temps à autre et rejette des esquilles* » (GENEVIÈVE DORMAN : *Le Roman de Sophie Trébuchet*).

ESQUINE [sf] : Rein, creux du dos du cheval ; échine du cheval. « *Puis il donnait des coups au bridon pour éveiller Bijou qui dormait à pleine esquine* » (JEAN GIONO : *Le Serpent d'étoiles*).

ESSART [sm] : Terre essartée, c'est-à-dire défrichée. « *Puis ce fut de nouveau la forêt charbonnière avec ses meules, ses essarts et ses vastes clairières...* » (MICHEL TOURNIER : *Le Roi des aulnes*).

ESSARTEMENT [sm] : Action d'essarter ; défrichement. « *L'essartement m'intéresse peu, j'avoue ne pas connaître les travaux de culture* » (FERNAND POUILLON : *Les Pierres sauvages*).

ESSARTEUR [sm] : Paysan chargé de l'essartage, du défrichage des taillis et forêts. « *De-ci de-là, à travers les vallonnements de la campagne ouverte, porchers au bord des souilles où vermillaient truies, verrats et porcelets [...] essarteurs et porteuses de fagots [...] accouraient vers les moines...* » (JACQUES FLEURENT : *Armorica*).

ESSORILLÉ [adj] : Dont on a coupé les oreilles. « *... et l'on a essorillé d'une lame aiguisée plus d'un guide héracléen afin de couper court, en même temps que les cartilages, aux toujours possibles égarements* » (JACQUES FLEURENT : *Celteries*).

ESSOUCHER [verbe] : Débarrasser un terrain de ses souches. « *Tous les jours aussi, on s'échinait à débroussailler, à épierrer, à essoucher un terrain pour le potager...* » (JACQUES FLEURENT : *Armorica*).

ESTAFIER [sm] : Écuyer ; péjorativement, garde du corps. « *Il me reste à aller visiter ces estafiers dans leurs ergastules pour tâcher de savoir qui ordonne ces noires besognes* » (JEAN FAILLER : *Roulette russe*).

ESTIVE [sf] : Compression de marchandise ; marchandises compressées. « *... la joie de regarder les estives, c'est* *l'exception. On a trop peur de manquer* » (CHARLES LE QUINTREC : *Des enfants de lumière*).

ESTOMPE [sf] : Dessin adouci par un frottement de papier ou de buvard ; papier servant à faire ce dessin. « *C'était [...] une lente suffusion de beauté inutile, un soleil bas dans une estompe platinée...* » (VLADIMIR NABOKOV : *Lolita*).

ESTRAMAÇON [sm] : Épée à double tranchant. « *... il s'élança comme un fou, estramaçon au vent, en direction du fortin* » (UMBERTO ECO : *L'Île du jour d'avant*).

ESTRAN [sm] : Espace entre basse et haute mer. « *Comme des traces de pas sur un estran balayé de marées, les traces du capitaine s'effaçaient peu à peu du corps de Brunehaut* » (ÉLISABETH HENNEBERT : *Amer*).

ESTRAPADE [sf] : Torture où l'on jette la victime attachée au bout d'une corde. « *Si la torture de la corde avait continué, ils eussent été disloqués et n'auraient plus servi à rien ; des ailes cassées. Tels étaient les effets de l'estrapade* » (FRANZ-OLIVIER GIESBERT : *Le Sieur Dieu*).

ESTROPE [sf] : Cordage pour fixer une poulie ; anneau de cordage épissuré servant à maintenir diverses manœuvres ou apparaux. « *Withal fixait par une estrope à l'arrière le long aviron dont [...] il venait de se servir comme d'une perche...* » (JACQUES FLEURENT : *Armorica*).

ÉTAMBOT [sm] : Pièce de charpente qui continue la quille sur la poupe et porte le gouvernail. « *... le Shannon et l'Helvétia étaient de dimension inférieure à lui, bien qu'ils mesurassent cent mètres de l'étrave à l'étambot* » (JULES VERNE : *Vingt mille lieues sous les mers*).

ÉTAMBRAI [sm] : Ouverture du pont pour le mât ou le gouvernail. « *Cependant, les deux mâts qui avaient été brisés à quelques pieds au-dessus de l'étambrai [...] remontèrent bientôt sur les eaux du canal...* » (JULES VERNE : *L'Île mystérieuse*).

ÉTAMINE [sf] : Étoffe de laine légère ; au fig., drapeau. *« Il couvre ses yeux de sa main, comme pour leur cacher les plis de l'étamine aux trois couleurs... »* (JULES VERNE : *Face au drapeau*).

ÉTAMPE [sf] : Modèle pour marquer, pour frapper (monnaies, médailles, cachets). *« [Le maître] modifie, à son gré, la forme séculaire de ses plantes [il] les marque de son étampe, leur imprime son cachet d'art »* (JORIS-KARL HUYSMANS : *À rebours*).

ÉTAMPER [verbe] : Marquer à l'étampe, percer un fer à cheval. *« ... un pistolet automatique de poche : calibre 32, [...] crosse de noyer étampé, finition acier bleui »* (VLADIMIR NABOKOV : *Lolita*).

ÉTANÇON [sm] : Support de bois, soutien. *« Sur ces planches il faut dresser de forts étançons provisoires, montant jusqu'à la charpente du pont... »* (EDGAR ALLAN POE : *Les Aventures d'Arthur Gordon Pym*).

ÉTANÇONNER [verbe] : Soutenir avec de grosses pièces de bois. *« Les bancs de la chaloupe, on ferait bien de les étançonner pour porter le poids du canon... »* (C.S. FORESTER : *Lieutenant de marine*).

ÉTEULES [sfpl] : Chaume qui reste. *« [Je] courais la sauver sous les balles qui sifflaient à mes oreilles et faisaient tchiacc tchiacc tchiacc en tombant dans les éteules... »* (UMBERTO ECO : *Le Pendule de Foucault*).

ÉTIAGE [sm] : Les plus basses eaux d'une rivière. *« Les potins et les calomnies [...] avaient dépassé, comme étiage, toutes les crues des sottises connues »* (JORIS-KARL HUYSMANS : *En ménage*).

ÉTIER [sm] : Canal reliant un marais à la mer. *« Le Pouliguen, construit sur un étier – étroit canal faisant communiquer les marais salants de Guérande toute proche et la mer »* (JEAN FAILLER : *L'Homme aux doigts bleus*).

ÉTIOLOGIE [sf] : Étude des origines, des causes. « *Certes il me manque des éclaircissements sur l'étiologie de la maladie et la thérapeutique elle-même* » (STEFAN ZWEIG : *La Pitié dangereuse*).

ÉTIQUE [adj] : D'aspect extrêmement amaigri ; atteint d'étisie. « *Un terrain vague envahi [...] de ces fleurettes étiques que l'automne fait naître au bord des routes de campagne...* » (VLADIMIR NABOKOV : *Lolita*).

ÉTOC [sm] : Tête de rocher. « *... les tosse-mer [...] hantent les hauts-fonds à remous et les chaussées à étocs...* » (JACQUES FLEURENT : *Celteries*).

ÉTRÉCIR (S') [verbe] : Se rétrécir. « *Nous sommes partis à la mi-lune, juste avant qu'elle ne se mette à s'étrécir...* » (JACQUES FLEURENT : *Celteries*).

EUCOLOGE [sm] : Livre de prières pour les dimanches et fêtes. « *En guise de table de nuit, il installa un antique prie-dieu [...] dont l'extérieur supportait un eucologe* » (JORIS-KARL HUYSMANS : *À rebours*).

EUMÉNIDE [sf] : Furie. « *On vit un ministre qui, pour échapper à la fureur castratrice d'un parti d'euménides fut contraint de plonger dans la piscine qu'il venait d'inaugurer* » (RICHARD JORIF : *Le Navire Argo*).

EUPHONIQUE [adj] : Qui permet des sons harmonieux, une jolie voix. « *... il m'offrit, en guise de compensation, un breuvage auquel il prêtait des vertus euphoniques* » (PIERRE DRACHLINE : *Le Cœur à l'horizontale*).

EUSTACHE [sm] : Couteau en argot. « *... il portait toujours sur lui un solide eustache, évitant de préciser que cette arme n'avait jamais rempli d'autre office que celui d'un canif* » (MARCEL AYMÉ : *Le Vin de Paris*).

ÉVAGATION [sf] : Distraction de l'esprit. « *Cette évagation [...] détachait son esprit de l'idée sur laquelle il le voulait fixer...* » (JORIS-KARL HUYSMANS : *En rade*).

ÉVAGUER (S') [verbe] : Distraire son attention, se laisser aller en esprit. *« Il s'évaguait à la poursuite du maréchal, le rejoignait, mais l'écriture dans laquelle il le voulait cerner demeurait lâche et inerme, criblée de trous »* (JORIS-KARL HUYSMANS : *Là-bas*).

ÉVERITE [sm] : Matériau de construction synthétique. *« La cabane de l'étang [...] couverte d'éverite et bardée de dosses de pin... »* (JEAN FAILLER : *La Mort au bord de l'étang*).

ÉVERSER [verbe] : Renverser, retourner. *« [Le battant de la cloche] était en plomb, et sa surface était martelée, lisse comme chair, avec en haut et en bas un bourrelet éversé vers le dedans »* (MICHEL TOURNIER : *Le Roi des aulnes*).

ÉVITER [verbe] : Changer de cap à l'ancre. *« Au mitan de la lagune [...] les bateaux de plaisance évitaient paresseusement dans le courant »* (JEAN FAILLER : *Mort d'une rombière*).

EXACTEUR [sm] : Celui qui exige plus que ce qui est dû ; celui qui commet une exaction. *« Aussi les enfants d'Israël se répandirent-ils par toute l'Égypte, arrachant le chaume et maudissant les exacteurs... »* (THÉOPHILE GAUTIER : *Le Roman de la momie*).

EXACTION [sf] : Exigence de plus que ce qui est dû ; acte contraire à la morale, au droit. *« Les appels de Charles réclamant des subsides, inventant des exactions, pressant l'impôt, sont inutiles »* (JORIS-KARL HUYSMANS : *Là-bas*).

EXCAVER [verbe] : Creuser. *« On abattait pan par pan le monde du Docteur Pierre, on excavait son rêve »* (SYLVIE GERMAIN : *Opéra muet*).

EXCIPER [verbe] : Alléguer une exception, une excuse. *« Aussi, Gospodin avait-il tort d'exciper de cette situation personnelle de son camarade pour étendre jusqu'aux fils la rivalité des pères »* (JULES VERNE : *Un drame en Livonie*).

EXCORIATION [sf] : Écorchure, éraflure du cuir. *« ... en raison de ses origines indiennes, Taor ne connut pas cette excoriation générale, mais ses lèvres se parcheminèrent... »* (MICHEL TOURNIER : *Gaspard, Melchior et Balthazar*).

EXCORIER [verbe] : Écorcher, abîmer le cuir, la peau. *« La plaie d'où le sang continuait à sourdre étalait [...] ses élevures blanchâtres de peau excoriée et ses lèvres roulées en dedans »* (MICHEL TOURNIER : *Le Roi des aulnes*).

EXERCISEUR [sm] : Appareil à élastiques pour faire des exercices de musculation. *« Avec les sandows de son exerciseur, je lui attachai les bras au pied du fauteuil, les jambes à ceux de la table »* (ÉLISABETH HENNEBERT : *Amer*).

EXFOLIER [verbe] : Détacher par feuilles, desquamer. *« ... à peine laissait-elle sa poitrine exfolier quelque émoi »* (PIERRE DRACHLINE : *Le Cœur à l'horizontale*).

EXHAUSTION [sf] : Qualité de ce qui est exhaustif, de ce qui donne un inventaire complet. *« Mais la scène où Leporello exhibe la liste des conquêtes de son maître [...] exprime assez une volonté d'exhaustion que je ne comprenais que trop »* (MICHEL TOURNIER : *Le Roi des aulnes*).

EXOGAME [adj] : À l'extérieur du groupe, de la communauté, de la tribu. *« ... les hordes seront amies [...] elles s'entre-apparieront de façon exogame... »* (ROY LEWIS : *Pourquoi j'ai mangé mon père*).

EXOGAMIE [sf] : Mariage, accouplement à l'extérieur de la communauté, de la tribu. *« – Les types s'accouplent toujours avec leurs sœurs [...]. – Peut-être, mais c'est fini, dit père avec gravité. Ici commence l'exogamie »* (ROY LEWIS : *Pourquoi j'ai mangé mon père*).

EXORDE [sm] : Première partie d'un discours oratoire. *« Le chapitre consacré à la Grèce, le seul qui fût achevé, constituait l'exorde... »* (STEFAN ZWEIG : *Clarissa*).

EXOSTOSE [sf] : Excroissance osseuse ; excroissance sur un tronc d'arbre. « *Il constate des exostoses et des ulcères, des plaies taillées à pic, des tubercules chancrelleux, des caries atroces* » (JORIS-KARL HUYSMANS : *Là-bas*).

EXPECTORER [verbe] : Cracher. « *Oh, je presse la détente dans les règles, mais les balles qu'expectore l'une après l'autre la gueule penaude de mon Browning choient piteusement à terre* » (VLADIMIR NABOKOV : *Lolita*).

EXPUGNER [verbe] : Prendre par la force. « *Incapable qu'il avait été d'expugner la forteresse de sa neige immaculée...* » (UMBERTO ECO : *L'Île du jour d'avant*).

EXPUITION [sf] : Expulsion de la bouche contrairement à l'expectoration, expulsion de la poitrine. « ... *les infirmités d'une vieillesse horrible, l'expuition catarrhale des eaux, les couperoses du plâtre, la chassie des fenêtres, les fistules de la pierre...* » (JORIS-KARL HUYSMANS : *En rade*).

EXSUDER [verbe] : Suer. « *Maalek faisait grand cas de cette résine exsudée par un arbuste oriental, et dont les anciens Égyptiens se servaient pour embaumer leurs morts* » (MICHEL TOURNIER : *Gaspard, Melchior et Balthazar*).

EXSUFFLATION [sf] : Évacuation d'un gaz. « *Il y a certaines fumigations, certaines exsufflations [...] qui presque toujours finissent par délivrer le malade* » (JORIS-KARL HUYSMANS : *Là-bas*).

EXTRAVASER (S') [verbe] : S'écouler au-dehors ; sortir du contenant normal. « ... *l'artiste et le lettré se développent en Gilles, s'extravasent, l'incitent même [...] aux plus savantes des cruautés...* » (JORIS-KARL HUYSMANS : *Là-bas*).

EXTUMESCENCE [sf] : Renflement, gonflement à l'extérieur. « ... *quelques extumescences du sol, des renflements réguliers, divisaient [les longs tapis verts] [...] comme un vaste échiquier* » (JULES VERNE : *Les Enfants du capitaine Grant*).

EXULCÉRER [verbe] : Ulcérer légèrement. « *De cette tête exulcérée filtraient des lueurs ; une expression surhumaine illuminait l'effervescence des chairs, l'éclampsie des traits* » (JORIS-KARL HUYSMANS : *Là-bas*).

EXUVIE [sf] : Peau laissée lors de la mue. « *Cette grande tache d'or évoquait [...] l'exuvie de quelque énorme reptile...* » (SYLVIE GERMAIN : *Opéra muet*).

F

FABULATOIRE [adj] : Qui fabule, qui imagine. « *... ce climat mental, cette même oscillation entre illusion fabulatoire et pressentiment d'un piège, je voudrais les conserver à présent...* » (UMBERTO ECO : *Le Pendule de Foucault*).

FACE-À-MAIN [sm] : Lunettes portées au bout d'une sorte de petit manche. « *... elle attendait, frêle et intrépide, avec ses bandeaux de cheveux blancs et son face-à-main, la marée rouge à laquelle elle savait qu'elle ne survivrait pas* » (MICHEL TOURNIER : *Le Roi des aulnes*).

FACONDE [sf] : Facilité de parole. « *Il avait une faconde de stentor assortie d'un accent méridional...* » (YANN QUEFFÉLEC : *Disparue dans la nuit*).

FACTICITÉ [sf] : Qualité de ce qui est factice, faux. « *... le problème des rapports et des imbrications entre la déréliction et la facticité, d'une part, le dépassement et l'alcalinité-angoisse, d'autre part...* » (MARCEL AYMÉ : *Le Vin de Paris*).

FAGOTIN [sm] : Petit fagot. « *... dans l'âtre, sur un feu vif de fagotins, trois petits corps nus, embrochés et ruisselants de graisse, tournaient tristement* » (MICHEL TOURNIER : *Le Roi des aulnes*).

FAILLE [sf] : Soie grossière. « *Il lui fit fabriquer un costume en faille flamande avec bonnet blanc et large...* » (JORIS-KARL HUYSMANS : *À rebours*).

FAILLI [sm] : Celui qui a manqué, qui n'a pas réussi ; insuccès. « *Nous nous complétons d'autant mieux que ses succès ne font pas de l'ombre à mes faillis* » (PIERRE DRACHLINE : *Fin de conversation*).

FAILLIR [verbe] : Manquer. « *Mais la chaussette haute faut trop souvent à sa fonction...* » (MICHEL TOURNIER : *Le Roi des aulnes*).

FAINE [sf] : Fruit du hêtre. « *As-tu vu [...] le frêne aux branches duquel mûrissent – dit-on – non des faines chétives [...] mais de belles pommes charnues...* » (JACQUES FLEURENT : *Armorica*).

FAIRE CHAPELLE [verbe] : Se mettre nez au vent, se mettre en panne. « *... en sorte que le navire ne courût pas le risque de faire chapelle* » (C.S. FORESTER : *Seul maître à bord*).

FAIRE LA FIGUE [verbe] : Se moquer. « *Les Maures [...] pendent aux murailles les cadavres et de leurs poings font la figue au milieu d'immondes ricanements* » (UMBERTO ECO : *Le Pendule de Foucault*).

FAISSELLE [sf] : Récipient percé pour l'égouttage. « *[Un] pays de cocagne, où sur les arbres suintant de miel, s'épanouissent des faisselles pleines de fromage et des andouillettes parfumées* » (UMBERTO ECO : *Le Nom de la rose*).

FAME [sf] : Réputation. « *... un gynécologue de grande fame dont la sûreté de diagnostic faisait l'émerveillement des concierges de qualité* » (RICHARD JORIF : *Le Navire Argo*).

FAMILIGRAMME [sm] : Télégramme militaire destiné à la famille. « *Un familigramme comporte vingt mots. Mais la première semaine, avec sa réserve coutumière, Sophie n'en a utilisé que cinq* » (ROBERT MERLE : *Le jour ne se lève pas pour nous*).

FARAMINE [adj] : Extraordinaire. « *... un errant de l'Autre Monde ou [...] quelque stupéfiante chimère ou faramine* » (JACQUES FLEURENT : *Celteries*).

FARDAGE [sm] : Objets inutiles sur le pont. « *En rentrant toutes ses voiles, le* Hotspur *serait beaucoup moins visible et cela réduirait en outre son fardage* » (C.S. FORESTER : *Seul maître à bord*).

FARGUE [sm] : Petit bordage sur les plats-bords d'une embarcation. « *Ils saisirent les fargues et coururent en balant le canot allégé...* » (C.S. FORESTER : *Un vaisseau de ligne*).

FASCINE [sf] : Fagot pour la protection militaire ou le comblement d'un fossé. « *... les Napolitains avaient commencé à creuser des tranchées, les bordant de fascines et de gabions* » (UMBERTO ECO : *L'Île du jour d'avant).*

FASCINUM [sm] : Objet de culte érotique, destiné à charmer, à donner du plaisir. « *... ces petites épousées de dix ans que l'on assied de force sur le fascinum, cet ivoire viril des temples de nos études classiques* » (VLADIMIR NABOKOV : *Lolita*).

FASEYEMENT [sm] : Claquement des voiles mal gonflées. « *Le craquement des membrures rudoyées dans le faseyement des voilures* » (JACQUES FLEURENT : *Celteries*).

FAUBERDER [verbe] : Laver le pont avec le faubert, le balai. « *Fauberdez bien le pont !* » (C.S. FORESTER : *Trésor de guerre*).

FAUCONNEAU [sm] : Canon ancien de petit calibre. « *Avec leurs légers navires, armés de fauconneaux, ils donnent la chasse aux bâtiments de commerce...* » (JULES VERNE : *Mistress Branican*).

FAUFILER [verbe] : Coudre à grands points, marquer un dessin, une ligne sur un tissu avec de grands points de couture. « *Ma plume se refuse à coucher sur le papier la centième partie des mensonges – faufilés de menus faits vrais – qu'elle a accumulés pour me perdre* » (MICHEL TOURNIER : *Le Roi des aulnes*).

FAUNESQUE [adj] : De la nature d'un faune, divinité mi-homme mi-chèvre. « *Seuls, deux termes coiffés de lares au sourire faunesque limitaient le mur d'enclos* » (PIERRE MAGNAN : *Le Sang des Atrides*).

FAVONIEN [adj] : De la nature d'un rayon de miel. « *La vaguelette de chaleur ne s'est pas encore retirée ; une semaine des plus favoniennes* » (VLADIMIR NABOKOV : *Lolita*).

FÉBRICITANT [adj] : Fiévreux. « *L'immensité de ce taciturne océan aux archipels allumés de fébricitantes flammes…* » (JORIS-KARL HUYSMANS : *En rade*).

FÉCALITÉ [sf] : Ce qui se rapporte aux matières fécales, euphémisme pour désigner la merde. « *Son corps, libre de toute fécalité, se décomposa discrètement* » (PIERRE DRACHLINE : *Fin de conversation*).

FÉCULENCE [sf] : Trouble que provoque la lie, salissure, impureté. « *Notre féculence n'inspire plus, au mieux, que des commémorations et des colloques* » (PIERRE DRACHLINE : *Le Cœur à l'horizontale*).

FEMELOT [sm] : Penture à deux branches pour recevoir les aiguillots du gouvernail. « *Sous lui, les aiguillots du gouvernail grinçaient dans les femelots* » (C.S. FORESTER : *Un vaisseau de ligne*).

FENDIF [adj] : Qui a tendance à se fendre. « *On se décida pour le sapin, bois un peu fendif, suivant l'expression des charpentiers, mais facile à travailler…* » (JULES VERNE : *L'Île mystérieuse*).

FENESTRON [sm] : Petite fenêtre. « *Les mains sur le rebord du fenestron, les yeux fermés, John respira par la bouche, à grandes bolées d'air au point de se soûler* » (YVES NAVARRE : *Dernier Dimanche avant la fin du siècle*).

FENIL [sm] : Lieu où l'on garde le foin séché. « *La vie quotidienne la plus humble – ces bêtes, ces outils, ce fenil – baignée d'éternité par un rayon tombé du ciel…* » (MICHEL TOURNIER : *Gaspard, Melchior et Balthazar*).

FERBLANTIER [sm] : Quincailler. « *Tous deux allèrent s'établir à Melun comme ferblantiers et y restèrent jusqu'en 1811…* » (JULES VERNE : *Les 500 millions de la Bégum*).

FERLER ou **FRÊLER** [verbe] : Relever pli par pli une voile *vs* déferler. « *Le fait d'établir la voile sans larguer les cargues-fonds n'exposerait que deux triangles de toile correspondant aux points inférieurs, le milieu restant ferlé...* » (C.S. FORESTER : *Seul maître à bord*).

FERRONNIÈRE [sf] : Chaîne de front avec joyau. « *Des femmes mauresques, des belles cuivrées, à peine vêtues, ayant au front des ferronnières de corail...* » (PIERRE LOTI : *Le Roman d'un spahi*).

FERVEMMENT [adv] : Avec enthousiasme, avec ferveur. « *Il parlait fervemment. Car il avait toujours repoussé cette résignation lugubre qui dévastait ses semblables* » (ROSNY AÎNÉ : *La Mort de la Terre*).

FESTINANT [adj] : Participe présent adjectivé du verbe festiner, faire festin. « *... il sortit pour faire quelques emplettes de festinante nécessité...* » (RICHARD JORIF : *Les Persistants Lilas*).

FESTINER [verbe] : Faire festin. « *Ainsi festinèrent, la nuit de leurs noces, M. et Mme de Versy, comme le rapporte Brillat-Savarin* » (RICHARD JORIF : *Le Navire Argo*).

FÉTUQUE [sf] : Graminée fourragère. « *Il lui promettait pour bientôt de grands champs de fléole, de fétuque, de trèfle violet et de trèfle blanc...* » (YVES BERGER : *Immobile dans le courant du fleuve*).

FEUDATAIRE [sm] : Qui est maître d'un fief. « *Ce qui t'explique pourquoi des hommes de commandement, des gros propriétaires, des feudataires adhérèrent aux cathares* » (UMBERTO ECO : *Le Nom de la rose*).

FÉVEROLE [sf] : Sorte de petite fève. « *... toute la gamme des graines d'alimentation réglementaire du pigeon militaire, soit orge, avoine, millet, lin, colza, maïs, blé, lentilles, vesces,* *chanvre, féveroles, riz et pois* » (MICHEL TOURNIER : *Le Roi des aulnes*).

FIBRILLE [sf] : Filament, très petite fibre ; défaut du papier. « *Le texte a des vides, des superpositions, des failles, des biffures, fourbis, fibrilles…* » (UMBERTO ECO : *Le Pendule de Foucault*).

FIDÉICOMMIS [sm] : Legs fait à une personne pour transmettre secrètement à une autre. « *Aurez-vous recours à quelque fidéicommis : si la personne [...] vous trompe, à la vérité la justice humaine n'en saura rien* » (HONORÉ DE BALZAC : *La Duchesse de Langeais*).

FIDÉICOMMISSAIRE [sm] : Personne chargée de transmettre, éventuellement secrètement, un héritage. « *… je ne me considère, en ces conjonctures, que comme le fidéicommissaire de la science…* » (JULES VERNE : *Les 500 millions de la Bégum*).

FIGULIN [adj] : Qui a rapport à la poterie (argile figuline). « *[Le terrain] se composait d'argile figuline qui sert à confectionner les briques et les tuiles…* » (JULES VERNE : *L'Île mystérieuse*).

FILEYEUR [sm] : Canot de pêche qui pose et remonte des filets. « *… quelques barques de ligneurs ou de fileyeurs bouchonnaient, pivotaient sur place, tiraient sur leur mouillage…* » (JACQUES FLEURENT : *Armorica*).

FILIGRANÉ [adj] : Dessiné en filigrane, en fil d'orfèvrerie. « *Une houppelande [...] formant un vertugadin filigrané d'une cannetille métallique…* » (JORIS-KARL HUYSMANS : *En rade*).

FILLER [verbe] : Mettre au monde une fille. « *On ne sait plus que faire, soupira-t-elle en essuyant la sueur de son front. Elle ne peut pas filler la pauvre femme* » (FRANZ-OLIVIER GIESBERT : *Le Sieur Dieu*).

FINAGE [sm] : Limites de la paroisse. « *Le pays avait bien échappé au cadastre. [...] Il chercha encore du côté du compoix, qui n'existait pas, aussi du côté des attestations de finage, vainement* » (YVES BERGER : *Immobile dans le courant du fleuve*).

FLABELLIFÈRE [sm] : Porteur d'éventail. « ... *quatre flabellifères agitaient au bout de hampes dorées d'énormes éventails de plume de forme semi-circulaire...* » (THÉOPHILE GAUTIER : *Le Roman de la momie*).

FLACCIDE [adj] : Flasque. « *[Les] volumes [...] paraissent avoir gagné un surcroît de plénitude, malgré l'inertie de ce corps flaccide privé de tous ses ressorts* » (MICHEL TOURNIER : *Le Roi des aulnes*).

FLACHE [sf] : Mare dans un bois. « *Si elle avait même atteint une flache ou un cours d'eau vive, en y approchant ses lèvres elle aurait aperçu ses yeux...* » (UMBERTO ECO : *L'Île du jour d'avant*).

FLAGRANCE [sf] : État de ce qui est flagrant. « ... *le général [...] revenait terrible d'amour à sa maîtresse, incapable de porter longtemps son cœur et sa pensée en flagrance* » (HONORÉ DE BALZAC : *La Duchesse de Langeais*).

FLAMBARD [adj] : Fanfaron, joyeux et exhubérant. « ... *je ne suis moi-même, regonflé et flambard, que harnaché par le corps d'un enfant, sanglé par ses jambes, [...] colleté par ses bras, couronné par son rire* » (MICHEL TOURNIER : *Le Roi des aulnes*).

FLAMBERGE [sf] : Épée. « *Brambilla se coiffe d'un trirègne orné d'une demi-lune, s'empare d'une flamberge rituelle [et] trace sur la scène des figures magiques...* » (UMBERTO ECO : *Le Pendule de Foucault*).

FLAMINE [sm] : Prêtre d'un dieu particulier. « *Les druides – puisque tel est leur nom – ne sont pas seulement des prêtres comparables à nos flamines...* » (JACQUES FLEURENT : *Celteries*).

FLAMMÉ [adj] : Marqué de longue taches ondoyantes rappelant des langues de feu. « *D'un côté, les jeunes tambours, la haute caisse des lansquenets, flammée noir et blanc, [...] de l'autre les jeunes trompettes, [...] attendent en silence* » (MICHEL TOURNIER : *Le Roi des aulnes*).

FLATUEUX [adj] : De la nature du pet ou qui provoque des pets, des gaz. « ... *il exhalait par les narines le bruitage flatueux qui avait manqué à la séquence de notre bagarre* » (VLADIMIR NABOKOV : *Lolita*).

FLAVE [adj] : Jaune. « ... *avec son visage de bois flotté, ses cheveux flaves, son cou transparent* » (RICHARD JORIF : *Les Persistants Lilas*).

FLAVIDE [adj] : De la couleur du blé. « *[Tu as] lacéré sa simarre flavide pour le laisser à l'aube pourceau pantelant...* » (VLADIMIR NABOKOV : *Lolita*).

FLÉOLE ou **PHLÉOLE** [sf] : Graminée fourragère. « *Il lui promettait pour bientôt de grands champs de fléole, de fétuque, de trèfle violet et de trèfle blanc...* » (YVES BERGER : *Immobile dans le courant du fleuve*).

FLEUR [sm] : Odeur ; dérivé nominal du verbe fleurer. « *Ce fleur phéniqué, âcre, lui remémorait l'identique senteur [...] dont il avait eu la langue pleine...* » (JORIS-KARL HUYSMANS : *À rebours*).

FLEXUEUX [adj] : Courbé alternativement dans un sens et dans l'autre. « ... *Lilia, travestie en gentilhomme, androgyne flexueux qui va par tunnels, escaliers et chatières...* » (UMBERTO ECO : *L'Île du jour d'avant*).

FLOCHE [sf] : Gros flocon, houppette ornementale, touffe de poils. « *Et d'étranges papillons funèbres – de grandes floches de cendre – voltigeaient dans l'air* » (ANDREÏ MAKINE : *Le Testament français*).

FLOQUET [sm] : Petite floche, petit flocon, ornement en forme de floche. « ... *de larges banderoles de pies et de huppes* *claquaient autour de nous comme des floquets de fête* » (JEAN GIONO : *Le Serpent d'étoiles*).

FLORE [adj] : Sorte de bleu. « *Ses yeux bleu flore étaient reculés vers les tempes...* » (JORIS-KARL HUYSMANS : *En rade*).

FLORENCE [sf] : Tissu de taffetas léger. « *Elle revint habillée d'un complet que composaient un jupon en florence légère d'Avignon et une casaque à fond blanc...* » (YVES BERGER : *Immobile dans le courant du fleuve*).

FLORIFÈRE [adj] : Qui porte des fleurs. « *Lolita se laissa choir à croupetons sur le tapis florifère pour caresser un cocker au museau blême...* » (VLADIMIR NABOKOV : *Lolita*).

FLORULE [sf] : Petite fleur. « *Elle diagnostiqua une bronchite, tapota les omoplates de Lo (dont la fièvre avait hérissé les tendres florules) ...* » (VLADIMIR NABOKOV : *Lolita*).

FLOUVE [sf] : Graminée fourragère donnant un excellent foin. « *... la jument accordée à la lenteur d'Oregon [...] respirant l'haleine de la flouve...* » (YVES BERGER : *Immobile dans le courant du fleuve*).

FLUÉE [sf] : Flot ; coulée. « *... l'averse des conversations, la fluée des sornettes, la pluie sans fin des polkas et des valses* » (JORIS-KARL HUYSMANS : *En ménage*).

FLUER [verbe] : Couler. « *... et la petite rivière agaçante fluant sous ses fenêtres...* » (GUY DE MAUPASSANT : *Notre cœur*).

FLÛTIS [sm] : Sons et bruits flûtés, donnant l'impression de flûtes. « *... ils se prirent, sous les arbres, dans les cris, les stridences, les flûtis, les jacasseries dont le manteau aérien couvrit leur délire* » (YVES BERGER : *Immobile dans le courant du fleuve*).

FLUVIATILE [adj] : Qui se rapporte aux fleuves. « *... on les acheminait [les prisonniers] vers un port fluviatile provisoire d'où ils seraient rapatriés par voie d'eau* » (MICHEL TOURNIER : *Le Roi des aulnes*).

FOISONNER [verbe] : Augmenter de volume. « *Ces pierres, décomposées par la chaleur, donnèrent une chaux très vive, très grasse, foisonnant beaucoup à l'extinction...* » (JULES VERNE : *L'Île mystérieuse*).

FOLIOLE [sf] : Élément d'une feuille composée. « *... l'eau s'avaria, [...] remonta bourbeuse, persillée de folioles et de têtards...* » (JORIS-KARL HUYSMANS : *En rade*).

FOLLICULE [sm] : Organe en forme de petit sac. « *... cet homme distant et mince [...] avait connu et adoré chaque pore, chaque follicule de son corps prénubile* » (VLADIMIR NABOKOV : *Lolita*).

FONCER [verbe] : Creuser verticalement. « *À l'extérieur, les bâtiments [...] indiquaient encore la place où avaient été foncés les puits de ladite fosse, complètement abandonnée...* » (JULES VERNE : *Les Indes noires*).

FONCTION [sf] : Toutes les cérémonies religieuses officielles dirigées par un prêtre. « *... plusieurs novices [...] avaient retiré de quelque anfractuosité secrète une série de vases sacrés, calices, patènes, ostensoirs, et un crucifix que je n'avais pas vu pendant la fonction du matin* » (UMBERTO ECO : *Le Nom de la rose*).

FONGUEUX [adj] : Mou et humide comme des champignons. « *Des eucalyptus [...] dont l'écorce fongueuse mesurait jusqu'à cinq pouces d'épaisseur* » (JULES VERNE : *Les Enfants du capitaine Grant*).

FONTANELLE [sf] : Partie non encore fermée au sommet du crâne des nourrissons. « *... il ne faut pas toucher à la couche graisseuse qui se forme naturellement sur la fontanelle des petits* » (GENEVIÈVE DORMAN : *Le Roman de Sophie Trébuchet*).

FONTE [sf] : Poche attachée à la selle. « *... Oregon se redressa, plongea la main dans les fontes, de l'une retira une carte, l'examina...* » (YVES BERGER : *Immobile dans le courant du fleuve*).

FORAIN [adj] : Très ouvert, peu pratique. « *Cette partie de la côte se terminait dans le nord-est par un cap assez élevé, qui couvrait une sorte de rade foraine* » (JULES VERNE : *Un capitaine de quinze ans*).

FORLONGÉ [sm] : Avance importante sur les chiens, sur les poursuivants ; écart important du chemin habituel. « *... ils crochetaient en désordre, et la beauté de leur trajectoire naturelle avec ses gammes de hourvaris, de forlongés, de changes et de doubles voies se noyait dans une panique qu'augmentait la fusillade* » (MICHEL TOURNIER : *Le Roi des aulnes*).

FOUAILLER [verbe] : Frapper à coups de fouet répétés ; couvrir d'injures. « *Hubert [...] lança un splendide : "cette phrase nous fouaille autant qu'elle nous embrouille". Fanfan pouffa de rire* » (YVES NAVARRE : *Dernier Dimanche avant la fin du siècle*).

FOUCADE [sf] : Élan capricieux. « *... il me semblait tout naturel de satisfaire les foucades de mes sens, et la pensée ne me venait même pas que ce genre de tournoi fût défendu* » (JORIS-KARL HUYSMANS : *À rebours*).

FOUGER [verbe] : Fouiller la terre avec ses défenses. « *... le malade au contraire pense abêti et voit aussitôt quelqu'un qui aboie ou fouge ou rampe ou vole* » (UMBERTO ECO : *Le Pendule de Foucault*).

FOUGERAIE [sf] : Sous-bois planté de fougères. « *... il avait posé quelques lacets à lapins dans les coulées d'une fougeraie prochaine [...] mais il comprit ensuite [...] qu'un goupil ou un haret faisait la relevée avant lui* » (MICHEL TOURNIER : *Le Roi des aulnes*).

FOULER (SE) [verbe] : Se masser en foule. « *La cohue n'était pas seulement en dedans de la tente, mais aussi en dehors, où se foulait probablement toute la population de l'île...* » (EDGAR ALLAN POE : *Les Aventures d'Arthur Gordon Pym*).

FOURCHES CAUDINES [sfpl] : Humiliations, épreuves ou conditions humiliantes. « *Je passe sous toutes ses fourches caudines, la seule chose qui compte pour moi, c'est de filer et de savoir que dans sept heures, je serai avec Jean* » (BENOÎTE ET FLORA GROULT : *Le Féminin pluriel*).

FOYER [sm] : Point de convergence dans le tracé des ellipses. « *Après avoir marqué les foyers F1, F2, F3 des trois ellipses principales, nous traçons l'ellipse et l'hyperbole auxiliaires...* » (JULES VERNE : *Les 500 millions de la Bégum*).

FRAGRANCE [sf] : Odeur légère. « *Son corps renfermait une chaleur parfumée, une troublante fragrance faite des battements de son sang...* » (ANDREÏ MAKINE : *Le Testament français*).

FRAGRANT [adj] : Odorant. « *... je n'eus point le temps de savourer à mon humble façon les fragrantes apparitions d'Eva sous le toit du château Humbert* » (VLADIMIR NABOKOV : *Lolita*).

FRAIRIE [sf] : Fête avec bonne nourriture ; gueuleton, bonne chère. « *Du dimanche des brandons à la Pentecôte, tout le département basculait dans la frairie* » (RICHARD JORIF : *Les Persistants Lilas*).

FRANGIPANE [sf] : Parfum italien dont on embaumait les gants. « *... une après-midi, les hallucinations de l'odorat se montrèrent. Sa chambre embauma la frangipane...* » (JORIS-KARL HUYSMANS : *À rebours*).

FRAPPER [verbe] : Assujettir un cordage. « *La cage [...] pendait à un filin frappé sur un crochet...* » (JACQUES FLEURENT : *Celteries*).

FRATICELLE [sm] : Moine vivant volontairement dans la pauvreté. « *C'est ainsi que l'Italie fut envahie par ces fraticelles ou frères de la vie pauvre que beaucoup jugèrent dangereux* » (UMBERTO ECO : *Le Nom de la rose*).

FREDON [sm] : Bruit qui fredonne, bourdonnement. « *Même le fredon des mouches tenaces ne dérangeait pas son sommeil* » (Charles Le Quintrec : *Des enfants de lumière*).

FRESSURE [sf] : Ensemble des viscères. « *Ils [...] présentaient séparées toutes les membranes, brisés tous les cartilages, détachée toute la fressure* » (Umberto Eco : *L'Île du jour d'avant*).

FRETTE [sf] : Lien de métal autour d'une pièce de bois. « *– Oui, l'humidité a rongé les frettes de fer et pourri le bois. Les poutres font ventre ; il est temps que le charpentier intervienne* » (Joris-Karl Huysmans : *Là-bas*).

FRETTER [verbe] : Garnir de frette, de liens de métal pour maintenir une pièce de bois. « *Ici on reconnaissait [...] des cheminées aux briques disjointes, ressemblant à ces canons modernes dont la culasse est frettée d'anneaux cylindriques...* » (Jules Verne : *Les Indes noires*).

FRITÈCHE [sf] : Friture. « *... des soufflés de litchis, des fritèches de mangues, des croquembouches de nèfles, des crèmes bachiques au vin de Lyda...* » (Michel Tournier : *Gaspard, Melchior et Balthazar*).

FROUÉE [sf] : Son émis par les oiseaux de nuit. « *Presque frêle, mais forte, elle s'enfonça dans l'obscurité des chemins nocturnes [...] se rassurant de la paisible frouée d'une hulotte* » (Jacques Fleurent : *Armorica*).

FROUEMENT [sm] : Émission d'un sifflement de chouette. « *... c'était chaque fois une fête de solitude et de rêveries qu'alimentaient tous les bruits secrets de la forêt, frouement d'une dame blanche en chasse, chevrotement d'une hase en rut...* » (Michel Tournier : *Le Roi des aulnes*).

FRUITION [sf] : Jouissance. « *Plusieurs frissons passèrent à travers elle, de part en part, comme des coups de sabre ; une montée de fruition* » (Franz-Olivier Giesbert : *Le Sieur Dieu*).

FUCHSINE [sf] : Colorant rouge industriel du XIXe siècle. « … *des vins colorés par les fuchsines, parfumés par les furfurols, alourdis par les mélasses et les plâtres !* » (JORIS-KARL HUYSMANS : *Là-bas*).

FULGURATION [sf] : Éclair sans tonnerre. « *Ne restent que le tumulte des carnages [...] la fulguration et la brûlure des lames…* » (JACQUES FLEURENT : *Celteries*).

FULIGINEUX [adj] : Noir comme la suie. « *Mais une bûche qui craqua dans l'âtre l'emplit brusquement d'une fuligineuse lueur* » (PIERRE BENOÎT : *Lunegarde*).

FULMINATE [sm] : Explosif. « *Il demeura ébahi de ce fulminate d'ordures qui éclatait soudain en lui* » (JORIS-KARL HUYSMANS : *En rade*).

FULMINATION [sf] : Explosion, détonation. « *Mais tout se résout à nouveau dans une grande fulmination sonore pleine d'éclats et de gémissements…* » (MICHEL TOURNIER : *Le Roi des aulnes*).

FUMÉES [sfpl] : Fientes de gros gibier. « *Il montra ainsi que les fumées des cerfs sont à un seul aiguillon [...] alors que celles des biches sont à deux aiguillons, glaireuses…* » (MICHEL TOURNIER : *Le Roi des aulnes*).

FUMEROLLE [sf] : Fumées ou gaz s'échappant des terrains proches des volcans. « *Avant de regagner l'hôtel, je poussai Lo dans une petite allée à demi enfouie sous les broussailles odoriférantes, avec des fleurs aux volutes de fumerolles…* » (VLADIMIR NABOKOV : *Lolita*).

FUMERON [sm] : Brandon fumant, tison mal brûlé. « *Leurs cigares charbonnaient et puaient comme des fumerons* » (JORIS-KARL HUYSMANS : *En ménage*).

FUMIGNON [sm] : Lumignon fumeux (création de Huysmans ?). « … *un petit fumignon d'essence, pendu à un clou, éclairait, au fond du caveau, une porte* » (JORIS-KARL HUYSMANS : *Là-bas*).

FUMIVORE [adj] : Qui avale la fumée, qui détruit la fumée. « *... on put utiliser le grand nombre de fourneaux fumivores que possédait la ville [...] qu'il fut aisé de transformer en fours de fonte* » (JULES VERNE : *Les 500 millions de la Bégum*).

FUNAIN ou **FUNE** [sm; sf] : Corde. « *Et le père Caspar avait levé et fait claquer le funain tel un fouet, d'abord touchant Roberto au visage...* » (UMBERTO ECO : *L'Île du jour d'avant*).

FURFUROL ou **FURFURAL** [sm] : Adjuvant chimique huileux et toxique. « *... des vins colorés par les fuchsines, parfumés par les furfurols, alourdis par les mélasses et les plâtres !* » (JORIS-KARL HUYSMANS : *Là-bas*).

G

GABARE [sf] : Petit bateau pour charger et décharger des marchandises. « *Une gabare, dont le fanal pendait à la proue, glissait sur les eaux mornes du canal* » (GILBERT SINOUÉ : *L'Enfant de Bruges*).

GABION [sm] : Cache pour surprendre les canards. « *La cabane de l'étang [...] servait de gabion à l'heure de la passée* » (JEAN FAILLER : *La Mort au bord de l'étang*).

GABION [sm] : Panier rempli de terre pour la protection militaire. « *... les Napolitains avaient commencé à creuser des tranchées, les bordant de fascines et de gabions* » (UMBERTO ECO : *L'Île du jour d'avant*).

GAGNAGE [sm] : Pâture des gibiers. « *Il affectionnait trop la grosse bête [...] qui le reposait par ses mœurs désordonnées et imprévisibles des habitudes pédantes et minutieuses des cerfs et des chevreuils, attachés à leurs coulées, gagnages et reposées* » (MICHEL TOURNIER : *Le Roi des aulnes*).

GAILLETTERIE [sf] : Houille triée en petits morceaux. « *... le sol disparaissait encore sous la fine poussière du combustible minéral, mais on n'y voyait plus ni escarbilles, ni gailletteries, ni aucun fragment de houille* » (JULES VERNE : *Les Indes noires*).

GALALITHE [sf] : Nom de la première matière synthétique plastique produite au XIXe siècle à partir de caséine de lait. « *... je m'assis au bureau de mon grand-père, [...] pris son porte-plume à manche de galalithe...* » (JEAN-PAUL SARTRE : *Les Mots*).

GALATÉE [sf] : Crustacé comestible marin. « *La sardinerie, les huîtres, les crabes, les palourdes et les galatées nous per-*

mettaient largement de survivre » (CHARLES LE QUINTREC : *Des enfants de lumière)*.

GALETAS [sm] : Chambre en sous-pente. « *À l'intérieur [de cette toiture] s'évidait une espèce de galetas...* » (JULES VERNE : *Un drame en Livonie*).

GALIMAFRÉE [sf] : Ragoût déplaisant. « *... le jour du bœuf bourguignon [...] jetait les consommateurs dans une fureur laniaire : [...] les plats cuisinés des concurrents n'étaient que de la galimafrée* » (RICHARD JORIF : *Le Navire Argo*).

GALOPIN [sm] : Ancienne mesure valant un quart de litre environ. « *... il commandait un bock et, pour moi, un galopin de bière, je me sentais aimé* » (JEAN-PAUL SARTRE : *Les Mots*).

GAMBIT [sm] : Coup de dégagement aux échecs. « *Un soir, ce fut Charlotte qui effectua elle-même le gambit attendu. –J'ai une surprise pour vous...* » (VLADIMIR NABOKOV : *Lolita*).

GAMINAUDERIE [sf] : Minauderie de gamin (mot-valise). « *Il a couru dans ce pré avec Catherine, joué à saute-mouton, à la brouette ; ces gaminauderies valaient-elles que l'on fondît d'attendrissement ?* » (RICHARD JORIF : *Le Navire Argo*).

GANACHE [sf] : Joue du cheval, bas de sa mâchoire inférieure. « *... du plat de la main, il les distribuait [les caresses], en alternance, le long de la ganache et sur le chanfrein* » (YVES BERGER : *Immobile dans le courant du fleuve*).

GANDIN [sm] : Jeune homme ridicule et outrageusement élégant. « *... je ne lui permettrais jamais, au grand jamais, d'aller au cinéma avec un jeune gandin en rut, ni de flirter en voiture...* » (VLADIMIR NABOKOV : *Lolita*).

GANSER [verbe] : Garnir d'une ganse, d'un ruban, d'un cordonnet, brodés sur le tissu. « *... des gilets de coton beige [...] la plupart avec poches et gansés de cuir...* » (YVES BERGER : *Immobile dans le courant du fleuve*).

GANSETTE [sf] : Petite ganse, petit cordon de broderie, de décoration. « ... *le buste menu de la Vierge, planté haut et serré dans un corselet lacé au centre par une gansette que les petites mains de l'Enfant s'amusaient à tirer...* » (UMBERTO ECO : *Le Nom de la rose*).

GARANT [sm] : Cordage des palans. « ... *il vit les matelots se mettre à déhaler les garants...* » (C.S. FORESTER : *Trésor de guerre*).

GARBURE [sf] : Soupe paysanne. « ... *rien d'autre dans le corps qu'une mauvaise garbure* » (CHARLES LE QUINTREC : *Des enfants de lumière*).

GARÇONNIE [sf] : Ensemble des garçons considéré comme une caste sociale. « ... *on distinguait [...] le préau désert à gauche et, au fond, l'urinoir, comme l'autel fumant de la garçonnie* » (MICHEL TOURNIER : *Le Roi des aulnes*).

GARGOULETTE [sf] : Cruche, récipient poreux où l'eau fraîchit. « *Des gouttes de sueur [perlaient à son front] comme s'il eût été modelé en argile poreuse et rempli d'eau ainsi qu'une gargoulette de Thèbes* » (THÉOPHILE GAUTIER : *Le Roman de la momie*).

GARGOUSSE [sf] : Sac à poudre de canon. « *Vous avez une gargousse de trop ici. Il n'en faut qu'une pour deux pièces* » (C.S. FORESTER : *Seul maître à bord*).

GARGOUSSIER [adj] : Qui a la charge du transport des gargousses. « ... *l'embarcation et les tangons offra[ient] un poste d'observation aux mousses gargoussiers et aux plus jeunes d'entre les matelots* » (HERMAN MELVILLE : *Billy Budd, marin*).

GAUDEAMUS [sm] : Chant de réjouissance. « *Dans un quart d'heure, mes gaudisseries, folies et gaudeamus vous auront fait pisser de rire* » (JEAN-LOUIS BAILLY : *L'Ombre de Théophile*).

GAUDIR (SE) [verbe] : Se moquer, s'amuser de quelque chose. « ... *cette femme [...] pour voir se gaudir une assemblée* *de parloteuses me fit lire un journal du pays* » (RICHARD JORIF : *Les Persistants Lilas*).

GAUDISSERIE [sf] : Plaisanterie. « *Dans un quart d'heure, mes gaudisseries, folies et gaudeamus vous auront fait pisser de rire* » (JEAN-LOUIS BAILLY : *L'Ombre de Théophile*).

GAULIS [sm] : Bois formé de gaules, de fûts grêles et longs. « *Le professeur [...] visa si longtemps que le Forstmeister commençait à craindre que la bête ne disparût dans le gaulis* » (MICHEL TOURNIER : *Le Roi des aulnes*).

GAUPE [sf] : Fille ignoble. « *Cette abominable gaupe, c'était la Vérité. Comme elle était avachie !* » (JORIS-KARL HUYSMANS : *En rade*).

GAVE [sm] : Torrent ou rivière pyrénéens. « *Les dragées luisaient doucement dans les bocaux, pareilles à des cailloux au fond d'un gave* » (SIMONE DE BEAUVOIR : *Le Sang des autres*).

GÉLIF [adj] : Qui peut se fendre au gel. « *La pierre est, paraît-il, trop dure, gélive, pourrie : toutes les pestes et lèpres réunies d'après lui* » (FERNAND POUILLON : *Les Pierres sauvages*).

GÉMINÉ [adj] : Doublé. « *C'était une plante de triste mine, herbacée, à feuilles alternes, ovales, aiguës et géminées, avec de grandes fleurs rouges en forme de clochettes monopétales et soutenues par un pédoncule axillaire* » (JULES VERNE : *Les 500 millions de la Bégum*).

GEMME [sf] : Suc résineux du pin ; bourgeon ; pierre. « *Un tronc de pin entaillé [...] pleurait sa résine – sa gemme comme on disait dans cette contrée...* » (ANDREÏ MAKINE : *Le Testament français*).

GEMME [sf] : Pierre précieuse. « *... ma Lolita se dépouilla de son chandail, secoua ses cheveux diaprés de mille gemmes, étendit vers moi ses deux bras nus et leva un genou* » (VLADIMIR NABOKOV : *Lolita*).

GÉNÉSIQUE [adj] : Qui a rapport à la genèse de quelque chose, qui a rapport au génital. « *Oui, il y avait en lui autre chose qu'un trouble génésique, qu'une explosion des sens* » (JORIS-KARL HUYSMANS : *Là-bas*).

GENÊTAIE [sf] : Lieu planté de genêts. « *... de saumâtres vaguelettes léchaient les vases, approchaient les broussées d'ajoncs et les genêtaies...* » (JACQUES FLEURENT : *Armorica*).

GÉNÉTHLIAQUE [adj] : Relatif à la naissance d'un enfant. « *... il n'y a plus qu'en Amérique et en Angleterre où l'on sache établir le thème généthliaque et édifier un horoscope* » (JORIS-KARL HUYSMANS : *Là-bas*).

GENÊTIÈRE [sf] : Lieu où poussent les genêts. « *Il y eut encore des boqueteaux et des genêtières que les chiens battirent à grand récri, des landes violettes...* » (MICHEL TOURNIER : *Le Roi des aulnes*).

GÉNIS [sm] : Sorte de bugle. « *Génis, dans l'argot de la fanfare, c'est une espèce de tout petit trombone qui, en réalité, s'appelle bugle contralto en* mi *bémol* » (UMBERTO ECO : *Le Pendule de Foucault*).

GÉNOISE [sf] : Frise décorative (de tuiles rondes le plus souvent) en haut des murs, juste sous le toit. « *Il [...] fit une toiture [...] décorée à la naissance du toit par le triple bandeau d'une génoise, que composaient des morceaux de tuiles pris dans le mortier* » (YVES BERGER : *Immobile dans le courant du fleuve*).

GÉSINE [sf] : Accouchement, mise au monde. « *Se trameront alors, dans le sein mystérieux de la terre fécondée, d'obscures gésines auxquelles les hommes ne pourront rien* » (JACQUES FLEURENT : *Armorica*).

GIBBEUX [adj] : Bossu, bosselé. « *[la lune] coupée en deux, puis se reconstituant pour, un peu plus tard, à nouveau se tronçonner, se réduire à un quart, à un croissant, à une ombre gib-*

beuse et enfin revenir à sa condition de pleine lune... » (YVES BERGER : *Immobile dans le courant du fleuve*).

GIBBOSITÉ [sf] : Bosse. « *On eût dit d'une plaine modulée de dunes [...] une gelée de coings tout en gibbosités, jusqu'à la mer...* » (UMBERTO ECO : *Le Pendule de Foucault*).

GIBELOTTE [sf] : Plat cuisiné en poêlée au vin blanc. « *... un parfum de gibelotte [...] embaumait tout l'escalier. Qui donc à cette heure fricassait du lapin ?* » (RICHARD JORIF : *Le Navire Argo*).

GIGUE [sf] : Cuisse de gibier. « *Le plat rituel de la fécondation est la gigue d'antilope marinée aux truffes...* » (MICHEL TOURNIER : *Gaspard, Melchior et Balthazar*).

GIMBLETTE [sf] : Gâteau sec en forme d'anneau. « *Et comme l'unique bête qui fait la gimblette est le serpent, de là viennent tous ces cultes et ces mythes du serpent, parce qu'il est difficile de représenter le retour du soleil en faisant faire la gimblette à un hippopotame* » (UMBERTO ECO : *Le Pendule de Foucault*).

GINGINER [verbe] : Avoir du gingin, de l'intelligence dans ce qu'on entreprend. Emploi abusif : « *... l'enfant de chœur lissait avec ses mains la nappe de l'autel, ginginait des hanches, se haussait sur un pied, comme pour s'envoler, jouait les chérubins, sous prétexte d'atteindre les cierges noirs...* » (JORIS-KARL HUYSMANS : *Là-bas*).

GIRANDOLE [sf] : Chandelier à plusieurs branches. Assemblage de diamants. Groupe de lumières. « *Bientôt, les boulevards allaient charrier les étoiles vives des voitures, [...] entre les deux trottoirs incendiés par les lanternes, les rampes, les girandoles, un luxe aveuglant de plein soleil* » (ÉMILE ZOLA : *Paris*).

GIRATION [sf] : Action de tourner. « *Le petit appareil [...] tournoyait autour de son point fixe, décrivant une orbe de plus en plus vaste, et la lenteur pompeuse de cette révolution contrastait* *avec la giration furieuse du disque qui l'habitait…* » (MICHEL TOURNIER : *Le Roi des aulnes*).

GIRIE [sf] : Plainte, hypocrite ou sans objet. « *Si je retourne près de ma femme, je vais subir des averses de giries et de pleurs…* » (JORIS-KARL HUYSMANS : *En ménage*).

GISEMENT [sm] : Situation géographique en latitude et longitude ; direction par rapport à l'axe du navire. « *[La notice] dit tout ce qu'il y avait à dire au sujet de l'îlot, dont le gisement exact est porté sur les cartes modernes* » (JULES VERNE : *Face au drapeau*).

GITANILLA [sf] : Femme gitane. « *Ma carmen [...]. À propos, je veux avoir tous mes vêtements ici, répondit la gitanilla…* » (VLADIMIR NABOKOV : *Lolita*).

GLACIS [sm] : Pente douce et plane. « *… c'était une grande fenêtre [...] qui donnait sur un glacis d'où l'on descendait par un escalier vers la cour* » (UMBERTO ECO : *L'Île du jour d'avant*).

GLAISIÈRE [sf] : Lieu rempli de glaise, mine de glaise. « *Un idiot de vigie posté en garde d'une glaisière de corps…* » (SYLVIE GERMAIN : *Opéra muet*).

GLANDER [verbe] : Ramasser des glands ; se nourrir de glands. « *… un marcassin noctambule [...] glandait sous les feuilles d'un groin distrait…* » (PIERRE DESPROGES : *Des femmes qui tombent*).

GLANE [sf] : Ce qui est glané en général ; poignée de blé, faisceau d'oignons, d'aulx, etc. « *J'ai une pleine boîte de négatifs provenant de mes glanes à travers les champs empiriques* » (MICHEL TOURNIER : *Le Roi des aulnes*).

GLANURE [sf] : Ce qui a été glané. « *… ces glanures n'avaient guère de sens ; les fragments de ces trois missives trop hâtives étaient [...] emmêlés et disparates* » (VLADIMIR NABOKOV : *Lolita*).

GLAZIC ou **GLAZIG** ou **GLAZIK** [sm] : Vêtement du pays breton. « *Un pas lourd fait craquer les marches, et l'homme entre vêtu d'un glazik déteint* » (YVONNE CHAUFFIN : *La Marion du Faouët*).

GLÈNE [sf] : Cordage lové en ronds. « *Nous l'installâmes à l'abri de notre réserve de glènes et de bâches* » (JACQUES FLEURENT : *Celteries*).

GLOMÉRULE [sm] : Type d'inflorescence où les fleurs partent d'un même point et forment un peloton plus ou moins régulier. « ... *Oregon chevauchant reconnaissait dans les acajous, les cornouillers de Floride aux glomérules serrés* » (YVES BERGER : *Immobile dans le courant du fleuve*).

GLORIETTE [sf] : Pavillon de verdure. « ... *le seigneur Kéraban et son ami Van Mitten vinrent s'établir dans une sorte de gloriette verdoyante, dont la rivière baignait en grondant les pilotis moussus* » (JULES VERNE : *Kéraban-le-têtu*).

GLUME [sf] : Balle du blé ; enveloppe des fleurs de graminées. « ... *il s'était arrêté en sentant l'odeur de la glume pourrie coulée dans la sentine* » (UMBERTO ECO : *L'Île du jour d'avant*).

GLUTINEUX [adj] : De l'aspect, de la consistance du gluten ; collant. « ... *la brillantine du marché avait terminé son office glutineux et [...] mes cheveux commençaient à se remettre en position verticale* » (UMBERTO ECO : *Le Pendule de Foucault*).

GLYPHE [sm] : Trait marqué en creux en architecture. « ... *une forêt de symboles, signes, [...] entailles lapidaires, écus, glyphes...* » (UMBERTO ECO : *L'Île du jour d'avant*).

GNOMIDE [sf] : Femelle du gnome. « ... *cette histoire nauséabonde, avec ce gros babouin et sa femme, une gnomide infantile* » (VLADIMIR NABOKOV : *Lolita*).

GNOMON [sm] : Sorte de cadran solaire à aiguille verticale. « *Jusqu'à sixte [...] repérée par l'ombre [...] de l'aiguille du gnomon fiché au sommet d'un poteau [...] l'abbé de Lancarvan* *fut pris sans relâche par les tâches de sa double fonction* » (JACQUES FLEURENT : *Armorica*).

GOÉMONEUX [adj] : Qui contient des goémons. « ... *des perspectives terraquées faites de basses terres boisées, de pointes rocheuses, d'anses roselières, de vasards goémoneux, de criques confidentielles...* » (JACQUES FLEURENT : *Armorica*).

GOÉTIE [sf] : Invocation de génie malfaisant. « *En quoi cela est-il moins surprenant que les artifices de la goétie, que les sorts jetés par des magiciens ou des bergers ?* » (JORIS-KARL HUYSMANS : *Là-bas*).

GOLIARD [sm] : Moine indiscipliné. « ... *ce n'est pas lui qui avait écrit les manifestes [...] c'était [...] un coup de goliards...* » (UMBERTO ECO : *Le Pendule de Foucault*).

GOLIARDIQUE [adj] : De la nature des goliards, moines ribauds. « ... *il s'agissait de rites goliardiques : tu veux devenir templier, montre que tu as une paire de couilles comme ça, crache sur le crucifix...* » (UMBERTO ECO : *Le Pendule de Foucault*).

GOMÉNOLÉ [adj] : Qui contient du Goménol. « *Tous les jours on évacuait des malades. Le major nous donnait du rhum et nous mettait de l'huile goménolée dans le nez* » (EPHRAÏME GRENADOU ET ALAIN PRÉVOST : *Grenadou, paysan français*).

GONFALON [sm] : Étendard médiéval. « ... *la bannière ducale [...] flottait à quelques pas, aux côtés d'un gonfalon aux armoiries rouge et or de Bruges* » (GILBERT SINOUÉ : *L'Enfant de Bruges*).

GONFALONNIER [sm] : Magistrat de certaines municipalités italiennes ; porteur de gonfalon ou gonfanon. « *Vint enfin le matin du supplice, et un gonfalonier fut le prélever...* » (UMBERTO ECO : *Le Nom de la rose*).

GORGERET [sm] : Collier serrant de près le cou. « ... *le visage haut et lisse porté plus haut encore par le cou, lui-même* *allongé comme après des années de gorgeret celui d'une Africaine...* » (YVES BERGER : *Immobile dans le courant du fleuve*).

GORGERIN [sm] : Partie d'un casque fermé qui couvre la gorge. « *[Il] se sentait embarrassé de ne pas avoir la coiffe à barbes cannelées, le gorgerin d'émaux et le pagne étroit...* » (THÉOPHILE GAUTIER : *Le Roman de la momie*).

GOTON [sf] : Fille de salle. « *... dame Virginie, aidée d'une goton noire, plus ivre qu'elle* » (PIERRE LOTI : *Le Roman d'un spahi*).

GOUET [sm] : Grosse serpe. « *... à grands coups de gouets et de masses, ils dresseraient de sommaires enclos* » (JACQUES FLEURENT : *Celteries*).

GOUGE [sf] : Outil de menuisier, ciseau à bois à lame arrondie en gouttière. « *... il traça [...] quelques lignes avec sa gouge et polit le tout avec de la pierre ponce et de la cire* » (HERMANN HESSE : *Berthold*).

GOUILLE [sf] : Sonnement de cloche agité et désorganisé. « *... ils brimbalaient comme des propres à rien, ils ruaient à contretemps, ils sonnaient la gouille !* » (JORIS-KARL HUYSMANS : *Là-bas*).

GOULE [sf] : Vampire oriental dévoreur nocturne de cadavres. « *[Il] attendait avec impatience [...] les goules végétales, les plantes carnivores...* » (JORIS-KARL HUYSMANS : *À rebours*).

GOULOTTE [sf] : Conduit d'eau, petit canal ou petite rigole. « *... à l'aide d'une goulotte de terre argileuse [...] un mince filet d'eau arrive sur le banc, repart en rigoles ou minuscules cascades* » (FERNAND POUILLON : *Les Pierres sauvages*).

GOUPILLER [verbe] : Fixer avec des goupilles. « *Nous pouvons maintenant goupiller le point, dit Hornblower, penché sur la carte* » (C.S. FORESTER : *Lieutenant de marine*).

GOURMÉ [adj] : Qui affecte la gravité, l'honorabilité. « ... *la figure la plus gourmée et la plus follement raide qu'on pût voir. Lord Glandover se mouvait tout d'une pièce...* » (JULES VERNE : *Les 500 millions de la Bégum*).

GOURNABLE [sf] : Clou de bois, cheville fixant les bordages sur la membrure. « *Toute une planche crevée, et les gournables aux deux bouts tiennent à peine...* » (C.S. FORESTER : *Trésor de guerre*).

GOUTTE-MÈRE [sf] : Première goutte, premier jus venu d'un pressoir qu'on n'a pas encore activé. « *Maintenant, il est fort probable que leurs élans vers l'au-delà du Mal coïncident avec des tribulations enragées des sens, car la Luxure est la goutte-mère du Démonisme* » (JORIS-KARL HUYSMANS : *Là-bas*).

GRACIEUSER [verbe] : Faire une grâce, une amabilité ; offrir obligeamment. « *Aline, jetée à son cou, le gracieusa d'un baiser qui le laissa tremblant* » (RICHARD JORIF : *Le Navire Argo*).

GRASSET [sm] : Région du genou des chevaux et des bœufs. « ... *les tiges [...] lui arrivaient à la taille et montaient jusqu'au grasset d'Appaloosa* » (YVES BERGER : *Immobile dans le courant du fleuve*).

GRATULATION [sf] : Marque de reconnaissance. « ... *des rues portaient son nom. En elles-mêmes, ces gratulations ne m'intéressaient pas...* » (JEAN-PAUL SARTRE : *Les Mots*).

GRAVELER [verbe] : Couvrir de gravier. « *La plus belle musique n'était, à son avis, qu'un bruit à peu près comparable au roulement d'une voiture sur une route gravelée* » (C.S. FORESTER : *Un vaisseau de ligne*).

GRAVIDE [adj] : Enceinte. « *La terre était naguère en fleur : maintenant elle semblait gravide* » (ERNST JÜNGER : *Visite à Godenholm*).

GRÈGUES [sfpl] : Haut-de-chausses grec. « ... *une large ceinture rouge et d'immenses grègues aux plis multipliés et bouffants* » (THÉOPHILE GAUTIER : *Le Roman de la momie*).

GRENU [adj] : Qui a beaucoup de grain. « ... *l'île paraissait colorée de turquin sur un papier grenu* » (UMBERTO ECO : *L'Île du jour d'avant*).

GRÉSIL [sm] : Grêle fine et dure. « ... *un fracas terrible de ferrailles et un grésil de vitres secouées...* » (JORIS-KARL HUYSMANS : *En ménage*).

GRESSIN [sm] : Petit pain en bâtonnet. « *[Il] ébaucha un air d'opéra en agitant un gressin comme s'il dirigeait un orchestre lointain...* » (UMBERTO ECO : *Le Pendule de Foucault*).

GRIMAUD [sm] : Jeune écolier. « *Il appartient au moindre grimaud, en suivant de plus célèbres exemples, d'aller répétant d'un cœur léger que le pauvre Balzac écrit naïvement* » (Préface de *La Duchesse de Langeais*).

GRIMELIN [sm] : Petit garçon. « ... *le grimelin courut vers son père...* » (RICHARD JORIF : *Les Persistants Lilas*).

GRINGOTTER [verbe] : Émettre un cui-cui de serin. « *Il [...] ignor[ait], le malheureux, que le serin gringotte et que trisse l'hirondelle...* » (RICHARD JORIF : *Le Navire Argo*).

GRISOLLEMENT [sm] : Chant de l'alouette. « *Elle saisit le grisollement éperdu de l'alouette sur le ciel bleu et l'éblouissement du soleil estival...* » (JACQUES FLEURENT : *Armorica*).

GRISOLLER [verbe] : Chanter en parlant de l'alouette. « ... *une alouette grisollait en plein ciel bleu, au-dessus de la tête du cavalier* » (C.S. FORESTER : *Aspirant de marine*).

GRIVELÉ [adj] : Gris et blanc. « ... *le sarôbi se composait d'un bâti principal en contreplaqué grivelé d'argent, assorti de deux cylindres inégaux, crénelés de boutons sensitométriques* » (JACQUES AUDIBERTI : *Les Jardins et les Fleuves*).

GROSSE [sf] : Douzaine de diverses marchandises volumineuses. *« Il s'agissait généralement d'aller chercher le ravitaillement du camp [...] quelques quartiers de lard ou des saucisses longues et sèches bottelées par grosses, comme des fagotins »* (MICHEL TOURNIER : *Le Roi des aulnes*).

GROUILLIS [sm] : Réunion de choses ou d'êtres grouillants. *« ... tout un grouillis de petites filles entièrement nues égayait le chêne sombre dont l'immense salle était lambrissée »* (MICHEL TOURNIER : *Le Roi des aulnes*).

GRUME [sf] : Tronc coupé sans branches. *« ... un large terrain vague encombré [...] de pyramides de longues grumes pourrissantes »* (ANDREÏ MAKINE : *Le Testament français*).

GUANO [sm] : Fiente d'oiseau de mer formant des couches géologiques. *« [Son âme] était obstruée par des boues, macérées dans le jus concentré des vieux guanos »* (JORIS-KARL HUYSMANS : *Là-bas*).

GUÉABLE [adj] : Que l'on peut passer à gué. *« Prenons donc patience, et, à mer basse, il est possible que nous trouvions un passage guéable... »* (JULES VERNE : *L'Île mystérieuse*).

GUÉCHA [sf] : Chanteuse japonaise. *« Ces trois guéchas sont bien les mêmes petites créatures que j'avais entendues chanter, le jour pluvieux de mon arrivée... »* (PIERRE LOTI : *Madame Chrysanthème*).

GUÈDE [sf] : Teinture bleu pastel. *« [Ils] portaient des peaux de bêtes et se teignaient encore avec de la guède... »* (C.S. FORESTER : *Trésor de guerre*).

GUÉDER (SE) [verbe] : Se bourrer de nourriture, se rassasier. *« ... ils se guédèrent de ramequins et de tartelettes aux kiwis »* (RICHARD JORIF : *Le Navire Argo*).

GUELFE [sm] : Partisans du pape face aux gibelins partisans de l'empereur d'Allemagne. *« ... les guelfes de Pérouse [avaient] informé le pape que, loin d'être malade, fra*

Michel entretenait des contacts avec Louis de Bavière » (UMBERTO ECO : *Le Nom de la rose*).

GUENILLEUX [adj] : En guenilles. « *... il s'applique à recouvrir du bout des doigts les clairières de son pantalon guenilleux* » (RICHARD JORIF : *Le Navire Argo*).

GUENIPE [sf] : Souillon. « *Mais quelle femme ! une guenipe sordide, qui riait d'une façon crapuleuse...* » (JORIS-KARL HUYSMANS : *En rade*).

GUETTE ou **GUÈTE** [sf] : Tour de guetteur dans un château fort. « *... il distinguait [...] tout un fouillis de clochetons, guettes, cheminées, pignons, campaniles, terrasses, girouettes et faîtages...* » (MICHEL TOURNIER : *Le Roi des aulnes*).

GUI [sm] : Vergue appuyée horizontalement au mât d'artimon (arrière). « *Le pic est amené, mais le gui à chaque oscillation du yacht touche les vagues...* » (GUY DE MAUPASSANT : *Sur l'eau*).

GUIBRE [sf] : Poutre arquée servant de soutien au beaupré. « *Il respira alors, et, se haussant sur les chaînes, il parvint à atteindre l'extrémité de la guibre* » (JULES VERNE : *L'Île mystérieuse*).

GUIDON [sm] : Fanion. « *... j'apercevais par la fenêtre la coque noire et le grand mât portant au sommet mon guidon rouge et blanc* » (GUY DE MAUPASSANT : *Sur l'eau*).

GUILLOCHER [verbe] : Ornementer d'entrelacs. « *Soufflant violemment dans ses narines guillochées de crins noirs, il secoua d'un seul mouvement sa tête et ma main...* » (VLADIMIR NABOKOV : *Lolita*).

GUILLOCHIS [sm] : Surface qui a été guillochée, ornée de traits ondés. « *... le chatoiement de sa peau [...] le guillochis de ses cils noirs de suie et ces yeux gris et graves et plus vides que jamais...* » (VLADIMIR NABOKOV : *Lolita*).

GUSTATION [sf] : Perception de la saveur. « *Ma gustation rendue à sa finesse originelle par la viande non cuite et non épicée [...] a trouvé matière à s'exercer dans le lait qui est devenu assez vite mon unique boisson* » (MICHEL TOURNIER : *Le Roi des aulnes*).

GUSTUEL [adj] : Du goût. « *... il se ressaisit pour être à l'unisson de Marie-Véronique dont la jouissance gustuelle était vive* » (RICHARD JORIF : *Le Navire Argo*).

GUTTULE [sf] : Très petite goutte. « *Ce jeudi tenait pourtant en réserve une infime guttule de nectar savoureux* » (VLADIMIR NABOKOV : *Lolita*).

GYMNOSOPHISTE [sm] : Philosophe nu prônant la simplicité. « *C'est un savoir diffus [...] qui remonte à Pythagore, aux brahmanes de l'Inde, aux Hébreux, aux magiciens, aux gymnosophistes...* » (UMBERTO ECO : *Le Pendule de Foucault*.

GYNÉCÉE [sm] : Regroupement des femmes dans certaines villes ou certaines civilisations. « *Ma mère et ma nourrice [...] m'ont appris dans le gynécée l'histoire d'Athènes, les légendes des héros...* » (JEAN SÉVERIN : *Le Soleil d'Olympie*).

GYROVAGUE [adj] : Désigne des moines du haut Moyen Âge qui circulent de région en région, de monastère en monastère ; vagabond. « *... ils reconnurent un de ces moines pérégrins qui parcourent [...] les chemins de terre et de mer qui sont les déserts de l'extrême-occident [...]. – Dieu vous bénisse ! clama le moine gyrovague...* (JACQUES FLEURENT : *Armorica*).

H

HABITUS [sm] : Aspect du corps ou du visage en terme de santé. « *La pire des disgrâces pour une femme, c'est à coup sûr de ne pas savoir qu'on peut être nu, qu'il y a non seulement une habitude, mais un habitus de la nudité* » (MICHEL TOURNIER : *Le Roi des aulnes*).

HAGIOGRAPHIE [sf] : Vie de saint. « *Je pense que vous devriez travailler un compendieux recueil d'hagiographie ou préparer un savant in-folio sur le blason* » (JORIS-KARL HUYSMANS : *Là-bas*).

HALBRAN [sm] : Jeune canard. « *Maintenant tous les canards étaient en vol, et les halbrans nés dans leur nid de jonc au printemps dernier [...] tournaient affolés autour de l'étang* » (JEAN FAILLER : *La Mort au bord de l'étang*).

HALEINER [verbe] : Dire dans un souffle, dans une haleine, d'une voix essoufflée. « *Lorenza m'haleinait des mots à l'oreille. Mais je n'entendais pas sa voix* » (UMBERTO ECO : *Le Pendule de Foucault*).

HALIEUTIQUE [sf] : La pêche. « *L'halieutique était souvent perçue comme un triste passe-temps...* » (PHILIPPE DJIAN : *Crocodile*).

HALLIER [sm] : Bouquet de buissons touffus. « *Il n'était pas rare, à ces moments de fraîche [...] de surprendre le brame d'un cerf surgi des halliers et des breuils...* » (JACQUES FLEURENT : *Armorica*).

HANCHÉ [adj] : Qui a rapport à la hanche. « ... *il attend docilement, en station hanchée, posé sur sa jambe gauche, vivante et fragile colonne, la cuisse droite, molle et inerte, faisant opposition* » (MICHEL TOURNIER : *Le Roi des aulnes*).

HAQUET [sm] : Charrette longue et étroite sans ridelles pour les tonneaux. « *Il désigna un haquet très bas qui servirait à porter jusqu'aux quais les barils de viande salée et d'eau potable* » (C.S. FORESTER : *Aspirant de marine*).

HARET [adj] : Redevenu sauvage, chat haret. « … *il avait posé quelques lacets à lapins dans les coulées d'une fougeraie prochaine [...] mais il comprit ensuite [...] qu'un goupil ou un haret faisait la relevée avant lui* » (MICHEL TOURNIER : *Le Roi des aulnes*).

HARIDELLE [sf] : Mauvais cheval. « *Un hobereau ruiné qui caracolait sur une haridelle et pointait sa lance rouillée contre un moulin* » (JEAN-PAUL SARTRE : *Les Mots*).

HARPAILLER (SE) [verbe] : Se disputer âprement, avec aigreur. « … *quatre joueurs de pétanque se harpaillaient dans une langue étrangère* » (RICHARD JORIF : *Les Persistants Lilas*).

HART [sf] : Corde à pendaison. « … *l'édit de Charles V interdisant sous peine de la prison et de la hart les travaux spagiriques [...] étai[t] encore en vigueur* » (JORIS-KARL HUYSMANS : *Là-bas*).

HASE [sf] : Femelle du lièvre. « … *c'était chaque fois une fête de solitude et de rêveries qu'alimentaient tous les bruits secrets de la forêt, frouement d'une dame blanche en chasse, chevrotement d'une hase en rut…* » (MICHEL TOURNIER : *Le Roi des aulnes*).

HAST [sm] : Arme d'hast, qui est fixée sur un manche. « *Le grand bazar de Trébizonde avait fourni [...] une arme d'hast en acier avec des reliefs en méplat gravés et dorés…* » (JULES VERNE : *Kéraban-le-têtu*).

HÂTELLE [sf] : Petite pièce de viande rôtie en broche. « *Phrases ou hâtelles, tout finit mâché, digéré, épuré* » (PIERRE DRACHLINE : *Fin de conversation*).

HÂVE [adj] : Pâle et amaigri. « ... *les jeunes chenapans aux joues hâves, [...] qui agitent un pouce vigoureux, presque priapique, pour allécher les femmes seules...* » (VLADIMIR NABOKOV : *Lolita*).

HEBDOMADIER [sm] : Celui qui exerce une fonction durant une semaine. « *Après quoi l'Abbé donna sa bénédiction, l'hebdomadier dit les prières, tous s'inclinèrent vers l'autel...* » (UMBERTO ECO : *Le Nom de la rose*).

HELICHRYSUM [sf] : Autre nom de l'immortelle. « *Helichrysums. Ne sont-ce pas ces fleurs que vous appelez immortelles ? commenta le Ficusien* » (PIERRE DESPROGES : *Des femmes qui tombent*).

HÉLIOPHANIQUE [adj] : Qui a rapport à une héliophanie, une apparition du soleil, un lever de soleil. « *Au moment où le globe de feu surgirait derrière les hauts de Nickelsberg, les jungmannen entonneraient un hymne héliophanique* » (MICHEL TOURNIER : *Le Roi des aulnes*).

HÉLIOTROPIQUE [adj] : Qui peut s'orienter en direction du soleil. « ... *après quelques simagrées d'inspiration héliotropique – l'œil au ciel, l'air chagrin, puis au sol l'air content – elle a eu l'aplomb de prendre ma photo...* » (VLADIMIR NABOKOV : *Lolita*).

HELLANODICE [sm] : Juge des jeux Olympiques antiques. « ... *Timothée transmettra ma plainte aux hellanodices dès son arrivée à Olympie* » (JEAN SÉVERIN : *Le Soleil d'Olympie*).

HÉMATIQUE [adj] : Qui concerne le sang. « ... *le compte-globule du docteur Sarrasin, appliqué au sang du petit mineur, y aurait révélé une quantité tout à fait insuffisante de monnaie hématique* » (JULES VERNE : *Les 500 millions de la Bégum*).

HEPTAGONAL [adj] : Qui présente sept côtés. « ... *la forme quadrangulaire produisait, à chacun de ses angles,* *une tour heptagonale...* » (UMBERTO ECO : *Le Nom de la rose*).

HEPTASYLLABE [sm] : Vers qui contient sept syllabes. « *Dans son sommeil il lui surgit deux heptasyllabes qu'il retint* » (RICHARD JORIF : *Le Navire Argo*).

HÉRALDIQUE [adj] : Qui a rapport aux blasons, aux armoiries et à ce qui les illustre. « ... *l'Allemagne se dévoilait [...] avec cette faune emblématique [...] faune héraldique dont la place était inscrite dans les armoiries de tous les junkers prussiens* » (MICHEL TOURNIER : *Le Roi des aulnes*).

HERCYNIEN [adj] : Soulèvement des massifs de la fin de l'ère primaire, désigne les paysages de massifs anciens. « ... *il s'agissait d'une bête à demi fabuleuse, qui paraissait sortir des grandes forêts hercyniennes de la préhistoire* » (MICHEL TOURNIER : *Le Roi des aulnes*).

HÉRÉSIARQUE [sm] : Chef d'une secte hérétique. « ... *l'hérésiarque fut pourtant contraint à abandonner la Paroi Chauve, laissant derrière lui les blessés et les malades...* » (UMBERTO ECO : *Le Nom de la rose*).

HERMAPHRODISME [sm] : État d'un être présentant les caractères des deux sexes. « *Plus tard, il [Dieu] constate que la solitude impliquée par l'hermaphrodisme n'est pas bonne. Il plonge Adam dans le sommeil...* » (MICHEL TOURNIER : *Le Roi des aulnes*).

HERNIAIRE [sm ou adj] : Qui a rapport aux hernies, qui soigne les hernies. « *C'est un herniaire de sentiments, un bandagiste d'âmes et voilà tout !* » (JORIS-KARL HUYSMANS : *Là-bas*).

HÉSYCHASTE [sm] : Membre de la secte qui se recueille sur son nombril. « *Ce poisson a l'air d'un hésychaste asthmatique qui perd la foi et accuse Dieu d'avoir réduit le sens de l'Univers* » (UMBERTO ECO : *Le Pendule de Foucault*).

HEURTEQUIN [sm] : Pièce mécanique de l'essieu. « *Le train de derrière disparaissait jusqu'au heurtequin de l'essieu* » (JULES VERNE : *Les Enfants du capitaine Grant*).

HICKORY [sm] : Noyer blanc d'Amérique. « *Franz vit une superbe valise de cuir et une splendide paire de skis en hickory d'un modèle qu'on ne trouvait pas au magasin* » (VLADIMIR NABOKOV : *Roi, dame, valet*).

HIÉRATISME [sm] : Majesté figée et sacrée. « *Fascinant contraste entre l'hiératisme du corps [...] et l'énigmatique sourire qui illumine cette face radieuse de douceur...* » (MICHEL TOURNIER : *Le Roi des aulnes*).

HIÉROGLYPHITE [sm] : Celui qui trace des hiéroglyphes. « *Qu'on fasse venir mes sages, mes magiciens et mes hiéroglyphites* » (THÉOPHILE GAUTIER : *Le Roman de la momie*).

HIÉROGRAMMATE [sm] : Scribe d'un temple ; interprète des textes sacrés. « ... *autrefois, dans ce pays, les Hiérogrammates avalaient le cœur et le sang de cet oiseau, pour se préparer aux rites magiques* » (JORIS-KARL HUYSMANS : *Là-bas*).

HIÉROPHANTE [sm] : Grand prêtre. « ... *à quinze ans, sur le mont Olympe, sous la conduite de quinze hiérophantes, il assiste à des rites d'évocation du Prince de ce Monde* » (UMBERTO ECO : *Le Pendule de Foucault*).

HILOIRE [sf] : Fort bordage d'un navire. « *En se mettant debout sur un tabouret, voire sur un gros livre, il voyait par-dessus l'hiloire* » (C.S. FORESTER : *Lieutenant de marine*).

HIPPARQUE [sm] : Chef grec d'un groupe de cavaliers. « *Suivaient Périclès, chef politique et militaire, puis les stratèges, les hipparques et les amiraux...* » (JEAN SÉVERIN : *Le Soleil d'Olympie*).

HIPPOGRIFFE [sm] : Animal fabuleux, ailé, mi-cheval mi-griffon. « *Ce jour-là [le prophète] apparaissait à cheval sur*

Elborak, l'hippogriffe qui l'attendait à la porte du temple de Jérusalem... » (JULES VERNE : *Kéraban-le-têtu*).

HIPPOLOGIE [sf] : Étude de la race des chevaux. « *Octave Sarrasin [...] était devenu subitement un des hommes de France les plus profondément versés dans les mystères de l'hippologie* » (JULES VERNE : *Les 500 millions de la Bégum*).

HIPPOMANE [sf] : Sécrétion chevaline aphrodisiaque. « *... tu la mélanges avec de l'hippomane, qui serait paraît-il, un liquide [...]. En somme ce que produisent les juments grosses par sécrétion...* » (UMBERTO ECO : *Le Pendule de Foucault*).

HISPIDE [adj] : Couvert de poils longs et épais. « *Il avait touché une noix de coco à la base du tas, avait troublé l'équilibre de l'ensemble, et ces formes hispides s'étaient écroulées en avalanche...* » (UMBERTO ECO : *L'Île du jour d'avant*).

HISPIDITÉ [sf] : Surface hérissée de poils épais et rudes. « *... un feu d'artifice d'arabesques vif-argent, des hispidités d'épines dégouttantes de rouge sang...* » (UMBERTO ECO : *L'Île du jour d'avant*).

HOIRIE [sf] : Héritage. « *Il se rend chez une fille de mœurs indécentes et, lui laissant les chapons en hoirie, il en tire occasion d'illicite déduit...* » (UMBERTO ECO : *Le Pendule de Foucault*).

HOLLANDER [verbe] : Dégraisser des plumes d'écriture par le moyen d'une cendre chaude. « *Elle souleva lentement le clapet de l'encrier, s'empara d'une plume hollandée, la trempa et se mit à écrire* » (GILBERT SINOUÉ : *Le Livre de saphir*).

HOLSTER [sm] : Étui de revolver (mot anglais). « *Elle [...] glissa son arme de service dans son holster et, ainsi lestée, reprit le chemin de la maison du crime* » (JEAN FAILLER : *Mort d'une rombière*).

HOMONCULE ou **HOMUNCULUS** [sm] : Miniature d'homme créée par sorcellerie. *« J'y trouve des herbes médicamenteuses, et les instructions pour faire l'homunculus, exactement comme Faust... »* (UMBERTO ECO : *Le Pendule de Foucault*).

HOMOPHONE [adj] : De même son. *« Je me penchai au-dessus du gouffre bienveillant, et je perçus graduellement une étrange mélodie d'échos homophones... »* (VLADIMIR NABOKOV : *Lolita*).

HOPLITE [sm] : Guerrier grec (avec le suffixe *pan* cela a formé le mot panoplie, ensemble d'armes). *« Des hoplites casqués, le bouclier rond sur l'épaule, s'ouvraient un chemin du plat de leur épée »* (JEAN SÉVERIN : *Le Soleil d'Olympie*).

HOUACHE ou **HOUAICHE** [sf] : Sillage laissé par les hélices. *« Les nefs [faisaient] naître à leur poupe une houache dont les neigeuses turbulences se refermaient bien vite... »* (JACQUES FLEURENT : *Celteries*).

HOULETTE [sf] : Bâton de berger permettant grâce à un petit réceptacle creusé à son bout de jeter terre ou caillou aux moutons qui s'écartent. *« Ces confins [...] s'étaient mis depuis peu à pulluler d'anachorètes, de stylites et de prophètes solitaires, vêtus de poil de chameau et armés de houlettes »* (MICHEL TOURNIER : *Gaspard, Melchior et Balthazar*).

HOURDAGE [sm] : Hourdis. *« Le poële avait été arraché de sa niche dont le hourdage, feutré de poussière, s'émiettait... »* (JORIS-KARL HUYSMANS : *En rade*).

HOURDER [verbe] : Poser un hourdis, maçonner grossièrement, plâtrer un plafond ou un plancher. *« ... ce mur sombre, chiné de traits blancs par des raies de plâtre qui hourdaient ses fissures et bouchaient ses brèches »* (JORIS-KARL HUYSMANS : *Là-bas*).

HOURVARI [sm] : Cri des chasseurs pour rappeler les chiens ; tumulte. « *Les boiseries séculaires résonnèrent d'une sorte de hourvari, tempéré par le respect dû à leur longue histoire* » (VERCORS : *Les Animaux dénaturés*).

HOUSEAU [sm] : Jambière de cuir, guêtre, leggings. « *Dans un sac à grain, il fourre des vieux godillots, une gamelle, un képi, des caleçons, des houseaux, des éperons, tout un uniforme...* » (EPHRAÏME GRENADOU ET ALAIN PRÉVOST : *Grenadou, paysan français*).

HOUSSAIE [sf] : Lieu planté de houx. « *... on processionna par le chemin vers le petit pré en bordure de la houssaie...* » (JACQUES FLEURENT : *Armorica)*.

HOUSSINE [sf] : Baguette souple. « *Le malheur a plus d'effet sur toi que les coups de houssine sur une bête de course !* » (YVONNE CHAUFFIN : *La Marion du Faouët*).

HUMATION [sf] : Imprégnation de terre, d'humus. « *[Ils pensaient] qu'il y avait un Styx de mollification, assations, humations, liquéfactions, pétrissage, imprégnations, submersion, terre fétide, sépulcre puant...* » (UMBERTO ECO : *Le Pendule de Foucault*).

HUMEUX [adj] : Entre humide et humus. « *Tous ces âges se mêlaient comme les branches et les feuilles des marronniers, en une touffeur verdoyante et humeuse* » (SYLVIE GERMAIN : *Opéra muet*).

HUMORAL [adj] : Qui a rapport aux humeurs, aux substances liquides du corps. « *C'est un moi pesant, rancunier, humoral, toujours baigné de larmes et de semence, lourdement attaché à ses habitudes, à son passé* » (MICHEL TOURNIER : *Le Roi des aulnes*).

HYALIN [adj] : De la nature du verre. « *... une hôtesse (de cette race de femmes usées, avec un sourire hyalin et la diction de Charlotte) ...* » (VLADIMIR NABOKOV : *Lolita*).

HYDRARGYRE [sm] : Mercure. « *Une série de tubes de verre [...]. Fermentation putride ? Balneum Mariae, sublimation de l'hydrargyre...* » (UMBERTO ECO : *Le Pendule de Foucault*).

HYDROGRAPHE [sm] : Géographe spécialisé dans les mers et océans. « *On se figurerait difficilement le fourmillement de ses îlots et de ses récifs, dont la position est à peine établie par les meilleurs hydrographes* » (JULES VERNE : *Mistress Branican*).

HYDRONYME [sm] : Nom de fleuve ou de cours d'eau. « *Il distribuait oronymes et hydronymes, à bon escient et en nombre, soucieux que rien n'échappât au langage, ni un monticule ni une mouillère* » (YVES BERGER : *Immobile dans le courant du fleuve*).

HYDROPHANE [adj] : Pierre qui devient transparente, invisible, dans l'eau. « *Je l'ai vu se pencher sur des monceaux de turquoises, d'améthystes, d'hydrophanes et de calcédoines, ou faire rouler dans le creux de sa main des diamants bruts...* » (MICHEL TOURNIER : *Gaspard, Melchior et Balthazar*).

HYDROPHOBE [adj] : Qui fuit l'eau ou repousse l'eau. « *Une écume bleuâtre empourpre ses lèvres, d'où sort une voix sifflante et étranglée, comme celle d'un hydrophobe...* » (UMBERTO ECO : *Le Pendule de Foucault*).

HYDROPHOBIE [sf] : Dégoût de l'eau. « *[Ces livres] sont en latin, mais traduits de l'arabe. Ayyub al-Ruhawi, un traité sur l'hydrophobie canine* » (UMBERTO ECO : *Le Nom de la rose*).

HYDROPIQUE [adj] : Atteint d'hydropisie, d'accumulation d'eau dans une partie du corps, principalement le ventre. « *Lo évoquait cet épouvantail – l'isolement, les vieux pâturages détrempés, le vent, cette immensité hydropique et morne...* » (VLADIMIR NABOKOV : *Lolita*).

HYGROSCOPE [sm] : Appareil recherchant la présence d'eau ou de vapeur. « *Lorsque le veilleur eut parcouru une vingtaine de mètres, une sensation étrange le saisit, et découvrant son hygroscope il le tendit sur le gouffre* » (ROSNY AÎNÉ : *La Mort de la Terre*).

HYPERBOLE [sf] : Courbe mathématique de forme semi-ovoïde. « *Après avoir marqué les foyers F1, F2, F3 des trois ellipses principales, nous traçons l'ellipse et l'hyperbole auxiliaires...* » (JULES VERNE : *Les 500 millions de la Bégum*).

HYPNOÏDE [adj] : D'une nature proche de l'hypnose. « *... j'empêchais horriblement [ce pauvre Dick], par mes sortilèges hypnoïdes, de formuler le seul commentaire dont il fût capable...* » (VLADIMIR NABOKOV : *Lolita*).

HYPNOTISTE [sm] : Hypnotiseur. « *Eussé-je consulté un puissant hypnotiste, peut-être aurait-il su m'arracher [...] certains souvenirs adventices...* » (VLADIMIR NABOKOV : *Lolita*).

HYPOGÉE [sm] : Excavation, tombeau souterrain. « *Une indicible pitié vint au jeune homme pour ces momies ensevelies dans leurs hypogées pompadour à boiseries et à rocailles...* » (JORIS-KARL HUYSMANS : *À rebours* [notice]).

HYPOSTASE [sf] : Personne distincte : il y a trois hypostases en Dieu. « *... la Trinité, une en trois personnes, a-t-elle souffert dans sa triple hypostase, sur le gibet du Calvaire ?* » (JORIS-KARL HUYSMANS : *À rebours*).

HYPOSTYLE [adj] : Désigne une salle au plafond soutenu par des colonnes. « *[L'histoire d'un pharaon] sculptée et peinte sur les murs des salles hypostyles, sur les parois des pylônes en interminables reliefs...* » (THÉOPHILE GAUTIER : *Le Roman de la momie*).

HYPOTYPOSE [sf] : Description particulièrement parlante et colorée. « *L'énumération pourrait continuer et il n'est rien de plus merveilleux que l'énumération, instrument d'admirables hypotyposes* » (UMBERTO ECO : *Le Nom de la rose*).

HYSOPE [sf] : Sorte de plante médicinale. « *Femme, mets de l'eau d'hysope à rafraîchir* » (JEAN GIONO : *Le Serpent d'étoiles*).

HYSPICÉPHALE [adj] : Au crâne couvert de poils rudes. « *Tiffauges apprit [...] qu'on peut être [...] chamæcéphale ou hyspicéphale selon la hauteur plus ou moins grande de la tête, tapeinocéphale ou acrocéphale selon sa largeur...* » (MICHEL TOURNIER : *Le Roi des aulnes*).

HYPOTYPOSE [illegible]

I

[illegible]

[illegible]

[illegible]

[illegible]

I

ICELUI [pronom] : Celui-ci en langage de droit. « *À dater de ce moment, le fil est perdu, sauf pour la date de la mort d'icelui, retrouvée à Paris…* » (JULES VERNE : *Les 500 millions de la Bégum*).

ICHTYOLOGISTE ou **ICHTYOLOGUE** [sm] : Savant qui étudie les poissons. « *… on pouvait affirmer, cependant, que cet être phénoménal dépassait de beaucoup toutes les dimensions admises jusqu'à ce jour par les ichtyologistes* » (JULES VERNE : *Vingt mille lieues sous les mers*).

ICONOPHILE [adj] : Qui adore les images. « *L'image me suffisait. C'était elle que j'aimais […]. Faudrait-il forger le mot d'iconophile pour mon seul usage ?* » (MICHEL TOURNIER : *Gaspard, Melchior et Balthazar*).

ICONOPHOBE [adj] : Qui déteste ou qui refuse les images. « *… le vicaire Cheddâd, imbu de tradition, pur parmi les purs, farouchement attaché au dogme iconophobe* » (MICHEL TOURNIER : *Gaspard, Melchior et Balthazar*).

ICONOSTASE [sf] : Triptyque refermable couvert d'images saintes. « *… une ancienne iconostase russe en argent niellé et l'un de ces christs en bois, sculptés au* XVII*e siècle […] relevaient un peu la banalité de cet ameublement de bourgeois…* » (JORIS-KARL HUYSMANS : *Là-bas*).

ICTÉRIQUE [adj] : Atteint d'ictère, de jaunisse. « *Le couchant créait un ciel ictérique derrière le vert sombre de l'île, et une mer stygienne* » (UMBERTO ECO : *L'Île du jour d'avant*).

IDIOSYNCRASIE [sf] : Tempérament individuel, ce qui fait que chacun réagit à sa façon. « *… je n'ai jamais compris les hommes en qui le plus petit défaut physique chez une femme* *crée une sorte d'idiosyncrasie* » (STEFAN ZWEIG : *La Pitié dangereuse*).

IGNÉ [adj] : De la nature du feu. « ... *la blessure continuait d'exhaler une grande abondance d'esprits chauds et ignés, attirant de ce fait l'air environnant* » (UMBERTO ECO : *L'Île du jour d'avant*).

IGNESCENT [adj] : Qui prend feu. « *Il ne fit que traverser [...] la salle emplie de fumée, sous une averse de brandons ignescents, de poutres calcinées* » (JULES VERNE : *Les 500 millions de la Bégum*).

IGNITION [sf] : Combustion. « ... *quelque influence pernicieuse, comme celle du charbon en ignition* » (EDGAR ALLAN POE : *Les Aventures d'Arthur Gordon Pym*).

IGNIVOME [adj] : Qui crache du feu, démon ignivome. « *Sous cet éclat apparaissaient des centaines de grosses verrues ignivomes, dont le gaz brûlait au milieu des déjections de matières liquides...* » (JULES VERNE : *Kéraban-le-têtu*).

IGNIVORE [adj] : Qui mange du feu. « ... *ce havresac servait d'estrade aux vigies de bateaux-théâtres, aux marins ignivores, aux circumnavigateurs de brasseries* » (RICHARD JORIF : *Le Navire Argo*).

ILIAQUE [sm ou adj] : Os iliaque, os de la hanche, du bassin. « *La basque du tailleur arrondit les hanches, coupe la ligne anguleuse des fesses et des iliaques* » (ALBERTINE SARRAZIN : *L'Astragale*).

ILION [sm] : Os iliaque. « ... *il faut un pubis de femme, qui n'interpose pas de corps caverneux entre l'ilion et [le flipper] ...* » (UMBERTO ECO : *Le Pendule de Foucault*).

ILLUCIDÉ [adj] : Non élucidé. « *Il y a là une énigme qui reste illucidée* » (JORIS-KARL HUYSMANS : *À rebours* [préface]).

IMMENSURABLE [adj] : Incommensurable, qu'on ne peut mesurer. « ... *ce quelque chose d'immensurable qui* *s'étend de la mer Noire jusqu'à la Mongolie et qu'on appelle la steppe »* (ANDREÏ MAKINE : *Le Testament français*).

IMMUTABLE [adj] : Immuable. « ... *cette nécessaire volonté [...] permet de se délaisser, de glisser, sans se retenir, dans la ténèbre des immutables dogmes* » (JORIS-KARL HUYSMANS : *Là-bas*).

IMPEDIMENTA [smpl] : Bagage, suite d'une armée en campagne. « *L'Expédition termina la semaine à Liverpool, pour y rassembler les derniers impedimenta* » (VERCORS : *Les Animaux dénaturés*).

IMPÉRITIE [sf] : Incapacité ou inaptitude. « *Par quel miracle d'impéritie les Espagnols avaient-ils permis que l'assaut dérisoire les prît par surprise ?* » (C.S. FORESTER : *Aspirant de marine*).

IMPERSCRUTABLE [adj] : Indiscernable. « ... *une droite, fût-elle d'une imperscrutable brièveté, devrait être à son tour divisible en deux parties égales...* » (UMBERTO ECO : *L'Île du jour d'avant*).

IMPLUVIUM [sm] : Bassin central de l'atrium pour recueillir les pluies. « ... *une véranda [...] contournait le long des murs comme un impluvium antique* » (JULES VERNE : *Les Enfants du capitaine Grant*).

IMPROBATEUR [adj] : Qui désapprouve. « *Il glissait à ma mère un œil improbateur lorsqu'une friandise venait briser le triste et minimal repas...* » (PHILIPPE DJIAN : *Tango*).

IMPROBATION [sf] : Désapprobation. « *Il n'y aura de la part de Simone aucun signe d'assentiment ou d'improbation* » (RICHARD JORIF : *Le Navire Argo*).

IN-PACE [sm] : Prison souterraine religieuse, pour personne scandaleuse. « ... *l'homme interné jusqu'à sa mort dans un cachot pluvieux, dans un noir in-pace sans air* » (JORIS-KARL HUYSMANS : *Là-bas*).

IN PURIS NATURALIBUS [adv] : Dans son état naturel ; nu. « *L'un [des indigènes] qui me précédaient,* in puris naturalibus, *suant sous le poids de mon fusil, était vraiment drôle à voir, coiffé de ce chapeau de femme posé de travers* » (JULES VERNE : *Mistress Branican*).

INANE [adj] : Vide, vain, sans aucun intérêt. « *Ma pauvre cocotte, tu n'as rien compris ! Ce que tu viens de dire, politiquement, c'est inane* » (ROBERT MERLE : *Derrière la vitre*).

INCAGUER [verbe] : Mépriser, défier. « *Il ne lui suffisait plus d'incaguer les appariteurs ou de faire danser la grappignole aux agents [...] : il voulait porter l'incendie jusque dans le sein de l'Alma Mater...* » (RICHARD JORIF : *Le Navire Argo*).

INCANTER [verbe] : Enchanter, proférer des incantations. « *De chanter à tue-tête en frappant dans ses mains pour mieux incanter l'oubli* » (SYLVIE GERMAIN : *Opéra muet*).

INCARNADIN [adj] : De couleur rouge incarnat. « *Des polypes ocellés, qui dans leur grouillement vermiculaire et lubrifié révélaient l'incarnadin d'une grande lèvre centrale, effleuraient des plantations d'olothuries albuginées au gland de passe-velours* » (UMBERTO ECO : *L'Île du jour d'avant*).

INCIPIT [sm] : Premières lignes, première page d'un texte. « *... à peine ai-je jeté un coup d'œil sur l'incipit de vos pages que j'ai senti quelque chose...* » (UMBERTO ECO : *Le Pendule de Foucault*).

INCLÉMENT [adj] : Rigoureux (s'emploie pour la température). « *Lazara servit le café, éteignit la suspension au milieu de la table, car sa lumière inclémente gênait la conversation, et la salle à manger demeura dans un clair-obscur intime* » (GABRIEL GARCÍA MÁRQUEZ : *Douze contes vagabonds*).

INCUBE [sm] : Démon masculin copulatoire. « *Il lui tombait dessus [...] comme un incube qui lui coupait le souffle et faisait ruisseler sa sueur...* » (ERNST JÜNGER : *Visite à Godenholm*).

INCUNABLE [sm] : Ouvrage imprimé à l'époque des débuts de l'imprimerie. « *Les hommes flambent mieux que les incunables et, surtout, la chair laisse moins d'odeur derrière elle que des mots retournés sur le gril* » (PIERRE DRACHLINE : *Le Cœur à l'horizontale*).

INDENTÉ [adj] : Une côte indentée, échancrée. « *Oregon découvrait des pierres [...] repérait des amphithéâtres et de grandes murailles indentées...* » (YVES BERGER : *Immobile dans le courant du fleuve*).

INDICTION [sf] : Convocation régulière à un concile, prescription pour une date précise. « *L'indiction de jeûne du 30 mai est obéie dans le New Hampshire, mais pas dans les deux Carolines* » (VLADIMIR NABOKOV : *Lolita*).

INDIGÉNAT [sm] : Ensemble des indigènes ; régime qui administre les indigènes. « *... la langue indigène [...] par la logique de sa grammaire, la précision de ses termes, la délicatesse de ses expressions, semble témoigner que l'indigénat australien aurait joui autrefois d'une réelle civilisation* » (JULES VERNE : *Mistress Branican*).

INDURÉ [adj] : Rendu dur. « *... la balle est descendue dans le dos, là où la peau est... indurée* » (C.S. FORESTER : *Trésor de guerre*).

INDURER (S') [verbe] : Se durcir, en parlant d'un tissu organique. « *... il refaisait le socle, déplissait les roches, changeait de sédiments de couverture, indurait les nouveaux* » (YVES BERGER : *Immobile dans le courant du fleuve*).

INERME [adj] : Sans aiguilles ni épines. « *Il s'évaguait à la poursuite du maréchal, le rejoignait, mais l'écriture dans laquelle il le voulait cerner demeurait lâche et inerme, criblée de trous* » (JORIS-KARL HUYSMANS : *Là-bas*).

INERTIEL [adj] : Qui tient de l'inertie, qui est dû à l'inertie. « *... chaque missile possède son calculateur de bord et sa* *centrale de navigation inertielle* » (ROBERT MERLE : *Le jour ne se lève pas pour nous*).

INFÉRER [verbe] : Tirer la conséquence, induire, conclure. « *Pour autant [...] que je puisse inférer de ce gribouillage d'illettré [...], votre navire se trouve au centre de l'Afrique !* » (C.S. FORESTER : *Aspirant de marine*).

INFLORESCENCE [sf] : Disposition des fleurs. « ... *il incombe de recueillir un rameau mâle, et de le secouer, selon les quatre points cardinaux, au-dessus des fleurs femelles avant de le déposer au cœur même de l'inflorescence* » (MICHEL TOURNIER : *Gaspard, Melchior et Balthazar*).

INFRANGIBLE [adj] : Incassable ; inaltérable. « ... *il avait également été pressuré par d'infrangibles remords, par d'insatiables peurs* » (JORIS-KARL HUYSMANS : *Là-bas*).

INFUNDIBULIFORME [adj] : En forme d'entonnoir. « *Et des trous s'enfoncèrent dans ces alluvions de l'espace, des trous infundibuliformes, roux...* » (JORIS-KARL HUYSMANS : *En rade*).

INFUS [adj] : Inné, naturellement répandu. « *[Les] cauchemars infus que j'avais hérités de je ne sais quel ancêtre* » (PIERRE DRACHLINE : *Le Cœur à l'horizontale*).

INLET [sm] : Entrée d'un ria, d'un fjord, etc. « *L'*Ebba *serait donc favorisée, [...] pour atteindre à travers Pamplico-Sound, un de ces inlets – sorte de détroits – qui établissent la communication entre le lac et la haute mer* » (JULES VERNE : *Face au drapeau*).

INNATUREL [adj] : Non naturel, artificiel, inhabituel. « *Ce jeu de lumières différentes, aussi innaturelles les unes que les autres [...] ravivait [...] la polychromie du plafond* » (UMBERTO ECO : *Le Pendule de Foucault*).

INSANE [adj] : Fou, sans plus de raison. « *Jadis [...] la froideur ophidienne de mon mutisme irrité, plongeait Valérie dans une terreur insane* » (VLADIMIR NABOKOV : *Lolita*).

INSANITÉ [sf] : Folie. « *... je subis [...] un nouvel accès d'insanité (si toutefois l'on peut appliquer ce terme cruel à une mélancolie sans espoir et à une sensation intolérable d'oppression)* » (VLADIMIR NABOKOV : *Lolita*).

INSCRUTABLE [adj] : Qu'on ne peut scruter, examiner. « *... lorsque par une inscrutable exception [l'argent] s'entasse chez un riche dont l'âme n'est ni meurtrière ni abjecte, alors il demeure stérile...* » (JORIS-KARL HUYSMANS : *Là-bas*).

INTAILLE [sf] : Pierre taillée en creux à l'opposé du camée. « *Les quatre faces du monolithe funèbre étaient couvertes de personnages et de hiéroglyphes aussi précieusement gravés que l'intaille d'une bague en pierre fine...* » (THÉOPHILE GAUTIER : *Le Roman de la momie*).

INTERSECTER [verbe] : Couper pour séparer. « *Mais, si la lame intersectait soigneusement deux veines, une séparation parfaite s'opérait que la puissance de cohésion ne rectifiait pas immédiatement* » (EDGAR ALLAN POE : *Les Aventures d'Arthur Gordon Pym*).

INTERSIGNE [sm] : Lien superstitieux entre des événements éloignés mais similaires. « *... reviendrait-il [...] la visiter en songe ou se rappeler à elle par quelque intersigne que son cœur saurait déchiffrer d'emblée...* » (JACQUES FLEURENT : *Armorica*).

INTRADOS [sm] : Partie intérieure de la voûte (contr. : extrados). « *De ce côté, se profilent, se dressent, se multiplient, se contournent, des centaines de piliers naturels, qui soutiennent l'intrados de la voûte* » (JULES VERNE : *Face au drapeau*).

INTUSSUSCEPTION [sf] : Introduction, dans un corps, d'une matière qui sert à sa croissance. « *Déniaisé par les avis du marquis de Ronquerolles, encore aidé par cette rapide intussusception dont sont doués momentanément les êtres les moins sagaces par la passion, Armand devina la terrible vérité...* » (HONORÉ DE BALZAC : *La Duchesse de Langeais*).

INVENTION [sf] : Découverte d'un trésor ou d'une personne disparue. « *L'invention des proches ou* next of kin *comme nous disons en droit anglais [...] est une spécialité de notre maison* » (JULES VERNE : *Les 500 millions de la Bégum*).

INVITATOIRE [sm] : Chant, antienne qui inaugure la messe de matines. « *Tous les détails qu'il avait autrefois connus des séculaires liturgies se pressèrent : les Invitatoires des Matines, les carillons s'égrenant...* » (JORIS-KARL HUYSMANS : *Là-bas*).

INVOCATOIRE [adj] : Qui a le ton d'une invocation, d'une prière. « *Ce n'était plus le ton invocatoire des premières manifestations mais celui de la colère et de l'indignation* » (MARCEL AYMÉ : *Le Vin de Paris*).

INVOLUTION [sf] : Contraire d'évolution. « *C'était, j'en conviens, d'un parfait enfantillage – involution sénile ?* » (PHILIPPE DJIAN : *Crocodile*).

IRÉNISME [sm] : Volonté œcuménique de tout réconcilier. « *Ce texte, dont le ministre s'inspira [...] péchait par irénisme* » (PIERRE BERGÉ : *L'Affaire Clovis*).

IRIDESCENCE [sf] : Présentation d'aspects de plus en plus irisés. « *[La ville] n'était qu'une iridescence immatérielle mollement suspendue dans l'azur automnal* » (VLADIMIR NABOKOV : *Roi, dame, valet*).

ISABELLE [adj] : Couleur jaune sale. « *On eût dit deux chevaux [...] mâle ou femelle, formes fines, pelage isabelle, jambes et queue blanches...* » (JULES VERNE : *L'Île mystérieuse*).

ISOCHRONE [adj] : De durée égale. « *La sphère [...] décrivait ses amples oscillations avec une isochrone majesté* » (UMBERTO ECO : *Le Pendule de Foucault*).

ITAGUE [sf] : Corde d'un palan. « *Avec une demi-douzaine de matelots pour manœuvrer l'itague de flèche de grand-vergue, les sacs s'entassèrent rapidement sur le pont* » (C.S. FORESTER : *Seul maître à bord*).

ITHYPHALLIQUE [adj] : En forme d'ithyphalle. « *... notre pauvre globe se serait trouvé avec, au lieu d'une couronne ithyphallique qui pointait, érectile, vers le haut, un appendice stérile, une mentula amollie, une queue simiesque...* » (UMBERTO ECO : *Le Pendule de Foucault*).

J

JABOTER [verbe] : Parler beaucoup, pour ne rien dire. *« … il conduisit les Humbert à leur résidence, et Valérie jabota durant tout le trajet… »* (VLADIMIR NABOKOV : *Lolita*).

JACULATOIRE [adj] : Qualifie une prière courte et fervente. *« Le notaire aiguisait un reste de ferveur religieuse […] en s'aidant d'oraisons jaculatoires… »* (MARCEL AYMÉ : *Le Moulin de la Sourdine*).

JANISSAIRE [sm] : Ancien soldat d'élite turc. *« Quand les janissaires brandissaient leurs cimeterres courbes, un gémissement parcourait le désert… »* (JEAN-PAUL SARTRE : *Les Mots*).

JAQUE [sm ou sf] : Habit court et serré de la fin du Moyen Âge. *« Longiligne, aérien dans sa jaque de taffetas bleu, tout dans son allure s'opposait à Van Eyck… »* (GILBERT SINOUÉ : *L'Enfant de Bruges*).

JAROSSE [sf] : Plante de la famille des gesses et des ers (lentilles sauvages). *« On mange des fèves pourries et du pain de jarosse »* (GENEVIÈVE DORMAN : *Le Roman de Sophie Trébuchet*).

JASERAN [sm] : Cotte de mailles. *« … un […] glissement de rochers vivants où une végétation non terrestre se composait en formes aplaties, rondes ou écailleuses, qui paraissaient endosser un jaseran de granit… »* (UMBERTO ECO : *L'Île du jour d'avant*).

JASPÉ [adj] : Marbré, coloré de diverses couleurs, comme du jaspe. *« … j'aperçus Lo, en short blanc, disparaissant dans l'ombre jaspée d'un chemin au côté d'un homme de haute taille… »* (VLADIMIR NABOKOV : *Lolita*).

JAVELINE [sf] : Petit javelot. « *Trois Vaudois s'amenèrent alors en suant et en soufflant, avec un harnachement d'arquebuses, de javelines, d'épées et d'épieux* » (FRANZ-OLIVIER GIESBERT : *Le Sieur Dieu*).

JÉROBOAM [sm] : Grosse bouteille. « *Pilade, gardant ses jéroboams de blanc pour les traminots [...] avait remplacé le soda et l'amer Ramazzotti par une petite moustille AOC ...* » (UMBERTO ECO : *Le Pendule de Foucault*).

JEUNEMENT [adv] : Nouvellement. « *La nuit tombait quand il rentra [...] rapportant [...] un vieux dix-cors et son écuyer, un dix-cors jeunement, portant des têtes magnifiquement paumées, celle du vieux dix-cors en chandelier, l'autre plus creuse...* » (MICHEL TOURNIER : *Le Roi des aulnes*).

JORDONNER [verbe] : Donner sans cesse des ordres d'une façon ridicule. « *... la voix [du grand veneur] épaissie par une trace d'accent bavarois ne cessait de jordonner dans tout le Jägerhof* » (MICHEL TOURNIER : *Le Roi des aulnes*).

JOUR DE SOUFFRANCE [sm] : Fenêtre fermée donnant sur le voisinage. « *Il entra dans la cuisine sombre, éclairée par des jours de souffrance, pareille à un cachot de théâtre...* » (JORIS-KARL HUYSMANS : *En rade*).

JULEP [sm] : Potion ou excipient. « *Ils se bornaient à jeter dans les juleps de Feuillet les sels secs de Stendhal* » (JORIS-KARL HUYSMANS : *Là-bas*).

JUSQUIAME [sf] : Herbe et fleur narcotiques et toxiques. « *– De la rue, des feuilles de jusquiame et de datura, des solanées sèches et de la myrte ; ce sont des parfums agréables à Satan, notre maître !* » (JORIS-KARL HUYSMANS : *Là-bas*).

JUSTIN [sm] : Corsage des Bretonnes. « *Marion est magnifique, vêtue de gris perle avec un justin vert qui fait chanter l'ardente chevelure et donne aux yeux de profonds reflets d'eau vive.* » (YVONNE CHAUFFIN : *La Marion du Faouët*).

K

KERMÈS [sm] : Insecte et colorant ; sorte de chêne. *« … deux larges tranches de matière blanchâtre, bordées de rouge de kermès… »* (UMBERTO ECO : *L'Île du jour d'avant*).

KLAFT [sm] : Autre nom du nemset : toile rayée servant de coiffure aux pharaons. *« Le klaft égyptien descend sur tes cheveux touffus, bleus à force d'être noirs, ton sein palpitant sous la mousseline légère »* (UMBERTO ECO : *Le Pendule de Foucault*).

KNICKERBOCKERS [smpl] : Sorte de pantalon s'arrêtant serré sous le jarret à la mode au début du XXe siècle. *« … quatre vieux gaillards en knickerbockers et sac à dos, totalisant deux cent cinquante ans à eux quatre ! »* (BENOÎTE ET FLORA GROULT : *Le Féminin pluriel*).

L

LABILE [adj] : Qui peut tomber (pétale) ; qui peut faillir (mémoire) . « *... tu peux aller à la recherche du temps perdu en suivant des traces labiles comme le Petit Poucet dans le bois, mais tu n'arrives pas à égarer exprès le temps retrouvé* » (UMBERTO ECO : *Le Pendule de Foucault*).

LACTESCENT [adj] : Prenant la couleur ou la consistance du lait. « *Autour des médiums flottait une luminescence aux contours lactescents et imprécis* » (UMBERTO ECO : *Le Pendule de Foucault*).

LAIE [sf] : Sentier forestier, espace rectiligne déboisé. « *... de grandes traînées vineuses, larges et longues [...] se partageaient le ciel en laies, toutes marquées à l'estampe...* » (YVES BERGER : *Immobile dans le courant du fleuve*).

LAISSE [sf] : Couplet, strophe d'un poème médiéval, d'une chanson de geste. « *Je peux encore réciter plusieurs laisses des gestes essentielles et maints passages de romans bretons* » (ROBERT SABATIER : *Le Lit de la merveille*).

LAISSE [sf] : Ligne atteinte par la mer. « *... la lumière [...] sortait [du ciel] comme les volcans poussent leurs entrailles, par jets, tous dessinant des plages, des rivages, des estrans, des laisses bleues* » (YVES BERGER : *Immobile dans le courant du fleuve*).

LAISSÉES [sfpl] : Fientes de gros gibier. « *Les laissées étaient d'un vert olive, lisses. Encore chaudes, elles formaient sur la terre piétinée un petit tas d'où s'élevait une légère fumée* » (WILLIAM GOLDING : *Sa Majesté des mouches*).

LAITANCE [sf] : Gonade des poissons mâles. « *Je bois la laitance qui s'écoule de leurs yeux pareils à des océanides hiver-*

nées en plein soleil » (PIERRE DRACHLINE : *Le Cœur à l'horizontale*).

LAITE [sf] : Substance laiteuse contenue dans les gonades des poissons. *« Les nuages se gonflent en mamelons, se fendent en croupes, [...] se dispersent en des traînées épandues de laite »* (JORIS-KARL HUYSMANS : *Là-bas*).

LAIZE [sf] : Largeur de tissu entre les bords. *« ... des mèches cendreuses divisent, sur la nuque, une laize de peau éraillée »* (RICHARD JORIF : *Le Navire Argo*).

LAMBREQUIN [sm] : Découpure de diverses matières, entourant, couronnant un pavillon, une tente, un dais, une étagère... *« Elle persistait [...] à découper son papier blanc en dents de scie pour l'ajuster en guise de lambrequin sur le manteau de la cheminée de cuisine... »* (JORIS-KARL HUYSMANS : *En ménage*).

LAMENTO [sm] : Nuance musicale indiquant un ton de lamentation. *« On n'aimait plus maintenant que les soli. Le lamento d'une seule voix, la méditation plutôt que la parade »* (ÉLISABETH HENNEBERT : *Amer*).

LAMINE [sf] : Lamelle. *« Quand donc tu voudras convertir et résoudre en eau ou en lait virginal le mercure sublimé, mets-le sur la lamine et ne le couvre point... »* (UMBERTO ECO : *Le Pendule de Foucault*).

LANCÉOLÉ [adj] : En forme de lance. *« ... une avalanche, une exubérance de feuilles rameuses, cordiformes, lancéolées, tubulaires, sagittées... »* (YVES BERGER : *Immobile dans le courant du fleuve*).

LANDÈCHE [sf] : Lande sèche et réduite. *« ... Tiffauges s'élança allègrement en soulevant de part et d'autre du véhicule deux grandes ailes liquides qui inondaient la landèche noircie par l'hiver »* (MICHEL TOURNIER : *Le Roi des aulnes*).

LANDIER [sm] : Chenet. « *Ses antiques landiers sur lesquels se tordaient les rouges serpents des bourrées sèches...* » (Joris-Karl Huysmans : *En rade*).

LANGUIDE [adj] : Qui fait preuve de langueur, de nonchalance. « ... *elle quitta la pièce d'un pas languide, et je restai prostré de longues minutes...* » (Vladimir Nabokov : *Lolita*).

LANIAIRE [adj] : Qui déchire. « ... *le jour du bœuf bourguignon [...] jetait les consommateurs dans une fureur laniaire : [...] les plats cuisinés des concurrents n'étaient que de la galimafrée* » (Richard Jorif : *Le Navire Argo*).

LANSQUENET [sm] : Mercenaire allemand d'origine. « *D'un côté, les jeunes tambours, la haute caisse des lansquenets, flammée noir et blanc, [...] de l'autre les jeunes trompettes, [...] attendent en silence* » (Michel Tournier : *Le Roi des aulnes*).

LANTERNER [verbe] : Faire attendre. « ... *il voulait seulement me lanterner avec cela... ou peut-être tranquilliser papa...* » (Stefan Zweig : *La Pitié dangereuse*).

LANTIPONNER [verbe] : Discourir inutilement en importun. « *Je n'ai aucune raison au monde de lantiponner à son sujet en marge de ce mémoire sinistre...* » (Vladimir Nabokov : *Lolita*).

LANUGINEUX [adj] : Laineux. « ... *le globe de la tête fabriqué avec une noix de coco lanugineuse...* » (Umberto Eco : *L'Île du jour d'avant*).

LAPAROTOMIE [sf] : Incision chirurgicale de l'abdomen. « *Je sais ce que c'est une balle... Surtout à bout portant, dans le ventre... On lui a fait la laparotomie, n'est-ce pas ?* » (Georges Simenon : *Au rendez-vous des Terre-Neuve*).

LAPICIDE [sm] : Graveur sur pierre. « ... *les inscriptions que des lapicides ont gravées dans les pierres à vif qui dominent la mer verdâtre* » (Pierre Drachline : *Le Cœur à l'horizontale*).

LAPIDIFIER [verbe] : Transformer en pierre. « *Deux murailles d'éponges lapidifiées* » (JORIS-KARL HUYSMANS : *En rade*).

LAPIS-LAZULI [adj] : Bleu d'une pierre fine. « *... d'une bouillée de roseaux sortait une fine aigrette blanche, un martin-pêcheur nuancé d'émeraude et de lapis* » (PIERRE LOTI : *Le Roman d'un spahi*).

LARE [sm] : Dieu protecteur d'une maison. « *Seuls, deux termes coiffés de lares au sourire faunesque limitaient le mur d'enclos* » (PIERRE MAGNAN : *Le Sang des Atrides*).

LARMER [verbe] : Produire des larmes. « *Le lumignon gisait, la mèche noyée dans sa pâte qui larmait en de vertes stalactites...* » (JORIS-KARL HUYSMANS : *En rade*).

LARMIER [sm] : Creux de l'œil du cerf où semble se dessiner l'humidité d'un flot de larmes. « *[Les] restaurants routiers d'Amérique [...] avec l'inévitable tête de cerf (la trace sombre d'un long sanglot à la commissure du larmier)...* » (VLADIMIR NABOKOV : *Lolita*).

LATÉRITE [sf] : Terre rouge. « *Oubliés les touffeurs d'Africa, les rouges latérites et les soleils brûlants* » (JACQUES FLEURENT : *Celteries*).

LATITUDINAIRE [adj] : Tolérant ou laxiste. « *Ainsi ce rigoriste se comportait comme tous ces latitudinaires dont les pages ne sont que des Kleenex usagés* » (PIERRE DRACHLINE : *Le Cœur à l'horizontale*).

LAUDATEUR [sm] : Louangeur. « *Il pérorait avec vivacité et un jeune laudateur recueillait pieusement ses commentaires* » (PIERRE DRACHLINE : *Le Cœur à l'horizontale*).

LAUDES [sfpl] : Heure matinale de l'aurore où l'on chante des oraisons de louange. « *Le lendemain, dès après les laudes, ils rencontrèrent les cénobites de Landoho et devisèrent amicalement en leur compagnie...* » (JACQUES FLEURENT : *Armorica*).

LAURE [sf] : Monastère oriental. « *Une laure, une communauté restreinte dans un lieu retiré, voilà ce qu'il faudrait...* » (JACQUES FLEURENT : *Armorica*).

LAURER [verbe] : Couronner de laurier. « *C'est le prodige de l'olivier sauvage dont un dieu a lauré mon front* » (JEAN SÉVERIN : *Le Soleil d'Olympie*).

LAVIQUE [adj] : De la nature de la lave. « *... on [...] apercevait des zébrures assez profondes, qui devaient être des coulées laviques* » (JULES VERNE : *L'Île mystérieuse*).

LAZARET [sm] : Léproserie ou logement de quarantaine. « *Milord, il y a encore... dans le lazaret du coqueron arrière, un petit tonneau de caviar. Prenez-le milord, je vous en prie !* » (C.S. FORESTER : *Mission aux Antilles*).

LAZZI [sm] : Moquerie. « *... ils ne dormirent guère, car ils ne songèrent qu'à se lutiner les uns les autres, à échanger des lazzis et à se conter de folles histoires* » (GEORGE SAND : *La Mare au diable*).

LÉ [sm] : Largeur de tissu ou de papier d'ornement. « *... de curieuses embarcations [...] mues par des rameurs vêtus de soie à lés orange [...] naviguaient, souveraines, le long d'un canal de jade sombre* » (GILBERT SINOUÉ : *L'Enfant de Bruges*).

LÈGE [adj] : Qualifie un bateau qui ne porte pas de fret. « *Le bateau perdu était lège, or ces affaires-là se font généralement sans fret* » (JACQUES FLEURENT : *Celteries*).

LEGGINGS [sfpl] : Jambières de cuir, sorte de protège-tibias d'équitation. « *Bipède, le monstre avait des cuisses osseuses [...], les jambes [...] étaient cachées par des coquillages en forme de leggings, aux mollets avantageux* » (MARCEL AYMÉ : *Le Vin de Paris*).

LÉMURE [sm] : Spectre, revenant. « *Au temps de Théodoric aussi, saint Césaire débarrassa une maison hantée par des lémures* » (JORIS-KARL HUYSMANS : *Là-bas*).

LENDORE [sm] : Personne lente et endormie. « ... *ces maussades lendores qui vivaient, l'œil constamment fixé sur un vague Chanaan...* » (JORIS-KARL HUYSMANS : *À rebours [notice]*).

LENTICULAIRE [adj] : En forme de lentille. « ... *un périscope à verres lenticulaires, d'où partaient les rayons d'un fanal électrique...* » (JULES VERNE : *Face au drapeau*).

LENTIGO [sm] : Tache de rousseur. « ... *cette orpheline aux yeux battus (jusqu'aux ombres cérusées sous ses yeux qui étaient grêlées de lentigo !)* » (VLADIMIR NABOKOV : *Lolita*).

LÉONIN [adj] : De la nature du lion ; en poésie, vers dont la césure rime ou dont la rime est sur plusieurs syllabes. « ... *j'ai fait sonner sous mes pas vos rimes léonines, et la diaprure de vos songes s'est prise aux cailloux de mes chemins lunaires* » (RICHARD JORIF : *Les Persistants Lilas*).

LÉPORIDE [sm] : Métis du lièvre et du lapin. « *Je sème les menstrues de la terre dans ce pot où bouillotte, avec les abattis d'un léporide...* » (JORIS-KARL HUYSMANS : *En rade*).

LEPTORHINIEN [adj] : Au nez mince. « *Tiffauges apprit [...] qu'on peut être [...] leptorhinien ou chamærhinien selon la finesse ou l'épaisseur du nez* » (MICHEL TOURNIER : *le Roi des Aulnes*).

LÉTAL [adj] : Mortel ; suffisant pour causer la mort. « *Je pourrais te citer beaucoup de substances végétales [...] qui provoquent des traces de ce type. Certaines létales, d'autres pas* » (UMBERTO ECO : *Le Nom de la rose*).

LÉTHÉON [sm] : Tranquillisant. « *Danièla n'a jamais demandé qu'on la tue mais seulement qu'on mette à sa disposition un flacon de léthéon...* » (PIERRE DRACHLINE : *Le Cœur à l'horizontale*).

LEVANTIN [adj] : En provenance des pays du Levant. « *Cléophante s'annonça confiseur de son métier, et spécialiste des* *sucreries levantines* » (MICHEL TOURNIER : *Gaspard, Melchior et Balthazar*).

LÉVIATHAN [sm] : Monstre énorme et fabuleux. « *L'innombrable fourmilière [...] imprimait ses pieds sur la vase que raye seul le ventre des léviathans* » (THÉOPHILE GAUTIER : *Le Roman de la momie*).

LÉVIGER [verbe] : Réduire en poudre dans de l'eau. « *Des pans de cloisons se lévigeaient, descendaient en sable fin...* » (JORIS-KARL HUYSMANS : *En rade*).

LÉVITE [sm] : Prêtre israélite. « *Les possesseurs de bicyclette formaient [...] une élite enviée, promise à un but de promenade plus lointain, sous la direction d'un jeune lévite chevauchant un vélomoteur* » (MICHEL TOURNIER : *Le Roi des aulnes*).

LIBELLISTE [sm] : Auteur de libelles, d'une satire, d'un pamphlet. « *Toute cette foule de petits libellistes, de médecins venimeux, de poétereaux médisants, de princes, de comtesses, de protecteurs hautains...* » (RICHARD JORIF : *Le Navire Argo*).

LIBIDONIRIQUE [adj] : De la nature d'un rêve libidineux. « *Je suis sûr que le docteur Blanche Schwarzmann m'offrirait un plein sac de shillings pour pouvoir ajouter ce chef-d'œuvre libidonirique à sa collection* » (VLADIMIR NABOKOV : *Lolita*).

LIBURNE [sf] : Vaisseau antique léger. « *La révélation, c'est que ça ? Quelle banalité : et allons-y de sillonner, hystériques, avec leurs liburnes toute la Méditerranée à la recherche d'un autre savoir perdu...* » (UMBERTO ECO : *Le Pendule de Foucault*).

LICIER [sm] : Celui qui monte les lices d'un métier à tisser. « *On trouvait là un enchevêtrement confus de lumières et d'ombres d'où transpiraient des figures rougeaudes de liciers, des foulons au teint hâve...* » (GILBERT SINOUÉ : *L'Enfant de Bruges*).

LICITATION [sf] : Vente aux enchères à un acquéreur d'un bien indivisible. « *Le tribunal d'Agra et la cour de*

Delhi [avaient] ordonné la licitation [de cette immense succession] » (JULES VERNE : *Les 500 millions de la Bégum*).

LIDO [sm] : Bande de sable séparant la lagune de la mer. « *[L'] estuaire de la Neuze, incessamment rafraîchi par [...] les vents de mer venus du large par-dessus l'étroit lido du littoral* » (JULES VERNE : *Face au drapeau*).

LIERNE [sf] : Nervure de voûte gothique. « ... *le mystère de l'ogive [...] fait croire aux colonnes qu'elles poussent vers le haut les liernes, et à celles-ci repoussées par la clef, qu'elles fixent à terre les colonnes...* » (UMBERTO ECO : *Le Pendule de Foucault*).

LIGNER [verbe] : Dessiner des lignes. « ... *une étroite robe la précisait [...] lignant les ambages ondulés du torse* » (JORIS-KARL HUYSMANS : *En rade*).

LIGNEUX [adj] : Ayant l'aspect du bois. « *(Deux secondes seulement s'étaient écoulées, mais laissez-moi leur donner toute la durée inerte et ligneuse d'une vie entière)* » (VLADIMIR NABOKOV : *Lolita*).

LILIAL [adj] : D'une blancheur de lys. « *Oh ! les fjords, oh ! les lacs glacés, oh ! le froid pur, lilial et chaste de l'éternel hiver !* » (ÉMILE ZOLA : *Paris*).

LIMANDER [verbe] : Toiler un cordage pour le fourrer. « *Congréer et limander un filin puis le lover dans une soute à l'avant, prêt à être utilisé comme aussière* » (C.S. FORESTER : *Seul maître à bord*).

LIMON [sm] : Pièce centrale d'un escalier. « *Il avait fait promettre à ses compagnons de ne pas regarder par les meurtrières [...] [eux] pour n'être pas tentés, s'appliquaient à fixer le limon de l'escalier* » (MARCEL AYMÉ : *Le Moulin de la Sourdine*).

LINÉAMENT [sm] : Ébauche, premiers traits. « *En effet, c'était l'époque des tremblements de terre, [...] qui modifiaient subitement les linéaments encore incertains de la surface terrestre* » (JULES VERNE : *Les Indes noires*).

LINGOTIN [sm] : Petit lingot. « *Prévoyante, la Bretonne s'était fait payer en barrettes et lingotins de métal précieux...* » (JACQUES FLEURENT : *Armorica*).

LINGUET [sm] : Arc-boutant en fer pour fixer le cabestan. « *... avec un vieux morceau de toile à voile pour étouffer le linguet. Je ne veux pas un bruit* » (C.S. FORESTER : *Seul maître à bord*).

LINIMENT [sm] : Matière onctueuse (grasse). « *Les médecines de Silvia sont de deux sortes. Onguents et baisers. Liniments et caresses. Pansements et embrassements* » (JEAN-LOUIS BAILLY : *L'Ombre de Théophile*).

LINON [sm] : Tissu fin de lin ou de coton. « *M. Le Normand avec [...] sa redingote de soie ponceau [...] ses chemises de linon fin...* » (GENEVIÈVE DORMAN : *Le Roman de Sophie Trébuchet*).

LIQUESCENT [adj] : Déliquescent, qui devient liquide. « *Certainement pas, dit-elle d'une voix liquescente, et elle mima l'effroi et le soulagement...* » (VLADIMIR NABOKOV : *Lolita*).

LIQUORAQUEUX [adj] : Humide et liquoreux. « *Nous nous trouvâmes plongés dans un milieu liquoraqueux, où les images se multipliaient, se segmentaient, se fondaient avec les ombres des assistants...* » (UMBERTO ECO : *Le Pendule de Foucault*).

LISERON [sm] : Bande colorée sur les flancs d'un bateau. « *[Dans] l'eau miroitante du bassin, on [...] voyait s'étirer le reflet du liseron blanc, rouge ou vert des bateaux* » (GEORGES SIMENON : *Au rendez-vous des Terre-Neuve*).

LISSE [sf] : Tringle de bois servant d'appui. « *Marcus Sédatius enjamba la lisse, sa centurie était là au complet, tassée entre les rameurs...* » (JACQUES FLEURENT : *Celteries*).

LISSOTRICHE [adj] : Qui a les cheveux lisses. « *Tiffauges apprit ainsi que sous l'angle des cheveux, l'humanité est lisso-*

triche, kymotriche ou oulotriche... » (MICHEL TOURNIER : *Le Roi des aulnes*).

LITHARGE [sf] : Matière chimique : oxyde de plomb de couleur rouge orangé servant de vernis aux poteries communes (lithargées). « *J'ai tout essayé : le sang, les cheveux, l'âme de Saturne, les marcassites, [...] les écailles et l'écume de fer, la litharge, l'antimoine ; rien* » (UMBERTO ECO : *Le Pendule de Foucault*).

LITHINÉ [adj et sm] : Qui contient de la lithine, sel minéral du lithium ; pastille de lithine. « *[Elle] regrettait que l'on ne trouvât plus, dans les pharmacies, les sachets de lithinés dont elle faisait usage, autrefois, pour gazéifier l'eau du robinet* » (RICHARD JORIF : *Le Navire Argo*).

LITHODOME [sm] : Mollusque ressemblant aux moules. « *Ce ne sont point des moules, répondit le jeune Harbert, [...] ce sont des lithodomes* » (JULES VERNE : *L'Île mystérieuse*).

LITHOPHANIQUE [adj] : Qualité de ce qui est pierreux et transparent, aspect des lithophanes, porcelaines affinées à la transparence. « *... quel que fût le réconfort spirituel que l'on m'offrait, quelles que fussent les éternités lithophaniques qui m'attendaient, [...] rien ne pourrait faire oublier à ma Lolita le stupre infâme où je l'avais plongée* » (VLADIMIR NABOKOV : *Lolita*).

LIURE [sf] : Cordage servant à lier. « *Un instant, il monta sur le beaupré et rampa jusqu'aux liures, afin d'étendre la portée de son regard* » (JULES VERNE : *Un capitaine de quinze ans*).

LIVARDE [sf] : Perche de bois pour tendre une voile. « *À cinq cents mètres de là [...] pointait la voile brune à livargue* » (C.S. FORESTER : *Un vaisseau de ligne*).

LIVRÉE [sf] : Présents de noces. « *Nous faisions ainsi connaissance avec les livrées – ces cadeaux apportés par une* *bande joyeuse, qui symbolisent la prise de possession du cœur et du domicile de la mariée »* (GEORGE SAND : *La Mare au diable*).

LOCH [sm] : Corde à nœud pour mesurer la vitesse d'un navire ; ligne de loch, filer le loch. *« Par des mesures précises au loch, on étudia l'effet propulsif des huniers cargués… »* (C.S. FORESTER : *Seul maître à bord*).

LOCHE [sf] : Limace. *« … on l'entendit gratter la terre en grommelant après les mauvaises herbes et ces saletés de loches qui bouffaient tous les petits plants »* (JEAN FAILLER : *Mort d'une rombière*).

LOCUSTE [sm] : Criquet migrateur. *« … la peste est certainement produite […] même par des invasions de locustes qui se noient en nuages dans la mer… »* (UMBERTO ECO : *L'Île du jour d'avant*).

LOGGIA [sf] : Loge architecturale, sorte de balcon rentrant. *« À dix-sept heures trente, le cardinal Caccia Dominioni s'est présenté sur la loggia centrale de Saint-Pierre que les cérémoniaires avaient ouverte… »* (MICHEL TOURNIER : *Le Roi des aulnes*).

LOGODÉDALISME [sm] : Jeu de langage. *« Il avait beaucoup lu. Il savait le français. Il était expert en logodédalisme et en logomancie »* (VLADIMIR NABOKOV : *Lolita*).

LOGOGRIPHE [sm] : Langage inintelligible. *« … il approchait son œil myope pour déchiffrer ce logogriphe de fuites… »* (UMBERTO ECO : *L'Île du jour d'avant*).

LOGOMANCIE [sf] : Divination à travers les mots ou les paroles. *« Il avait beaucoup lu. Il savait le français. Il était expert en logodédalisme et en logomancie »* (VLADIMIR NABOKOV : *Lolita*).

LOMBES [smpl] : Bas du dos. *« C'était une sensation, comme si entre mes bras se levait […] un serpent qui surgissait du plus* *profond de mes lombes...* » (UMBERTO ECO : *Le Pendule de Foucault*).

LONGANIMITÉ [sf] : Faculté d'endurer, de patienter, de supporter. « *... sciences et longanimité, vertus propres à saint Thomas...* » (UMBERTO ECO : *Le Nom de la rose*).

LONGIFORME [adj] : De forme allongée. « *Je cherchai du regard [...] où le papa cireux et longiforme de mon visiteur avait été placé en supination...* » (VLADIMIR NABOKOV : *Lolita*).

LOQUÈLE [sf] : Bagou, facilité de parole. « *Mamitate [...] en dépit de sa loquèle, ne livrait pas toujours ses sentiments...* » (RICHARD JORIF : *Le Navire Argo*).

LORIQUÉ [adj] : Couvert de plaques osseuses. « *Le lion que je vis avait une gueule hérissée de dents, et une tête finement loriquée comme celle des serpents...* » (UMBERTO ECO : *Le Nom de la rose*).

LOUCHÉBÈME ou **LOUCHERBEM** [sm] : Argot des bouchers (le mot louchébème veut dire boucher). « *... le patron, votre boucher, tenait publiquement un double langage, l'orthodoxe et le louchébème* » (ÉLISABETH HENNEBERT : *Amer*).

LOUCHET [sm] : Outil agricole, sorte de bêche. « *... des hommes [...] découpent lentement les briquettes avec des louchets, sortes de bêches à revers* » (MICHEL TOURNIER : *Éléazar*).

LOUPE [sf] : Masse de fonte à forger. « *... ce cuirassier de l'industrie prenait au bout de ses longues tenailles la loupe incandescente et la soumettait au marteau* » (JULES VERNE : *Les 500 millions de la Bégum*).

LOUPE [sf] : Tumeur dermique. « *Tout le monde disait la loupe. C'était, sur la joue gauche, [...] une tache couverte de mille poils bruns et soyeux, comme si on avait greffé là un morceau de peau d'animal...* » (GEORGES SIMENON : *La Veuve Couderc*).

LOUPE [sf] : Excroissance de bois formant une masse sur le tronc. « *Gilles voit maintenant sur les troncs d'inquiétants polypes, d'horribles loupes* » (JORIS-KARL HUYSMANS : *Là-bas*).

LOVELACE [sm] : Séducteur qui prend dans ses filets. « *Mais, s'il pouvait se voir dans la peau d'un fouteur toujours renaissant, le rôle de lovelace au petit pied n'était pas son affaire* » (RICHARD JORIF : *Le Navire Argo*).

LOXODROMIQUE [adj] : Relatif à la loxodromie, trajet courbe qui coupe les méridiens successifs avec un angle constant. « *... le Gulf Stream [...] reprend la route de l'océan en suivant sur un des grands cercles du globe la ligne loxodromique, se divise en deux bras...* » (JULES VERNE : *Vingt mille lieues sous les mers*).

LUCIFUGE [adj] : Qui fuit la lumière. « *Roberto était certainement de frêle complexion, [...] moitié de son état lucifuge devait avoir origine dans sa bile noire...* » (UMBERTO ECO : *L'Île du jour d'avant*).

LUETTE [sf] : Petit appendice tout à l'arrière de la langue. « *Et je lui aurais administré un doigt de vin épicé [...] si, en examinant sa luette jolie, un des joyaux de son corps, je ne l'avais vue tout embrasée de rouge* » (VLADIMIR NABOKOV : *Lolita*).

LUMIGNON [sm] : Petite lumière. « *Le lumignon gisait, la mèche noyée dans sa pâte qui larmait en de vertes stalactites...* » (JORIS-KARL HUYSMANS : *En rade*).

LUMINANCE [sf] : Rapport de la lumière renvoyée et de la surface apparente. « *... égalité nombreuse resplendissante grâce à la luminance de la forme sur les parties proportionnées de la matière...* » (UMBERTO ECO : *Le Nom de la rose*).

LUNIFORME [adj] : En forme de lune. « *... elle se trouvait déjà aspirée dans l'orbite luniforme de la ville et condamnée à rouler sans espoir sur la vaste chaussée étincelante de néon qui la circonscrivait* » (VLADIMIR NABOKOV : *Lolita*).

LUNULE [sf] : Forme ou aspect de petite lune. « *[Sa] féminité surprenait avec ses hanches généreuses, ses seins aux larges lunules violettes, ses reins profondément creusés…* » (MICHEL TOURNIER : *Le Roi des aulnes*).

LUPUS [sm] : Maladie où une surface de peau, sur le visage, est couverte d'une toison poilue. « *… je scrutais passionnément les lupus ou les becs-de-lièvre, autrefois, dans les livres de médecine de ma sœur aînée* » (BENOÎTE ET FLORA GROULT : *Le Féminin pluriel*).

LUSTRATION [sf] : Lavage d'eau bénite ou magique. « *Faces orantes relevées vers les nues, offertes aux lustrations des pluies…* » (JACQUES FLEURENT : *Celteries*).

LUSTRE [sm] : Période de cinq ans. « *… l'héritage de la Bégum Gokool exerce notre activité depuis un lustre entier* » (JULES VERNE : *Les 500 millions de la Bégum*).

LUTAGE [sm] : Opération technique où l'on garnit d'un lut, d'un joint de pâte ou de terre. « *L'obturation des fissures était nettement visible à la lumière de la lampe. Un lutage, récemment pratiqué et fait à la chaux, laissait voir sur la paroi une longue trace blanchâtre* » (JULES VERNE : *Les Indes noires*).

LUTÉ [adj] : Fermé avec un lut. « *Il y avait, rangés en ordre sur trois rangs, des petits pots pansus, lutés de papier journal* » (JEAN GIONO : *Le Serpent d'étoiles*).

LUTER [verbe] : Fermer avec un lut. « *… [les indigènes portaient des] chevelures à cornes recourbées empâtées de terre rouge et d'huile, comme ce minium qui sert à luter les joints des machines…* » (JULES VERNE : *Un capitaine de quinze ans*).

LYCANTHROPIE [sf] : Transformation d'un homme en loup. « *[Tel auteur] identifie la mélancolie amoureuse à la lycanthropie, maladie poussant celui qui en est frappé à se comporter comme un loup* » (UMBERTO ECO : *Le Nom de la rose*).

LYCAON [sm] : Mammifère africain entre loup et hyène. *« D'un garde-chasse d'une réserve du Botswana, il voulait espérer un lycaon et d'un universitaire américain le satyre de Mitchell... »* (YVES BERGER : *Immobile dans le courant du fleuve*).

LYMPHE [sf] : Liquide anatomique composant le plasma. *« ... la plaie est d'une netteté magnifique [...] transsudant comme son humeur vitrée, un filet de lymphe qui forme une lente coulée albumineuse le long du mollet... »* (MICHEL TOURNIER : *Le Roi des aulnes*).

M

MACADAMISÉ [adj] : Couvert de macadam, de goudron, d'asphalte. « *Les chemins, macadamisés de cendres et de coke, s'enroulent aux flancs des montagnes* » (JULES VERNE : *Les 500 millions de la Bégum*).

MACROSKÉLIQUE [adj] : Qui a des jambes longues. « *Tiffauges apprit [...] qu'on peut être brachyskélique ou macroskélique, selon qu'on a les jambes courtes ou longues par rapport au buste* » (MICHEL TOURNIER : *Le Roi des aulnes*).

MACUMBA [sm] : Sorte de vaudou. « ... *cette liturgie de macumba civilisé du* XVIIe *siècle [n'était] pas un effet de disposition fortuite mais stratagème symbolique, au contraire* » (UMBERTO ECO : *Le Pendule de Foucault*).

MADRAGUE [sf] : Grand filet à thons. « *Les mondes [...] étaient dans le filet du dieu comme des thons dans la madrague* » (JEAN GIONO : *Le Serpent d'étoiles*).

MADRÉPORAIRE ou **MADRÉPORE** [sm] : Polype marin. « *Le mont Plato [...] dégringolait en masse de rocs blancs, percés de trous comme des madrépores* ... » (JORIS-KARL HUYSMANS : *En rade*).

MADRÉPORIQUE [adj] : Qui est fait de madrépores, de polypes marins. « *La mer était calme derrière cette ceinture madréporique, et quelques groupes d'îles, à la végétation exotique, réjouissaient les regards* » (JULES VERNE : *Les Révoltés de la Bounty*).

MAËRL [sm] : Sable calcaire. « ... *Fernand apparut [...] faisant craquer sous ses pas le maërl sale de l'allée* » (JEAN FAILLER : *Les Diamants de l'archiduc*).

MAILLOCHE [sf] : Gros maillet, ou baguette, muni d'une boule de cuir pour frapper une grosse caisse. « … *les calfats outillés d'un burin et d'une mailloche bourraient les interstices entre les bordés* » (JACQUES FLEURENT : *Armorica*).

MAINMORTE [sf] : Droit inaliénable des biens appartenant à une association, à une communauté, etc. « *C'est le droit de mainmorte des Roqueméjean et autres rescapés de ma race…* » (YVES NAVARRE : *Dernier Dimanche avant la fin du siècle*).

MALACOLOGIE [sf] : Étude des mollusques. « *Le rivage, suivi par les colons, était semé d'innombrables coquillages, dont quelques-uns eussent fait la joie d'un amateur de malacologie* » (JULES VERNE : *L'Île mystérieuse*).

MALANDRIN [sm] : Vagabond et voleur. « *Le chat s'était-il approché de l'assiette bleue ? […] tous parfois doutaient de l'existence de ce chat malandrin* » (YVES NAVARRE : *Dernier Dimanche avant la fin du siècle*).

MALÉFICIER [verbe] : Jeter des maléfices. « … *un certain comte de Lautrec […] faisait don aux églises de statues pieuses qu'il maléficiait pour sataniser les fidèles* » (JORIS-KARL HUYSMANS : *Là-bas*).

MALENCONTRE [sf] : De mauvaise rencontre. « *Une féerie, mais sans les fées de malencontre, les carabosses et les sorcières* » (CHARLES LE QUINTREC : *Des enfants de lumière*).

MALENGIN [sm] : Préparation maléfique. « … *à Bruges, un prêtre que je connais contamine les Saints Ciboires, s'en sert pour apprêter des malengins et des sorts* » (JORIS-KARL HUYSMANS : *Là-bas*).

MALENGROIN [adj] : De mauvaise humeur. « … *le garde se débanchait sur son pilon et avait l'air le plus malengroin qui se puisse voir* » (JEAN FAILLER : *Le Manoir écarlate*).

MALÉVOLE [adj] : Qui veut du mal. « *Je fis taire Lolita [...]. Les policiers – ils étaient deux – la toisèrent avec une curiosité malévole* » (VLADIMIR NABOKOV : *Lolita*).

MALLÉABLE [adj] : Que l'on peut travailler à la main, que l'on peut déformer. « *Glaise tendre et malléable, glaise nue et lumineuse* » (SYLVIE GERMAIN : *Opéra muet*).

MALLÉOLE [sf] : Partie saillante de la cheville. « ... *la rondeur de la cuisse, la jambe un peu longue aux malléoles délicatement modelées rappelaient la grâce élancée des musiciennes...* » (THÉOPHILE GAUTIER : *Le Roman de la momie*).

MAMILLAIRE [adj] : Relatif aux petits seins. « ... *son corps couleur de miel [...] m'offrait ses pâles bourgeons mamillaires...* » (VLADIMIR NABOKOV : *Lolita*).

MANCHERON [sm] : Chacune des pièces de bois qui servent à guider la charrue ou un autre engin agricole. « *Le jardinier avait déjà empoigné deux fois les mancherons de sa brouette...* » (VLADIMIR NABOKOV : *Roi, dame, valet*).

MANDALA [sm] : Cercle schématisant le monde dans la religion bouddhiste. « ... *elle aurait dessiné [...] comme le squelette d'un mandala, la structure invisible d'un pentaculum, une étoile, une rose mystique* » (UMBERTO ECO : *Le Pendule de Foucault*).

MANDORE [sf] : Instrument de musique proche du luth et de la mandoline. « *Derrière elle, une autre musicienne debout, [...] jouait d'une espèce de mandore au manche démesurément long...* » (THÉOPHILE GAUTIER : *Le Roman de la momie*).

MANGONNEAU [sm] : Machine de guerre médiévale lançant flèches et pierres. « *Un lance-pierres, un tire-élastiques, une fronde... énuméra Laviolette. – Un mangonneau, une baliste, un onagre... ironisa Chabrand* » (PIERRE MAGNAN : *Le Sang des Atrides*).

MANNE [sf] : Panier à deux anses. « *Ses doigts crochus [...] saisissaient à la façon de pinces les tubercules grisâtres dans une manne...* » (GUY DE MAUPASSANT : *Le Petit Fût*).

MANSUET [adj] : Plein de douceur, d'indulgence, de bénignité. « *La main mansuète élève une science de caresses* » (RAOUL GAIN : *Le Jeu sexuel*).

MANTIQUE [sf] : Divination. « *... il apprend la mantique de l'hépatoscopie et il n'y a rien désormais [...] qu'il ne connût...* » (UMBERTO ECO : *Le Pendule de Foucault*).

MANUÉLIN [adj] : Du style de l'époque du roi Manuel Ier du Portugal. « *... la fenêtre manuéline, la Janela par excellence, un chantournage, un collage de trouvailles marines et sous-marines, algues, coquillages, ancres, cordes et chaînes...* » (UMBERTO ECO : *Le Pendule de Foucault*).

MARASQUIN [adj] : Couleur cerise. « *[Ces poissons] apparaissaient bleus avec des nageoires marasquin, ils avaient des barbillons safran ou des museaux cardinal* » (UMBERTO ECO : *L'Île du jour d'avant*).

MARCASSITE [sf] : Minéral, sulfure de fer d'aspect doré. « *J'ai tout essayé : le sang, les cheveux, l'âme de Saturne, les marcassites, [...] les écailles et l'écume de fer, la litharge, l'antimoine ; rien* » (UMBERTO ECO : *Le Pendule de Foucault*).

MARCOTTE [sf] : Bouture d'une tige non coupée, simplement repliée en terre. « *... une couche de terreau humide où se plantaient déjà à demeure les marcottes de certaines plantes* » (UMBERTO ECO : *L'Île du jour d'avant*).

MARDRURE [sf] : Ce qui est mardré. « *L'auto fila à travers les zébrures et les mardrures de la forêt* » (VLADIMIR NABOKOV : *Lolita*).

MARIGOT [sm] : Bras mort de rivière ; terre inondable. « *Ses yeux, en particulier, m'apparurent comme deux marigots. On pouvait encore les traverser, quitte à s'y enliser quelque peu,* *mais il était désormais impossible de s'y baigner ou de s'y rafraîchir l'âme* » (PIERRE DRACHLINE : *Le Cœur à l'horizontale*).

MARINGOUIN [sm] : Gros moustique tropical. « *On alla chercher [...] des rameaux de bois vert pour provoquer de la fumée afin d'éloigner les maringouins et autres insectes volants, piquants et urticants...* » (JACQUES FLEURENT : *Armorica*).

MARMORÉEN [adj] : De la nature du marbre. « *La passion d'une autre n'a jamais fait palpiter ce cœur d'airain dans cette poitrine marmoréenne...* » (THÉOPHILE GAUTIER : *Le Roman de la momie*).

MARMORISER [verbe] : Transformer en marbre. « *Enfin, ignorant toujours le spectre en imperméable qui était marmorisé au milieu de l'escalier, le Maître pénétra dans un petit boudoir...* » (VLADIMIR NABOKOV : *Lolita*).

MARMOTTE [sf] : Fichu noué sur la tête, coiffe créole. « *Au loin, une balayeuse, la tête enfoncée dans une marmotte, les sabots bourrés de paille...* » (JORIS-KARL HUYSMANS : *En ménage*).

MAROUFLAGE [sm] : Collage d'une toile sur un support. « *Van Eyck lui enseignant avec patience le mariage d'une couleur, le broyage d'un pigment, le marouflage d'une toile* » (GILBERT SINOUÉ : *L'Enfant de Bruges*).

MAROUFLER [verbe] : Coller une toile, une peinture, la renforcer avec un fond de papier ou de tissu collé. « *... des bahuts à penture de métal, plaqués de peaux ou de toiles marouflées sur lesquelles des anges blonds se détachaient...* » (JORIS-KARL HUYSMANS : *Là-bas*).

MARRONNÉ [adj] : En forme de marron. « *... il vit la queue [...] découvrant l'anus, bien marronné, petit, saillant, dur, hermétiquement fermé et plissé en son centre, comme une bourse à coulants* » (MICHEL TOURNIER : *Le Roi des aulnes*).

MARSEAU ou **MARSAULT** [sm] : Espèce de saule. « *Les marseaux et les broussailles en pleine eau témoignaient des crues dues aux pluies récentes…* » (JEAN M. AUEL : *Le Grand Voyage*).

MARTEAUX [smpl] : Perruque à marteaux, type de perruque à grandes boucles retenues par des nœuds. « *Un ancien combattant en perruque à marteaux qui radote, en fixant les flammes…* » (GENEVIÈVE DORMAN : *Le Roman de Sophie Trébuchet*).

MASSACRE [sm] : Bois de cerf sur une partie de crâne, exposés pour décorer. « *… ils s'arrêtèrent devant la maison de fonction de l'Oberforstmeister, […] dont les pignons étaient couronnés par des massacres de cerfs* » (MICHEL TOURNIER : *Le Roi des aulnes*).

MASSEPAIN [sm] : Biscuit rond aux amandes. « *… le dessert une fois apprêté, elle grignota un massepain…* » (JORIS-KARL HUYSMANS : *En ménage*).

MATASSIN [sm] : Danse guerrière ridicule. « *Je vois ses fesses poilues lancées dans une danse ridicule, un obscène matassin…* » (JEAN-LOUIS BAILLY : *L'Ombre de Théophile*).

MATASSIN [sm] : Danseur guerrier paré de bracelets et d'armes et vaguement ridicule. « *… les matassins fantômes sortent en scène et jouent une comédie, mais telle que la jouerait une compagnie d'acteurs ivres ou fous…* » (UMBERTO ECO : *L'Île du jour d'avant*).

MATHURIN [sm] : Matelot. « *Il n'y eût pas un homme parmi eux qui ne fût entré en fureur si on l'avait traité de brave mathurin* » (C.S. FORESTER : *Un vaisseau de ligne*).

MATRAS [sm] : Vase de terre à long col pour la chimie. « *Chaque soir ressemblait à un fabuleux matras d'alchimiste où s'opérait une étonnante transmutation du passé* » (ANDREÏ MAKINE : *Le Testament français*).

MATTE [sf] : Masse métallique. « *… la matte de thons est là, ça sonne sur toutes les lignes… Il n'y a qu'à tirer dedans,* *du beau poisson qui bondit sur le pont comme un ressort d'acier »* (JEAN FAILLER : *Marée blanche*).

MAZURIQUE [adj] : De la Mazurie, autrefois Prusse orientale. *« Les pignons étaient marqués de l'antique sceau mazurique de la bonne fortune que soulignaient des bois de dix-cors »* (MICHEL TOURNIER : *Le Roi des aulnes*).

MÉDIUMNITÉ [sf] : Qualité de médium. *« La médiumnité propre à tout écrivain »* (GENEVIÈVE DORMAN : *Le Roman de Sophie Trébuchet*).

MÉDULLAIRE [adj] : Qui est relatif à la moelle. *« Le fait est que ce bouillon médullaire et savamment doré est une fournaise liquide ! »* (JORIS-KARL HUYSMANS : *Là-bas*).

MÉLANIQUE [adj] : D'un aspect noir. *« Les bouclettes blondes découvrirent leurs racines mélaniques... »* (VLADIMIR NABOKOV : *Lolita*).

MÉLANITE [sf] : Grenat de couleur noire. *« ... ses cheveux [...] resplendissaient plus que jamais de leur éclat profond de mélanite, l'un des joyaux de sa beauté »* (VLADIMIR NABOKOV : *Roi, dame, valet*).

MÉLISME [sm] : Décoration musicale formant une courte trille autour de la note principale. *« ... la première syllabe "sé" débutait un chœur lent et solennel [...] sur cette ligne profonde et continue, une série de vocalises et de mélismes... »* (UMBERTO ECO : *Le Nom de la rose*).

MELLIFLU [adj] : D'une douceur de miel. *« ... dès sa jeunesse, il jouissait de melliflues agonies pour un être aux yeux de colombe... »* (UMBERTO ECO : *L'Île du jour d'avant*).

MÉLOMÊLER [verbe] : Mélanger en un mélodrame (néologisme). *« Elle pleurerait avec moi et comme autrefois on pourrait encore tout mélomêler, nos larmes, mon chagrin, sa pitié »* (BENOÎTE ET FLORA GROULT : *Le Féminin pluriel*).

MÉNARCHE [sf] : Premières règles. « *Mère Nature l'a-t-elle déjà initiée au grand mystère de la ménarche ? Indéfinissable sensation de boursouflure* » (VLADIMIR NABOKOV : *Lolita*).

MÉNECHMÉEN [adj] : Jumeaux de *Les Ménechmes* (les jumeaux), pièce de Plaute. « *... il devenait de plus en plus évident que tous ces détectives ménechméens qui se relayaient dans des voitures aux variations prismatiques n'étaient que des chimères engendrées par ma manie de la persécution...* » (VLADIMIR NABOKOV : *Lolita*).

MÉNIL [sm] : Habitation (terme médiéval se trouvant dans de nombreux toponymes et patronymes). « *Parvenant dans un ménil côtier où les gens s'attroupèrent autour d'eux, ils demandèrent si par hasard Withal [...] se trouv[ait] dans les lieux* » (JACQUES FLEURENT : *Armorica*).

MENTULA ou **MENTULE** [sf] : Sangsue de mer. « *... notre pauvre globe se serait trouvé avec, au lieu d'une couronne ithyphallique qui pointait, érectile, vers le haut, un appendice stérile, une mentula amollie, une queue simiesque...* » (UMBERTO ECO : *Le Pendule de Foucault*).

MERCURIALE [sf] : Remontrance. « *... le jeune homme m'échappait de plus en plus. Je serrais sa main. J'aurais continué longtemps ainsi à ses côtés sans songer à la mercuriale qui m'attendait* » (MARIE LE FRANC : *Enfance marine*).

MERCURIEL [adj] : Qui contient du mercure. « *Quelques [fleurs] paraissaient couvertes de pansements, plaquées d'axonge noire mercurielle, d'onguents verts de belladone...* » (JORIS-KARL HUYSMANS : *À rebours*).

MÉRÉTRICULE [sf] : Petite mérétrice, c'est-à-dire courtisane. « *... nous n'agréons plus [...] les divertissements, en proue comme en poupe, que proposaient de frêles mérétricules entre l'agneau rôti et le sorbet de roses* » (VLADIMIR NABOKOV : *Lolita*).

MÉRIDIEN [adj] : Du midi. « *Ils passaient les heures méridiennes dans la crique où se baignait Ulma...* » (ERNST JÜNGER : *Visite à Godenholm*).

MÉRIDIENNE [sf] : L'heure méridienne ; midi ; heure de la sieste, sieste elle-même. « *Nous évitons ainsi de cheminer pendant la brûlante méridienne. Mais que de temps de perdu !* » (JULES VERNE : *Mistress Branican*).

MERLON [sm] : Pierre entre deux créneaux. « ... *on se rendit compte qu'il s'agissait de grappins aux quatre fers et que certains d'entre eux s'étaient déjà accrochés aux merlons* » (UMBERTO ECO : *L'Île du jour d'avant*).

MERRAIN [sm] : Tige centrale des bois de cervidés. « *Il éprouva du bout du doigt les pointes acérées des andouillers de massacre et des surandouillers, dont la blancheur ivoirine contrastait avec le brun brûlé des merrains* » (MICHEL TOURNIER : *Le Roi des aulnes*).

MESQUITE [sf] : Arbre du Mexique. « *Allumé le feu de mesquite, Oregon a sorti du bât quatre bananes puis [...] il a renouvelé, à la châtaigne, le pansement de la jument* » (YVES BERGER : *Immobile dans le courant du fleuve*).

MÉTACARPIEN [sm] : Qui concerne la partie de la main entre les doigts et le poignet, d'un point de vue osseux. « *Ses ongles étaient noirs et ébréchés, mais ses phalanges, le métacarpien, son poignet robuste et bien proportionné étaient plus harmonieux...* » (VLADIMIR NABOKOV : *Lolita*).

MÉTATHÈSE [sf] : Inversion de lettres dans un mot (formage, fromage). « *Qu'est-ce qu'une métathèse ? Au lieu de image tu dis magie. [...] Le dictionnaire dit que metathesis signifie déplacement, transformation* » (UMBERTO ECO : *Le Pendule de Foucault*).

MÉTÉORISER [verbe] : Gonfler de pets. « ... *une autre [...] étendue sur les reins, défit ses jupes, sortit une panse nue,* *météorisée, énorme, puis se tordit en d'affreuses grimaces* » (JORIS-KARL HUYSMANS : *Là-bas*).

MÉTRITE [sf] : Maladie de la matrice utérine. « *... les pesanteurs de la métrite aux torpeurs de l'âme...* » (JORIS-KARL HUYSMANS : *En rade*).

MÉTRONOMIQUE [adj] : Rythmé par un métronome. « *... Goumard impavide, [...] le pas métronomique, marquait la mesure et de ses disques tapait à contretemps* » (JEAN-LUC GRANDNÉ : *Harmonie*).

MEULE [sf] : Racine des bois de cerf. « *Il caressa de la main les perlures qui couraient le long des bois, les pierrures des meules, les sillons visibles le long des perches* » (MICHEL TOURNIER : *Le Roi des aulnes*).

MICROCOSME [sm] : Petit monde résumant tout l'univers. « *L'ingénieur était pour eux un microcosme, un composé de toute la science et de toute l'intelligence humaine !* » (JULES VERNE : *L'Île mystérieuse*).

MICROGÉNITOMORPHE [adj] : Qui a des organes génitaux de très petite taille. « *Le médecin du cru prononça un mot savant qui relança l'hilarité générale [...] : microgénitomorphe...* » (MICHEL TOURNIER : *Le Roi des aulnes*).

MICROGÉNITOMORPHISME [sm] : Formation anormalement de petite taille des parties génitales. « *Rachel qui m'avait observé à la loupe connaissait toutes mes particularités physiques – y compris et au premier chef bien sûr mon microgénitomorphisme* » (MICHEL TOURNIER : *Le Roi des aulnes*).

MICTION [sf] : Action de pisser. « *Eussent-elles émis une miction à ses pieds qu'il aurait contemplé leur urine comme un hommage...* » (PIERRE DRACHLINE : *Fin de conversation*).

MILLIAIRE [adj] : Qui marque une distance d'un mille ; pierre milliaire, borne romaine. « *Grâce à [cette date], j'ai* *comme des pierres milliaires disposées le long des ans... »* (UMBERTO ECO : *Le Nom de la rose*).

MINORITE [sm] : Moine disciple de saint François. *« Tu es venu ici en provenance d'un couvent de minorites ? – No comprends. – Je te demande si tu as vécu parmi les frères de saint François... »* (UMBERTO ECO : *Le Nom de la rose*).

MIRER [verbe] : Viser ou refléter. *« ... le siècle naissant mirait son ennui »* (JEAN-PAUL SARTRE : *Les Mots*).

MIRMIDON [sm] : Homme de peu d'importance, de petite taille. *« Roberto n'était pas novice au rite de l'épouillage [...] il imaginait [...] détruire lui-même ces troupeaux de mirmidons... »* (UMBERTO ECO : *L'Île du jour d'avant*).

MIROIR [sm] : Rond de fiente blanche des gibiers à plume. *« Mais les moquettes des chevreuils [...] les miroirs des bécasses [...] les fientes des faisans accumulées sous les perchers [...] lui paraissaient également intéressant[s]... »* (MICHEL TOURNIER : *Le Roi des aulnes*).

MISÉRICORDE [sf] : Saillie du siège des stalles pour se reposer sans paraître être assis. *« Il apposa contre le mur, en face, un banc d'œuvre, surmonté d'un grand dais à jour garni de miséricordes sculptées en plein bois... »* (JORIS-KARL HUYSMANS : *À rebours*).

MIXTION [sf] : Action de mélanger des produits médicamenteux ; mixture, mélange. *« ... il était absorbé à concocter une mixtion et touillait dans un bac... »* (YVES BERGER : *Immobile dans le courant du fleuve*).

MOFETTE [sf] : Exhalaison de gaz puant ou explosif. *« Laisse le temps à l'air intérieur de se purifier, dit-il. – Oui ! Gare aux mofettes ! »* (JULES VERNE : *Les Indes noires*).

MOINE [sm] : Chaufferette de lit. *« Elle le soigna avec sollicitude, le veilla, la nuit, le dorlotant, lui mettant un moine aux pieds... »* (JORIS-KARL HUYSMANS : *En ménage*).

MOÏSE [sm] : Vannerie souple servant de berceau. « *Dans le moïse, il y avait un bébé pâle aux yeux fermés* » (SIMONE DE BEAUVOIR : *Le Sang des autres*).

MOLLIFICATION [sf] : Amollissement. « *[Ils pensaient] qu'il y avait un Styx de mollification, assations, humations, liquéfactions, pétrissage, imprégnations, submersion, terre fétide, sépulcre puant...* » (UMBERTO ECO : *Le Pendule de Foucault*).

MOMIER [sm] : Faiseur de momeries, de simagrées. « *Et l'incompréhension et la bêtise de quelques momiers et de quelques agités du sacerdoce m'apparaissent, une fois de plus, insondables* » (JORIS-KARL HUYSMANS : *À rebours* [préface]).

MONADE [sf] : Substance simple composant les êtres. « *La mélodie [...] s'effilochait en vibrations. Il devait exister des monades sonores...* » (ERNST JÜNGER : *Visite à Godenholm*).

MONITION [sf] : Avertissement. « *Je vis dans cette dent cassée un signe, une monition obscure que je comprendrais plus tard* » (JEAN-PAUL SARTRE : *Les Mots*).

MONITOIRE [sm] : Lettre de commandement à témoigner ou comparaître (adj. : qui avertit). « *Tu lui reprochais d'avoir lu les monitoires. Tu n'avais pas besoin de remuer des choses que l'oubli doit recouvrir* » (YVONNE CHAUFFIN : *La Marion du Faouët*).

MONITOR [sm] : Blockhaus de la guerre de Sécession. « *... cette salle voûtée [était] garantie contre tout danger d'incendie et blindée intérieurement comme un monitor l'est à l'extérieur...* » (JULES VERNE : *Les 500 millions de la Bégum*).

MONOMANE [sm] : Maniaque, obsédé vers un seul but. « *Le classer dans la série des monomanes, rien de plus juste, car il l'était, si par le mot de monomane l'on désigne tout homme que domine une idée fixe* » (JORIS-KARL HUYSMANS : *Là-bas*).

MONOMANIE [sf] : Obsession ; psychose fixée sur un seul objet. « *Quant à Claggart, la monomanie de cet homme [...] telle qu'elle se révélait involontairement par à-coups [...]*

creusait toujours plus profond en lui » (HERMAN MELVILLE : *Billy Budd, marin)*.

MONOPÉTALE [adj] : Qui ne présente qu'un seul pétale. *« C'était une plante de triste mine, herbacée, à feuilles alternes, ovales, aiguës et géminées, avec de grandes fleurs rouges en forme de clochettes monopétales et soutenues par un pédoncule axillaire* » (JULES VERNE : *Les 500 millions de la Bégum*).

MONOTRÈME [adj] : Qui n'a qu'un seul orifice à la fois anal, génital et urinaire. *« L'un [des mammifères] était un échidné de la famille des monotrèmes [...] au corps hérissé de piquants comme un hérisson...* » (JULES VERNE : *Mistress Branican*).

MONTRE [sf] : Devanture. *« C'était une blanchisserie éclopée modèle, une cabine fumeuse, pavoisée de trois bonnets à choux, pendus dans une montre* » (JORIS-KARL HUYSMANS : *En ménage*).

MOQUETTES [sfpl] : Fientes des chevreuils. *« Mais les moquettes des chevreuils [...] les miroirs des bécasses [...] les fientes des faisans accumulées sous les perchers [...] lui paraissaient également intéressant[s]...* » (MICHEL TOURNIER : *Le Roi des aulnes*).

MORAINIQUE [adj] : Qui est formé par des moraines, alluvions glaciaires. *« ... plus loin encore, sur un talus morainique, un moulin à vent hollandais dressait sa silhouette délabrée et véhémente* » (MICHEL TOURNIER : *Le Roi des aulnes*).

MORFIL [sm] : Aspérité sur le tranchant d'une lame aiguisée. *« Lourps changeait les points de vue, émoussait le morfil de l'esprit* » (JORIS-KARL HUYSMANS : *En rade*).

MORGANATIQUE [adj] : Se dit d'un mariage entre noble et non-noble. *« ... elle, la plus haute autorité de la patrouille mondaine, l'épouse morganatique de Christian Bérard, la mère, moralement, de Roland Petit* » (JACQUES AUDIBERTI : *Les Jardins et les Fleuves*).

MORGANATIQUEMENT [adv] : De façon à unir deux personnes de statuts, de qualités différents (noble et non-noble). « *[Ils] étaient venus leur faire de grosses menaces, pour loger ainsi, en dehors de la concession européenne, un Français morganatiquement marié à une Japonaise...* » (PIERRE LOTI : *Madame Chrysanthème*).

MORNE [sm] : Petite montagne dans les îles de langue créole. « *À quelque cent mètres de distance se dressait une sorte de morne rocheux, de forme bizarre, dont le sommet dominait la grève d'une trentaine de yards* » (JULES VERNE : *Mistress Branican*).

MORNITUDE [sf] : Espace de temps ou de paysage, morne et sans relief. « *Certains [...] s'attardaient à les observer sans hostilité jusqu'au détour du chemin, distraction à leur isolement, événement dans la mornitude des travaux sans relief et sans fin...* » (JACQUES FLEURENT : *Armorica*).

MORPHÉIQUE [adj] : Lié à l'endormissement ou au sommeil. « *... pour ne plus voir ce pour quoi il eût tellement voulu être vu, Roberto, avec sa morphéique omniscience, monta dominer l'île entière...* » (UMBERTO ECO : *L'Île du jour d'avant*).

MOSS ou **MOOS** [sm] : Double cannette ou mesure de double litre. « *... les tables ne manquaient pas [...] ni [...] les moss de bière, les flacons de liqueurs variées...* » (JULES VERNE : *Le Pilote du Danube*).

MOTION [sf] : Action de mettre en mouvement. « *... ce caillou, s'il se sent comme mouvement, ne peut que sentir à l'intérieur de soi une différenciation de motions* » (UMBERTO ECO : *L'Île du jour d'avant*).

MOTTER (SE) [verbe] : Se cacher derrière une motte. « *... il ne se lassait pas de les regarder se motter [les oiseaux] puis le regarder, lui, les corps palpitants bien aplatis derrière le monticule de terre...* » (YVES BERGER : *Immobile dans le courant du fleuve*).

MOUCHARABIEH [sm] : Treillis de bois devant une fenêtre. « *Les maisons, celles surtout qui regardent la mer, étaient, de la tête au pied, masquées de moucharabiehs, harnachements en boiserie, creusés de gouttières et de coffrages...* » (JACQUES AUDIBERTI : *Les Jardins et les Fleuves*).

MOUFLE [sf] : Jeu de multiples poulies. « *D'autres cordes furent également fabriquées avec des fibres végétales, et une sorte de moufle grossière fut installée à la porte* » (JULES VERNE : *L'Île mystérieuse*).

MOUILLÈRE [sf] : Champ ou pré très humide. « *Il distribuait oronymes et hydronymes, à bon escient et en nombre, soucieux que rien n'échappât au langage, ni un monticule ni une mouillère* » (YVES BERGER : *Immobile dans le courant du fleuve*).

MOUSKO [sm] : Petit garçon japonais. « *Elle l'a apporté avec elle à califourchon sur ses reins, ce petit mousko...* » (PIERRE LOTI : *Madame Chrysanthème*).

MOUSMÉ [sf] : Jeune femme japonaise. « *Nous prenons place à table [...] et deux mousmés très rieuses s'empressent à nous servir* » (PIERRE LOTI : *Madame Chrysanthème*).

MOUSSAGE [sm] : Opération de recouvrement au moyen de mousse pour les meules à charbon de bois. « *Il s'approcha d'un groupe d'hommes réunis par le moussage d'une meule* » (MICHEL TOURNIER : *Le Roi des aulnes*).

MOUSTILLE [sf] : Qualité d'un vin pétillant. « *Pilade, gardant ses jéroboams de blanc pour les traminots [...] avait remplacé le soda et l'amer Ramazzotti par une petite moustille AOC ...* » (UMBERTO ECO : *Le Pendule de Foucault*).

MOUTON [sm] : Bois de charpente qui soutient la cloche par ses anses. « *Le mouton ou le bélier de bois auquel est suspendue la cloche représente par sa forme même la croix du Christ...* » (JORIS-KARL HUYSMANS : *Là-bas*).

MOXA [sm] : Cautérisation par un corps inflammable ; cette matière. « *Il cherchait les moyens de distraire son cama-*

rade, et formait le dessein de lui appliquer d'énergiques moxas... » (JORIS-KARL HUYSMANS : *En ménage*).

MOYETTE [sf] : Petite meule de gerbes. « *La moisson était terminée, les moyettes posées en tas, pareilles à des ruches d'abeilles...* » (JORIS-KARL HUYSMANS : *En rade*).

MUCILAGE [sm] : Matière visqueuse, gomme dissoute. « *[La gomme adragante] se gonfle dans l'eau froide, et prend alors l'aspect d'un mucilage blanc, visqueux et épais* » (MICHEL TOURNIER : *Gaspard, Melchior et Balthazar*).

MUCILAGINEUX [adj] : Qui contient une substance visqueuse. « *Les uns lui trouvèrent une saveur douce et agréable, les autres un goût mucilagineux parfaitement insipide...* » (JULES VERNE : *Les Enfants du capitaine Grant*).

MUNSTER [sm] : Clocher d'église alsacienne. « *Son munster [de la cathédrale] avait l'ambition de s'élever plus haut que celui de Strasbourg* » (JULES VERNE : *Le Pilote du Danube*).

MURETIN [sm] : Petit muret. « *... blottis derrière leurs enclos, des fermes ou des hameaux armoricains aux toits pentus plongeant jusqu'au ras du sol par-dessus les muretins de base...* » (JACQUES FLEURENT : *Armorica*).

MUSARD [sm] : Badaud, qui aime musarder. « *... Lothar le nerveux, le démonstratif, l'infatigable, était flanqué des deux jumeaux, calmes, taciturnes et volontiers musards* » (MICHEL TOURNIER : *Le Roi des aulnes*).

MUSCADIN [sm] : Jeune élégant extravagant et ridicule au XIXe siècle. « *... les jeunes muscadins [...] jeunesse dorée de l'opposition royaliste, avec leurs cheveux poudrés flottants ou tressés en cadenettes...* » (GENEVIÈVE DORMAN : *Le Roman de Sophie Trébuchet*).

MUSER [verbe] : S'amuser d'un rien, par flânerie. « *Elle portait un chapeau à la baronne, elle avait musé tout le long du* *boulevard, avec ses yeux d'un bleu de pervenche...* » (ÉMILE ZOLA : *Paris*).

MUSEROLLE [sf] : Partie du harnais. « *Oregon la passa en revue [sa jument] : paturons, boulets, soles, muserolle et le reste* » (YVES BERGER : *Immobile dans le courant du fleuve*).

MUSOIR [sm] : Pointe d'une digue. « *La vedette des douanes peinait à rester sur place, drossée vers les enrochements du musoir...* » (YANN QUEFFÉLEC : *Disparue dans la nuit*).

MUSSER (SE) [verbe] : Se cacher, se rencogner. « *... elle se mussait voluptueusement dans le coin aux coussins du divan tutélaire...* » (VERCORS : *Les Animaux dénaturés*).

MYDRIASE [sf] : Dilatation morbide de la pupille *vs* myosis. « *... il gagna les toilettes, se regarda dans l'une des glaces [...] ne se reconnut pas, douta qu'il fût lui dans cette image aux yeux chavirés par la mydriase...* » (YVES BERGER : *Immobile dans le courant du fleuve*).

MYRTE [sm] : Arbrisseau à feuilles coriaces et résistantes. « *... nous nous tenions tous, à ce moment, près de la haie de myrtes qui séparait la cour de la grande allée du parc...* » (VALERY LARBAUD : *Fermina Marquez*).

N

NADIR [sm] : Point opposé au zénith. « *[le tombeau du prophète] montait à travers les cieux et restait suspendu entre zénith et nadir, au milieu des splendeurs du paradis de l'islam* » (JULES VERNE : *Kéraban-le-têtu*).

NAPOLA [sm] : Internat de jeunes gens en Allemagne. « *Les Jungmannen des napolas suivaient une filière plus continue [...]. Incorporés à l'âge de douze ans, ils quittaient l'école à dix-huit ans...* » (MICHEL TOURNIER : *Le Roi des aulnes*).

NARCISSE [sm] : Joli garçon qui se plaît à lui-même. « *Les narcisses, entreprenants et avides de contacts humains, se firent très vite adopter par la société...* » (MICHEL TOURNIER : *Gaspard, Melchior et Balthazar*).

NARCOSE [sf] : Endormissement, torpeur morbide. « *[Il désirait] seulement lire un peu, boire et dormir beaucoup, dans la chaleur amniotique d'une narcose dont il ne se réveillerait peut-être jamais* » (YVES BERGER : *Immobile dans le courant du fleuve*).

NARRÉ [sm] : Récit, narration. « *Au narré de ces horreurs, les baguettes viennoises s'affaissaient* » (RICHARD JORIF : *Le Navire Argo*).

NARTHEX [sm] : Portique en avant de la nef. « *Nous sortîmes dans le narthex bondé de moines curieux qui tentaient de saisir au milieu des cris et des bruits, quelque chose de ce qui se passait à l'intérieur* » (UMBERTO ECO : *Le Nom de la rose*).

NASARD [adj] : Nasillard (jeu d'orgue). « *Leurs petits cris nasards syncopaient drôlement le silence* » (SYLVIE GERMAIN : *Opéra muet*).

NASITORT [sm] : Autre nom du cresson aliénois. « ... *de fanatiques nasitorts, funeste drageon de selve barbare [surgissaient]...* » (UMBERTO ECO : *L'Île du jour d'avant*).

NATRON [sm] : Carbonate de soude ; sel servant à la conservation des momies. « ... *la seule source existante avant trois journées de marche donnait une eau limpide, mais rendue amère par le natron* » (MICHEL TOURNIER : *Gaspard, Melchior et Balthazar*).

NATRUM [sm] : Carbonate de soude naturel servant à la conservation des momies. « *Trois vases en albâtre rubané, fixés au fond du cercueil, ainsi que la momie, par une couche de natrum, contenaient [des baumes et de la poudre d'antimoine]* » (THÉOPHILE GAUTIER : *Le Roman de la momie*).

NATTIER [adj] : Couleur bleue. « ... *la bibliothèque tapissée de livres du sol au plafond, tous dans la même reliure bleu Nattier à blason d'or...* » (YVES NAVARRE : *Dernier Dimanche avant la fin du siècle*).

NAUTE [sm] : Navigateur. « *les ancêtres [...] avaient assailli d'interrogations les passeurs, [...] les nautes armoricains...* » (JACQUES FLEURENT : *Celteries*).

NAUTONERIE [sf] : Art, métier de conduire un bateau. « ... *aux rapides on fait passer le bateau à vide [...]. Ou encore, poursuivit le militaire, apparemment au fait de la nautonerie locale, quand les passages sont infranchissables [...] vous en reprenez un autre un peu plus bas !* » (JACQUES FLEURENT : *Armorica*).

NÉCROLOGE [sm] : Liste de morts. « *Ce qu'il me reste malgré moi de cœur et d'esprit s'est métamorphosé en un nécrologe aux pages ouvertes...* » (PIERRE DRACHLINE : *Le Cœur à l'horizontale*).

NÉCROMANT [sm] : Celui qui pratique la nécromancie, la divination sur des cadavres. « *Mane, thecel, pharès, vis-je se dessiner sur le côté blanc de la feuille, l'un après l'autre [...] des* *traits qui ne ressemblaient à ceux d'aucun alphabet, si ce n'est celui des nécromants* » (UMBERTO ECO : *Le Nom de la rose*).

NÉCROPHORE [sm] : Insecte enfouissant des cadavres pour y pondre. « *Autour de ce frais visage de femme et dans les remous de sa chevelure blonde, nous pouvions maintenant distinguer un grouillement de bêtes immondes, serpents, araignées [...] nécrophores et autre vermine* » (MARCEL AYMÉ : *Le Vin de Paris*).

NÉOPLASIE [sf] : Apparition d'une tumeur. « *Mais moi, moi qui n'ai pas de cancer, qu'est-ce que je fais ? Je vais à Paris chercher la règle de la néoplasie* » (UMBERTO ECO : *Le Pendule de Foucault*).

NÉPOTIQUE [adj] : De la nature du népotisme, du favoritisme envers sa famille, son clan. « *... il devrait sa vie durant endurer la présence népotique de ce monstre qui réprouvait les innocents avant même leur conception* » (JEAN-LUC GRANDNÉ : *Harmonie*).

NERPRUN [sm] : Arbrisseau commun à fruit noir. « *Un instant, il regretta de se séparer pour toujours de cette adorable et capricieuse dame aux yeux couleur de nerprun* » (VLADIMIR NABOKOV : *Roi, dame, valet*).

NEUME [sm] : Notation ancienne du plain-chant. « *... les autres voix [...] élevaient des flèches, des colonnes, des pinacles de neumes liquescents et pointés* » (UMBERTO ECO : *Le Nom de la rose*).

NEUVAINE [sf] : Contritions et prières sur neuf jours. « *... il s'agenouilla à terre et alterna, jusqu'au lever de la collectivité, les longues postures immobiles de l'orant, avec des neuvaines de Notre-Père...* » (JACQUES FLEURENT : *Armorica*).

NÉVÉ [sm] : Plaque de neige restant dans les ubacs durant l'été. « *... la cabane en rondins, bossue et à demi enfouie sous les névés où le trappeur se réfugie le soir...* » (MICHEL TOURNIER : *Le Roi des aulnes*).

NIBELUNGENIQUE [adj] : De la nature des Nibelungen. « *Elle ne se nomme pas Gudrun. Nous l'appelons ainsi pour son allure nibelungenique et parce qu'elle parle d'une manière vaguement teutonne* » (UMBERTO ECO : *Le Pendule de Foucault*).

NICE [adj] : Naïf, simple et ignorant. « *C'est joli, Bernadette, assurai-je, l'air nice* » (RICHARD JORIF : *Les Persistants Lilas*).

NICTITANT [adj] : Clignotant, battant très rapidement. « *... je frôlais de la langue sa prunelle à la saveur saline [...]. – Y a bon, dit-elle, les paupières nictitantes. C'est parti* » (VLADIMIR NABOKOV : *Lolita*).

NIELLE [sm] : Filet d'émail noir dans les travaux d'orfèvrerie. « *[Les] torches [...] faisaient resplendir des objets d'une merveilleuse beauté. [...] des coffrets de différents métaux historiés avec des figures, des nielles, des ivoires* » (UMBERTO ECO : *Le Nom de la rose*).

NIELLER [verbe] : Filigraner de métal noir une orfèvrerie. « *... la tortue, œuvre d'un orfèvre d'il y a mille et mille ans, bouclier d'Achille patiemment niellé qui emprisonne un serpent pattu* » (UMBERTO ECO : *L'Île du jour d'avant*).

NIGROMANT [sm] : Magicien de la nuit. « *... un vrai nigromant que les murailles ni les gardiens n'effraient : la nuit le métamorphose en hibou...* » (JEAN-LOUIS BAILLY : *L'Ombre de Théophile*).

NILOTIQUE [adj] : Du Nil. « *... un jaillissement de cygne, une douche de trompes d'éléphant nilotique...* » (UMBERTO ECO : *L'Île du jour d'avant*).

NITESCENCE [sf] : Lueur, clarté. « *L'avait frappé la nitescence de ces nefs, si différente de celles des églises italiennes et françaises* » (UMBERTO ECO : *L'Île du jour d'avant*).

NIVÉEN [adj] : De la qualité de la neige. « *Flaminéa, comme flottant dans l'air raréfié par sa voix, nous servit aus-*

sitôt après le potage un filet grillé d'une chair nivéenne au parfum exquis » (GABRIEL GARCÍA MÁRQUEZ : *Douze contes vagabonds*).

NIVÈLERIE [sf] : Badauderie. « *Bien qu'il se fût préparé à subir la nivèlerie du peuple badaudois, il n'imaginait pas d'être assailli par la moitié du village...* » (RICHARD JORIF : *Le Navire Argo*).

NOCHER [sm] : Conducteur de bateau (registre poétique). « *J'avais conscience non pas d'un, mais de deux sexes, dont aucun n'était le mien. [...] ils étaient aussi différents que les rêves des nochers et les rochers des rives* » (VLADIMIR NABOKOV : *Lolita*).

NOCTULE [sf] : Chauve-souris. « *... volant avec des ailes de vespertilion et écoutant avec des oreilles pourvues d'un grand tympan, noctule qui ne voit que dans la ténèbre...* » (UMBERTO ECO : *L'Île du jour d'avant*).

NOCTURLABE [sm] : Appareil de visée nocturne proche de l'astrolabe. « *... avec les papiers étaient diversement disposés des lunettes de longue-vue, un beau nocturlabe en cuivre* » (UMBERTO ECO : *L'Île du jour d'avant*).

NODAL [adj] : De la nature des nœuds ondulatoires. « *Antennes, thermomètres, sondes, des aiguilles comme celles des médecins chinois, plantés où le corps réagit, dans les points nodaux* » (UMBERTO ECO : *Le Pendule de Foucault*).

NODOSITÉ [sf] : Objet qui présente des nœuds. « *La nodosité d'une liane formant arceau laissait pendre une vrille polie par le passage des cochons sauvages* » (WILLIAM GOLDING : *Sa Majesté des mouches*).

NODULEUX [adj] : Rempli, couvert de nœuds. « *Ils étaient les derniers à faire face à l'ennemi [...] leurs doigts noduleux crispés sur les manches de piques...* » (ANDREÏ MAKINE : *Le Testament français*).

NOLISER [verbe] : Louer ou frêter un bateau. « *Deux commissaires du comité d'organisation [...] ont nolisé un steamer, qui les déposait en dix heures au site désigné* » (JULES VERNE : *Les 500 millions de la Bégum*).

NOMARQUE [sm] : Dirigeant d'un nome, division territoriale de l'Égypte antique. « *Dans le domaine de Ramose, nomarque d'Éléphantine, gouverneur du premier nome d'Égypte [...] tout le monde se prépare pour la fête* » (ODILE WEULERSSE : *Les Pilleurs de sarcophages*).

NOME [sm] : Division territoriale de l'Égypte antique. « *Dans le domaine de Ramose, nomarque d'Éléphantine, gouverneur du premier nome d'Égypte [...] tout le monde se prépare pour la fête* » (ODILE WEULERSSE : *Les Pilleurs de sarcophages*).

NOMENCLATEUR [sm] : Esclave romain nommant à son maître les citoyens que celui-ci ne connaît pas. « *[Une] armée à lasser les nomenclateurs, qui s'avançait avec le grondement des grandes eaux* » (THÉOPHILE GAUTIER : *Le Roman de la momie*).

NORIA [sf] : Suite de godets relevant l'eau pour l'irrigation. « *Au centre, un puits à fleur de terre, desservi par le chapelet sans fin d'une noria dont les godets pouvaient se vider dans une sorte d'auge qui formait un bassin semi-circulaire* » (JULES VERNE : *Kéraban-le-têtu*).

NOSOCOMIAL [adj] : Relatif aux hôpitaux. « *Je pourrais poursuivre ce récit d'aventures nosocomiales et mercantiles sur le mode picaresque* » (RICHARD JORIF : *Le Navire Argo*).

NOTULATEUR [sm] : Annotateur des textes anciens. « *... c'étaient [...] des notulateurs qui pointillaient sans donner un ensemble, comme font maintenant les peintres qui punaisent les tons...* » (JORIS-KARL HUYSMANS : *Là-bas*).

NUBILEUX [adj] : Couvert de nuages. « *Ces souvenirs pelucheux [...] lui donnaient un front nubileux...* » (RICHARD JORIF : *Les Persistants Lilas*).

NUITER [verbe] : Passer la nuit. « *Le jour suivant, il faudrait qu'ils nuitent à bord, car on lèverait l'ancre dès l'aube* » (MICHEL TOURNIER : *Éléazar*).

NUITEUX [adj] : De la nature, de l'aspect de la nuit. « *Mais la luxure, c'était le consentement plénier aux œuvres du démon. Les enchantements nuiteux préfiguraient les brûlantes ténèbres de l'enfer...* » (MARCEL AYMÉ : *Le Vin de Paris*).

NYCTALOPE [adj] : Qui voit parfaitement dans l'obscurité. « *Jour et nuit, on observait la surface de l'océan, et les nyctalopes [...] avaient beau jeu pour gagner la prime* » (JULES VERNE : *Vingt mille lieues sous les mers*).

NYCTALOPIE [sf] : Qualité de celui qui est nyctalope, qui voit parfaitement dans l'obscurité. « *[La flèche] avait dû être tirée de fort loin et aux premières lueurs de l'aube, sinon en pleine nuit, par un archer doué de nyctalopie...* » (MICHEL TOURNIER : *Éléazar*).

NYMPHE [sf] : Petites lèvres. « *... j'ai trouvé l'os pubis rompu, les nymphes démises, la dame du milieu retirée, le guilboquet fendu [...] le lippion recroquevillé...* » (FRANZ-OLIVIER GIESBERT : *Le Sieur Dieu*).

NYMPHESCENCE [sf] : Période de l'enfance ou de l'adolescence ou la fillette est considérée comme une nymphette. « *Comment me résigner à ne pas la voir ? [...] Deux mois entiers, sur les deux brèves années de nymphescence qui lui restaient à vivre !* » (VLADIMIR NABOKOV : *Lolita*).

O

OARISTYS [sm] : Rencontre amoureuse. *« ... il fut convenu qu'Aurore et Aurélien s'aimeraient comme frère et sœur et que Casimir serait associé à ce chaste oaristys ! »* (GEORGE SAND : *La Mare au diable*).

OBJURGATION [sf] : Vive réprimande, reproche violent, désapprobation. *« Il n'y avait pas à revenir là-dessus. Ceci en dépit des véhémentes objurgations de Marie-Luce »* (JEAN FAILLER : *La Mort au bord de l'étang*).

OBLAT [sm] : Religieux qui a fait don de tous ses biens (qui garde parfois son habit laïc). *« ... à l'abri des chaumines réservées aux laïcs, aux oblats [...] des lueurs vacillantes égayaient une à une l'obscurité profonde... »* (JACQUES FLEURENT : *Armorica*).

OBLATION [sf] : Offrande. *« ... Caïn et Abel. Les deux frères faisaient leurs dévotions, et chacun offrait en oblation des produits de ses travaux »* (MICHEL TOURNIER : *Gaspard, Melchior et Balthazar*).

OBLITÉRER [verbe] : Effacer, user, faire disparaître, mais pas tout à fait. *« Il ne me vit pas, ou bien il m'oblitéra de ses pensées tel un mirage familier et inoffensif... »* (VLADIMIR NABOKOV : *Lolita*).

OBLIVIEUX [adj] : Qui porte à l'oubli. *« Beaucoup [...] laissaient désormais s'écouler leurs jours oblivieux devant le téléviseur... »* (RICHARD JORIF : *Les Persistants Lilas*).

OBREPTICE [adj] : Qui tait la vérité. *« J'obtins une faveur obreptice : on m'affranchit des corvées qui m'étaient dévolues le jeudi matin »* (RICHARD JORIF : *Les Persistants Lilas*).

OBSIDIONAL [adj] : Qui concerne le siège d'une place forte ou d'une ville. « *Tout autour de la ville, des soldats en habits multicolores traînaient des machines obsidionales...* » (UMBERTO ECO : *L'Île du jour d'avant*).

OBVIER [verbe] : Prévenir, remédier, faire obstacle. « *C'est que rien ne peut obvier à l'imprudence d'un ouvrier qui veut quand même allumer sa pipe, ni au choc de l'outil qui peut produire une étincelle* » (JULES VERNE : *Les Indes noires*).

OCCIPITAL [adj] : Qui a rapport à l'occiput, en bas et à l'arrière de la tête. « *Là [...] sa longue chevelure occipitale volant au vent, il se rinça copieusement le visage, la tonsure et le cou...* » (JACQUES FLEURENT : *Armorica*).

OCÉANIDE [sf] : Nymphe de la mer. « *Je bois la laitance qui s'écoule de leurs yeux pareils à des océanides hivernées en plein soleil* » (PIERRE DRACHLINE : *Le Cœur à l'horizontale*).

OCELLE [sf] : Tache ronde sur une aile. « *... le visiteur changeait chaque fois de livrée. Parfois jaune, ombré de velours noir, ou flambé de roux avec une ocelle mauve...* » (MICHEL TOURNIER : *Gaspard, Melchior et Balthazar*).

OCELLÉ [adj] : Couvert de taches rondes (en forme d'œil). « *... la robe de baptême dont les plis ocellés de dentelle ivoire retombaient en cascade jusqu'au sol* » (SYLVIE GERMAIN : *Opéra muet*).

OCTAVIN [sm] : Petite flûte d'orchestre accordée à l'octave supérieure. « *Les plus petits jouaient de la clarinette, de l'octavin, du saxo soprano : les plus grands supportaient le baryton et la grosse caisse* » (UMBERTO ECO : *Le Pendule de Foucault*).

OCULUS [sm] ; **OCULI** [smpl] : Fenêtre ronde, ouverture ronde dans une voûte. « *L'angle chef, placé au centre de l'oculus où [...] il dirige la hauteur des arcs latéraux. [...] que toujours les claveaux des oculi et des arcs mineurs aient leurs joints sur les tracés qui relient les trois centres* » (FERNAND POUILLON : *Les Pierres sauvages*).

ODÉONESQUE [adj] : Digne de l'odéon, du théâtre. *« Encore un paradoxe odéonesque : votre peur prolonge tout. – Je n'ai pas peur »* (YVES NAVARRE : *Dernier Dimanche avant la fin du siècle*).

ŒUVRES MORTES [sfpl] : Partie du navire émergeant au-dessus de la ligne de flottaison. *« Ses œuvres mortes avaient été déposées et ses membrures apparaissaient comme les côtes d'un cadavre sur une table de dissection »* (JEAN FAILLER : *Boucaille sur Douarnenez*).

OGIVAL [adj] : En forme d'ogive. *« Les touristes y visitent son observatoire, sa cathédrale de style grec, les ruines d'une église ogivale »* (JULES VERNE : *Un drame en Livonie*).

OISELER [verbe] : Dresser pour le vol. *« Les chats-huants, les chauves-souris, les cerfs-volants, les paons-de-nuit et les tête-chèvres dansaient des mauresques autour de lui comme s'ils voulaient l'oiseler »* (UMBERTO ECO : *L'Île du jour d'avant*).

OLÉCRÂNE [sm] : Saillie du coude. *« Les poils de tout le corps sont disposés en nappes spiralées [...] tourbillons convergents [...] sous l'angle de la mâchoire, sur l'olécrâne, à l'ombilic, à la racine du sexe »* (MICHEL TOURNIER : *Le Roi des aulnes*).

OLÉOGRAPHIQUE [adj] : De la nature des peintures à l'huile. *« Il désirait ce à quoi il ne sentait pas qu'il avait droit, donnant de son désir une image pathétique, et oléographique »* (UMBERTO ECO : *Le Pendule de Foucault*).

OLIBAN [sm] : Gomme résine appelée encens mâle. *« Les rouges émanations de l'oliban »* (JORIS-KARL HUYSMANS : *En rade*).

OLIGARQUE [sm] : Membre d'une oligarchie, d'un gouvernement de quelques grandes familles. *« Un grand artiste est réellement un oligarque, il représente tout un siècle, presque toujours une loi »* (HONORÉ DE BALZAC : *La Duchesse de Langeais*).

OLOGRAPHE [adj] : Écrit de la propre main du signataire. « ... *j'écrirais volontiers un jeu de testaments olographes rien que pour semer la zizanie chez tous ceux qui espéraient recueillir le fruit de mes dettes* » (PIERRE DRACHLINE : *Le Cœur à l'horizontale*).

OMBELLE [sf] : Inflorescence en parasol. « *Souvent ce miracle semblait à portée de sa main, tel un papillon qui se berce sur une ombelle* » (ERNST JÜNGER : *Visite à Godenholm*).

OMBELLIFÈRE [sf] : Classe des plantes aux fleurs en ombelles, en parasols. « *Ce repas se composait d'une bouillie où entrait essentiellement une variété de renouée, appelée vulgairement poivre d'eau, mêlée en proportions diverses à des ombellifères, des patiences...* » (MICHEL TOURNIER : *le Roi des aulnes*).

OMBRÉE [sf] : Versant sans soleil, ubac *vs* adret ou solane. « *Ils allaient à présent de monts en combes dans un pays d'anticlinaux [...] d'adrets en ombrées et il ne cessait de compter [...] des terrasses [...] et des crêtes* » (YVES BERGER : *Immobile dans le courant du fleuve*).

OMPHALOS [sm] : Centre du monde. « *Centre de l'univers, Nombril de la terre, [...] Delphes au blanc omphalos...* » (JACQUES FLEURENT : *Celteries*).

ONAGRE [sm] : Âne sauvage. « *Mes graillements indisposent néanmoins les onagres qui, juchés les uns sur les autres, échangent des braiments de satisfaction* » (PIERRE DRACHLINE : *Le Cœur à l'horizontale*).

ONAGRE [sm] : Machine de guerre médiévale lançant flèches et pierres. « *Un lance-pierres, un tire-élastiques, une fronde... énuméra Laviolette. – Un mangonneau, une baliste, un onagre... ironisa Chabrand* » (PIERRE MAGNAN : *Le Sang des Atrides*).

ONCIAL [adj] : En lettres capitales romaines de grande dimension. « ... *ce titre : Quelques vers de Mallarmé, dessiné* *par un surprenant calligraphe, en lettres onciales, coloriées, relevées...* » (JORIS-KARL HUYSMANS : *À rebours*).

ONCOLOGIQUE [adj] : Étude des tumeurs et des cancers. « *N'as-tu jamais réfléchi au fait que le terme rhétorique de métathèse est semblable au terme oncologique de métastase ?* » (UMBERTO ECO : *Le Pendule de Foucault*).

ONDIN [sm] : Divinité masculine des eaux. « *Gabriel glissait dans la lumière couleur de paille comme un ondin entre les eaux d'un fleuve* » (SYLVIE GERMAIN : *Opéra muet*).

ONDINISTE [sm] : Qui est excité dans sa sensualité par l'urine. « *Il n'utilisait pas de stylographe, ce qui indiquait – comme le premier psychanalyste venu pourrait vous le dire – que le patient était un ondiniste refoulé* » (VLADIMIR NABOKOV : *Lolita*).

ONGLICIDE [sm] : Qui tue, qui massacre, qui mange ses ongles. « *Vous avez tous vu des onglicides à l'œuvre – ces gens qui sarclent leurs cuticules pendant la soirée dansante du bureau* » (VLADIMIR NABOKOV : *Lolita*).

ONGLON [sm] : Sabot des ruminants, des porcs et des éléphants. « *... la bête cénocroque au corps d'âne, cornes de bouquetin, poitrine et gueule de lion, pied de cheval à deux onglons comme celui du bœuf...* » (UMBERTO ECO : *Le Nom de la rose*).

ONIROMANCIEN [sm] : Celui qui pratique la divination par les rêves. « *... il s'agissait du fameux Manahel, voyant, oniromancien et nécromancien essénien qu'Hérode consultait à tout moment...* » (MICHEL TOURNIER : *Gaspard, Melchior et Balthazar*).

ONOMASTIQUE [adj] : Qui traite des noms propres. « *Je ne suis jamais venu à bout des noms propres brésiliens. Ils défient tout dictionnaire onomastique et n'existent que là-bas* » (UMBERTO ECO : *Le Pendule de Foucault*).

OPALESCENCE [sf] : Aspect opalescent, pâle et transparent. « ... *la vaste perspective de l'océan aux claires opalescences* » (JACQUES FLEURENT : *Armorica*).

OPALIN [adj] : De la couleur de l'opale ; blanc. « ... *c'était une superbe monture, noire avec deux balzanes aux pieds qui faisaient des taches opalines* » (GILBERT SINOUÉ : *Le Livre de saphir*).

OPHICLÉIDE [sm] : Très gros instrument de la famille des cuivres. « ... *la sodomie [...] émeut chacune des entrailles, et débouche finalement en plein visage, métamorphosant tout le corps en trompette organique, tuba viscéral, ophicléide muqueux...* » (MICHEL TOURNIER : *Gaspard, Melchior et Balthazar*).

OPHIDIEN [adj] : Qui se rapporte aux serpents. « *Jadis [...] la froideur ophidienne de mon mutisme irrité, plongeait Valérie dans une terreur insane* » (VLADIMIR NABOKOV : *Lolita*).

OPIMES [adjfpl] : Dépouilles opimes, richesses obtenues en butin, en héritage, en récompense d'une victoire sur quelqu'un. « *Marie-Véronique avait conservé tous les écrits [...]. Ces dépouilles opimes, [...] étaient serrées dans une chemise à sangles...* » (RICHARD JORIF : *Le Navire Argo*).

OPTATIF [adj] : Qui exprime le souhait. « Fisti orb d'an fisti secc *[...] est encore aujourd'hui une expression optative, par laquelle on souhaite, à peu près, que l'interlocuteur soit d'abord privé de la vue...* » (UMBERTO ECO : *L'Île du jour d'avant*).

ORANT [adj] : Qui est en prière. « *Faces orantes relevées vers les nues, offertes aux lustrations des pluies...* » (JACQUES FLEURENT : *Celteries*).

ORANT [sm] : Statue en prière. « *Juste où les demi-arcs se rejoignent, [...] assiégé par des anges orants, lui, le Baphomet, avec ses ailes terribles. À la façade d'une église. Sans pudeur* » (UMBERTO ECO : *Le Pendule de Foucault*).

ORBE [sm] : Cercle dans l'eau, onde circulaire. *« Le petit appareil [...] tournoyait autour de son point fixe, décrivant un orbe de plus en plus vaste, et la lenteur pompeuse de cette révolution contrastait avec la giration furieuse du disque qui l'habitait... »* (MICHEL TOURNIER : *Le Roi des aulnes*).

ORBE [adj] : Mur orbe, sans ouverture. *« ... nous parcourûmes quatre autres pièces et nous trouvâmes de nouveau devant un mur orbe »* (UMBERTO ECO : *Le Nom de la rose*).

ORBICULAIRE [adj] : En forme d'orbe, de cercle. *« ... un garçon au visage de lune ordonnait avec une précision zodiacale cinquante verres de sherry sur un plateau orbiculaire, pour un banquet de noces... »* (VLADIMIR NABOKOV : *Lolita*).

ORCHIDIEN [adj] : De la nature de l'orchidée ; qui a rapport aux testicules (orchis) . *« ... elle [...] leur sourit gentiment – le sourire radieux qu'elle n'avait jamais accordé à ma virilité orchidienne... »* (VLADIMIR NABOKOV : *Lolita*).

ORDALIE [sf] : Jugement de Dieu que l'on reconnaît à une épreuve de souffrance physique imposée. *« ... une ordalie maritime en usage chez les Bretons et les Irlandais, qui se terminerait par sa rédemption ou sa mort »* (JACQUES FLEURENT : *Armorica*).

ORDINANT [sm] : Celui qui ordonne une consécration, qui donne des pouvoirs religieux. *« C'est une manière de consécration dont j'ai été l'ordinant à demi consentant... »* (MICHEL TOURNIER : *le Roi des aulnes*).

ORFÉVRÉ [adj] : Ouvragé d'or. *« ... la longue table de monastère habillée de linge fin et étincelante de vaisselle orfévrée... »* (MICHEL TOURNIER : *Le Roi des aulnes*).

ORFÉVRI [adj] : Travaillé, ornementé par un travail d'orfèvre. *« ... lui-même peignait des émaux qu'un spécialiste [...] enchâssait dans les plats orfévris de ses reliures »* (JORIS-KARL HUYSMANS : *Là-bas*).

ORFRAZÉ [adj] : Garni d'orfroi, de tissu mêlé d'or. « *Les ornements sacerdotaux foisonnent ; [...] une chape de velours cramoisi, violet, avec drap d'or orfrazé, une autre en drap de Damas aurore, des dalmaires en satin pour diacre...* » (JORIS-KARL HUYSMANS : *Là-bas*).

ORGANEAU [sm] : Anneau fixé ou maçonné. « ... *des matelots vont amarrer [l'*Ebba*] sur des organeaux de fer fixés aux récifs* » (JULES VERNE : *Face au drapeau*).

ORGANSIN ou **ORGANZA** [sm] : Soie tordue formant la chaîne de certains tissus. « *La lumière du matin était blanche. Une lumière d'organza, comme ton turban plaisantera Edwige un peu plus tard* » (YVES NAVARRE : *Dernier Dimanche avant la fin du siècle*).

ORICHALQUE [sm] : Métal légendaire. « ... *l'étonnante alchimie des Celtes qui transmue le plomb du réel en orichalque du rêve* » (JACQUES FLEURENT : *Celteries*).

ORIN [sm] : Câble où est accrochée la bouée d'une ancre. « *Amarrez un autre grappin et un orin, commanda Hornblower* » (C.S. FORESTER : *Trésor de guerre*).

ORNEMANISTE [sm] : Sculpteur ou peintre en ornements. « ... *des figures symboliques, des monstres, des rinceaux contournés, [...] nés sous le ciseau des ornemanistes indigènes* » (JULES VERNE : *Les Enfants du capitaine Grant*).

ORNITHOMANCIE [sf] : Divination dans le vol des oiseaux. « ... *l'ornithomancie est séculaire : [...] le* Zohar *atteste que l'on peut recevoir de nombreux avertissements, si l'on sait observer les vols et les cris des oiseaux* » (JORIS-KARL HUYSMANS : *Là-bas*).

OROGRAPHIQUE [adj] : Qui concerne les montagnes ou l'étude des montagnes. « *Le Caucase est cette partie de la Russie méridionale [...] dont le système orographique se dessine à peu près de l'ouest à l'est...* » (JULES VERNE : *Kéraban-le-têtu*).

ORONYME [sm] : Nom de montagne ou de massif. « *Il distribuait oronymes et hydronymes, à bon escient et en nombre, soucieux que rien n'échappât au langage, ni un monticule ni une mouillère* » (YVES BERGER : *Immobile dans le courant du fleuve*).

ORPIMENT ou **ORPIN** [sm] : Sulfure d'arsenic servant pour les peintures jaunes. « *Il [...] initia le gosse fasciné aux plombs rouge et blanc, au jaune orpiment, au vert-de-gris, au noir de fumée, à l'indigo extrait de la guède et à la pourpre tirée du tournesol* » (JACQUES FLEURENT : *Armorica*).

OSERAIE [sf] : Lieu où poussent des osiers. « *Tiffauges laissait les rênes molles à Barbe-Bleue qui [...] défonçait les épiniers, broussait dans les oseraies, broyait les fougeraies et les bruyères...* » (MICHEL TOURNIER : *Le Roi des aulnes*).

OSMAZÔME [sf] : Substance nutritive base du bouillon. « *... le poème en prose représentait pour des Esseintes le suc concret, l'osmazôme de la littérature...* » (JORIS-KARL HUYSMANS : *À rebours*).

OSTÉOLOGIE [sf] : Étude anatomique des os. « *Qu'on se figure un fils d'Albion aussi britannique que possible, grand, maigre, osseux, une vraie pièce d'ostéologie...* » (JULES VERNE : *Mistress Branican*).

OUDJAT [sm] : Symbole religieux de l'Égypte ancienne. « *Partout étincellent des bijoux. [...] Sur le ventre, un double œil d'oudjat en or et en turquoise* » (ODILE WEULERSSE : *Les Pilleurs de sarcophages*).

OULOTRICHE ou **ULOTRIQUE** [adj] : Qui a les cheveux crépus. « *Tiffauges apprit ainsi que, sous l'angle des cheveux, l'humanité est lissotriche, kymotriche ou oulotriche...* » (MICHEL TOURNIER : *Le Roi des aulnes*).

OXYMEL [sm] : Eau plus miel plus vinaigre. « *... le pichet d'oxymel aux lourds parfums de genièvre, de poix et de cannelle...* » (JEAN-LOUIS BAILLY : *L'Ombre de Théophile*).

P

PACAGE [sm] : Pâturage. « *[Les] bergers laïques du monastère [...] poussaient leurs troupeaux vers les pacages* » (JACQUES FLEURENT : *Armorica*).

PACTION [sf] : Pacte. « *Il est inutile de te rappeler, je pense, les pactions démoniaques de Catherine de Médicis et des Valois...* » (JORIS-KARL HUYSMANS : *Là-bas*).

PAGNOTERIE [sf] : Faiblesse de caractère, peur de tout. « *Il ne trouva qu'un journaliste pour [...] s'émouvoir de cette pagnoterie universelle que Frédéric ne se cachait pas de ressentir* » (RICHARD JORIF : *Le Navire Argo*).

PAILLER [sm] : Meule de paille. « *[Le cheval] se mit à galoper autour du pailler, d'un mouvement plein de grâce, en secouant sa crinière et hennissant de plaisir* » (MARIE LE FRANC : *Enfance marine*).

PAILLET [sm] : Tressage de cordes pour protéger du frottement. « *– Garçons, le moins de bruit possible en nageant. – Les avirons, soigneusement garnis de paillets, manœuvraient à la muette* » (JULES VERNE : *Un capitaine de quinze ans*).

PALADINER [verbe] : Se conduire en paladin, en chevalier. « *Jacques apprenait que l'oncle se conduisait en héros, paladinait tous les soirs...* » (JORIS-KARL HUYSMANS : *En rade*).

PALAFFITE [sm] : Construction lacustre sur pilotis. « *Ils avaient [...] fait halte aux berges des lacs à palaffites...* » (JACQUES FLEURENT : *Celteries*).

PALANCHE [sf] : Joug pour porter deux seaux à la fois. « *Les femmes portaient sur une palanche des seaux pleins qui laissaient tomber quelques gouttes...* » (ANDREÏ MAKINE : *Le Testament français*).

PALANGRE [sf] : Ligne avec plusieurs hameçons. « *Nous préparons les palangres parce que nous avons pensé que Monsieur serait bien aise de pêcher s'il faisait beau au jour levant* » (GUY DE MAUPASSANT : *Sur l'eau*).

PALE [sf] : Carton carré couvrant le calice. « *Devant le tabernacle, un calice couvert de la pale était posé ; l'enfant de chœur lissait avec ses mains la nappe de l'autel...* » (JORIS-KARL HUYSMANS : *Là-bas*).

PALÉOTESTAMENTAIRE [adj] : Qui concerne l'Ancien Testament. « *Ils enseignaient un retour aux origines paléotestamentaires. Pour eux, la Bible restait le livre fondamental...* » (MICHEL TOURNIER : *Éléazar*).

PALESTRE [sf] : Gymnase, terrain de lutte. « *... j'hésitais parfois à distinguer [mes compagnons] parmi les éphèbes que je voyais se presser dans les étuves et les palestres* » (MICHEL TOURNIER : *Gaspard, Melchior et Balthazar*).

PALETOT [sm] : Vêtement à poches extérieures porté par-dessus les autres. « *... un grand vieillard avec de la barbe jusqu'à la ceinture et une sorte de casaquin par-dessus le paletot* » (CHARLES LE QUINTREC : *Des enfants de lumière*).

PALIFIER [verbe] : Fortifier un terrain avec des pilotis, des palis. « *Les habitants approfondissaient les circonvallations et, à grand renfort de haches et de masses, palifiaient ou consolidaient les enceintes fortifiées de leurs oppida* » (JACQUES FLEURENT : *Celteries*).

PALIMPSESTE [sm] : Parchemin nettoyé portant un nouveau texte. « *... je démontrerai encore une fois que l'on ne peut écrire sans faire le palimpseste d'un manuscrit retrouvé...* » (UMBERTO ECO : *L'Île du jour d'avant*).

PALISSONNER [verbe] : Adoucir le cuir au moyen du palisson. « *... j'examinai une foule d'articles ravissants, chaussures de sport, sandalettes, mocassins de cabri palissonnés pour polissonnes cabriolantes* » (VLADIMIR NABOKOV : *Lolita*).

PALMAIRE [adj] : Qui se rapporte à la paume (substantiv. : le muscle de la paume). *« Il avait, pour le talent de l'organiste une estime médiocre [...]. Lui-même répétait avec ingénuité [ce] compliment ironique : Vous avez un bracchial antérieur et un grand palmaire qui sont des merveilles »* (MARCEL AYMÉ : *Le Moulin de la Sourdine*).

PALMER [sm] : Outil de mesure. *« C'est du neuf, peut-être du huit, dit-il, il faudrait vérifier au palmer »* (JEAN FAILLER : *La Mort au bord de l'étang*).

PALOMINO [sm] : Race de cheval. *« Oregon avait hésité entre un palomino, un pinto et un appaloosa. La ferveur qu'il portait aux Nez-Percés le destinait à l'appaloosa »* (YVES BERGER : *Immobile dans le courant du fleuve*).

PALONNIER [sm] : Pédale de direction d'un avion. *« Un coup de palonnier : le paysage entier dérive »* (ANTOINE DE SAINT-EXUPÉRY : *Courrier Sud*).

PALUSTRE [adj] : Qui vit dans les marais. *« ... ils pénétrèrent dans un vallon où bruissaient les flèches d'une roselière palustre sous un doux zéphir... »* (UMBERTO ECO : *L'Île du jour d'avant*).

PANCOVIER [sm] : Sorte d'arbre exotique. *« Il a trouvé l'endroit idéal où bivouaquer. Sur des mousses sèches au milieu des pins d'Alep, d'arbres pancoviers, de seringas... »* (YVES BERGER : *Immobile dans le courant du fleuve*).

PANCRACE [sm] : Combinaison de lutte et de pugilat. *« Tous les hommes de Lachès étaient là, discoboles [...] spécialistes de la lutte, de la boxe et du pancrace »* (JEAN SÉVERIN : *Le Soleil d'Olympie*).

PANDÉMONIUM [sm] : Centre de l'enfer, lieu de perdition, de corruption. *« ... ils rêvaient de la république de Christanoples [...] ils ne pensaient pas du tout créer le pandémonium qu'ils ont créé »* (UMBERTO ECO : *Le Pendule de Foucault*).

PANDOUR [sm] : Homme brutal, grossier ; soldat hongrois. *« Elle vit revenir, et fondre sur sa chair ébahie, une espèce d'égipan, un pandour altéré d'humeurs vaginales… »* (RICHARD JORIF : *Le Navire Argo*).

PANICULE [sf] : Inflorescence en grappe de petits épis. *« [Ils] gagnèrent [...] des étendues de stipules plumeuses, inclinées en vagues et chatoyantes, les poils de leurs panicules étincelantes sous le soleil… »* (YVES BERGER : *Immobile dans le courant du fleuve*).

PANNE [sf] : Mauvais rôle. *« Un vieux lieu commun, une vieille panne romantique rapetassés par les rimailleurs… »* (JORIS-KARL HUYSMANS : *En rade*).

PANNE ARDENTE [sf] : Panne prête à repartir. « … *La* Félicité *avait mis en panne ardente. À présent, elle défiait le* Hotspur, *offrant le combat* » (C.S. FORESTER : *Seul maître à bord*).

PANNETON [sm] : Partie de la clef qui entre dans la serrure et actionne le pêne. *« Il sort d'une poche la clef de son logement, approche de sa bouche le panneton évidé et siffle à coups redoublés »* (DANIEL ZIMMERMANN : *Le Dieu devenu homme*).

PANNICULE ADIPEUX [sm] : Partie ressortante du ventre gras ; triangle gras du haut pubis. « *Heureux les hommes qui peuvent chaque matin que Dieu fait accompagner* una cioccolata *de cinq ou six croissants sans ajouter un gramme à leur pannicule adipeux* » (ROBERT MERLE : *Le jour ne se lève pas pour nous*).

PANTELLEMENT [sm] : Respiration pantelante, difficile, essoufflée. « … *la cage thoracique [...] le tendre vallonement de la tunique abdominale sonnaient le plein et excluaient absolument toute suggestion de pantellement* » (MICHEL TOURNIER : *Le Roi des aulnes*).

PANTELER [verbe] : Haleter, être à bout de souffle, exténué. *« On voyait courir, ramper ou panteler de pitoyables créatures »* (ROSNY AÎNÉ : *La Mort de la Terre*).

PAPELONNÉ [adj] : Couvert d'écailles (hérald.). « *... ce palais qui montait dans les nuages avec [...] ses dômes papelonnés d'écailles...* » (JORIS-KARL HUYSMANS : *En rade*).

PARAPHERNAL [adj] : Qualifie la richesse propre à l'épouse, indépendamment de la dot. « *... c'étaient donc quatre figures de vieillards, aux paraphernaux desquels je reconnus Pierre et Paul, Jérémie et Isaïe...* » (UMBERTO ECO : *Le Nom de la rose*).

PARASCHITE [sm] : Embaumeur qui incise le côté du cadavre pour l'éviscérer. « *... tu travailleras à l'atelier des viscères chez les paraschites, ceux qui fendent les corps. Et toi [...] tu travailleras avec les taricheutes, ceux qui salent les cadavres pour assurer leur conservation* » (ODILE WEULERSSE : *Les Pilleurs de sarcophages*).

PARE-BATTAGE [sm] : Boudin de corde ou de caoutchouc pour protéger le bateau des chocs. « *[Le cotre] cognait légèrement contre les pare-battages disposés tout au long du quai* » (C.S. FORESTER : *Pavillon haut*).

PARÈDRE [sm] : Dieu accessoire au culte d'un dieu plus important. « *L'une des cella devait être dédiée à Mercure, la seconde [...] à Rosmerta, sa parèdre gauloise* » (PIERRE-HENRI MITARD : *Le Vexin français à l'époque gallo-romaine*).

PARÉGORIQUE [adj] : Calmant, qui calme les douleurs. « *Mais si la tiédeur des matins agissait sur lui comme un remède parégorique, comme un calmant...* » (JORIS-KARL HUYSMANS : *En rade*).

PARÉNÈSE [sf] : Exhortation morale. « *Saint Éphrem a écrit une parénèse contre le rire des moines...* » (UMBERTO ECO : *Le Nom de la rose*).

PARIÉTAIRE [sf] : Plante qui pousse sur les murs. « *Sur toutes les dalles, sur toutes les murailles, du lichen et des pariétaires...* » (PIERRE LOTI : *Madame Chrysanthème*).

PARIÉTAL [sm] : Os crânien. « *Vous avez le temporal qui pousse ses excroissances sous le pariétal, ça fait des grumeaux dans le thalamus...* » (PIERRE DESPROGES : *Des femmes qui tombent*).

PAROUSIE [sf] : Retour du Messie. « *... l'Antéchrist aura sa parousie blasphématoire, signe qu'il se veut de Notre-Seigneur* » (UMBERTO ECO : *Le Nom de la rose*).

PARTURITION [sf] : Mise au monde d'un enfant, d'une progéniture. « *... il me vint à l'idée qu'une longue et difficile parturition [...] m'offrirait la possibilité, au printemps prochain, de rester seul avec ma Lolita...* » (VLADIMIR NABOKOV : *Lolita*).

PASQUIN [sm] : Écrit satirique ; pitre, personnage bouffon. « *... j'étais un polichinelle, un pasquin, un grimacier, elle m'ordonnait de cesser mes simagrées* » (JEAN-PAUL SARTRE : *Les Mots*).

PASSAVANT [sm] : Passage entre l'arrière et l'avant d'un navire. « *... Hornblower eut largement le temps d'examiner attentivement le navire, son gaillard avant peu élevé, la haute dunette, le passavant qui les reliait sur toute la longueur* » (C.S. FORESTER : *Aspirant de marine*).

PASSÉE [sf] : Moment où passent les animaux. « *La cabane de l'étang [...] servait de gabion à l'heure de la passée* » (JEAN FAILLER : *La Mort au bord de l'étang*).

PASSE-PARTOUT [sm] : Cadre dont le fond se soulève pour recevoir des dessins. « *... une porte aux verres dépolis [...] munis de passe-partout encadrant des découpures de journaux et des bandes azurées de télégrammes...* » (JORIS-KARL HUYSMANS : *À rebours*).

PASSE-VELOURS [sm] : Amarante, fleur pourpre et veloutée. « *Des polypes ocellés, qui dans leur grouillement vermiculaire et lubrifié révélaient l'incarnadin d'une grande lèvre centrale, effleuraient des plantations d'olothuries albu-*

ginées au gland de passe-velours » (UMBERTO ECO : *L'Île du jour d'avant*).

PATACHE [sf] : Transport de courrier par bateau. « *Lardeyret qui fait le service de patache entre Manosque et Simiane vint m'apporter la réponse* » (JEAN GIONO : *Le Serpent d'étoiles*).

PATARAS [sm] : Hauban de fortune. « *Hornblower sortit juste à temps pour voir la vigie enjamber le pataras et se laisser glisser jusqu'à la dunette* » (C.S. FORESTER : *Seul maître à bord*).

PATELIN [adj] : D'une fausse douceur, hypocrite. « *... c'est quand je rentre du marché qu'il s'enquiert d'un ton patelin : – Tu as pensé à me ramener les journaux ?* » (BENOÎTE ET FLORA GROULT : *Le Féminin pluriel*).

PATELINAGE [sm] : Attitude de fausse douceur, de gentillesse affectée. « *Tout en pontifiant, avec des patelinages machiavéliques, il s'était relevé petit à petit* » (VLADIMIR NABOKOV : *Lolita*).

PATÈNE [sf] : Petite assiette à hosties. « *... plusieurs novices [...] avaient retiré de quelque anfractuosité secrète une série de vases sacrés, calices, patènes, ostensoirs, et un crucifix que je n'avais pas vu pendant la fonction du matin* » (UMBERTO ECO : *Le Nom de la rose*).

PATIBULER [verbe] : Pendre. « *... quel paysan serait assez fou pour s'attaquer à un maître qui peut le faire patibuler au moindre mot ?* » (JORIS-KARL HUYSMANS : *Là-bas*).

PATRIPHAGIE [sf] : Dévoration du père. « *[Des] institutions sociales absolument fondamentales, telles que le parricide et la patriphagie, qui assurent la permanence de l'individu...* » (ROY LEWIS : *Pourquoi j'ai mangé mon père*).

PATROCINER [verbe] : Prendre sous sa protection patronale. « *Quelqu'un de ces hardis psychologues qui patrocinent aux buffets des gares...* » (RICHARD JORIF : *Le Navire Argo*).

PATTU [adj] : Qui a de grosses pattes. « … *la tortue, œuvre d'un orfèvre d'il y a mille et mille ans, bouclier d'Achille patiemment niellé qui emprisonne un serpent pattu* » (UMBERTO ECO : *L'Île du jour d'avant*).

PÂTURIN [sm] : Graminée des prairies. « *Les branches des grands arbres, qui n'ont plus été taillés depuis des années, ont poussé dans toutes les directions. Le pâturin a envahi les allées* » (VALERY LARBAUD : *Fermina Marquez*).

PATURON [sm] : Pied du cheval entre boulet et sabot. « *Oregon la passa en revue [sa jument] : paturons, boulets, soles, muserolle et le reste* » (YVES BERGER : *Immobile dans le courant du fleuve*).

PAULOWNIA [sm] : Arbre exotique d'alignement et des parcs. « … *un paulownia pleure ses pétales mauves dans un mol gazon* » (RICHARD JORIF : *Le Navire Argo*).

PAUMÉ [adj] : Étalé comme une paume, en parlant des bois des cerfs. « *La nuit tombait quand il rentra [...] rapportant [...] un vieux dix-cors et son écuyer, un dix-cors jeunement, portant des têtes magnifiquement paumées, celle du vieux dix-cors en chandelier, l'autre plus creuse…* » (MICHEL TOURNIER : *Le Roi des aulnes*).

PAUMELLE [sf] : Planche courbe pour le travail d'assouplissement des peaux tannées. « *On fit appel à tous [...] pour aider au perçage des doubles épaisseurs de cuir et au fastidieux travail aux paumelles et aux alènes* » (JACQUES FLEURENT : *Armorica*).

PEAUSSERIE [sf] : Atelier de préparation des peaux et des cuirs, commerce de ces peaux. « … *leurs maigres réserves de farine ou de grain, que le mac'htiern leur avait fait parvenir avec quelques peausseries et diverses fournitures…* » (JACQUES FLEURENT : *Armorica*).

PEAUSSU [adj] : Fait de peau ou couvert de peau. « *On avait travaillé d'arrache-pied, du chant du coq au vol peaussu des chauves-souris…* » (JACQUES FLEURENT : *Armorica*).

PECCABLE [adj] : Qui peut pécher. *« Les deux jouteurs continuèrent longtemps, s'affrontant sur la nature peccable ou non de l'homme »* (JACQUES FLEURENT : *Armorica*).

PECCAMINEUX [adj] : De la nature du péché. *« ... toute la salle prenait le ton d'une chapelle mortuaire, impalpablement peccamineuse, mélancoliquement sensuelle »* (UMBERTO ECO : *Le Pendule de Foucault*).

PECQUE [sf] : Femme sotte et prétentieuse, ridicule. *« ... de grandes jeunes filles niaises s'étaient moquées de lui, de petites dindes, des pecques provinciales, avec des accents de campagnardes »* (VALERY LARBAUD : *Fermina Marquez*).

PÉDÉPHORE ou **PÉDOPHORE** [adj] : Porteur d'enfant. *« Héraklès Pédéphore. Il s'agit en effet d'une représentation d'Hercule portant assis sur son bras gauche son petit garçon Télèphe »* (MICHEL TOURNIER : *Le Roi des aulnes*).

PÉDIEUX [adj et sf] : Qui a rapport au pied (veine pédieuse et simplement pédieuse). *« Le pied en charpie, le sang qui gicle de la pédieuse plus fort encore lorsque l'on gueule »* (FRÉDÉRIC ROUX : *Le Désir de guerre*).

PÉDONCULE [sm] : Cordon nerveux unissant des organes cérébraux. *« J'ai des taches indélébiles sur tous les pédoncules du cerveau... »* (PIERRE DRACHLINE : *Le Cœur à l'horizontale*).

PEDUM [sm] : Sceptre divin. *« ... le juge Osiris assis sur son trône, dans la pose consacrée, tenant le pedum d'une main et le fouet de l'autre... »* (THÉOPHILE GAUTIER : *Le Roman de la momie*).

PEERAGE [sm] : Nom anglais du registre de la noblesse officielle. *« Mais posséder un vrai titre, un titre authentique, bien et dûment inscrit au Peerage de Grande-Bretagne... »* (JULES VERNE : *Les 500 millions de la Bégum*).

PÉLAGIANISME [sm] : Doctrine du moine Pélage qui nie le péché originel. *« ... cette quasi-accusation de pélagianisme n'avait pas grand-chose à voir avec le fond. C'était en* *revanche le plus sûr moyen de compromettre quelqu'un...* » (JACQUES FLEURENT : *Armorica*).

PÉLAGIEN [adj] : Qui se rapporte à la doctrine du moine breton Pélage qui nie le péché originel. « *À la réflexion, Cadoc dut reconnaître en son for intérieur que la position pélagienne ne l'avait lui non plus jamais vraiment choqué* » (JACQUES FLEURENT : *Armorica*).

PÉLAGIQUE [adj] : De la haute mer. « *Les hippocampes et les monstres pélagiques des forêts des Sargasses...* » (ERNST JÜNGER : *Visite à Godenholm*).

PÉLICAN [sm] : Alambic d'alchimie à deux becs. « *D'après les documents que nous possédons, nous le voyons faire construire le fourneau des alchimistes, l'athanor, acheter des pélicans, des creusets et des cornues* » (JORIS-KARL HUYSMANS : *Là-bas*).

PELLANCHER [verbe] : Pelleter. « *Ils nous donnent une pioche et une pelle. Avec Perrier on piochait, on pellanchait chacun notre tour* » (EPHRAÏME GRENADOU ET ALAIN PRÉVOST : *Grenadou, paysan français*).

PÉNATES [smpl] : Dieux domestiques, dieux de la maison, lares. « *À gauche de ce simple jardin s'élevait un tout petit temple. [...] il était dédié aux dieux pénates...* » (BULWER-LYTTON : *Les Derniers Jours de Pompéi*).

PENNBAZ [sm] : Bâton de marche (breton). « *... il se figea, sa main s'ouvrit et son pennbaz fût certainement tombé à terre si la dragonne de cuir ne l'avait retenu...* » (JEAN FAILLER : *Le Manoir écarlate*).

PENNE [sf] : Grande plume d'oiseau. « *Wizur [...] serrait précieusement sur sa poitrine [...] ses flacons d'encres de couleur bouchés et emballés avec scrupule, ses pinceaux en poil de martre et de loutre, ses pennes et ses calames, son canif et son compas...* » (JACQUES FLEURENT : *Armorica*).

PENNÉ [adj] : Disposé de part et d'autre du pétiole comme les barbes d'une plume. « ... *il décela un interstice partiellement recouvert d'une longue feuille pennée comme celle d'un dattier, placée entre deux mains aux doigts écartés* » (GILBERT SINOUÉ : *Le Livre de saphir*).

PENTACLE [sm] : Étoile à cinq branches. « ... *quand une nouvelle pénétrait dans les salles de classe du couvent, c'est [...] comme si elle devait d'abord éviter un pentacle caché...* » (STEFAN ZWEIG : *Clarissa*).

PENTACULUM [sm] : Étoile à cinq branches. « ... *elle aurait dessiné [...] comme le squelette d'un mandala, la structure invisible d'un pentaculum, une étoile, une rose mystique* » (UMBERTO ECO : *Le Pendule de Foucault*).

PENTAPODE [sm] : Créature à cinq pieds. « *Je t'aimais. J'étais un pentapode monstrueux, mais je t'aimais* » (VLADIMIR NABOKOV : *Lolita*).

PENTATHLE [sm] : Concours de cinq épreuves athlétiques des jeux antiques. « *Les concurrents du pentathle occupaient l'extrémité du stade. [...] Comme je les admirais ces hommes taillés pour la lutte, le bond et l'élan, ces lanceurs de disque et de javelot !* » (JEAN SÉVERIN : *Le Soleil d'Olympie*).

PENTY [sm] : Petite maison isolée bretonne. « *Elle habite seule dans un penty au bord du chemin* » (JEAN FAILLER : *La Mort au bord de l'étang*).

PÉNULTIÈME [adj] : Avant-dernier. « ... *la question précédant celle-ci n'était pas la dernière, mais la pénultième* » (ROBERT MERLE : *Le jour ne se lève pas pour nous*).

PEPLOS [sm] : Vêtement de femme (Grèce antique). « ... *la prêtresse Déméter Chlamyné, la seule femme ayant le droit d'assister aux jeux, secrète et grave dans son peplos blanc dont un pan était ramené sur sa tête* » (JEAN SÉVERIN : *Le Soleil d'Olympie*).

PÉPLUM [sm] : Tunique de femme sans manches, agrafée sur l'épaule. « *... la passagère était vêtue à l'indienne : un péplum ample et drapé ...* » (VERCORS : *Les Animaux dénaturés*).

PERCEPTUEL [adj] : Lié à la perception même. « *... je proposais [...] une théorie du temps perceptuel fondé sur la circulation du sang...* » (VLADIMIR NABOKOV : *Lolita*).

PERCHE [sf] : Tige première de la ramure des cervidés sur laquelle viennent les andouillers. « *Il caressa de la main les perlures qui couraient le long des bois, les pierrures des meules, les sillons visibles le long des perches* » (MICHEL TOURNIER : *Le Roi des aulnes*).

PERCHER [sm] : Le lieu où les gibiers à plume aiment à se percher. « *Mais les moquettes des chevreuils [...] les miroirs des bécasses [...] les fientes des faisans accumulées sous les perchers [...] lui paraissaient également intéressant[s]...* » (MICHEL TOURNIER : *Le Roi des aulnes*).

PERCHIS [sm] : Bois jeune aux arbres encore frêles. « *Puis tous rejoignirent les bûcherons dans leur perchis, et en l'espace d'un instant, des trois fûts abattus on tira six tronçons...* » (JACQUES FLEURENT : *Armorica*).

PÉRÉGRIN [sm] : Pèlerin. « *Il sourit [...] à l'instar du pérégrin à l'orée d'une forêt sacrée...* » (JACQUES FLEURENT : *Celteries*).

PÉRÉGRIN [adj] : Qui a rapport au pèlerinage. « *Et dans sa tête résonnaient encore les chocs ferrés de son bâton de cambutte – sa fidèle crosse d'abbé – qui rythmait sa marche pérégrine...* » (JACQUES FLEURENT : *Armorica*).

PERFUMER [verbe] : Traverser de fumée. « *[Il] accueillit quelques fidèles, et les hôtes ; les perfumant avec les expirations denses de son cigare...* » (UMBERTO ECO : *Le Pendule de Foucault*).

PÉRINÉAL [adj] : Qui a rapport au périnée. « *... une infirmière aussi jeune qu'insolente, avec des rondeurs périnéales surdéveloppées et des yeux d'un noir éclatant...* » (VLADIMIR NABOKOV : *Lolita*).

PÉRIPATÉTICIENNE [sf] : Prostituée. « *Roulant ses hanches anguleuses, la femme traversa la scène, plus semblable à une péripatéticienne qu'à une somnambule* » (VLADIMIR NABOKOV : *Roi, dame, valet*).

PERLURE [sf] : Relief en forme perlée sur les bois des cerfs. « *Il caressa de la main les perlures qui couraient le long des bois, les pierrures des meules, les sillons visibles le long des perches* » (MICHEL TOURNIER : *Le Roi des aulnes*).

PERMAFROST [sm] : Sous-sol gelé en permanence. « *... un petit lac [...] transformé en cimetière : c'était plus simple que de creuser le permafrost* » (ANDREÏ MAKINE : *Le Testament français*).

PERRÉ [sm] : Mur, revêtement de pierre soutenant les bords d'un fossé, d'un canal, d'un passage. « *... la fameuse question des perrés ou revêtement des berges du canal* » (PIERRE BENOÎT : *Lunegarde*).

PERS [adj] : Entre vert et bleu. « *Elle l'avait regardé à travers les yeux d'Agathe, ces yeux pers, moirés, aux paupières effilées* » (SYLVIE GERMAIN : *Opéra muet*).

PERSPICUITÉ [sf] : du latin *perspicuus* (transparent), clarté, netteté des idées, du style. « *... les inquiètes perspicuités d'un névrotisme tout moderne* » (JORIS-KARL HUYSMANS : *À rebours*).

PERSPIRABLE [adj] : Supportable, tempéré, qui ne fait pas trop transpirer. « *... il avait sans doute éprouvé le besoin de se retremper, à certains moments, dans une atmosphère plus perspirable et moins chauffée...* » (JORIS-KARL HUYSMANS : *Là-bas*).

PERTINACE [adj] : Opiniâtre. *« Il la contemplait, voyait encore une nouvelle hyacinthe, une femme pertinace et dure qu'il ignorait »* (JORIS-KARL HUYSMANS : *Là-bas*).

PERTINACITÉ [sf] : Caractère pertinace. *« Il avait la pertinacité des chiens errants, toujours pleins d'espérance, qui reviennent à la charge sitôt qu'ils sont repoussés, sans jamais se lasser »* (FRANZ-OLIVIER GIESBERT : *Le Sieur Dieu*).

PERTUIS [sm] : Trou, ouverture, étranglement d'un fleuve, détroit. *« Ils traversaient le pertuis deux ou trois fois par semaine pour se rendre à Godenholm… »* (ERNST JÜNGER : *Visite à Godenholm*).

PERTUISER [verbe] : Percer, trouer d'un pertuis. *« Le village bâti sur le roc est pertuisé en son sous-sol de trois longs puits sombres et grondeurs »* (JEAN GIONO : *Le Serpent d'étoiles*).

PÉTASE [sm] : Coiffure en amande des Grecs anciens. *« Ils ne portaient ni la pèlerine, ni le pétase, ni les scapulaires. Pas de bourdon entouré d'un foulard. Bizarre… »* (GILBERT SINOUÉ : *Le Livre de saphir*).

PÉTUN [sm] : Tabac. *« L'on fume d'une pipe passée de l'un à l'autre, et bourrée d'un pétun qui craquette et pétille comme le petit bois de l'enfer… »* (JEAN-LOUIS BAILLY : *L'Ombre de Théophile*).

PHAÉTON [sm] : Voiture légère à cheval. *« J'entendis le bruit lointain d'un phaéton roulant sur les pavés »* (ANDREÏ MAKINE : *Le Testament français*).

PHAGOCYTER [verbe] : Absorber et détruire comme un phagocyte absorbe les déchets du sang. *« Il est myope comme un vide-poches. De très près, il pourrait voir un globule rouge en train de se faire phagocyter »* (RICHARD JORIF : *Le Navire Argo*).

PHALANGETTE [sf] : Os extrême de l'articulation du doigt. *« … ces deux doigts […] que je connais par cœur et par le cœur, avec leurs quatre poils sur la phalange, deux sur la* *phalangine et pas du tout sur la phalangette...* » (BENOÎTE ET FLORA GROULT : *Le Féminin pluriel*).

PHALANGINE [sf] : Deuxième os de l'articulation du doigt. « *... ces deux doigts [...] que je connais par cœur et par le cœur, avec leurs quatre poils sur la phalange, deux sur la phalangine et pas du tout sur la phalangette...* » (BENOÎTE ET FLORA GROULT : *Le Féminin pluriel*).

PHALANSTÈRE [sm] : Communauté ouvrière. « *D'autres artistes sont venus [...] pour former un phalanstère sans règles établies où la création est un antidote à l'Art* » (PIERRE DRACHLINE : *Fin de conversation*).

PHALÈNE [sm] : Papillon nocturne. « *elle voltige dans les salons à l'heure des chauves-souris et des phalènes...* » (RAOUL GAIN : *Le Jeu sexuel*).

PHALÈRE [sm] : Rondelle de métal pour décorer un vêtement, une armure. « *... mon père [...] fixe sur les colliers et les brides des phalères d'or dont l'éclat m'éblouira pendant la course* » (JEAN SÉVERIN : *Le Soleil d'Olympie*).

PHALLOLOGIE [sf] : Étude de la virilité, du sexe mâle. « *... il admira que les hasards de la guerre [...] eussent fait de lui le serviteur [...] du deuxième personnage du Reich, expert en phallologie et en coprologie* » (MICHEL TOURNIER : *Le Roi des aulnes*).

PHALLOPHORE [adj] : Qui porte un phallus. « *... l'ogre de Rominten, sacrificateur officiel de l'Ange phallophore...* » (MICHEL TOURNIER : *Le Roi des aulnes*).

PHALLOPHORIQUE [adj] : Qui a rapport à la phallophorie, au porter d'un phallus symbolique. « *Connaissant désormais le sens phallophorique des bois de cerf, Tiffauges s'émerveillait...* » (MICHEL TOURNIER : *Le Roi des aulnes*).

PHARE [sm] : Ensemble des voiles d'un mât. « *Tout le phare de misaine est tombé sur tribord. La plupart des haubans* *ont résisté, le tout chalute le long du bord* » (C.S. FORESTER : *Seul maître à bord*).

PHARMAQUE [sm] : Poison. « *... amicalement, ils discutèrent sur le goût de ce pharmaque où elle retrouvait un arôme de clou de girofle...* » (JORIS-KARL HUYSMANS : *Là-bas*).

PHILIPPINES [sfpl] : Amandes jumelles. « *... elles brisaient les amandes et les noisettes avec leurs dents ; Jeanne [cherchait] des philippines dans ses coques...* » (JORIS-KARL HUYSMANS : *En ménage*).

PHLÉBOTOMIE [sf] : Saignée. « *Il s'était assuré qu'il se trouvait un barbier dans l'équipage, un expert en phlébotomie et autres semblables besognes* » (UMBERTO ECO : *L'Île du jour d'avant*).

PHLEGMASIE [sf] : Inflammation. « *La phlegmasie cérébrale était complète et entraînait la paralysie du sentiment et du mouvement* » (JULES VERNE : *Vingt mille lieues sous les mers*).

PHLOGISTIQUE [sm] : Fluide censé être le vecteur de la combustion selon l'ancienne chimie. « *... madame Curie [...] voit une lumière phosphorescente, mon Dieu serait-ce donc... C'est l'hydrocarbure, la golconde, le phlogistique...* » (UMBERTO ECO : *Le Pendule de Foucault*).

PHONATEUR [sm] : Celui qui émet un son. « *... la nature s'emplissait du chant multiple des oiseaux, [...] chœur qui les ravissait tous et dont ils s'amusaient à déterminer la nature des phonateurs* » (JACQUES FLEURENT : *Armorica*).

PHONURGIQUE [adj] : Qui crée du son. « *J'eus l'impression que l'embouchure de ce canal phonurgique n'était autre que le début d'une descente dans des boyaux obscurs qui plongeaient vers le centre de la terre* » (UMBERTO ECO : *Le Pendule de Foucault*).

PHORA ou **PHORE** [sm] : Mouche et larve de mouche se développant sur des cadavres d'insectes. « *Dans les cadavres des gens gras, l'on trouve une sorte de larves, les rhizophages ;*

dans les cadavres des gens secs, l'on ne découvre que des phoras » (JORIS-KARL HUYSMANS : *Là-bas*).

PHORMIUM [sm] : Sorte de crin végétal utilisé en aménagement intérieur. *« Le plancher de cette prison se dissimulait sous une épaisse natte de phormium qui assourdissait le bruit des pas »* (JULES VERNE : *Vingt mille lieues sous les mers*).

PHOSPHÈNE [sm] : Impression lumineuse les yeux fermés. *« Il serra fortement les paupières [...] faisant naître à sa vue un crépitement multicolore de phosphènes... »* (JACQUES FLEURENT : *Celteries*).

PHYLACTÈRE [sm] : Talisman, amulette protectrice. *« ... les puissants d'Édom avaient décrété contre Israël qu'ils arracheraient le cerveau de ceux qui portaient le phylactère »* (UMBERTO ECO : *L'Île du jour d'avant*).

PHYSICISME [sm] : Explication de tous les phénomènes par la science physique. *« Je ne pus, hélas, garder mon petit déjeuner, mais ce n'était là qu'un vulgaire contretemps et, bannissant ce physicisme de mes pensées, j'essuyai mes lèvres [...] et composai le numéro... »* (VLADIMIR NABOKOV : *Lolita*).

PHYSIOGNOMONIE [sf] : Spéculation sur le rapport des qualités et de l'aspect des personnes. *« Je suis trop pressé en ce moment pour disserter sur la mnémonique de la physiognomonie... »* (VLADIMIR NABOKOV : *Lolita*).

PIC [sm] : Partie extérieure de la corne d'artimon. *« Le pic est amené, mais le gui à chaque oscillation du yacht touche les vagues... »* (GUY DE MAUPASSANT : *Sur l'eau*).

PICA [sm] : Appétit dépravé. *« ... un pica, une perversion s'empara de lui ; cette immonde tartine lui fit venir l'eau à la bouche »* (JORIS-KARL HUYSMANS : *À rebours*).

PICOTE [sf] : Tissu de laine grossière. *« ... ils l'apercevaient parfois immobile, vêtue de grossière picote brune, les cheveux emmêlés agités par le vent »* (JACQUES FLEURENT : *Armorica*).

PICOUSSIN [sm] : Petit outil en forme de pic. « *Alors, cette arme du crime ? [...] un marteau, la crosse d'un fusil, une clé anglaise, un picoussin, un pied-de-biche, une pioche...* » (PIERRE MAGNAN : *Le Sang des Atrides*).

PIÉDOUCHE [sm] : Petit piédestal. « *... il [prit] un bougeoir placé sur un piédouche...* » (JORIS-KARL HUYSMANS : *En ménage*).

PIÉDROIT [sm] : Partie architecturale verticale sous l'arc de voussures. « *... on entrevoyait dans l'ombre [le portail] surmonté d'un grand tympan, soutenu de chaque côté par deux piédroits et au centre par un trumeau sculpté...* » (UMBERTO ECO : *Le Nom de la rose*).

PIERRIER [sm] : Canon, bouche à feu pour projeter des boulets de pierre ou des pierrailles. « *Il fut particulièrement recommandé [...] d'envoyer la chaloupe, armée d'un pierrier, à notre recherche autour de l'île* » (EDGAR ALLAN POE : *Les Aventures d'Arthur Gordon Pym*).

PIERRURE [sf] : Relief sur les meules, la racine des bois de cerf. « *Il caressa de la main les perlures qui couraient le long des bois, les pierrures des meules, les sillons visibles le long des perches* » (MICHEL TOURNIER : *Le Roi des aulnes*).

PIÉTEMENT [sm] : Tiges en faisceau qui servent de pied, de support à un appareillage. « *C'est là que, devant un écran de projection dont le piétement ressemblait à une immense araignée, Carmelo avait disposé un fauteuil seul...* » (YVES NAVARRE : *Dernier Dimanche avant la fin du siècle*).

PIÉTER [verbe] : Marcher à pied pour les oiseaux. « *... pour peu que les perdreaux ne fussent que blessés et qu'ils eussent piété sous le couvert, on pourrait toujours les chercher !* » (JEAN FAILLER : *La Mort au bord de l'étang*).

PIÉTER (SE) [verbe] : Se tenir fortement sur ses pieds, sur une marque... « *... les piliers et les colonnes semblaient se piéter puissamment pour soutenir le poids des immenses pierres* *appuyées sur les cubes de leurs chapiteaux...* » (THÉOPHILE GAUTIER : *Le Roman de la momie*).

PIÉTISTE [adj] : Qui concerne le piétisme, mouvement protestant centré sur l'importance de la piété par rapport à la doctrine. « ... *avoir des opinions extrêmements différentes [...] c'était une chose toute naturelle dans notre cercle protestant et piétiste* » (HERMANN HESSE : *Berthold*).

PIGOCHE [sf] : Jeu de piécettes où l'on fait sortir d'un cercle un sou à l'aide d'autres sous. « *On joue au ballon, aux billes, à la pigoche, on déniche les oiseaux...* » (GENEVIÈVE DORMAN : *Le Roman de Sophie Trébuchet*).

PILASTRE [sm] : Pilier engagé dans un mur. « *Des obsidianes et des pierres spéculaires incrustées dans des pilastres* » (JORIS-KARL HUYSMANS : *En rade*).

PILOCARPINE [sf] : Alcaloïde végétal servant de calmant cardiaque. « ... *ils empoisonnent tranquillement le corps. Ce qu'avec leur pilocarpine ils ont détruit pour jamais la santé des gens !* » (JORIS-KARL HUYSMANS : *Là-bas*).

PINTO [sm] : Race de cheval. « *Oregon avait hésité entre un palomino, un pinto et un appaloosa. La ferveur qu'il portait aux Nez-Percés le destinait à l'appaloosa* » (YVES BERGER : *Immobile dans le courant du fleuve*).

PIOLÉ [adj] : Marqué de taches de couleur. « *Haïo et Haro étaient roux comme des renardeaux, blancs comme du lait et piolés comme s'ils avaient été roulés dans le son* » (MICHEL TOURNIER : *Le Roi des aulnes*).

PIPA [sm] : Batracien anoure exotique. « ... *ton père sera devenu un crapaud du Mexique, un pipa bien squameux...* » (RICHARD JORIF : *Les Persistants Lilas*).

PIRIFORME [adj] : En forme de poire. « *Sur un crâne piriforme [...] apparut une masse épaisse de cheveux vermillon...* » (JORIS-KARL HUYSMANS : *En rade*).

PISANG [sm] : Sorte de bambou. « *Des rayons de soleil [...] se reflétaient en taches vives et éblouissantes sur les énormes feuilles lisses des pisangs* » (HERMANN HESSE : *Berthold*).

PISCATORIEN ou **PISCATORIAL** [adj] : Qui a rapport à la pêche. « ... *la superbe déesse qui présidait aux jeux piscatoriens de l'ancienne Rome dans les cérémonies halieutiques* » (JULES VERNE : *Le Pilote du Danube*).

PISCICAPTOLOGIQUE [sf] : Science de la pêche. « ... *il n'hésita pas [...] à élever jusqu'aux nues les fervents disciples de la science piscicaptologique...* » (JULES VERNE : *Le Pilote du Danube*).

PISTOLET [sm] : Bossoir courbe. « *Le grand canot, hissé sur les pistolets de bâbord, fut lestement descendu à la mer...* » (JULES VERNE : *Kéraban-le-têtu*).

PITUITEUX [adj] : Qui a des crachats ou des renvois de glaires alcooliques. « ... *tout homme né sous le signe de Saturne est mélancolique et pituiteux, taciturne et solitaire, pauvre et vain* » (JORIS-KARL HUYSMANS : *Là-bas*).

PIZZICATO [sm] : En pinçant les cordes de l'instrument, cordes frottées habituellement. « ... *à une masse vocale puissante a succédé soudain un trille délicat, un pizzicato suraigu, fin comme une dentelle...* » (MICHEL TOURNIER : *Le Roi des aulnes*).

PLACÎTRE [sm] : Petite place. « ... *c'est le pardon de sainte Marie et il y a fête sur le placître de l'église* » (JEAN FAILLER : *Les Diamants de l'archiduc*).

PLANER [verbe] : Aplanir, rendre plan. « ... *ce cylindre de verre fut fendu dans sa longueur [...] étendu sur une plaque et plané au moyen d'un rouleau de bois* » (JULES VERNE : *L'Île mystérieuse*).

PLANIMÉTRIE [sf] : Géométrie de la mesure des plans. « *La place de chacun des bâtiments sera définie après le dégage-*

ment des espaces. Ainsi la planimétrie des aires déterminera nos décisions » (FERNAND POUILLON : *Les Pierres sauvages*).

PLATIÈRE [sf] : Endroit plat. « *Quelques bécassines, surprises, jaillirent de la platière en criant aigrement...* » (JEAN FAILLER : *La Mort au bord de l'étang*).

PLÉONASTIQUE [adj] : Relatif au pléonasme. « *... à jamais et pour toujours comme il aimait à dire et disait souvent, dans la volonté redondante et pléonastique de souligner...* » (YVES BERGER : *Immobile dans le courant du fleuve*).

PLUMER [verbe] : Faire raser l'eau à sa rame. « *Je t'en prie, lève-toi et laisse-moi ramer. – Encore cinq minutes, dit Dreyer, essayant encore de plumer et n'y parvenant pas* » (VLADIMIR NABOKOV : *Roi, dame, valet*).

PLUVINER ou **PLEUVINER** [verbe] : Pleuvoir en pluie très fine. « *Elle traversa la place ; il pluvinait ; elle entra dans le Café du Commerce* » (SIMONE DE BEAUVOIR : *Le Sang des autres*).

PODESTAT [sm] : Dirigeant d'une ville médiévale méridionale ou italienne. « *... il se plaça sur une pierre du haut de laquelle, dans les anciens temps, les podestats avaient accoutumé de pérorer* » (UMBERTO ECO : *Le Nom de la rose*).

POLATOUCHE [sm] : Écureuil volant. « *C'étaient [...] des écureuils volants, entre autres le polatouche que les chasseurs attirent en imitant le cri des oiseaux nocturnes...* » (JULES VERNE : *Mistress Branican*).

POLYMÉLIQUE [adj] : Qui porte des membres surnuméraires (tératologie). « *En face, sur la grande pelouse, dans l'ombre polymélique d'arbres luxuriants, le saint-bernard montait la garde...* » (VLADIMIR NABOKOV : *Lolita*).

POMMELURE [sf] : Dessin sur un pelage ou une robe pommelée. « *Benjamin avait insisté en faveur d'un cheval à la robe [...] bizarre [...]. Il était blanc et semé de pommelures rouges* » (MICHEL TOURNIER : *Éléazar*).

POMPES [sfpl] : Cérémonie pour conduire ou accompagner une procession ; festivités grandioses, luxe. « *Glaucus [...] s'était enivré à la coupe des plaisirs, au milieu du luxe et des pompes de la cour impériale* » (BULWER-LYTTON : *Les Derniers Jours de Pompéi*).

PONCEAU [adj et sm] : Coquelicot ; couleur coquelicot. « *M. Le Normand avec [...] sa redingote de soie ponceau [...] ses chemises de linon fin...* » (GENEVIÈVE DORMAN : *Le Roman de Sophie Trébuchet*).

PONCEAU [sm] : Petit pont. « *... il franchit le ponceau jeté sur la rivière – deux simples troncs de bouleau sur lesquels était chevillé un tablier de planches sommairement dégauchies à la hache à fer plat –...* » (JACQUES FLEURENT : *Armorica*).

PONTUSEAU [sm] : Verge de métal qui traverse les vergeures dans les formes à papier (au pluriel, se dit des raies que les verges laissent sur le papier). « *... il choyait une merveilleuse épreuve d'essai, imprimée sur papier épais, non collé, aux visibles pontuseaux traversant la pâte* » (JORIS-KARL HUYSMANS : *À rebours*).

POPLITÉ [adj ou sm] : Qui correspond au jarret. « *Il se mettait à voltiger, le poplité tendu, sous l'ourson, comme un cœur, la face levée* » (JACQUES AUDIBERTI : *Les Jardins et les Fleuves*).

PORPHYRISEUR [sm] : Récipient pour réduire en poudre des matières. « *... la chair poussiéreuse, tournée au gris, des porphyriseurs des tabacs qu'on prise* » (JORIS-KARL HUYSMANS : *Là-bas*).

PORTEMANTEAUX [smpl] : Bossoirs à canots. « *Puis le capitaine Spade et le matelot remontèrent sur le pont de la goélette aux portemanteaux de laquelle on hissa le canot* » (JULES VERNE : *Face au drapeau*).

PORTFOLIO [sm] (mot anglais) : Chemise cartonnée de rangement. « *... le profil des créanciers s'estompe et je rengaine dans mon portfolio à casiers l'Assurance Auto, le*

Plombier, le Dentiste... » (BENOÎTE ET FLORA GROULT : *Le Féminin pluriel*).

PORTULAN [sm] : Carte marine. « *... des îles jamais bien situées sur les portulans...* » (CHARLES LE QUINTREC : *Des enfants de lumière*).

POSTÉROPODER [verbe] : Coller un coup de pied au derrière (création plaisante de l'auteur). « *Il se mit au volant, mais ne put démarrer. Hurla, gémit, claqua la portière, se promit de postéropoder le garagiste qui venait huit jours plus tôt de réviser l'auto* » (PIERRE DESPROGES : *Des femmes qui tombent*).

POTARD [sm] : Pharmacien. « *Le négoce [...] transformait [...] les frères lais et les convers, en de vulgaires emballeurs et de bas potards* » (JORIS-KARL HUYSMANS : *À rebours*).

POTINIER [adj] : Qui fait des potins, des commérages. « *... un moine pouvait-il connaître aussi bien les femmes que les connaissait une femme vieille et potinière ?* » (UMBERTO ECO : *Le Nom de la rose*).

POTRON-MINET [sm] : L'aube, le point du jour. « *Craignant attaque ou accident, Cadoc décida alors que, dès potron-minet, on partirait à sa recherche...* » (JACQUES FLEURENT : *Armorica*).

POUCE-PIED [sm] : Crustacé ressemblant à l'anatife dont on mange le pied. « *Il mangea trois langoustes [...] tout en dévorant des yeux les assiettes des autres convives et [...] picora dans les unes ou les autres : clovisses de Galice, pouce-pieds de Bilbao...* » (GABRIEL GARCÍA MÁRQUEZ : *Douze contes vagabonds*).

POULAINE [sf] : Triangle construit à l'avant d'un navire, en débordement. « *Le navire en vue était un grand brick-goélette [...] peint en noir, avec une poulaine voyante et dorée* » (EDGAR ALLAN POE : *Les Aventures d'Arthur Gordon Pym*).

PRAO [sm] : Pirogue malaise. « *... dans leurs légères pirogues, leurs praos-volants, de construction malaise, ces naturels peuvent aller sans peine de la Nouvelle-Guinée à l'Australie...* » (JULES VERNE : *Mistress Branican*).

PRASIN [adj] : Vert prasin, vert clair. « *... les parois blanches des façades faisaient valoir les encadrements peints des fenêtres, et des filets de rouge et de vert prasin dessinaient des panneaux ou simulaient des joints de pierres* » (THÉOPHILE GAUTIER : *Le Roman de la momie*).

PRASINE [adj] : Minéral. « *... dans les lueurs différentes du vert, dans les lueurs vert-lumière de l'émeraude, prasines du péridot, glauques de l'aigue-marine, jaunâtres du zircon, céruléennes du béryl...* » (JORIS-KARL HUYSMANS : *En rade*).

PRATICABLE [sm] : Décor ou accessoire réel et non pas figuré. « *Un théâtre pour rire [...] où l'on avait aménagé un praticable en plan incliné pour que l'infirme puisse aisément gagner le plateau* » (PIERRE MAGNAN : *Le Sang des Atrides*).

PRÉCEINTE [sf] : Bordage formant la ceinture d'un navire. « *[Ils] procédèrent à la pose des préceintes, épais bordages qui forment la ceinture d'un bâtiment et relient solidement entre eux les couples de sa carcasse* » (JULES VERNE : *L'Île mystérieuse*).

PRÉCESSION [sf] : Mouvement en recul, allant vers ce qui précède. « *... une immense collection de nouvelles inexplicables. [...] des irrégularités dans la précession des équinoxes, des inscriptions sur des météorites, de la neige noire...* » (UMBERTO ECO : *Le Pendule de Foucault*).

PRÉCIPITEUX [adj] : Qui est chargé de précipitations, qui a reçu des pluies. « *Quiconque a entendu le flot d'un torrent grossi soudain [...] quand il dévale à travers des bois précipiteux, peut se former une idée du son qui se fit entendre alors* » (HERMAN MELVILLE : *Billy Budd, marin*).

PRÉDICAT [sm] : Ce qui est précisé, dans une phrase, à propos d'un premier terme (le verbe ou l'attribut par rapport au sujet). « ... *tu ne sauras jamais quels prédicats introduire dans ton raisonnement et lesquels laisser tomber. Et c'est ainsi que je procède maintenant. J'aligne quantité d'éléments décousus et je fabrique des hypothèses* » (UMBERTO ECO : *Le Nom de la rose*).

PRÉEMPTION [sf] : Achat préventif avant une mise en vente. « ... *la bibliothèque tapissée de livres du sol au plafond [...] un petit chef-d'œuvre qui ferait un jour une enchère épatante avec préemption ou l'ébaudissement d'un conservateur* » (YVES NAVARRE : *Dernier Dimanche avant la fin du siècle*).

PRÉHENSILE [adj] : Qui sait prendre, qui peut prendre. « ... *les graines de fleurs cruelles s'accrochent en croûtes verdâtres, tels des crabes aux mâchoires préhensiles, à la chaussette noire garrottée d'élastique...* » (VLADIMIR NABOKOV : *Lolita*).

PRÉMOTION [sf] : Action de Dieu donnant aux hommes la volonté d'agir. « ... *il n'y avait de la part de Dieu aucune prémotion et lui-même manquait de cette nécessaire volonté...* » (JORIS-KARL HUYSMANS : *Là-bas*).

PRÉPOTENCE [sf] : Pouvoir supérieur abusif. « ... *il provenait d'un coin de campagne éprouvé, depuis des siècles, par la famine et la prépotence des seigneurs féodaux* » (UMBERTO ECO : *Le Nom de la rose*).

PRÉPOTENT [adj] : D'un pouvoir supérieur et abusif. « *On dit, certes, que dans les rares cas où ils soupçonnent l'adultère, les mâles deviennent prépotents...* » (UMBERTO ECO : *L'Île du jour d'avant*).

PRÉPRANDIAL [adj] : Qui vient avant le repas. « *Je n'avais pas l'intention d'épouser la pauvre Charlotte pour l'éliminer ensuite [...] en jetant par exemple cinq pastilles de bichlorure de mercure dans son porto préprandial...* » (VLADIMIR NABOKOV : *Lolita*).

PRÉTÉRITION [sf] : Figure par laquelle on parle de ce qu'on feint vouloir taire. « *Costes [...] trouvait moyen de ne pas mentir ou de ne mentir que par prétérition...* » (PIERRE BENOÎT : *Lunegarde*).

PRÉTEXTE [sf et adj] : Toge d'adolescent romain, montrant son accession à l'âge adulte. « *Pour moi, avant d'être voué, je grandissais dans l'indifférence : la robe prétexte, je m'en foutais* » (JEAN-PAUL SARTRE : *Les Mots*).

PRÉTEXTUEUX [adj] : Qui sert de prétexte. « *Rien de ce qui est prétextueux n'est saint* » (UMBERTO ECO : *Le Nom de la rose*).

PRIMESAUT [sm] : Soudaineté, qualité d'à-propos. « *Théophile poursuit, avec cet art du brûle-pourpoint qui rappelle en sa conversation le primesaut de ses poèmes* » (JEAN-LOUIS BAILLY : *L'Ombre de Théophile*).

PROCLIF [adj] : Qui penche en avant. « *Rien d'horrible comme [...] leur mâchoire inférieure proéminente, armée de dents blanches mais proclives* » (JULES VERNE : *Les Enfants du capitaine Grant*).

PROCRASTINATEUR [adj] : Qui remet les choses à faire à plus tard. « *Mais Hamlet n'est pas tant procrastinateur que, disons le mot, oublieux* » (ROBERT MERLE : *Derrière la vitre*).

PROCTOLOGUE [sm] : Spécialiste de la médecine de l'anus. « *Toute une menue tourbe de proctologues et d'entomologistes débattait à pleines ventrées de l'Événement [Mai 68] adorable* » (RICHARD JORIF : *Le Navire Argo*).

PRODITEUR [sm] : Traître ; celui qui livre ce qui a été confié. « *Au XVIIIe siècle, nous retrouvons encore, et parmi combien d'autres ! des abbés proditeurs de choses saintes* » (JORIS-KARL HUYSMANS : *Là-bas*).

PRODROME [sm] : Signe avant-coureur. « *Rapidement, dès les prodromes de l'inexplicable mal, l'atmosphère du chez-soi avait changé* » (JORIS-KARL HUYSMANS : *En rade*).

PROLÉGOMÈNES [smpl] : Introduction longue ; notions préliminaires à une science. « *... il écrivait les prolégomènes de cette œuvre qui ne devait pas comporter moins de sept volumes* » (JORIS-KARL HUYSMANS : *À rebours*).

PROMISSION [sf] : Promise dans l'expression juive « terre de promission ». « *Pays de promission, terre de pionniers, domaine vierge des démons du passé où l'on pouvait acquérir de la terre à foison et rebâtir sa vie à neuf...* » (JACQUES FLEURENT : *Armorica*).

PRONATION [sf] : Mouvement rotatoire de la main ; position paume vers le sol. « *Mes mains sont faites pour porter [...] des deux positions classiques – supination et pronation – seule la supination leur convient* » (MICHEL TOURNIER : *Le Roi des aulnes*).

PROPÉDEUTIQUE [adj] : Éléments pour commencer un enseignement. « *Le département de Trétrapiloctomie a une fonction propédeutique, il tend à éduquer au sentiment de l'insignifiance* » (UMBERTO ECO : *Le Pendule de Foucault*).

PROPHYLACTIQUE [adj] : Qui a trait à la prévention médicale. « *... une vie régulière, des repas mitonnés à la maison, les mille et une conventions du mariage, le train-train prophylactique des devoirs de l'alcôve...* » (VLADIMIR NABOKOV : *Lolita*).

PROPHYLAXIE [sf] : Prévention médicale. « *Dans son fameux traité de prophylaxie de l'âme, il recommandait trente-deux moyens sûrs de repousser la tentation* » (MARCEL AYMÉ : *Le Vin de Paris*).

PROPITIATION [sf] : Acte propitiatoire pour rendre les choses propices, favorables. « *Le curé [...] trace sur le front du grand orphelin un petit signe de propitiation* » (RICHARD JORIF : *Le Navire Argo*).

PROPITIATOIRE [adj] : Qui rend propice. « *Sur le bougeoir propitiatoire, les petits cierges achevaient de se consumer en charbonnant* » (JEAN FAILLER : *Boucaille sur Douarnenez*).

PROSOPOPÉE [sf] : Figure de style donnant parole à des choses, des morts, des éléments… « *… personne ne lui avait enseigné l'art de la tirade et de la prosopopée* » (CHARLES LE QUINTREC : *Des enfants de lumière*).

PROTRACTILE [adj] : Qui peut se porter en avant, qui peut se tirer en avant. « *… j'étais saisi de frissons et de boisson […] et je ne pus trouver mieux, dans ces circonstances giratoires et protractiles, que de lui faire porter ses bagages par le galant de la veuve…* » (VLADIMIR NABOKOV : *Lolita*).

PROVENDIER [sm] : Coffre ou meuble à provisions. « *À chaque cheval, je donnais sa botte de fourrage et quatre litres d'avoine que je puisais dans un coffre qui s'appelait le provendier* » (EPHRAÏME GRENADOU ET ALAIN PRÉVOST : *Grenadou, paysan français*).

PRUINEUX [adj] : Couvert de pruine. « *S'approchant, il lui découvrit un visage pruineux, accordé à la poussière qui flottait…* » (YVES BERGER : *Immobile dans le courant du fleuve*).

PRYTANÉE [sm] : Lycée militaire. « *… un chef S.A. […] s'était attaché dès 1933 à la création d'écoles paramilitaires, conçues sur le modèle du prytanée impérial de Plön…* » (MICHEL TOURNIER : *Le Roi des aulnes*).

PSALLETTE [sf] : Chorale d'enfants ; école d'enfants de chœur. « *… il les avait choisis, d'ailleurs, ces petits desservants de sa psallette, bels comme des anges* » (JORIS-KARL HUYSMANS : *Là-bas*).

PSALTÉRION [sm] : Instrument aux cordes nombreuses frottées par un archet et rendant par harmoniques un son céleste. « *Chez nous, rien ne se faisait sans danse ni musique, c'était un déchaînement de crotales, de sistres, de cymbales, de sambuques et de psaltérions* » (MICHEL TOURNIER : *Gaspard, Melchior et Balthazar*).

PSCHENT [sm] : Coiffure des pharaons. « *Une figure de couleur rougeâtre, à tête d'épervier et coiffée du pschent, soutenait* *un disque renfermant le globe ailé...* » (THÉOPHILE GAUTIER : *Le Roman de la momie*).

PSEUDONYMIQUE [adj] : De la nature d'un pseudonyme, d'un faux nom ou d'un nom d'emprunt. « *À travers tous ces jeux pseudonymiques filtrait une certaine tournure d'esprit [...]. Des noms tels que G. Trapp, Geneva, N.Y. témoignaient de la perfidie de Lolita* » (VLADIMIR NABOKOV : *Lolita*).

PSITTACIDÉ [sm] : Du genre des perroquets et perruches. « *Rien de son Brésilien, un fou de psittacidés qui [...] s'efforçait de protéger les dernières amazones à joues bleues, et les derniers aras glauques* » (YVES BERGER : *Immobile dans le courant du fleuve*).

PSYCHAGOGIQUE [adj] : Qui mène les esprits, qui séduit la pensée. « *Je savais la puissance psychagogique de la musique et du bruit, celle-là même à laquelle sont soumis nos fiévreux du samedi soir dans les discothèques* » (UMBERTO ECO : *Le Pendule de Foucault*).

PSYCHOPOMPE [sm] : Conducteur des esprits ou des âmes. « *... à présent tout le monde sait que l'unique Église Luciférienne reconnue est celle dont je suis modestement Tauroboliaste et Psychopompe et [mon Église] ne fait pas du satanisme vulgaire...* » (UMBERTO ECO : *Le Pendule de Foucault*).

PSYCHOSTASIE [sf] : Pesée des âmes. « *Il ne vit rien que les personnages ordinaires de la psychostasie, le juge Osiris [...] et les déesses de la Justice et de la Vérité...* » (THÉOPHILE GAUTIER : *Le Roman de la momie*).

PSYLLE [sm] : Charmeur de serpent. « *... le premier jongleur, le psylle qui joue son air de flûte sur les places, suffit à te contenter* » (THÉOPHILE GAUTIER : *Le Roman de la momie*).

PTÉROÏS [sm] : Poisson dont les longues nageoires évoquent des plumes. « *Suivait un bataillon [...] sous la conduite du ptéroïs qui voletait de ses nageoires raides...* » (ERNST JÜNGER : *Visite à Godenholm*).

PTÉROPODE [sm] : Mollusque dont le pied forme nageoire. « *... elle ressemblait à quelque fantastique animal, une sorte de ptéropode monstrueux, qui eût été endormi...* » (JULES VERNE : *L'Île mystérieuse*).

PUBESCENT [adj] : Qui commence à être pubère, qui commence à se couvrir de pilosité. « *[Dans] des orphelinats, maisons de redressement et autres institutions [...] je pouvais contempler de pâles et pubescentes gamines aux cils entremêlés* » (VLADIMIR NABOKOV : *Lolita*).

PUCE [adj] : Marron tirant sur le brun rouge. « *Je voyais presque la misérable bâtisse se recroqueviller d'horreur devant le bain d'ocre et d'écru, et de bis et de puce et de roux, que Charlotte lui préparait* » (VLADIMIR NABOKOV : *Lolita*).

PUDDLAGE [sm] : Opération d'affinage de l'acier. « *... des trains de wagons vides recevaient et emportaient cette fonte transformée en acier. L'opération du puddlage a pour but d'effectuer cette métamorphose* » (JULES VERNE : *Les 500 millions de la Bégum*).

PUDDLER [verbe] : Affiner la fonte en acier. « *C'étaient les cheminées d'autant de fours à puddler, maçonnés à leur base* » (JULES VERNE : *Les 500 millions de la Bégum*).

PUDDLEUR [sm] : Ouvrier au puddlage, affinement de la fonte en acier. « *Embauché comme puddleur ?... demanda-t-il. Vous paraissez bien jeune ?* » (JULES VERNE : *Les 500 millions de la Bégum*).

PUDENDA [sfpl] : Parties sexuelles. « *Ils allaient en procession deux par deux, par les rues de la ville, les pudenda seules recouvertes, passant outre à tout sentiment de vergogne* » (UMBERTO ECO : *Le Nom de la rose*).

PUDICITÉ [sf] : Caractère de celui qui est pudique. « *... mais il n'y a plus dans leur toilette cette fine fleur d'antique pudicité qui les faisait ressembler à des vierges d'Holbein* » (GEORGE SAND : *La Mare au diable*).

PUERPÉRAL [adj] : Qui suit l'accouchement. « *... une jeune fille [...] folle depuis cinq ans, à la suite de la perte d'un petit garçon et d'une fièvre puerpérale* » (ÉMILE ZOLA : *Paris*).

PUGILISTE [sm] : Combattant au corps à corps, aux poings, dans une sorte de boxe antique. « *Je me précipitai dans l'escalier avec le projet héroïque d'attaquer mon homme à mains nues ; je suis pourtant loin d'être un pugiliste...* » (VLADIMIR NABOKOV : *Lolita*).

PUISETTE [sf] : Louche au manche creux pour verser l'eau. « *Charlotte tendait ses mains vers le filet que sa mère laissait couler lentement sur ses épaules et sur son dos d'une puisette de cuivre* » (ANDREÏ MAKINE : *Le Testament français*).

PUISSANCES [sfpl] : Sorte d'anges. « *... la sardoine évoque les séraphins, la topaze les chérubins, le jaspe les trônes, la chrysolithe les dominations, le saphir les vertus, l'onyx les puissances, le béryl les principats, le rubis les archanges et l'émeraude les anges* » (UMBERTO ECO : *Le Nom de la rose*).

PULVEN [sm] : Menhir. « *... combien de pulvens furent érigés sur ces landes comme autant de phallus gorgés d'énergie magique* » (CHARLES LE QUINTREC : *Des enfants de lumière*).

PULVÉRULENT [adj] : Qui se réduit en poudre. « *... des masses de rochers calcaires, rugueuses, lépreuses, effritées, fendillées, pulvérulentes, en pleine décomposition sous l'implacable soleil* » (THÉOPHILE GAUTIER : *Le Roman de la momie*).

PURPURIN [adj] : Proche du pourpre. « *... il s'écroula, définitivement cette fois, en une masse purpurine* » (VLADIMIR NABOKOV : *Lolita*).

PUTTO [sm] ; **PUTTI** [smpl] : Amours nus, angelots. « *... il avait entendu parler d'autres semblables, capables d'actionner des danses d'enfants morts ou de putti ailés...* » (UMBERTO ECO : *L'Île du jour d'avant*).

PYRAMIDION ou **PYRAMIDON** [sm] : Petite pyramide. « *... une paire d'obélisques dont les pyramidions dépassant la* *corniche découpaient leur pointe couleur de chair sur l'azur uni du ciel* » (THÉOPHILE GAUTIER : *Le Roman de la momie*).

PYRÈTHRE [sm] : Plante dont on tire un insecticide. « *Tiffauges avait trouvé à l'infirmerie un savon de pyrèthre avec lequel il lavait doucement le crâne d'Éphraïm...* » (MICHEL TOURNIER : *Le Roi des aulnes*).

PYROMAQUE [adj] : Qui produit des étincelles au choc. « *Roberto revient avec peine à la cuisine, y trouve une lanterne claire et le silex pyromaque* » (UMBERTO ECO : *L'Île du jour d'avant*).

PYRRHONIEN [sm] : Qui doute ou affecte de douter de tout. « ... *Montriveau ne savait pas [...] imiter le rude logicien marchant devant les Pyrrhoniens, qui niaient le mouvement* » (HONORÉ DE BALZAC : *La Duchesse de Langeais*).

PYTHONISSE [sf] : Prêtresse ; femme devin. « ... *et si l'on descend plus bas encore, dans les officines des pythonisses, des voyantes et des sorciers, que trouve-t-on, sinon des agences de prostitution et de chantage ?* » (JORIS-KARL HUYSMANS : *Là-bas*).

Q

QUADRATIQUE [adj] : Qui se rapporte au carré, qui est de forme carrée. « *Puis la maîtresse de maison – sandales, pantalon grenat, corsage de soie jaune, visage quadratique, dans cet ordre – descendit les marches…* » (VLADIMIR NABOKOV : *Lolita*).

QUADRILLETTE [sf] : Petite voiture automobile. « *Elle s'était présentée au volant d'une quadrillette Peugeot délabrée, visiblement flattée de l'étonnement que suscitait [...] une femme automobiliste* » (MICHEL TOURNIER : *Le Roi des aulnes*).

QUARTAUT [sm] : Petit tonneau. « *Doucement ! Bon Dieu, du rhum à sept guinées le quartaut ne doit pas se manipuler comme des gueuses de fonte !* » (C.S. FORESTER : *Un vaisseau de ligne*).

QUATERNE [sm] : Combinaison de quatre numéros, principalement dans les jeux de hasard. « *Puis vient [...] un Engrenage Conique – on remarquera l'opposition avec le quaterne de Cylindres dans le moteur – où il y a une Couronne (Kéter Mineure) qui transmet le mouvement aux roues terrestres* » (UMBERTO ECO : *Le Pendule de Foucault*).

QUÊTE [sf] : Inclinaison des mâts ou de l'étambot. « *Hornblower [...] décida de la quête qu'il donnerait aux mâts et de l'orientation des voiles* » (C.S. FORESTER : *Un vaisseau de ligne*).

QUIDDITÉ [sf] : Ensemble des conditions qui déterminent un être particulier. « *… il était en train de mordre des rongeurs, déjà il en absorbait la quiddité…* » (UMBERTO ECO : *L'Île du jour d'avant*).

QUILLER [verbe] : Taper avec des boules, taper pour renverser. « *Les enfants le trouveront et ils le quilleront avec des pierres* » (JORIS-KARL HUYSMANS : *En rade*).

QUINQUENNAIRE ou **QUINQUÉNAIRE** [adj] : Par cinq, en base cinq. « *… une série ternaire peut se reformer à l'aide d'un seul groupe, et une série quinquennaire à l'aide de trois groupes* » (ROSNY AÎNÉ : *La Mort de la Terre*).

QUINTESSENCIEL [adj] : De la qualité d'une quintessence. « *Section de la verrerie. J'étais revenu sur mes pas. Des flacons verts, un hôte sadique m'offrait des poisons quintessenciels* » (UMBERTO ECO : *Le Pendule de Foucault*).

QUODLIBÉTIQUE [adj] : Choisi librement en parlant de sujets d'étude ou de questions. « *… la suffisance quodlibétique qui veut passer au crible du* sic et non *chaque mystère et chaque grandeur* » (UMBERTO ECO : *Le Nom de la rose*).

R

RABANE [sf] : Tissage de raphia. « *... sur les tables de chevet gigognes, il posa des lampes en albâtre avec des abat-jour en rabane teinte* » (YVES BERGER : *Immobile dans le courant du fleuve*).

RABANTER [verbe] : Serrer avec un raban, ferler une voile sur sa vergue. « *Une voile ferlée et rabantée prenait beaucoup moins de place et se remarquait moins facilement qu'une voile simplement carguée...* » (C.S. FORESTER : *Seul maître à bord*).

RÂBLURE [sf] : Rainurage de la quille ou d'autres pièces de charpente marine où se loge l'extrémité des bordages. « *Mélanius avait entrepris de recalfater une fuite à la râblure de quille...* » (JACQUES FLEURENT : *Armorica*).

RABOUILLÈRE [sf] : Terrier de lapin de garenne. « *... il organisa dès lors de fructueux piégeages au lacet dans les garennes et les rabouillères du Sostroszner Bruch* » (MICHEL TOURNIER : *le Roi des aulnes*).

RACHIS [sm] : Tuyau central de la plume. « *... là, regardez, le plastron ovale et la lavallière cerclée de rouge [...] les ocelles dans le rachis des barbes et des barbules...* » (YVES BERGER : *Immobile dans le courant du fleuve*).

RADOUBER [verbe] : Réparer un bateau. « *Brunehaut se renforça donc cet hiver-là. Elle radouba ses vaisseaux de vertu. Elle mouilla balises et bouées...* » (ÉLISABETH HENNEBERT : *Amer*).

RAFLE [sf] : Grappe ou cône qui tient les grains d'une grappe, les graines d'un épi. « *Des laies [...] débouchèrent d'un champ plein des rafles du maïs, traversèrent devant l'équipage...* » (YVES BERGER : *Immobile dans le courant du fleuve*).

RAGUER [verbe] : User ou s'user par le frottement. « *... les allèges rappelaient et raguaient lourdement le long du bord...* » (C.S. FORESTER : *Seul maître à bord*).

RAISONNER [verbe] : Héler un navire pour savoir son nom. « *Si le* Falcon *ne se déplaçait pas encore pour venir la raisonner, il le ferait certainement lorsqu'elle se présenterait à l'entrée de la passe* » (JULES VERNE : *Face au drapeau*).

RAMAS [sm] : Tas de choses sans valeur ; ramassis. « *Qu'on les agace, je peux le comprendre. Mais on n'est pas le ramas qu'ils croient...* » (FRANZ-OLIVIER GIESBERT : *Le Sieur Dieu*).

RAME [sf] : Branche pour soutenir les plantes grimpantes. « *Il bricolait, réparait les barrières, taillait les pieux pour les clôtures, fendait le bois pour la cheminée ou encore il arrangeait des rames pour les petits pois...* » (GEORGES SIMENON : *La Veuve Couderc*).

RAMEUX [adj] : Qui a beaucoup de rameaux. « *... une avalanche, une exubérance de feuilles rameuses, cordiformes, lancéolées, tubulaires, sagittées...* » (YVES BERGER : *Immobile dans le courant du fleuve*).

RANDOMISER [verbe] : Introduire de l'aléatoire dans une logique ou un calcul. « *... ta machine [...] si je lui mettais dedans toute la Torah et puis lui disais [...] de randomiser, elle ferait de la véritable Temura et elle recombinerait les versets du Livre ?* » (UMBERTO ECO : *Le Pendule de Foucault*).

RAPHÉ [sm] : Ligne naturelle de suture anatomique ; particulièrement, ligne brune sillonnant le périnée. « *... le raphé, cette petite saillie de peau, ambrée et chagrinée, qui court sur la crête du périnée et le mitan des bourses [...] suggère [...] que le garçon est formé de deux valves tardivement soudées...* » (MICHEL TOURNIER : *Le Roi des aulnes*).

RAPPELER [verbe] : Être suspendu. « *... les allèges rappelaient et raguaient lourdement le long du bord...* » (C.S. FORESTER : *Seul maître à bord*).

RAPTER [verbe] : Commettre un rapt, ravir. « *Le vent du large les rapta et leur interdit de faire état tant de leurs gloires respectives que de leurs petites misères* » (YVES NAVARRE : *Dernier Dimanche avant la fin du siècle*).

RASE-PET [sm] : Manteau très court. « *Quand tout fut liquidé [dans la friperie] jusqu'au dernier rase-pet, Mamitate [...] jugea qu'il était à propos d'ouvrir un compte en banque...* » (RICHARD JORIF : *Le Navire Argo*).

RASSIS [adj] : Réfléchi, calme, sans émotion. « *Cette manière de voyager ne pouvait plaire à Van Mitten, brave homme d'un tempérament rassis, jamais pressé en rien* » (JULES VERNE : *Kéraban-le-têtu*).

RATAFIA [sm] : Liqueur. « *... l'enseigne : Au Ratafia de Neuilly. Ce ratafia, précisait-elle, le patron le servait dans des coquilles d'argent...* » (ANDREÏ MAKINE : *Le Testament français*).

RATINE [sf] : Étoffe de laine croisée dont le poil est tiré en dehors et frisé. « *Sa lourde vareuse en ratine était comme givrée par l'humidité* » (C.S. FORESTER : *Trésor de guerre*).

RATIOCINATION [sf] : Pensée et raisonnement confus et emmêlés. « *... j'avais ramené cette image à la seule origine concrète qu'une mémoire torpide et des ratiocinations morbides pouvaient lui attribuer* » (VLADIMIR NABOKOV : *Lolita*).

RATIOCINER [verbe] : Raisonner et argumenter interminablement, de mauvaise foi. « *Il commença de nouveau à se ratiociner des épisodes, à se remâcher des conjectures, à s'alléguer des causes...* » (JORIS-KARL HUYSMANS : *Là-bas*).

RAUCITÉ [sf] : Caractéristique de ce qui est rauque. « *Il est vrai que les voix est-prussiennes ont une raucité, un tranchant que n'avaient pas les françaises...* » (MICHEL TOURNIER : *Le Roi des aulnes*).

RAVENELLE [sf] : Radis sauvage. « *On traverse [...] un champ de betteraves, en écrasant sous ses pas les ravenelles qui* *craquent et dégagent leur forte odeur poivrée* » (JEAN FAILLER : *La Mort au bord de l'étang*).

RAVINIÈRE [sf] : Endroit creusé de ravins. « *[Des] agneaux s'étaient avancés jusqu'aux précipices, puis égarés dans des ravinières...* » (CHARLES LE QUINTREC : *Des enfants de lumière*).

RAYÈRE [sf] : Ouverture longue et étroite dans une tour. « *... ces rayères fournissent aussi une juste dose d'humidité, afin que les parchemins ne sèchent pas* » (UMBERTO ECO : *Le Nom de la rose*).

RÉA [sm] : Roue à gorge d'une poulie. « *Les réas crièrent dans les poulies* » (C.S. FORESTER : *Trésor de guerre*).

RECENSION [sf] : Rapprochement d'une édition et de son manuscrit. « *Des recensions, vous avez vu, à la pelle, et applaudissement de la critique, ça va sans dire. Mais fort peu d'exemplaires vendus...* » (UMBERTO ECO : *Le Pendule de Foucault*).

RECÉPER [verbe] : Couper un arbre près de la terre. « *... être implacable, [...] retrancher les branches pourries, [...] recéper l'arbre aristocratique* » (HONORÉ DE BALZAC : *La Duchesse de Langeais*).

RÉCHAMPIR [verbe] : Faire ressortir du fond ; marquer les contours d'un ornement par contraste. « *... sur un fauteuil en bois doré réchampi de rouge, [...] était assise une jeune femme...* » (THÉOPHILE GAUTIER : *Le Roman de la momie*).

RECITATOR [sm] : Récitant, lecteur de saintes écritures dans un monastère. « *La fonction de recitator était hautement prisée parmi les élèves, et elle récompensait les premiers prix d'excellence...* » (MICHEL TOURNIER : *Le Roi des aulnes*).

RECLAMPER [verbe] : Jumeler des esparts. « *Nous avons deux boute-hors de vergue, avec lesquels nous pouvons reclamper la grand-vergue* » (C.S. FORESTER : *Seul maître à bord*).

RECOGNITION [sf] : Fait de reconnaître quelqu'un, quelque chose. « *L'une d'elles se précipita sur moi en poussant un cri strident de recognition* » (VLADIMIR NABOKOV : *Lolita*).

RECOLLIGER (SE) [verbe] : Se recueillir. « *Il se recolligea pourtant, se mit debout et [...] il s'en fut dans son cabinet où il se vêtit* » (JORIS-KARL HUYSMANS : *Là-bas*).

RECOQUILLER [verbe] : Recroqueviller. « *Les bambins [...] recoquillés, tels que des fœtus, dans des niches en forme d'œuf* » (RICHARD JORIF : *Le Navire Argo*).

RÉCRI [sm] : Aboi d'un chien de chasse mis en défaut. « *Il y eut encore des boqueteaux et des genêtières que les chiens battirent à grand récri, des landes violettes...* » (MICHEL TOURNIER : *Le Roi des aulnes*).

RECRÛ [sm] : Poussée de rejets sur des coupes. « *Oregon avait cru distinguer [...] des peuplements de recrû, preuve que l'homme avait porté contre la nature sa main défricheuse et prédatrice* » (YVES BERGER : *Immobile dans le courant du fleuve*).

RECTRICE [sf] : Plume caudale des oiseaux, plume directrice. « *... il saisit l'oiseau qui étala aussitôt sur son poignet les douze rectrices de sa queue en éventail, signe de soumission...* » (MICHEL TOURNIER : *Le Roi des aulnes*).

RÉDIMER [verbe] : Racheter un droit ou une faute. « *... vous rugissiez d'horribles blasphèmes, vous vous révoltiez contre le ciel et moi [...] je vous rédimais à coup de requiem...* » (MARCEL AYMÉ : *Le Moulin de la Sourdine*).

RÉDIMEUR [adj] : Rédempteur, qui rachète. « *Il renonce [...] j'interviens pour lui offrir – non l'absurde solution des adultes, ces 50 centimes rédimeurs de l'appareil photo – mais la solution romanesque...* » (MICHEL TOURNIER : *Le Roi des aulnes*).

RÉFÉRENDAIRE [sm] : Vérificateur des comptes. « *... un certain professeur Bramanti, Référendaire de l'Ordre en Europe, Chevalier secret...* » (UMBERTO ECO : *Le Pendule de Foucault*).

RÉFRACTION [sf] : Changement de direction de la lumière traversant des corps différents. « *... il était probable qu'on pourrait les déchiffrer [ses dernières lignes], agrandies qu'elles devaient être par la réfraction de la lentille* » (JULES VERNE : *Les 500 millions de la Bégum*).

RÉFRINGENT [adj] : Réfractant. « *... semblable à un milieu réfringent qui déforme la réalité des choses...* » (JORIS-KARL HUYSMANS : *En rade*).

REG [sm] : Désert rocheux. « *... les heures de marche succédant aux heures de marche, les terres rouges craquelées aux regs hérissés d'épineux [...] il semblait que nous cheminions dans l'éternité* » (MICHEL TOURNIER : *Gaspard, Melchior et Balthazar*).

RÉGALER [verbe] : Aplanir, égaliser. « *L'aire à battre le bon et le moins bon froment doit être régalée* » (CHARLES LE QUINTREC : *Des enfants de lumière*).

REGRATTIER [sm] : Vendeur minable, éplucheur de comptes, ramasseur de déchets. « *J'aurais pu faire du Flaubert aussi bien sinon mieux que tous les regrattiers qui le débitent ; mais à quoi bon ?* » (JORIS-KARL HUYSMANS : *Là-bas*).

REGREDILLÉ [adj] : Racorni. « *Seules les mains turgides, [...] les calus et les croûtes des paumes, le cuir regredillé, indiquaient qu'ils travaillaient réellement la terre* » (JORIS-KARL HUYSMANS : *En rade*).

RÉIFIER [verbe] : Transformer en une chose. « *L'odeur croupie du tabac, et, en hiver, le rougeoiement de la salamandre, les claquements du mica, c'était Karl en personne, réifié...* » (JEAN-PAUL SARTRE : *Les Mots*).

RÉITÉRATIF [adj] : Répétitif. « *Chacun d'entre nous a ses signes fatidiques – pour l'un c'est un chiffre, pour l'autre un paysage réitératif –...* » (VLADIMIR NABOKOV : *Lolita*).

RELAPS [adj] : Retombé en hérésie. « *... si tu donnais encore matière à suspicion, tu serais considéré comme relaps et* *donc livré au bras séculier pour être exécuté* » (FRANZ-OLIVIER GIESBERT : *Le Sieur Dieu*).

RÉMANENCE [sf] : Permanence d'une sensation après que les sens ne sont plus excités. « *L'affolante image [...] il met longtemps à s'en libérer, si obstinée sa rémanence qu'il puise en elle l'assurance d'une éternité partagée* » (YVES BERGER : *Immobile dans le courant du fleuve*).

REMPIÉTER [verbe] : Réparer le pied d'un bas, d'une chaussette ; replacer le talon d'une chaussette. « ... *elle s'arrêterait de temps en temps pour rempiéter sa soque qui glisse...* » (JEAN GIONO : *Le Serpent d'étoiles*).

RENARD [sm] : Sorte de rose des vents où l'on marque les directions (aire de vent) où l'on a gouverné durant son quart. « *Hornblower s'arrêta et lut sur l'ardoise et sur le renard la marche de l'après-midi* » (C.S. FORESTER : *Retour à bon port*).

RENAUDER [verbe] : Protester, râler, rouspéter. « *Attends, fous pas les cendres par terre, elle va encore renauder demain* » (ALBERTINE SARRAZIN : *L'Astragale*).

RENCONTRER [verbe] : Abattre la barre complètement dans l'autre sens. « *Rencontrez ! ordonna Poole qui avait fini sa manœuvre* » (C.S. FORESTER : *Seul maître à bord*).

RENOUÉE [sf] : Sorte de sarrasin sauvage. « *Ce repas se composait d'une bouillie où entrait essentiellement une variété de renouée, appelée vulgairement poivre d'eau, mêlée en proportions diverses à des ombellifères, des patiences...* » (MICHEL TOURNIER : *Le Roi des aulnes*).

RENVERSE [sf] : Renversement de la marée (de baissante à montante ou le contraire). « ... *on avançait et [...] nous pouvions [...] caresser l'espoir de nous retrouver à quai avant la renverse* » (JACQUES FLEURENT : *Celteries*).

REPAIRE [sm] : Crotte des lièvres. « ... *les laissées des sangliers – en forme de quilles l'hiver, de bousards inconsistants l'été –, les repaires des lièvres – secs et pointus, épars et noirâtres* *pour le bouquin, grosses sphères luisantes pour la base...* » (MICHEL TOURNIER : *Le Roi des aulnes*).

REPENTIR [sm] : Longue boucle, enroulement de cheveux ; anglaise. « *[Ils] échouèrent prudemment l'embarcation, l'amarrèrent avec un soin méticuleux et plusieurs repentirs à deux ancres de bois lestées de galets pesants...* » (JACQUES FLEURENT : *Armorica*).

RÉPLÉTION [sf] : État de ce qui est plein ; de ce qui est replet. « *Il me souvient, la toute première fois que je la vis jouer, d'avoir été submergé par un spasme presque douloureux de réplétion esthétique* » (VLADIMIR NABOKOV : *Lolita*).

REPOSÉE [sf] : Lieu de repos des gibiers. « *Il affectionnait trop la grosse bête [...] qui le reposait par ses mœurs désordonnées et imprévisibles des habitudes pédantes et minutieuses des cerfs et des chevreuils, attachés à leurs coulées, gagnages et reposées* » (MICHEL TOURNIER : *Le Roi des aulnes*).

RÉSILIENCE [sf] : Résistance au choc ; rapport de l'énergie à la déformation. « *La balle, pénétrant l'orbite nimbée de son pouvoir, devenait étrangement plus blanche, sa résilience plus riche...* » (VLADIMIR NABOKOV : *Lolita*).

RÉSIPISCENCE [sf] : Regret d'une faute avec amendement ; fait de se raviser. « *Au contraire, Abou est indulgent, il te permet la résipiscence, je pourrais encore ravoir mon texte disparu...* » (UMBERTO ECO : *Le Pendule de Foucault*).

RÉSISTIBLE [adj] : À laquelle on peut résister. « *... n'ayant d'autre obligation pour mettre le nez en ville que la résistible emplette de Sport et Pêche...* » (PHILIPPE DJIAN : *Crocodile*).

RÉSOMPTION [sf] : Action de résumer. « *... que toute résomption obtenue par la voix satanique soit foulée aux pieds...* » (JORIS-KARL HUYSMANS : *Là-bas*).

RESPIR [sm] : Respiration ; soupir en inspiration. « *J'avais appris à le reconnaître dans les silences, dans les plus fins respirs.*

Souvent, la nuit, il me regardait, retenant son souffle » (YVES NAVARRE : *Dernier Dimanche avant la fin du siècle*).

RESSUI [sm] : Lieu où le gibier se fait sécher. « *Rien plus ne lui arrachait exclamations [...] que les grandes bêtes enhardies quand il les découvrait, sous le soleil où elles se séchaient, en ressui* » (YVES BERGER : *Immobile dans le courant du fleuve*).

RESSUSCITATION [sf] : Fait de ressusciter. « *... une sensation vertigineuse, écrasante, de délivrance et de ressuscitation* » (EDGAR ALLAN POE : *Les Aventures d'Arthur Gordon Pym*).

RESSUYER [verbe] : Sécher. « *... je surprenais [...] un beau papillon diapré qui se ressuyait à grands frémissements de la rosée nocturne* » (MICHEL TOURNIER : *Gaspard, Melchior et Balthazar*).

RÉTICULE [sm] : Petit sac à main. « *Cécile Poingt a sorti un petit mouchoir de son réticule et elle renifle, agitée de petits sanglots* » (JEAN FAILLER : *La Mort au bord de l'étang*).

RÉTICULÉ [adj] : En réseau, en treillis. « *Et pourquoi dans les proverbes revient une image fort semblable de pommes d'or réticulées d'argent...* » (UMBERTO ECO : *L'Île du jour d'avant*).

RÉTRIGNOLÉ [adj] : Ratatiné. « *Au premier abord, il semblait rétrignolé, chétif...* » (JORIS-KARL HUYSMANS : *En rade*).

RÉTROVERSÉ [adj] : Qui est en état de rétroversion, qui est retourné. « *Il donne à entendre que l'art n'est nullement la limite sécante, l'inclusion rétroversée d'un phénomène d'aperception dans un tout contingent...* » (MARCEL AYMÉ : *Le Vin de Paris*).

REVIVAL [sm] : Assemblée religieuse pour raviver la foi. « *... des femmes paraissent qui soutiennent qu'elles sont le Messie et qui recrutent des adhérents parmi les illuminés des revivals* » (JORIS-KARL HUYSMANS : *Là-bas*).

RHAGADE [sf] : Plaie fine de forme linéaire sur une commissure, gerçure. « *C'était une sibylle au grand nez dan-*

tesque sur une bouche aussi fine qu'une rhagade, s'ouvrant comme une fleur sous-marine, sans plus de dents... » (UMBERTO ECO : *Le Pendule de Foucault*).

RHIZOPHAGE [sm et adj] : Qui mange des racines. « *Dans les cadavres des gens gras, l'on trouve une sorte de larves, les rhizophages ; dans les cadavres des gens secs, l'on ne découvre que des phoras* » (JORIS-KARL HUYSMANS : *Là-bas*).

RHODOLOGIE [sf] : Science des roses. « *L'oncle Tom [...] conduisait aux étages le grave gentleman franco-irlandais et sa petite fille, ainsi que deux duègnes fanées, expertes en rhodologie* » (VLADIMIR NABOKOV : *Lolita*).

RHOMBOÏDAL [adj] : En forme de rhombe, de losange. « *... une structure verticale à base rhomboïdale [...] renfermait, telle une cire anatomique exhibant ses côtes artificielles, une série de bobines...* » (UMBERTO ECO : *Le Pendule de Foucault*).

RHUMB [sm] : 1/32 de la rose des vents. « *À coup sûr, si le vaisseau s'était ancré le long d'une autre aire du rhumb des vents, le spectacle eût été différent...* » (UMBERTO ECO : *L'Île du jour d'avant*).

RIA [sf] : Vallée fluviale envahie par la mer en Bretagne. « *... la source vue en songe [...] ne se trouvait pas au bord de la ria, mais sur la rive d'un îlot ensoleillé...* » (JACQUES FLEURENT : *Armorica*).

RIBOTE [sf] : Mangerie, beuverie et éventuellement coucherie. « *[Le Templier] tire occasion d'illicite déduit... Puis, pendant la ribote, le petit Maure s'enfuit avec le cheval...* » (UMBERTO ECO : *Le Pendule de Foucault*).

RIBOUIS [sm] : Vieux soulier, godasse. « *La phobie du froid n'excusait pas sa manie d'accumuler les morceaux de tissu pour le cas où les ribouis viendraient à manquer* » (PIERRE DRACHLINE : *Fin de conversation*).

RIBOULER [verbe] : Rouler les yeux. « *... les deux Grecs riboulant des yeux effarés* » (JACQUES FLEURENT : *Celteries*).

RIDELLE [sf] : Planche ou treillage relevant les côtés d'une charrette, d'une brouette, d'un camion. « ... *les deux garçons escaladèrent une roue, enjambèrent la ridelle d'osier avec des agilités d'écureuil et se réfugièrent contre leur mère rayonnante* » (JACQUES FLEURENT : *Armorica*).

RIDOIR [sm] : Tout appareil servant à rider, à tendre un cordage ; plus précisément les caps de mouton, les vis à rider, etc. « *[Les] haubans [...] seraient maintenus raidis pendant l'érection [du mât], au moyen de ridoirs et des caps de mouton* » (C.S. FORESTER : *Retour à bon port*).

RIDULER [verbe] : Rider finement. « *Et il frissonnait songeant à cette moue qui ridulait si joliment le coin des lèvres* » (JORIS-KARL HUYSMANS : *En ménage*).

RIGAUDON [sm] : Danse simple et joyeuse, danse de fête. « *Il végétait, superfétatif et désuet, dans une société que les rigaudons des concerts amusent* » (JORIS-KARL HUYSMANS : *Là-bas*).

RINCEAU [sm] : Ornement en forme de feuillage. « ... *des figures symboliques, des monstres, des rinceaux contournés, [...] nés sous le ciseau des ornemanistes indigènes* » (JULES VERNE : *Les Enfants du capitaine Grant*).

RINGARD [sm] : Tige pour remuer les tisons sur la grille d'un poêle. « *S'échappant alors de l'appartement, il dévala les étages au galop, ayant toujours son ringard solidement en main* » (MARCEL AYMÉ : *Le Vin de Paris*).

RIOCHER [verbe] : Rire avec dédain, dénigrement. « *Elles décidèrent en riochant comme des fillettes, d'abuser Frédéric...* » (RICHARD JORIF : *Le Navire Argo*).

RIVULAIRE [adj] : Qui croît dans ou au bord des ruisseaux. « *Elle s'en retourne à sa tâche en crachant, en tendant le poing aux plantes rivulaires* » (CHARLES LE QUINTREC : *Des enfants de lumière*).

RIVULETTE [sf] : Petit ruisseau. *« Çà et là couraient d'étroites rivulettes, qui indiquaient que le sous-sol renfermait tout un réseau aqueux »* (JULES VERNE : *Un capitaine de quinze ans*).

RODOMONT [adj] : Fanfaron, bravache, qui fait des rodomontades. *« ... son père, ce bouillant et rodomont de Gwenliaw, grand bretteur et buveur d'hydromel devant l'Éternel... »* (JACQUES FLEURENT : *Armorica*).

ROGUE [sf] : Appât pour sardine à base d'œufs de poissons salés. *« C'est ici que l'on déchargeait le bois, la rogue en provenance de Norvège »* (JEAN FAILLER : *Boucaille sur Douarnenez*).

RÔLE [sm] : Liste de personnes (marins, malades, soldats). *« En très peu de temps nous n'eûmes plus un seul cas sur le rôle des malades »* (EDGAR ALLAN POE : *Les Aventures d'Arthur Gordon Pym*).

RONDACHE [sf] : Grand bouclier rond des fantassins du XVIe siècle. *« ... Que tu es belle ! [...] ton cou est comme la tour de David où sont suspendues mille rondaches »* (UMBERTO ECO : *Le Nom de la rose*).

ROSELIER [adj] : Où poussent les roseaux. *« ... des perspectives terraquées faites de basses terres boisées, de pointes rocheuses, d'anses roselières, de vasards goémoneux, de criques confidentielles... »* (JACQUES FLEURENT : *Armorica*).

ROSELIÈRE [sf] : Plantation de roseaux. *« ... ils pénétrèrent dans un vallon où bruissaient les flèches d'une roselière palustre sous un doux zéphir... »* (UMBERTO ECO : *L'Île du jour d'avant*).

ROSTRE [sm] : Bec, éperon de navire, organe coriace et saillant à l'avant de la tête. *« Il leur arrivait d'aboutir à des amoncellements de pierres [...] de rostres, de saillies, de tranchants... »* (YVES BERGER : *Immobile dans le courant du fleuve*).

RÔTIE [sf] : Rondelle de pain grillé. *« Devant lui, un plateau recouvert d'une nappe blanche, contenait une côtelette cuite* *à point, une tasse de thé fumant et quelques-unes de ces rôties au beurre que les cuisinières anglaises font à merveille...* » (JULES VERNE : *Les 500 millions de la Bégum*).

ROTOND [adj] : Rond. « *Il était rotond et petit, bedonnait de l'estomac, ceinturait à peine son ventre de ses deux bras* » (JORIS-KARL HUYSMANS : *Là-bas*).

ROUAN [adj] : Mêlé de bai, de gris et de blanc. « *Je vous donnerai un cheval, cria à son tour Edrington. Prenez celui-là ! Le rouan !* » (C.S. FORESTER : *Aspirant de marine*).

ROUENNERIE [sf] : Toile de coton. « *Ancien commerçant en rouennerie...* » (JORIS-KARL HUYSMANS : *En ménage*).

ROUF [sm] : Cabane à l'arrière d'un petit bateau. « *... les embarcations à vapeur de la douane furent chargées [...] de ne laisser inexplorée aucune partie de ses cabines, de ses roufs, de ses postes, de sa cale* » (JULES VERNE : *Face au drapeau*).

ROUIR [verbe] : Tremper des plantes textiles pour les pourrir et en retirer les seules fibres. « *Les femmes et les enfants [...] s'échin[aient] aussi dans les ronciers à en couper les longues tiges qu'ils feraient rouir dans les mares et les ruisseaux comme chanvre ou lin...* » (C.S. FORESTER : *Pavillon haut*).

ROUSSELÉ [adj] : Un peu roussi. « *Attends ! s'empressa le frêle moine avec une exhaltation puérile qui anima son visage ingrat et rosit ses pommettes rousselées. Laisse-moi deviner !* » (JACQUES FLEURENT : *Armorica*).

ROUSTURE [sf] : Ligature par des tours de filin. « *Si souquée que fût la rousture, il restait inévitablement un peu de jeu...* » (C.S. FORESTER : *Seul maître à bord*).

ROUSTURER [verbe] : Lier par des tours de filin. « *... la grand-vergue jumelée, rousturée entre les deux boute-hors de vergue de rechange...* » (C.S. FORESTER : *Seul maître à bord*).

ROUVRAIE [sf] : Plantation de chênes rouvres. « *Au-delà s'étendait un pré à l'abandon, et puis s'ouvrait l'obscurité d'une rouvraie* » (SYLVIE GERMAIN : *Opéra muet*).

RUBESCENT [adj] : Qui tend vers le rouge. « *Et le grand pan d'ombre rubescente dressé à l'orée de la rouvraie comme un rideau de scène retombé sur la dernière clameur d'un chant choral* » (SYLVIE GERMAIN : *Opéra muet*).

RUCHÉ [sm] : Plissure d'ornementation. « *... un lit à deux places [...] flanqué à droite comme à gauche de deux petites lampes roses coiffées d'abat-jour à ruchés* » (VLADIMIR NABOKOV : *Lolita*).

RUCKSACK [sm] : Sac de soldat. « *Les civilisations avaient toujours avancé dans les ballots des marchands ou le rucksack des guerriers...* » (JACQUES FLEURENT : *Celteries*).

RUE [sf] : Plante médicinale amère. « *– De la rue, des feuilles de jusquiame et de datura, des solanées sèches et de la myrte ; ce sont des parfums agréables à Satan, notre maître !* » (JORIS-KARL HUYSMANS : *Là-bas*).

RUNABOUT [sm] : Canot de tourisme ou de course à moteur intérieur. « *[Il] faisait tourner au bout d'un câble un hors-bord (en réalité un runabout) miniature de sa construction* » (FRÉDÉRIC ROUX : *Le Désir de guerre*).

RUOLZ [sm] : Métal doré ou argenté par électrolyse. « *... ce n'est pas du ruolz commentait souvent Édith pour lancer un de ces mots tombés en désuétude et dont elle raffolait, qui simplement voulait dire toc, du toc...* » (YVES NAVARRE : *Dernier Dimanche avant la fin du siècle*).

RUPESTRE [adj] : Qui croît dans les rochers. « *... on pouvait percevoir la lutte alternée des baumes marins et des courants rupestres glacés* » (UMBERTO ECO : *Le Nom de la rose*).

S

SABAYON [sm] : Mélange d'œuf, de sucre, de vin et d'aromate cuits en crème. « *Voici le sabayon aux poires annonça Édith* » (YVES NAVARRE : *Dernier Dimanche avant la fin du siècle*).

SABIR [sm] : Mélange de différentes langues. « *Comme il a commencé à parler en corse, il s'exprime dans un sabir où reviennent souvent des phrases qu'il a apprises de sa promeneuse...* » (GENEVIÈVE DORMAN : *Le Roman de Sophie Trébuchet*).

SABURRAL [adj] : Se dit de la langue chargée, d'une mauvaise couleur, manifestant une maladie. « *Quel jargon nous parlons ! Une langue saburrale, c'est une langue chargée* » (ROBERT MERLE : *Le jour ne se lève pas pour nous*).

SACRE [sm] : Grand faucon. « *Il fut ensuite escorté par un couple de castors, par un sacre blanc, et par un gros chien gris aux yeux bridés...* » (MICHEL TOURNIER : *Le Roi des aulnes*).

SAGITTAL [adj] : En forme de flèche. « *... le front était fuyant, l'embryon d'une crête sagittale en soulevait la peau au milieu...* » (VERCORS : *Les Animaux dénaturés*).

SAGITTÉ [adj] : En forme de pointe de flèche. « *... une avalanche, une exubérance de feuilles rameuses, cordiformes, lancéolées, tubulaires, sagittées...* » (YVES BERGER : *Immobile dans le courant du fleuve*).

SAINTIER [sm] : Fondeur de cloche. « *... il est parfois question, dans ces bouquins, des anciens fondeurs, des saintiers comme on les appelait dans le bon temps* » (JORIS-KARL HUYSMANS : *Là-bas*).

SAISINE [sf] : Cordage servant à saisir quelque pièce d'accastillage. « *... deux énormes trombes d'eau s'abattirent [...] renversant les hommes, brisant les saisines des dromes* » (JULES VERNE : *Vingt mille lieues sous les mers*).

SALÉBREUX [adj] : Râpeux, raboteux. « *... il savait qu'au sortir d'une ruelle salébreuse et pentue on déboucherait sur les lilas de l'orphelinat...* » (RICHARD JORIF : *Le Navire Argo*).

SALPYNX [sm] : Trompette cônique antique. « *Une sonnerie de salpynx, la trompette en forme de cône, leur donna l'envol* » (JEAN SÉVERIN : *Le Soleil d'Olympie*).

SAMARE [sf] : Fruit allongé en forme de pale d'hélicoptère (érable). « *Parfois de grands arbres s'avançaient [...] couvrant de leur ombre généreuse une table de pique-nique pommelée de soleil, des gobelets de carton aplatis, des glands et des samares, des papiers...* » (VLADIMIR NABOKOV : *Lolita*).

SAMBUQUE [sf] : Instrument à cordes pincées (Grèce antique). « *Chez nous, rien ne se faisait sans danse ni musique, c'était un déchaînement de crotales, de sistres, de cymbales, de sambuques et de psaltérions* » (MICHEL TOURNIER : *Gaspard, Melchior et Balthazar*).

SANDAL [sm] : Bateau égyptien antique. « *Ils avaient passé le fleuve sur un sandal (embarcation légère du pays)...* » (THÉOPHILE GAUTIER : *Le Roman de la momie*).

SANDARAQUE [sf] : Résine de thuya dont on fait des vernis mais aussi des poisons (mort-aux-rats). « *Les sarcotiques par qui le pauvre diable croit redonner vigueur à ses entrailles, si j'y mets je sais quelle sandaraque, le mangeront comme une petite souris que j'aurais glissée là...* » (JEAN-LOUIS BAILLY : *L'Ombre de Théophile*).

SANGLON [sm] : Petite sangle. « *... le pan pourpre de son vêtement [...] battant les sanglons des jambières sur ses mollets puissants* » (JACQUES FLEURENT : *Celteries*).

SANGUISBORDE [sf] : Pimprenelle. « *Je suis exsangue des succions d'une sangsue qui prétendait que de notre union naîtrait une sanguisborde...* » (PIERRE DRACHLINE : *Le Cœur à l'horizontale*).

SANIE [sf] : Pus, purulence. « *Quand je m'accroupis pour vider ma tripe, je lâche sous moi une sanie de pus et de sang où grouillent les vers !* » (MICHEL TOURNIER : *Gaspard, Melchior et Balthazar*).

SAPHIQUE [adj] : Ayant trait à l'homosexualité féminine. « *Je demandais si l'une ou l'autre de leurs mères avait jamais eu vent de ces divertissements saphiques* » (VLADIMIR NABOKOV : *Lolita*).

SAPHIRÉ [adj] : De la couleur du saphir. « *... Cérès fleurie au milieu de reflets saphirés...* » (UMBERTO ECO : *L'Île du jour d'avant*).

SAPIENCE [sf] : Savoir. « *La sapience et la ruse de la vieillesse jointes aux foucades de l'enfance* » (JACQUES FLEURENT : *Celteries*).

SAPIENTIAL [adj] : Concernant la sagesse, la morale. « *Il est curieux, savez-vous, comme parmi les adeptes d'études sapientiales se trouvent parfois des personnalités singulières* » (UMBERTO ECO : *Le Pendule de Foucault*).

SARCLER [verbe] : Arracher les mauvaises herbes. « *Vous avez tous vu des onglicides à l'œuvre – ces gens qui sarclent leurs cuticules pendant la soirée dansante du bureau* » (VLADIMIR NABOKOV : *Lolita*).

SARCOCÈLE [sm] : Tumeur testiculaire kysteuse. « *... tu auras bientôt une boule de chair comme un poing qui s'accrochera à tes vaisseaux spermatiques [...] un sarcocèle ou une horreur de ce genre...* » (FRANZ-OLIVIER GIESBERT : *Le Sieur Dieu*).

SARCOTIQUE [sm] : Qui favorise la régénération des chairs blessées. « *Les sarcotiques par qui le pauvre diable croit redonner vigueur à ses entrailles, si j'y mets je sais quelle* *sandaraque, le mangeront comme une petite souris que j'aurais glissée là...* » (JEAN-LOUIS BAILLY : *L'Ombre de Théophile*).

SARDOINE [sf] : Pierre fine brune (pour les camées). « *... je ne vis d'abord que le reflet mille et mille fois répété d'une forêt de torches flamboyantes dans les plateaux d'argent, les carafes de cristal, les assiettes d'or, les coupes de sardoine* » (MICHEL TOURNIER : *Gaspard, Melchior et Balthazar*).

SARONG [sm] : Sorte de paréo, de pagne, de jupe, portée en Malaisie. « *... les jupes libres et les jupes sarongs et des courtes à pans de mousseline...* » (YVES BERGER : *Immobile dans le courant du fleuve*).

SATRAPIQUE [adj] : Despotique et fastueux. « *Le lancement [de l'édition] devait être satrapique. Communiqué de presse de dix pages, avec biographie et essai critique* » (UMBERTO ECO : *Le Pendule de Foucault*).

SATYRIASIS [sm] : Excitation et priapisme morbides. « *... cette épouvantable maladie qu'est le satyriasis, punition de la luxure, marque des mêmes stigmates que la folie canine* » (UMBERTO ECO : *Le Pendule de Foucault*).

SATYRION [sm] : Orchidée puante à la racine en forme de scrotum. « *... [pour] rendre n'importe quel cheval [...] aussi rapide que Brunel, il faut mélanger à son avoine une herbe qui s'appelle satyrion hachée menue...* » (UMBERTO ECO : *Le Nom de la rose*).

SAULAIE [sf] : Lieu planté de saules. « *... son corps [...] s'imprégnait du vent ensoleillé, des senteurs amères de la steppe, de la fraîcheur des saulaies* » (ANDREÏ MAKINE : *Le Testament français*).

SAUVAGINE [sf] : L'ensemble des oiseaux de mer. « *Des sauvagines survolent nos solitudes. Nous narguent et s'éloignent* » (PIERRE DRACHLINE : *Fin de conversation*).

SAXATILE ou **SAXICOLE** [adj] : Qui croît dans les sols pierreux ou sur les rochers. « *Nous vîmes aussi [...] des établissements de pisciculture. Des habitations saxicoles. Une enfant momifiée...* » (VLADIMIR NABOKOV : *Lolita*).

SAYON [sm] : Vêtement, casaque de guerre des Gaulois. « *Dûment chaussé, le jeune homme, [...] se rapprocha de ses compagnons dont l'un lui tendait sayon et besace...* » (JACQUES FLEURENT : *Celteries*).

SCALÈNE [adj] : Se dit d'un triangle aux trois côtés inégaux. « *Son esprit jonglait avec le triangle scalène dont les côtés imaginaires reliaient l'*Atropos *aux deux bâtiments amiraux* » (C.S. FORESTER : *Trésor de guerre*).

SCAPULAIRE [sm] : Qui appartient à l'épaule : vêtement religieux. « *Ils ne portaient ni la pèlerine, ni le pétase, ni les scapulaires. Pas de bourdon entouré d'un foulard. Bizarre...* » (GILBERT SINOUÉ : *Le Livre de saphir*).

SCATOPHILE [sm] : Qui se complaît dans la merde et dans les choses ordurières. « *Sauvez mon enfant ou tirez la chasse d'eau, pouvait-on lire sur le rouleau de papier cul, probablement de la main de la mauvaise mère [...] scatophile à n'en point douter* » (PIERRE DESPROGES : *Des femmes qui tombent*).

SCHABRAQUE ou **CHABRAQUE** [sm] : Drap ou peau de protection sur les chevaux montés. « *... il l'aimait depuis mille ans. Fou de sa robe tourmentée de schabraque, marbrée, léopardée, tachetée, neigée* » (YVES BERGER : *Immobile dans le courant du fleuve*).

SCHOLIE ou **SCOLIE** [sf] : Annotation ancienne, commentaire noté sur des textes anciens. « *Pourtant, comment être certain que le texte [...] ne contenait aussi, entre les gloses, les scolies et divers appendices, des remarques destinées à nourrir ensuite la culture à venir ?* » (UMBERTO ECO : *Le Nom de la rose*).

SCIATHÉRIQUE [sf] : Partie de l'optique concernant la réfraction de la lumière. « ... *en observant la surface d'un étang [...] le nouveau Narcisse – sans aucune rêverie dioptrique et sciathérique – saisirait la joute alternée de la lumière et de l'ombre* » (UMBERTO ECO : *L'Île du jour d'avant*).

SCIER [verbe] : Ramer à rebours pour reculer ou tourner. « ... *la galère de tête scia des avirons tribord et tourna sur elle-même comme une toupie...* » (C.S. FORESTER : *Aspirant de marine*).

SCISSURE [sf] : Fente dans un organe. « ... *puis tiraillant sa robe d'une main ingénue, elle dégagea le pli d'étoffe incrusté dans la scissure de la pêche...* » (VLADIMIR NABOKOV : *Lolita*).

SCLÉROTIQUE [sf] : Membrane blanche de l'œil. « *La joie, la tristesse [...] n'apparaissaient jamais [...] dans ses yeux pareils à deux fragments de bronze, et dont on voyait à peine la sclérotique* » (ROSNY AÎNÉ : *La Mort de la Terre*).

SCONE [sm] : Gâteau anglais. « *Toasts filiformes, miel des Alpes, miel de la Forêt-Noire, miel du Gâtinais, buns, scones et autres anglicismes* » (BENOÎTE ET FLORA GROULT : *Le Féminin pluriel*).

SCRIBAN [sm] : Écritoire. « ... *la reine alla s'asseoir devant un scriban en bois de rose. Elle rabattit la tablette* » (GILBERT SINOUÉ : *Le Livre de saphir*).

SCRIPTORIUM [sm] : Salle d'écriture des copistes. « ... *les moines se distribuèrent vers les ateliers d'artisanat ou le scriptorium – la salle de copie et d'enluminure des manuscrits – ...* » (JACQUES FLEURENT : *Armorica*).

SEBKA ou **SEBKHA** [sf] : Lac d'eau salée. « ... *les étendues de pierrailles parsemées d'herbes jaunes [succédant] aux sels scintillants des sebkas, il semblait que nous cheminions dans l'éternité...* » (MICHEL TOURNIER : *Gaspard, Melchior et Balthazar*).

SEILLE ou **SEILLON** [sf; sm] : Seau de bois. « *Quand a-t-il [...] trempé sa hure dans le lait de chaux d'une seille de hêtre... ?* » (JACQUES FLEURENT : *Celteries*).

SÉLÈNE [adj] : Sélénique, d'une qualité lunaire. « *Oregon [...] aimait la lune d'un grand amour romantique, pour la fatalité de sa nature (la fatalité sélène comme il disait)...* » (YVES BERGER : *Immobile dans le courant du fleuve*).

SÉLÉNIEN [adj] : Qui vient de la Lune. « *Là, dans une clarté sélénienne, [...] un fantôme étique levait son pistolet...* » (VLADIMIR NABOKOV : *Lolita*).

SÉLÉNIQUE [adj] : Qui à rapport à la Lune. « *Elle se trémoussait dans le flux opulent du sommeil – tout à l'heure cuivré, maintenant sélénique – et son bras s'abattit brusquement sur mon visage* » (VLADIMIR NABOKOV : *Lolita*).

SELVE [sf] : Forêt amazonienne. « *... prisonniers dans une selve de flammes dont je pouvais presque sentir l'haleine ardente...* » (UMBERTO ECO : *Le Nom de la rose*).

SEMONDRE [verbe] : Inviter, convier honorablement. « *Je viens vous faire l'honneur de vous semondre, locution très juste [...] puisqu'elle exprime l'idée de rendre les honneurs à ceux qu'on en juge dignes* » (GEORGE SAND : *La Mare au diable*).

SEMONDRE ou **SEMONCER** [verbe] : Faire des semonces, des réprimandes. « *... les grands-parents de Madame de Langeais se visitaient les uns les autres en se donnant rendez-vous chez elle pour la semondre...* » (HONORÉ DE BALZAC : *La Duchesse de Langeais*).

SEMPER VIRENS [adj et sm] : Toujours vert. « *... une série de pins semper virens formaient sur une distance un toit naturel blanchi par la neige* » (UMBERTO ECO : *Le Nom de la rose*).

SÉNATUS-CONSULTE [sm] : Loi émanant du sénat. « *Il y aura une proclamation et la lecture d'un sénatus-consulte en dix-neuf articles, faux évidemment mais signé Sieyès* » (GENEVIÈVE DORMAN : *Le Roman de Sophie Trébuchet*).

SENAU [sm] : Ancien navire à deux mâts ; voile de senau : type de voile d'arrière. « ... *toute la toile fut réduite à la voile de senau et à la misaine* » (EDGAR ALLAN POE : *Les Aventures d'Arthur Gordon Pym*).

SÉNESCENT [adj] : Vieillissant, dégénéré par l'âge. « *Le foulard noir à pois qui ceignait son torse cachait à mes yeux de simien sénescent [...] les seins juvéniles que j'avais caressés un jour immortel* » (VLADIMIR NABOKOV : *Lolita*).

SÉNEVÉ [sm] : Graine de moutarde sauvage (symbole dans une parabole évangélique). « ... *un dessein mystérieux [...] le dépassait infiniment, comme le sénevé magnifique à l'ombre duquel les hommes viennent se reposer dépasse la graine minuscule dont il est issu* » (MICHEL TOURNIER : *Gaspard, Melchior et Balthazar*).

SENNE ou **SEINE** [sf] : Filet de pêche triangulaire. « ... *il avait vu des pêcheurs manœuvrer une senne sur cette plage...* » (C.S. FORESTER : *Aspirant de marine*).

SENNEUR ou **SEINEUR** [sm] : Pêcheur à la senne ou seine, sorte de filet à poche. « *[Il espérait] une grosse prise [...] qui provoquerait l'admiration gourmande de ses frères après l'estime jalouse de quelque senneur vénète* » (JACQUES FLEURENT : *Armorica*).

SENSITIVE [sf] : Personne facilement effarouchée ou blessée. « *Par ailleurs, la sensitive l'intéressait parce qu'elle vivait avec un individu qui n'était pas inconnu à la brigade des narcotiques* » (UMBERTO ECO : *Le Pendule de Foucault*).

SENTINE [sf] : Fond du bateau où se trouvent réunies des eaux croupies ; par suite égout, lieu répugnant. « *Peut-être [les rats] s'étaient-ils réunis dans la sentine, avec leurs yeux rougeoyant dans le noir...* » (UMBERTO ECO : *L'Île du jour d'avant*).

SENTINE [sf] : Égout, fosse à merde. « ... *un quartier plus sinistre encore, tout sentines et dépotoirs, avec des jardins potagers mangés aux vers, des taudis...* » (VLADIMIR NABOKOV : *Lolita*).

SEPTEMBRISEUR [sm] : Massacreur des massacres de Septembre, massacre de prisonniers parisiens en 1792. *« Lettres, bouts de manuscrits, formulaires administratifs [...]. Les archives d'un septembriseur en mal de fêtes barbares »* (PIERRE DRACHLINE : *Fin de conversation*).

SEPTÉNAIRE [sm] : Période de sept ans. *« [Le] cataclysme [...] il le rattachait confusément à tous les malheurs de ce morne septénaire »* (ROSNY AÎNÉ : *La Mort de la Terre*).

SEPTIQUE [adj] : Qui provoque la putréfaction. *« ... la zone conserve ses propriétés septiques plusieurs heures après l'explosion... »* (JULES VERNE : *Les 500 millions de la Bégum*).

SÉREUX [adj] : Qui contient ou a l'aspect des sérosités, du sérum, de substances liquides anatomiques. *« ... la Vierge, coiffée d'un capuce d'un rose de sang séreux, tombant en des ondes pressées sur une robe d'azur las à longs plis... »* (JORIS-KARL HUYSMANS : *Là-bas*).

SERPIGINEUX [adj] : Se dit d'une affection cutanée à contour sinueux. *« De serpigineux ulcères de lichen et de mousse rongeaient les tombes... »* (JORIS-KARL HUYSMANS : *En rade*).

SÉTON [sm] : En séton : qui entre et qui sort de la peau, qui traverse la peau. *« ... il s'agissait d'une simple blessure en séton. La balle avait glissé sur une côte et était sortie sans toucher aucun organe »* (MARCEL AYMÉ : *Le Moulin de la Sourdine*).

SEUILLET [sm] : Sole des sabords. *« Les seuillets risqueraient de se trouver sous la flottaison à chaque coup de roulis... »* (C.S. FORESTER : *Seul maître à bord*).

SEXCAPADE [sf] : Mot-valise formé de sexe et d'escapade ; une escapade sexuelle. *« J'ai tourné des films [...] tirés de Justine et diverses autres sexcapades du XVIIIe siècle »* (VLADIMIR NABOKOV : *Lolita*).

SHRAPNEL [sm] : Obus rempli de balles. « *Les canons au-dessus de la chambre avaient éclaté comme shrapnel* » (JEAN FAILLER : *La Mort au bord de l'étang*).

SIBILANT [adj] : Sifflant. « *... pénétré et sans doute purifié par la bise sibilante, trônant sur un roc [...] je me sentais curieusement étranger à moi-même* » (VLADIMIR NABOKOV : *Lolita*).

SIBYLLE [sf] : Devineresse, prophétesse. « *C'était une sibylle au grand nez dantesque sur une bouche aussi fine qu'une rhagade, s'ouvrant comme une fleur sous-marine, sans plus de dents...* » (UMBERTO ECO : *Le Pendule de Foucault*).

SICAIRE [sm] : Tueur à gages. « *... ce sont les milices officielles de quelque roitelet [...]. Pillards, hors-la-loi ou sicaires des princes !* » (JACQUES FLEURENT : *Armorica*).

SICCATIF [sm et adj] : Asséchant. « *Je ne m'assiérai pas avant d'avoir [...] repeint les volets du bas, passé du siccatif dans la cuisine, lavé les rideaux et volé des primevères dans les haies...* » (BENOÎTE ET FLORA GROULT : *Le Féminin pluriel*).

SICCITÉ [sf] : État de sécheresse. « *... un navire fait toujours eau [...]. Ici, pas une goutte ! Hornblower ne savait si cette siccité était remarquable, ou très remarquable* » (C.S. FORESTER : *Aspirant de marine*).

SIGILLÉ [adj] : Marqué d'un sceau, en forme de sceau. « *... la Mer de la Tranquillité dont les contours simulent la blanche image d'un ventre sigillé d'un nombril par le Jansen* » (JORIS-KARL HUYSMANS : *En rade*).

SIGISBÉE [sm] : Chevalier servant. « *... il dénotait une telle familiarité avec le passé de l'enfant [...] mon ennemi était un vieil ami de la famille, peut-être un ancien sigisbée de Charlotte...* » (VLADIMIR NABOKOV : *Lolita*).

SILICIFIÉ [adj] : Fossilisé en silice. « *En de certains endroits, d'énormes troncs déjà silicifiés, gisaient à terre – indice* *de terrains houillers...* » (JULES VERNE : *Un capitaine de quinze ans*).

SILLER [verbe] : Fendre les flots, fendre l'air en formant un sillage. « *Et les planeurs continuaient à siller dans l'oxygène bleu vers un inconnu si terrible...* » (ROSNY AÎNÉ : *La Mort de la Terre*).

SILURIEN [adj] : D'époque primaire, avant le dévonien. « *Des fougères gigantesques croissaient sur leurs bords, et dans des conditions analogues à celles de la végétation silurienne* » (JULES VERNE : *Les Enfants du capitaine Grant*).

SIMARRE [sf] : Robe longue ancienne ou des avocats et professeurs. « *Un vieil usurier, enveloppé dans une simarre élimée, nous effleura presque en passant, et il me semble l'entendre murmurer...* » (UMBERTO ECO : *Le Pendule de Foucault*).

SIMIEN [adj] : De la nature, de la lignée des singes. « *Le foulard noir à pois qui ceignait son torse cachait à mes yeux de simien sénescent [...] les seins juvéniles que j'avais caressés un jour immortel* » (VLADIMIR NABOKOV : *Lolita*).

SIMONIAQUE [adj] : De la nature de la simonie, de la vente des sacrements religieux. « *Rien ! fit Brochmaël, offusqué, en se rinçant d'un geste les mains dans l'eau cueillie au fond de sa barque, pour se laver de la souillure de l'argent simoniaque évoqué* » (JACQUES FLEURENT : *Armorica*).

SINAPISME [sm] : Cataplasme révulsif, à base de graines de moutarde. « *Il ordonne une saignée, des ventouses sèches, des sinapismes et des vésicatoires* » (GENEVIÈVE DORMAN : *Le Roman de Sophie Trébuchet*).

SINOPLE [sm] : Vert dans les blasons. « *C'était un crépuscule souterrain, éblouissant et furtif, une grêle infinitésimale de lueurs écarlates, orangées, jonquille, hyacinthe ou sinople* » (ROSNY AÎNÉ : *La Mort de la Terre*).

SIRVENTÈS ou **SIRVENTE** [sm] : Genre poétique provençal. « *Un pays [...] dont les femmes pleuraient en alexan-*

drins et les hommes s'affrontaient en sirventès » (ANDREÏ MAKINE : *Le Testament français*).

SISTRE [sm] : Instrument antique ressemblant à un hochet. « *[Penou] se relève pour saluer les spectateurs, agite son sistre devant les yeux éblouis des enfants...* » (ODILE WEULERSSE : *Les Pilleurs de sarcophages*).

SITAR [sm] : Instrument de musique à cordes de l'Inde. « *... un système d'amplification assourdissait l'assistance avec des musiques orientales, des trucs avec un sitar...* » (UMBERTO ECO : *Le Pendule de Foucault*).

SKATINEUR [sm] : Celui qui pratique le skateboard, la planche à roulettes. « *Il traversa l'esplanade, au péril d'être renversé par les skatineurs...* » (RICHARD JORIF : *Le Navire Argo*).

SMARAGDIN [adj] : De couleur verte. « *Le jeu des nuages avec le ciel, contre l'ombre d'une île, dessinait d'un côté comme des poissons smaragdins qui auraient nagé sur la cime...* » (UMBERTO ECO : *L'Île du jour d'avant*).

SOFFITE [sm] : Plafond compartimenté et orné. « *... des colonnes disposées en lignes symétriques supportaient d'épaisses membrures de grès formant des soffites dont le fond bleu était constellé d'étoiles d'or* » (THÉOPHILE GAUTIER : *Le Roman de la momie*).

SOLE [sf] : Dessous du sabot. « *Oregon la passa en revue [sa jument] : paturons, boulets, soles, muserolle et le reste* » (YVES BERGER : *Immobile dans le courant du fleuve*).

SOLEILLEUX [adj] : Plein de soleil. « *... une campagne soleilleuse, couronnée d'oiseaux aux plumages multicolores* » (CHARLES LE QUINTREC : *Des enfants de lumière*).

SOLERET [sm] : Partie de l'armure couvrant le pied. « *Il avait trouvé à côté des couchettes des matelots une paire de solerets de toile, qui lui protégeaient les pieds sans trop l'alourdir...* » (UMBERTO ECO : *L'Île du jour d'avant*).

SOLIDAGE [sf] : Fleur commune des bois. « *La baraque existait toujours, dans un champ de solidages et d'herbe drue…* » (VLADIMIR NABOKOV : *Lolita*).

SOLIPSISER [verbe] : Imprégner de la pensée philosophique du solipsisme. « *Rien à craindre : Lolita était proprement solipsisée. Dehors, le soleil implicite palpitait dans les peupliers complices…* » (VLADIMIR NABOKOV : *Lolita*).

SOLIPSISME [sm] : Pensée philosophique où la seule réalité est soi-même, le reste n'étant que création de l'esprit. « *… je doute qu'on puisse voir la marque du génie dans nos discussions sur […] les notions d'infini, de solipsisme et caetera* » (VLADIMIR NABOKOV : *Lolita*).

SOMMEILLEUX [adj] : De la nature du sommeil. « *… l'histoire des lents et sommeilleux bouleversements de notre mère la Terre…* » (UMBERTO ECO : *Le Pendule de Foucault*).

SOMMER [verbe] : Faire le sommet, être au faîte de. « *La plus grande terrasse du château, celle qui sommait la tour de l'Atlante et qui s'ouvrait vers le levant…* » (MICHEL TOURNIER : *Le Roi des aulnes*).

SOMMIER [sm] : Pierre de base d'une voûte. « *… nous avons admiré les pierres chefs-d'œuvre : colonne taillée dans un monolithe, voussoirs et sommiers assemblés avec soin* » (FERNAND POUILLON : *Les Pierres Sauvages*).

SOMMIER [sm] : Poutre supportant une cloche. « *… il discernait maintenant, sous ses jambes, de formidables cloches pendues à des sommiers de chêne blindés de fer…* » (JORIS-KARL HUYSMANS : *Là-bas*).

SOMMIER [sm] : Ensemble de renseignements, de dates, de lettres, de factures. « *… j'avais constitué, à propos de ce chenapan de Blidah, un sommier. En général, dans un sommier, ce qui frappe, blague à part, c'est le plumard* » (JACQUES AUDIBERTI : *Les Jardins et les Fleuves*).

SOMMIÈRE [sf] : Clairière dans une forêt. « *Des coupes claires [...] avaient dégagé des trouées, des sommières, où aménager des courts de tennis et des terrains d'aventure...* » (RICHARD JORIF : *Les Persistants Lilas*).

SONNETTE [sf] : Machine pour enfoncer des pieux. « *Il fallut [...] établir une sonnette pour agir sur les têtes de pieux, qui devaient former ainsi deux arches...* » (JULES VERNE : *L'Île mystérieuse*).

SOPHISTIQUE [adj] : Qui fait de faux raisonnements, des sophismes. « *... cette ruse de dévots, sophistique et redoutable...* » (GUY DE MAUPASSANT : *Les Sœurs Rondoli [Une aventure parisienne]*).

SORGUEUR [sm] : Voleur et assassin nocturne. « *Beaucoup de chiens sans maîtres vaguent ainsi ; exercés à sauter au cou des sorgueurs...* » (RICHARD JORIF : *Les Persistants Lilas*).

SORITE [sm] : Argument logique : A⇒B, B⇒C... Y⇒Z donc A⇒Z. « *... à chaque image [...] tu associes une pensée, une catégorie, un élément du trousseau cosmique, même un syllogisme, un sorite démesuré...* » (UMBERTO ECO : *Le Pendule de Foucault*).

SORORAL [adj] : Qui concerne les sœurs. « *... [la main gauche], la sinistre, l'obscure, l'effacée, demeure dans l'ombre, comme une vestale, réservée aux seules étreintes sororales* » (MICHEL TOURNIER : *Le Roi des aulnes*).

SORORICIDE [sm] : Meurtrier de sa sœur. « *J'ai commis la grave erreur de chercher souvent parmi les femmes cette sœur qui n'avait pas eu lieu [...] il fallait acquitter le sororicide* » (JEAN-PAUL SARTRE : *Les Mots*).

SOUE [sf] : Logement des cochons d'élevage. « *Devant les soues, les porchers brassaient dans une grande jarre le sang des porcs à peine égorgés...* » (UMBERTO ECO : *Le Nom de la rose*).

SOUFFLARD [sm] : Jaillissement d'eau vaporisée d'origine volcanique. « *Un brin de soufflard perlait aux commissures de ses lèvres* » (PIERRE DRACHLINE : *Fin de conversation*).

SOUILLE [sf] : Creux boueux où se vautrent les porcins et sangliers. « *De-ci de-là, à travers les vallonnements de la campagne ouverte, porchers au bord des souilles où vermillaient truies, verrats et porcelets [...] essarteurs et porteuses de fagots [...] accouraient vers les moines...* » (JACQUES FLEURENT : *Armorica*).

SOUQUER [verbe] : Tirer ou raidir. « *Alors les avirons commencèrent à souquer, lentement, rythmiquement...* » (C.S. FORESTER : *Trésor de guerre*).

SOURDRE [verbe] : Prendre source. « *... il sentit sourdre en lui les premiers signes glougloutants du désespoir de ses entrailles* » (PIERRE DESPROGES : *Des femmes qui tombent*).

SOUS-BARBE [sf] : Cordage de soutien allant du beaupré à l'arc-boutant de martingale. « *Il aurait pu dormir sur la sous-barbe de l'*Atropos *si l'occasion s'en était présentée* » (C.S. FORESTER : *Trésor de guerre*).

SOUS-VERGE [sm] : Cheval attelé mais non monté, que l'on a à son côté. « *Pour les munitions, je montais Indianite et je mettais six obus dans les sacoches de mon sous-verge, le grand Ramponneau* » (EPHRAÏME GRENADOU ET ALAIN PRÉVOST : *Grenadou, paysan français*).

SOUTACHER [verbe] : Décorer le bord d'un vêtement, d'une manche avec un galon, une tresse rubanée. « *... la sortie de l'école communale boulevard de la Saussaye [...] me livrerait tout un grouillement de tabliers noirs soutachés de rouge, de jambes nues et de visages rieurs* » (MICHEL TOURNIER : *Le Roi des aulnes*).

SOUVENTER (SE) [verbe] : Se bloquer dans le lit du vent. « *Le navire perdait son erre, se souventait ; il ferait côte avant longtemps* » (C.S. FORESTER : *Trésor de guerre*).

SPAGIRIE [sf] : Alchimie. « *On demandera des informations suffisantes sur les maniements fluidiques, alchimie, spagirie, télépathie, exorcisme...* » (UMBERTO ECO : *Le Pendule de Foucault*).

SPARDECK [sm] : Faux pont sur un navire. « *... le pont [...] était recouvert d'une sorte de superstructure, d'un spardeck qui formait, à l'arrière, le toit du rouf...* » (JULES VERNE : *Le Pilote du Danube*).

SPARTERIE [sf] : Ce qui est en spart : nattes, tapis, brosses, etc. « *... de pauvres femmes [...] leurs enfants suspendus à leur cou dans des lambeaux d'étoffe ou des couffes de sparterie...* » (THÉOPHILE GAUTIER : *Le Roman de la momie*).

SPASMÉ [adj] : Pris de spasmes, de contractions brusques. « *Et ce rhume qui n'en finit pas, avec une forte fièvre [...] inflammations de la poitrine, entrailles spasmées...* » (DANIEL ZIMMERMANN : *Le Dieu devenu homme*).

SPASTIQUE [adj] : De la nature des spasmes. « *... la tête de Belbo suivait la traction du fil tendu, son corps, lui, [...] avec la spastique agilité d'une marionnette de bois, traçait d'autres directions dans le vide* » (UMBERTO ECO : *Le Pendule de Foucault*).

SPÉCIEUSEMENT [adj] : D'une façon trompeuse. « *L'odeur d'éther, qui l'avait si spécieusement enivré lorsqu'il ouvrit la porte, avait depuis longtemps disparu* » (JORIS-KARL HUYSMANS : *En rade*).

SPÉCIEUX [adj] : Trompeur, donnant une apparence de vérité. « *Il n'est [...] aucune fleur que de spécieux taffetas et de délicats papiers peints n'égalent* » (JORIS-KARL HUYSMANS : *À rebours*).

SPÉCIFIQUE [sm] : Médicament propre à une maladie particulière. « *Certes, il n'était pas guéri [...] mais les soins ne lui manquèrent pas. Et puis, le spécifique était là, et non loin sans doute, celui qui l'avait apporté !* » (JULES VERNE : *L'Île mystérieuse*).

SPÉCULAIRE [adj] : Miroitant. « *Des obsidianes et des pierres spéculaires incrustées dans des pilastres* » (JORIS-KARL HUYSMANS : *En rade*).

SPÉCULAIREMENT [adv] : En miroir, en reflet. « *... il avait réussi à enfermer aussi son adversaire dans un siège spéculairement dissemblable du sien* » (UMBERTO ECO : *L'Île du jour d'avant*).

SPÉLONQUE [sf] : Caverne. « *Avez-vous renoncé à l'espoir de recouvrer votre liberté un jour ou l'autre... de fuir cette ravissante spélonque...* » (JULES VERNE : *Face au drapeau*).

SPHÉROÏDE [sm] : Volume proche de la forme d'une sphère. « *À en croire Thomas Roch, son Fulgurateur n'est-il pas capable d'anéantir d'un seul coup le sphéroïde terrestre ?* » (JULES VERNE : *Face au drapeau*).

SPHÉRULE [sf] : Petite sphère. « *L'été avait déjà changé les petits soleils des pissenlits en sphérules lunaires* » (VLADIMIR NABOKOV : *Lolita*).

SPHINCTER [sm] : Muscle qui resserre un orifice anatomique. « *Damnation des spasmes, hoquets, éructations, vomissements, relâchements de tous les sphincters, écoulements putrides* » (DANIEL ZIMMERMANN : *Le Dieu devenu homme*).

SPINAL [adj] : En rapport avec le spin, valeur de la physique quantique. « *... ses jambes d'ivoire pâle et son cou de lis composèrent une antiphonie exquise (en termes de musique spinale)...* » (VLADIMIR NABOKOV : *Lolita*).

SPIROCHÈTE [sm] : Spirille, bactérie responsable de la syphilis. « *... quelqu'un qui fait sa thèse sur la syphilis finit même par aimer le spirochète pâle* » (UMBERTO ECO : *Le Pendule de Foucault*).

SPIROMÈTRE [sm] : Appareil de mesure de la capacité respiratoire. « *... pour l'établissement de sa fiche raciologique [...] le Sturmbannführer [...] déployait sa panoplie de compas* *d'épaisseur, de spiromètres, d'échelles chromatiques...* » (MICHEL TOURNIER : *Le Roi des aulnes*).

SPOLIATION [sf] : Privation d'un bien auquel on a droit. « *... j'avoue que nous avons abandonné nos vêtements en signe de spoliation, que nous avons renoncé à tous nos biens...* » (UMBERTO ECO : *Le Nom de la rose*).

SPONDOPHORE [sm] : Porteur d'un message de trêve. « *... nous attendions l'arrivée des messagers de l'Élide, les spondophores qui viendraient annoncer la trêve sacrée...* » (JEAN SÉVERIN : *Le Soleil d'Olympie*).

SPONDYLE [sm] : Vertèbre. « *Je ne saurais vous dire ce que sont le gaviet ou le gaga... gargaréon. Les spondyles désignaient autrefois les vertèbres* » (RICHARD JORIF : *Le Navire Argo*).

SPORTULE [sf] : Don du patricien romain à son client. « *... l'influence [de Baudelaire] s'était plus tard mieux accentuée, sans que néanmoins la sportule, consentie par l'indéfectible maître, fût flagrante* » (JORIS-KARL HUYSMANS : *À rebours*).

SPRAT [sm] : Petit poisson que l'on consomme séché ou fumé. « *... une mouette [...] aurait pu observer des colonnes de fourmis humaines [...] moins affriolantes pour elle que des bancs de sprats argentés...* » (JACQUES FLEURENT : *Armorica*).

SPUMESCENT [adj] : Écumeux. « *Il redoutait que, mis en combustion par des images spumescentes [des films à forte dominante sexuelle], quelques frénétiques ne se ruassent sur Marie-Véronique* » (RICHARD JORIF : *Le Navire Argo*).

SQUAMEUX [adj] : Couvert de squames, de grosses écailles, de croûtes, de peaux qui se délitent. « *Les longs crocodiles squameux, s'aidant de leurs pattes coudées émergeaient du fleuve sur la rive...* » (THÉOPHILE GAUTIER : *Le Roman de la momie*).

STACCATO [sm] : Partie musicale jouée en notes bien détachées les unes des autres. « *Je viens d'entendre les stac-*

catos du rouleau de papier hygiénique que l'on fait tourner sur la bobine » (VLADIMIR NABOKOV : *Lolita*).

STAKHANOVISTE [sm] : Qui est pour une organisation rationnelle du travail. « *Rien d'un stakhanoviste, l'inspecteur Fortin, cependant policier apprécié du patron...* » (JEAN FAILLER : *Les Diamants de l'archiduc*).

STAUROPHORE [sm] : Porteur de croix. « *... le livre d'Azoth – celui qui fut donné par une jeune fille mystérieuse au Staurophore, comme on raconte...* » (UMBERTO ECO : *Le Pendule de Foucault*).

STÉATITE [sf] : Silicate de magnésium, ressemblant au talc (craie de Briançon). « *... la gorge principale était formée d'une espèce de roche ressemblant à la stéatite ou pierre de savon* » (EDGAR ALLAN POE : *Les Aventures d'Arthur Gordon Pym*).

STERNAL [adj] : Qui a rapport au sternum. « *Elle me tarabustait [...] sur une dépression que j'ai au milieu de la poitrine et que les Trissotins de la Faculté appellent un entonnoir sternal* » (MICHEL TOURNIER : *Le Roi des aulnes*).

STERNUTATION [sf] : Éternuement, phénomène de l'éternuement. « *Un vieux défunt [...] ne court plus aucun risque et n'attend même plus que les chatouillements de sa narine aboutissent à la sternutation* » (JEAN-PAUL SARTRE : *Les Mots*).

STERTOREUX [adj] : Ronflant. « *Paul le Stertoreux répondit qu'il connaissait effectivement ce Richard, fils d'un sien cousin...* » (VLADIMIR NABOKOV : *Lolita*).

STILLATION [sf] : Écoulement goutte à goutte. « *... il allait de l'un à l'autre de ces moustiques de métal, pour en écouter la susurration de morte essence, pour fixer ces gouttes d'éternité fondant par stillation...* » (UMBERTO ECO : *L'Île du jour d'avant*).

STIPE [sm] : Tronc de palmier. « *C'étaient des palmiers [...]. Sous l'abri de leur voûte verdoyante, au pied de leur stipe* *gigantesque, croissaient des orchidées, des légumineuses et des fougères »* (JULES VERNE : *Vingt mille lieues sous les mers*).

STIPENDE [sf] : Salaire, solde, prébende. « ... *lui, ministre du Christ bien qu'il reçût sa stipende de Mars, n'avait point de consolation à offrir...* » (HERMAN MELVILLE : *Billy Budd, marin*).

STIPENDIER [verbe] : Payer quelqu'un pour commettre un forfait. *« Il faudrait savoir s'ils n'ont pas été stipendiés pour cette besogne »* (JEAN FAILLER : *Roulette russe*).

STIPULE [sf] : Organe végétal en forme de petite feuille à la base des pétioles. *« [Ils] gagnèrent [...] des étendues de stipules plumeuses, inclinées en vagues et chatoyantes, les poils de leurs panicules étincelantes sous le soleil... »* (YVES BERGER : *Immobile dans le courant du fleuve*).

STOMACHIQUE [adj] : Qui concerne l'estomac. *« ... des haut-le-cœur et [des] rébellions stomachiques... »* (EDGAR ALLAN POE : *Les Aventures d'Arthur Gordon Pym*).

STRABIQUE [adj] : Atteint de strabisme, louche, déformé. *« ... les planètes n'accomplissent pas leur voyage le long de la ligne parfaite d'un cercle, mais en faisant un tour strabique autour du soleil »* (UMBERTO ECO : *L'Île du jour d'avant*).

STRAMOINE [sf] : Poison violent tiré d'un datura de même nom. *« ... je le vis rôder dans la crypte du trésor en regardant un écrin constellé d'émeraudes et de chrysoprases comme si c'était un buisson de stramoine »* (UMBERTO ECO : *Le Nom de la rose*).

STRATÈGE [sm] : Haut magistrat des villes grecques antiques. *« Suivaient Périclès, chef politique et militaire, puis les stratèges, les hipparques et les amiraux... »* (JEAN SÉVERIN : *Le Soleil d'Olympie*).

STRIDER [verbe] : Émettre un bruit strident. *« Soudain, un bruissement d'appel strida et [...] on entendit gronder le Grand Planétaire »* (ROSNY AÎNÉ : *La Mort de la Terre*).

STRIDULATION [sf] : Bruit stridulant, très fort et aigu. *« … l'azur frais du jour s'emplissait de la stridulation régulière d'un monoplan… »* (ANDREÏ MAKINE : *Le Testament français*).

STROBOSCOPER [verbe] : Illuminer de flashs à la façon d'un stroboscope. *« … une rangée d'arbres zébrait le soleil et stroboscopait ma vision »* (PHILIPPE DJIAN : *Crocodile*).

STROPIAT [sm] : Personne ou individu estropié. *« Le faufilement des galopins, le désœuvrement des badauds et la reculade oppressée des aïeuls. Le sautillement des stropiats et la prostration des mendiants »* (JACQUES FLEURENT : *Armorica*).

STYGIEN [adj] : De la nature du Styx, fleuve noir des Enfers. *« Le couchant créait un ciel ictérique derrière le vert sombre de l'île, et une mer stygienne »* (UMBERTO ECO : *L'Île du jour d'avant*).

STYLITE [sm] : Moine vivant en haut d'une colonne. *« Ces confins [...] s'étaient mis depuis peu à pulluler d'anachorètes, de stylites et de prophètes solitaires, vêtus de poil de chameau et armés de houlettes »* (MICHEL TOURNIER : *Gaspard, Melchior et Balthazar*).

SUBFÉBRILE [adj] : Juste en deçà de la fièvre. *« Les signes locaux sont pauvres, la température subfébrile, les signes généraux peu spécifiques »* (ROBERT MERLE : *Le jour ne se lève pas pour nous*).

SUBLIMÉ [adj] : Recueilli à l'état solide après avoir été vaporisé, raffiné. *« … une sélection à rebours se charge de trier sur le volet des équipes qui constituent le sublimé d'ordures le plus quintessencié que la nation puisse offrir »* (MICHEL TOURNIER : *Le Roi des aulnes*).

SUBLUNAIRE [adj] : Ce qui est sous la Lune et donc, tout particulièrement, la Terre. *« … Vous seriez capables de diriger une des innombrables forces qui agissent dans le monde sublunaire »* (UMBERTO ECO : *Le Pendule de Foucault*).

SUBRÉCARGUE [sm] : Celui qui est chargé de surveiller la marchandise d'un bateau. « *[Il] s'embarqua à Nantes lors du licenciement de l'armée de la Loire, comme subrécargue d'un navire de commerce* » (JULES VERNE : *Les 500 millions de la Bégum*).

SUBREPTION [sf] : Obtention d'un bénéfice par tricherie. « *La mort, en apposant son oblitération, lui obtiendrait la subreption journalistique d'avoir existé* » (PIERRE DRACHLINE : *Fin de conversation*).

SUBROGATOIRE [adj] : Qui subroge, qui remplace. « *Mes dents subrogatoires étaient tributaires d'un ingénieux système de plaques…* » (VLADIMIR NABOKOV : *Lolita*).

SUBSTRUCTION [sf] : Fondation, structure souterraine. « *… il y eut redoublement de grondements internes […] qui témoignaient d'un travail plutonien dans la substruction sous-marine…* » (JULES VERNE : *Face au drapeau*).

SUBTERRANÉ [adj] : Souterrain. « *[Les] berlines formant les trains subterranés, tramways souterrains, [avaient] été retiré[es] des profondeurs des fosses et abandonné[es] à la surface du sol* » (JULES VERNE : *Les Indes noires*).

SUCCUBAT [sm] : État de succube, fonction de succube. « *Messe sacrilège, maléfices et succubat, c'est la véridique quintessence du satanisme* » (JORIS-KARL HUYSMANS : *Là-bas*).

SUCCUBE [sm] : Démon femelle copulatoire. « *… les incubes et les succubes ne sont pas précisément des démons, mais bien des esprits animaux, intermédiaires entre le démon et l'ange, des sortes de satyres, de faunes…* » (JORIS-KARL HUYSMANS : *Là-bas*).

SUCCUSSION [sf] : Action de secouer. « *… si Dieu enlevait l'eau d'hier et la déposait aujourd'hui, peut-être la terre d'hier aurait une succussion à cause de ce maudit centre de gravité…* » (UMBERTO ECO : *L'Île du jour d'avant*).

SUFFUSION [sf] : Diffusion sous la peau. « *C'était [...] une lente suffusion de beauté inutile, un soleil bas dans une estompe platinée...* » (VLADIMIR NABOKOV : *Lolita*).

SUI GENERIS [adv] : De son espèce, de sa propre valeur, qui n'appartient qu'à lui seul. « *... cette vague émanation saline répandue autour de moi – cette odeur sui generis, dont l'air est généralement imprégné à l'intérieur des navires...* » (JULES VERNE : *Face au drapeau*).

SUITER [verbe] : Suivre, en parlant d'un jeune animal qui suit sa mère. « *Frappé en plein poitrail, le dix-cors qui suitait la biche se cabra, puis bondit en avant pour s'écrouler enfin devant toute la harde* » (MICHEL TOURNIER : *Le Roi des aulnes*).

SUJÉTION [sf] : Situation d'un être assujetti à une autorité ou une puissance. « *La sujétion qui les liait au régime des moussons les avait contraints à un choix difficile* » (MICHEL TOURNIER : *Gaspard, Melchior et Balthazar*).

SULPICIEN [adj] : D'une fadeur, d'une naïveté ostentatoire, d'une banalité vulgaire ou triviale propre aux images religieuses à deux sous. « *... c'est une assomption glorieuse sur des tourbillons de nuées immaculées qui serait d'une inspiration fade, vaguement sulpicienne, n'étaient les chocs sourds et véhéments de mon cœur dilaté...* » (MICHEL TOURNIER : *Le Roi des aulnes*).

SUPER [verbe] : Aspirer, gober, ventouser. « *Hornblower [...] leva aussi son verre, supa prudemment une courte gorgée...* » (C.S. FORESTER : *Aspirant de marine*).

SUPERFÉTATIF [adj] : Superfétatoire, inutilement en plus. « *Il végétait, superfétatif et désuet, dans une société que les rigaudons des concerts amusent* » (JORIS-KARL HUYSMANS : *Là-bas*).

SUPERFÉTATOIRE [adj] : En plus, en trop, ajouté sans nécessité. « *... il avait jalonné sa route de fiches superfétatoires* *afin de m'accabler sans répit d'indices goguenards* » (VLADIMIR NABOKOV : *Lolita*).

SUPERNEL [adj] : Qui vient du ciel ou d'en haut. « *Il avait voulu s'exalter [...] bondir hors du monde, en des joies inexplorées et supernelles !* » (JORIS-KARL HUYSMANS : *Là-bas*).

SUPINATION [sf] : Posé sur le dos. « *Je cherchai du regard [...] où le papa cireux et longiforme de mon visiteur avait été placé en supination...* » (VLADIMIR NABOKOV : *Lolita*).

SURANDOUILLER [sm] : Ramure importante venant prolonger un andouiller. « *Il éprouva du bout du doigt les pointes acérées des andouillers de massacre et des surandouillers, dont la blancheur ivoirine contrastait avec le brun brûlé des merrains* » (MICHEL TOURNIER : *Le Roi des aulnes*).

SURBAU [sm] : Menuiserie qui constitue le cadre des écoutilles. « *Les galériens étaient assis sur les surbaux...* » (C.S. FORESTER : *Pavillon haut*).

SURJET [sm] : Couture de deux tissus bord à bord. « *La nuit maintenant venue déformait le vaisseau de l'église [...] presque épaissi par des surjets d'ombre, aux endroits envahis par le lierre...* » (JORIS-KARL HUYSMANS : *En rade*).

SURNUMÉRAIRE [adj] : En surnombre, en plus. « *Pardon, excuse, répondit Germain, fort surpris de se trouver en surnuméraire là où il avait compté d'être seul* » (GEORGE SAND : *La Mare au diable*).

SURRECTION [sf] : Surgissement géologique. « *... il ne se fût pas étonné de surprendre, là, sous ses yeux, au cœur des Nouvelles Rocheuses, une surrection en train de s'accomplir* » (YVES BERGER : *Immobile dans le courant du fleuve*).

SURVENTE [sf] : Souffle plus fort du vent. « *Ils reçurent le grain avec des surventes qui entraînaient le bateau dans des chevauchées et des glissades effrénées...* » (JACQUES FLEURENT : *Armorica*).

SYBARITISME [sm] : Goût de la volupté. « *Mais il avait les joues nettement trop pleines, ce qui, aux yeux d'Hornblower, était un signe de sybaritisme ou de stupidité ; les deux peut-être* » (C.S. FORESTER : *Un vaisseau de ligne*).

SYCOPHANTE [sm] : Dénonciateur. « ... *Ferrante ne se contentait pas d'être espion et d'avoir en son pouvoir ceux dont il rapportait les pensées, mais il voulait être, comme on disait à l'époque, un sycophante double...* » (UMBERTO ECO : *L'Île du jour d'avant*).

SYLVE [sf] : Grande forêt tropicale. « *Parmi ceux qui [...] ont parcouru en rangs serrés la sylve amazonienne, vous ne trouveriez pas un seul dont les récits ne soient débordants des inconcevables atrocités des indiens Zaponanis* » (RICHARD JORIF : *Le Navire Argo*).

SYLVESTRE [adj] : Qui concerne les bois ou les forêts. « *Dolorès tenait le rôle d'une fille qui se prend pour une magicienne sylvestre, ou pour Diane chasseresse...* » (VLADIMIR NABOKOV : *Lolita*).

SYMBIOSIQUEMENT [adv] : À la manière d'une symbiose, d'une association vitale organique. « *Le vin poussait à la politique et la politique au vin, généreusement, symbiosiquement, tonitrueusement* » (MARCEL AYMÉ : *Le Vin de Paris*).

SYNAPSE [sf] : Terminaison nerveuse. « *Si tu tapes à la machine, les lettres se chevauchent, tu ne peux avancer à la vitesse de tes synapses, mais seulement au rythme maladroit de la mécanique* » (UMBERTO ECO : *Le Pendule de Foucault*).

SYNCOPER [verbe] : Couper, fractionner un son. « *Leurs petits cris nasards syncopaient drôlement le silence* » (SYLVIE GERMAIN : *Opéra muet*).

SYNECDOQUE [sf] : Figure de rhétorique où l'on emploie un dérivé de tout ordre au lieu du mot propre (le tout pour la partie, la matière pour l'objet, etc.).

« Acaia, une bonne synecdoque, selon l'expression de Guillaume, pour indiquer la Grèce… » (UMBERTO ECO : *Le Nom de la rose*).

SYNTONIE [sf] : État de ce qui est en syntonisation, de ce qui est réglé sur la même longueur d'onde, au propre ou au figuré. *« … on ne peut condamner un auteur sans être entré, comment dire, en syntonie avec lui… »* (UMBERTO ECO : *Le Pendule de Foucault*).

SYRINX ou **SYRINGE** [sf] : Flûte grecque, ou tombe égyptienne. *« … derrière les rochers, dont l'arrangement semblait dû au hasard, existait certainement l'entrée d'une syringe… »* (THÉOPHILE GAUTIER : *Le Roman de la momie*).

SYSTOLE [sf] : Mouvement de contraction du cœur *vs* diastole. *« … la machinerie de son cœur […] tout à son œuvre savante de régulation du sang dans son millénaire complexe de systole et diastole… »* (YVES BERGER : *Immobile dans le courant du fleuve*).

T

TABELLAIRE [adj] : En forme de table (imprimerie tabellaire : faite sur une tablette d'un seul bloc). « *J'ai toujours estimé que l'impression tabellaire avait fait son temps* » (GILBERT SINOUÉ : *L'Enfant de Bruges*).

TABELLION [sm] : Ancienne fonction de notaire ou de greffier. « *Près de lui un Dominicain faisait fonction de tabellion et deux prélats de la légation pontificale étaient à ses côtés en tant que juges* » (UMBERTO ECO : *Le Nom de la rose*).

TABELLIONNAT [sm] : Qualité de tabellion, charge de notaire. « *Il ne semblait pas que je dusse faire carrière dans le tabellionnat* » (RICHARD JORIF : *Les Persistants Lilas*).

TABIS [sm] : Sorte de moire de soie à petits grains. « *... des reliures pleines, à compartiments et à mosaïques, doublées de tabis ou de moire...* » (JORIS-KARL HUYSMANS : *À rebours*).

TABULAIRE [adj] : En forme de table. « *Sur un tertre de blocaille morainique qui semblait gigantesque dans ce pays plat, Kaltenborn dressait sa silhouette massive et tabulaire* » (MICHEL TOURNIER : *Le Roi des aulnes*).

TAIE [sf] : Tache blanche sur la cornée de l'œil. « *Les bâtiments croulaient à demi, des vestibules béants s'ouvraient comme des trous de cave, des taies de papier bariolaient les vitres crasseuses...* » (ÉMILE ZOLA : *Paris*).

TAILLEVENT [sm] : Sorte de tente. « *Hissez ce taillevent, Maxwell, qu'il nous donne un peu d'ombre* » (C.S. FORESTER : *Aspirant de marine*).

TAILLOIR [sm] : Tablette au haut d'un chapiteau sur laquelle repose l'amorce des voûtes. « *Oregon bannit les* *angles [...] conçut des arrondis [...] tout ce qui ressortissait aux formes en anses de panier et multiplia les doubleaux, les tailloirs, les arcs de décharge* » (YVES BERGER : *Immobile dans le courant du fleuve*).

TAIN [sm] : Étain formant la fine couche réfléchissante d'un miroir. « ... *ce serait le visage naïf et grave d'un chevreuil qui m'observerait de ses longs yeux d'amande verte dans le tain étoilé de ma glace* » (MICHEL TOURNIER : *Le Roi des aulnes*).

TALAIRE [adj] : Qui descend au pied. « ... *vêtus de boubous talaires, ils ont chanté leur allégeance à l'Afrique* » (RICHARD JORIF : *Les Persistants Lilas*).

TALITH [sm] : Scapulaire juif. « ... *je l'imagine, apeuré, se précipitant sur son talith, s'en couvrant les épaules d'une main tremblotante et, ainsi que l'exige la tradition, demeurant immobile...* » (GILBERT SINOUÉ : *Le Livre de saphir*).

TALMOUSE [sf] : Pâtisserie ancienne (au figuré : gifle). « ... *le petit enfant [vint à lui] toutefois hors de portée des talmouses* » (RICHARD JORIF : *Les Persistants Lilas*).

TALUTER [verbe] : Former un talus. « *Il se mit alors à creuser [...] talutant la roche à un pied au-dessus à peu près...* » (EDGAR ALLAN POE : *Les Aventures d'Arthur Gordon Pym*).

TAMBOUR [sm] : Sas d'étoffe. « *Il [...] fit placer des tambours le long des portes bien huilées [...] de manière à ne jamais entendre le bruit de leurs pas...* » (JORIS-KARL HUYSMANS : *À rebours*).

TANAGRA [sm] : Statuette grecque en argile rouge. « *Il montrait [...] sur une étagère, quatre statuettes de Tanagra choisies parmi les plus parfaites* » (GUY DE MAUPASSANT : *Notre cœur*).

TANGON [sm] : Tige longue pour la pêche aux thons. « ... *le bateau qui se penche, qui gémit, les grands tangons qui s'écartent jusqu'à effleurer les vagues...* » (JEAN FAILLER : *Marée blanche*).

TANTALISANT [adj] : Qui fait subir le supplice de Tantale, une terrible tentation et frustration. « ... *je ne pouvais rien faire pour apaiser la détresse de savoir ma Lolita, ma bien-aimée, si horriblement inaccessible, si tantalisante...* » (VLADIMIR NABOKOV : *Lolita*).

TAPE [sf] : Couvercle d'écubier ou de sabord. « *Décapelez les aiguillettes ! Zéro la hausse ! Ôtez les tapes* » (C.S. FORESTER : *Seul maître à bord*).

TARABUSTE [sf] : Chose ou événement qui importune, qui préoccupe ou gêne. « *Son trait dominant était son goût pour le vieux supplice de Tantale. Seigneur, ce type était un véritable génie de la tarabuste !* » (VLADIMIR NABOKOV : *Lolita*).

TARBOUCH [sm] : Coiffure grecque ou turque. « *Il portait le tarbouch de feutre rouge inondé par-derrière d'une longue houppe de soie floche bleue...* » (THÉOPHILE GAUTIER : *Le Roman de la momie*).

TARGUM [sm] : Traduction araméenne de l'Ancien Testament. « *Le livre lui fut remis par un ange, celui-là même qui est mentionné dans le targum sur l'Ecclésiaste, chapitre X, verset 20...* » (GILBERT SINOUÉ : *Le Livre de saphir*).

TARICHEUTE [sm] : Embaumeur de l'Égypte antique. « ... *tu travailleras à l'atelier des viscères chez les paraschites, ceux qui fendent les corps. Et toi [...] tu travailleras avec les taricheutes, ceux qui salent les cadavres pour assurer leur conservation* » (ODILE WEULERSSE : *Les Pilleurs de sarcophages*).

TARIÈRE [sf] : Grande vrille pour percer. « *En la faisant rapidement tourner, cette vis mordit l'argile comme une tarière, et le trou se creusa peu à peu* » (JULES VERNE : *Un capitaine de quinze ans*).

TARTAN [sm] : Étoffe de laine écossaise. « ... *un tartan à damiers verts et noirs servant d'enveloppe à un paquet de manteaux et de châles...* » (JORIS-KARL HUYSMANS : *En ménage*).

TAUREAU DE PHALARIS [sm] : Statue creuse métallique servant à un supplice par le feu. « *[Il] allait mourir [...] muré dans un boyau asphyxiant qui se transformait à présent en un four, un taureau de Phalaris* » (UMBERTO ECO : *Le Nom de la rose*).

TAUROBOLIASTE [sm] : Qui sacrifie le taureau et s'arrose de son sang. « *... à présent tout le monde sait que l'unique Église Luciférienne reconnue est celle dont je suis modestement Tauroboliaste et Psychopompe et [mon Église] ne fait pas du satanisme vulgaire...* » (UMBERTO ECO : *Le Pendule de Foucault*).

TAVAÏOLLE [sf] : Linge de dentelle pour les offices religieux. « *Il rapportait [...] des tavaïolles destituées de leur usage où elles festonnaient des napperons* » (RICHARD JORIF : *Le Navire Argo*).

TAVELER [verbe] : Tacheter. « *Chaque mouvement qu'elle faisait dans l'air tavelé de soleil pinçait la corde la plus secrète et la plus sensible de mon corps immonde* » (VLADIMIR NABOKOV : *Lolita*).

TAVELURE [sf] : Moucheture. « *... suspendu au-dessus des tavelures du soleil couchant et du lourd afflux des ténèbres, je ralliais tous les démons de la concupiscence contre le garde-fou du balcon vibrant...* » (VLADIMIR NABOKOV : *Lolita*).

TAXONOMIQUE [adj] : Qui concerne la taxonomie, la classification du vivant. « *[Il] partait [...] pour une expédition de baptême dont il revenait un peu apaisé son délire taxonomique, un peu plus remplis les cahiers...* » (YVES BERGER : *Immobile dans le courant du fleuve*).

TEILLER [verbe] : Débarrasser de l'écorce les tiges des plantes qu'on peut filer (lin, chanvre, etc.). « *Le phormium : sa feuille [...] divisée en filaments et teillée, elle devient couverture ou manteau, natte ou pagne* » (JULES VERNE : *Les Enfants du capitaine Grant*).

TÉLÉGONIE [sf] : Influence du premier mâle sur les portées ultérieures. « *Il peut y avoir eu télégonie. – Qu'est-ce que c'est ? – L'influence du premier mâle sur les rejetons ultérieurs d'une même femelle…* » (VERCORS : *Les Animaux dénaturés*).

TÉLÈGUE [sf] : Voiture sur patins en Russie. « *Les hommes chargeaient de lourds sacs de blé sur une tèlègue* » (ANDREÏ MAKINE : *Le Testament français*).

TÉLÉOLOGIQUE [adj] : En rapport avec la téléologie, pensée, réflexion sur la finalité des choses. « *… ce voyage, loin d'être une indolente partie de plaisir, fut une sorte de tumeur téléologique, abrupte et tortueuse…* » (VLADIMIR NABOKOV : *Lolita*).

TEMPERA (À LA) [adv] : Méthode d'application de la peinture artistique. « *… il avait aperçu l'étonnante composition : une miniature exécutée à la tempera sur un panneau de pin* » (GILBERT SINOUÉ : *L'Enfant de Bruges*).

TENDELET [sm] : Tente à l'arrière d'une embarcation. « *Il vit alors que sa tête était abritée sous un tendelet d'étoffe bleue, que maintenaient une série de petits bâtons piqués dans le sable* » (PIERRE LOTI : *Le Roman d'un spahi*).

TÉNEMENT [sm] : Réunion de propriétés contiguës. « *Ni la matrice […] ni l'état des sections ne lui révélèrent rien […]. Aucun ténement. Aucune indication de la division de l'espace en parcelles…* » (YVES BERGER : *Immobile dans le courant du fleuve*).

TEPIDARIUM [sm] : Bain tiède des civilisations antiques. « *Béni soit celui qui a inventé les bains, dit Glaucus en s'étendant sur un des sièges de bronze […] que le visiteur de Pompéi trouve encore dans ce même tepidarium* » (BULWER-LYTTON : *Les Derniers Jours de Pompéi*).

TÉPIDE [adj] : Tiède. « *C'est égal, pensait une fois de plus Durtal, en regardant cette salle à manger si tépide et si seule*

[...] ce qu'on est loin ici des idées et du langage du Paris moderne ! » (JORIS-KARL HUYSMANS : *Là-bas*).

TÉRÉBINTHE [sm] : Arbuste résineux odorant (sorte de pistachier). « *J'allais me lever, quand un souffle parfumé passa dans les branches des térébinthes* » (MICHEL TOURNIER : *Gaspard, Melchior et Balthazar*).

TÉRÉBRANT [adj] : Qui perce des trous (au figuré, douleur térébrante). « *Cette question [...] l'assaillait, plus térébrante et plus têtue...* » (JORIS-KARL HUYSMANS : *En rade*).

TERME [sm] : Borne formant un fût qui s'élargit et qui est coiffé d'une statue en buste. « *Seuls, deux termes coiffés de lares au sourire faunesque limitaient le mur d'enclos* » (PIERRE MAGNAN : *Le Sang des Atrides*).

TERPSICHORÉEN [adj] : Digne de la muse de la danse Terpsichore. « *Franz, tout étourdi de vin et du tourbillon des danseurs, sentait peu à peu se déchaîner dans sa pauvre tête un tumulte terpsichoréen* » (VLADIMIR NABOKOV : *Roi, dame, valet*).

TERRAQUÉ [adj] : Fait de terre et d'eau. « *Puis, perdant de vue les domaines terraqués de leur péninsule...* » (JACQUES FLEURENT : *Celteries*).

TERRIR [verbe] : Toucher terre, venir à terre, atterrir. « *... si le* Bonadventure *ne subissait pas quelque courant inconnu, il devait terrir juste à l'île Tabor* » (JULES VERNE : *L'Île mystérieuse*).

TESSELLE [sf] : Carrelage de marbre. « *... l'échiquier m'apparaissait comme un bassin d'eau limpide, avec des coquillages et des stratagèmes rarissimes se détachant en rose sur la tesselle polie du fond carré...* » (VLADIMIR NABOKOV : *Lolita*).

TESSÈRE [sf] : Plaque de terre, d'ivoire, servant, dans l'Antiquité, de bulletin, de billet d'entrée, etc. « *... une forêt de symboles, signes, [...] proverbes, tessères, épîtres laconiques, épitaphes...* » (UMBERTO ECO : *L'Île du jour d'avant*).

TEST [sm] : Carapace, coquille d'oursin. « *De ces crustacés, dont le test présentait une couleur bleu cobalt, [...] on remplit un sac, et la route fut reprise* » (JULES VERNE : *L'Île mystérieuse*).

TESTATEUR [sm] : Celui ou celle qui écrit un testament. « *La princesse [...] dicta un nouveau testament [...] en présence de deux médecins qui témoignèrent que la testatrice était en pleine possession de ses facultés mentales* » (STEFAN ZWEIG : *La Pitié dangereuse*).

TÊTARD ou **TÊTEAU** [sm] : Arbre étêté des haies. « *Germain [...] vit dans le fossé, sous les branches encore fraîches et épaisses d'un têteau de chêne, quelque chose qu'il prit pour un agneau* » (GEORGE SAND : *La Mare au diable*).

TÊTIÈRE [sf] : Élément de protection ou de harnachement de la tête du cheval. « *On [...] voyait accrochés aux murs ou posés sur des chevalets d'immenses colliers, des tapis de selle brodés, [...] des têtières d'argent, tout un harnachement...* » (MICHEL TOURNIER : *Gaspard, Melchior et Balthazar*).

TÉTRAGONE [sm] : Quadrilatère. « *Le long de ses bords supérieurs, on distinguait avec peine une finition imprécise et artificielle de tours tétragones...* » (UMBERTO ECO : *Le Pendule de Foucault*).

TÉTRAGRAMME [sm] : Mot de quatre lettres. « *Ami Samuel, je te sens frissonner, toi qui sais le symbole de ce tétragramme* » (GILBERT SINOUÉ : *Le Livre de saphir*).

TETTE [sf] : Téton des animaux. « *[La pêche] est ronde et faite en téton, a une pointe comme une tette ; blanche en dedans, et un peu rouge en dehors...* » (JEAN-LOUIS BAILLY : *L'Ombre de Théophile*).

THALAMUS [sm] : Région cervicale de liaison entre le sensitif et l'affectif. « *Vous avez le temporal qui pousse ses excroissances sous le pariétal, ça fait des grumeaux dans le thalamus...* » (PIERRE DESPROGES : *Des femmes qui tombent*).

THALWEG [sm] : Ligne du bas d'une vallée. « *Le gros des troupes porteuses de braies tapisse le flanc inférieur des montagnes jusqu'au thalweg...* » (JACQUES FLEURENT : *Celteries*).

THÉOGONIE [sf] : Mythologie qui expose la naissance et la généalogie des dieux. « *Sa religion est un ténébreux chaos de théogonies vieilles comme le monde...* » (PIERRE LOTI : *Madame Chrysanthème*).

THÉOLOGAL [adj] : Qui a pour objet la déité même (vertus théologales, les plus importantes de la religion catholique : la foi, l'espérance, la charité). « *– Mais il faut donc lire les livres sans en appeler à la foi qui est vertu théologale ? – Restent les deux autres vertus théologales. L'espérance que le possible soit. Et la charité, envers qui a cru de bonne foi que le possible était* » (UMBERTO ECO : *Le Nom de la rose*).

THÉOPASCHITE [sm] : Hérétique de l'Église ancienne. « *... [on peut] prétendre soutenir que la nature divine avait souffert sur la croix... – comme les théopaschites...* » (RICHARD JORIF : *Le Navire Argo*).

THÉOPHANIE [sf] : Apparition de Dieu. « *Mais était-ce bien un sourire qui brillait sur ce visage ? [...] L'effet était celui d'une théophanie* » (ERNST JÜNGER : *Visite à Godenholm*).

THÉOPHANIQUE [adj] : De la nature de la théophanie, de l'apparition d'un dieu. « *... la personne même de l'Imam, seigneur, chef, épiphanie du divin, réalité théophanique, Roi du Monde* » (UMBERTO ECO : *Le Pendule de Foucault*).

THÉORBE ou **TÉORBE** [sm] : Luth à manche double. « *... j'étais entré dans l'atelier d'un luthier où l'artisan aurait disparu à l'époque de Stradivarius et la poussière se serait accumulée petit à petit sur les panses zébrées des théorbes* » (UMBERTO ECO : *Le Pendule de Foucault*).

THÉORIE [sf] : Suite. « *C'est une des tristesses de Londres que ces longues théories de maisons uniformes sous leur manteau de suie et de désolation* » (VERCORS : *Les Animaux dénaturés*).

THÉOSOPHIQUE [adj] : Qui a trait à la doctrine religieuse croyant à l'union avec Dieu ; par suite : sectaire, visionnaire, illuminé religieux. « *... la kabbale extatique [...] un système théosophique comparable à l'Incantation. Ce système a pour but de relier l'homme à Dieu et de lui permettre ainsi d'influer sur le monde* » (GILBERT SINOUÉ : *Le Livre de saphir*).

THÉRIAQUE [sf] : Antipoison. « *Deux pots qui avaient sans doute contenu les électuaires, le diascordium et la thériaque d'un vieux couvent* » (JORIS-KARL HUYSMANS : *En rade*).

THERMOCAUTÈRE [sm] : Instrument chirurgical pour inciser et cautériser à chaud en même temps. « *Allons ! N'importe qui peut se faire circoncire par hygiène. Il suffit d'un docteur avec son thermocautère* » (UMBERTO ECO : *Le Pendule de Foucault*).

THÉURGIE [sf] : Magie utilisant les dieux et les esprits. « *... de quelque côté que l'on se tourne, le spiritisme est une ordure ! – Alors tu ne crois pas, en somme, à la théurgie, à la magie blanche ?* » (JORIS-KARL HUYSMANS : *Là-bas*).

THYRSE [sm] : Bâton de Bacchus formé d'une inflorescence en pomme de pin. « *C'est ainsi que le buveur perçoit la limite jusqu'à laquelle les choses s'associent encore comme à l'accoutumée, bien que le thyrse les ait déjà touchées...* » (ERNST JÜNGER : *Visite à Godenholm*).

TIMON [sm] : Pièce de bois longue d'une voiture où l'on attache les chevaux. « *Les yeux clos, j'entendais le galop d'Égine et de Léros, les chevaux de timon qui ont la vitesse des colombes* » (JEAN SÉVERIN : *Le Soleil d'Olympie*).

TINTINNABULANCE [sf] : Bruit de clochettes qui tintinnabulent. « *... aussitôt se perçurent froissement de soie [...] tintinnabulances, comme des esprits qui, éveillés par la voix, seraient revenus à la joie...* » (YVES BERGER : *Immobile dans le courant du fleuve*).

TINTINNABULER [verbe] : Tinter comme des clochettes. « *Je me rapproche de lui, par défi. Mon char effleure le sien. [...] les phalères d'or tintinnabulent dans le vent de la course...* » (JEAN SÉVERIN : *Le Soleil d'Olympie*).

TOLET [sm] : Fiche en bois, dans le plat-bord, pour l'erseau de l'aviron. « *Les avirons grinçaient dans les tolets, le bachot dansait sur les vagues courtes* » (C.S. FORESTER : *Trésor de guerre*).

TOMAISON [sf] : Indication du numéro de tome sur un livre ou sa couverture. « *Veau fauve, des lisses ornées de fleurons dorés, pièces de titre et tomaison maroquin rouge et vert...* » (ROBERT SABATIER : *Le Lit de la merveille*).

TON [sm] : Partie haute d'un mât comprise entre les pièces de charpente de la hune (jottereau, élongis, traversin) et le sommet portant une pomme ou un chouquet. « *Au moment où il atteignait le gouvernail, un appel parvint du ton du mât* » (C.S. FORESTER : *Retour à bon port*).

TONLIEU [sm] : Droit pour le transport de marchandises ou leur étal sur un marché (médiéval). « *...Jan avait appris le nom de chacune des embarcations et même le tonlieu appliqué à chacune d'entre elles...* » (GILBERT SINOUÉ : *L'Enfant de Bruges*).

TOPIQUE [sf] : Ensemble de ce qui est caractéristique d'un sujet. « *... la topique de la patiente et salvatrice construction des images de la rédemption se voyait remplacée par la topique de l'impatiente démolition et du bouleversement de toutes les images...* » (UMBERTO ECO : *Le Nom de la rose*).

TORPIDE [adj] : Provoquant la torpeur ; ou assailli de torpeur. « *... il n'écoutait plus, il demeurait taciturne et torpide pendant des journées entières* » (ROSNY AÎNÉ : *La Mort de la Terre*).

TORS [adj] : Tordu. « *[Le vent] avait virevolté autour des piquets tors chargés de goémon balisant les chenaux* » (JEAN FAILLER : *Les Diamants de l'archiduc*).

TORTIL [sm] : Couronne des barons. « *... si le triple rang de sequins de son front se fussent dérangés, on aurait vu flotter les tortils d'une magnifique chevelure noire* » (JULES VERNE : *Kéraban-le-têtu*).

TORTOSE [sf] : Corde pour tordre. « *L'homme ajuste les tortoses, filins solides, dont les nœuds coulants enserrent le cou de Marion* » (YVONNE CHAUFFIN : *La Marion du Faouët*).

TORULEUX [adj] : Aux organes allongés et gonflés par endroits. « *... le lait glacé de cette surface presque plane, devenue renflée, toruleuse seulement alors qu'on approchait...* » (JORIS-KARL HUYSMANS : *En rade*).

TOUE [sf] : Bateau que l'on déplace avec la touée, cordage avec lequel on le tire. « *... ils croisèrent un grand bac à voilures, une toue à fond plat amarrée de façon à voguer librement...* » (C.S. FORESTER : *Pavillon haut*).

TOUER [verbe] : Haler avec une toue, un cordage servant à remorquer. « *Ces hommes emportent une longue aussière, probablement destinée à touer l'*Ebba *à travers les récifs* » (JULES VERNE : *Face au drapeau*).

TOUFFEUR [sf] : Odeur suffocante et touffue. « *Tous ces âges se mêlaient comme les branches et les feuilles des marronniers, en une touffeur verdoyante et humeuse* » (SYLVIE GERMAIN : *Opéra muet*).

TOURELLEAU [sm] : Petite tourelle d'un engin militaire. « *Le char est sourd et à moitié aveugle [...]. De nuit, il est forcé de marcher tourelleau et volets ouverts* » (MICHEL TOURNIER : *Le Roi des aulnes*).

TOURET [sm] : Loup, masque. « *Une autre femme, avec une tête de Victoire adornée d'un touret* » (CHARLES LE QUINTREC : *Des enfants de lumière*).

TOURIER [adj] : Désigne le religieux préposé au tour permettant de communiquer avec l'extérieur du couvent. « *Cette loge, comme celle de la sœur tourière d'un couvent cloîtré,* *avait deux portes... »* (JULES VERNE : *Les 500 millions de la Bégum*).

TOURMALINE [sf] : Pierre fine colorée de différentes teintes. « *[La coupe] était pleine de pierres précieuses et fines [...] il pétrit lentement le mélange de grenats, d'opales, d'aigues-marines, de tourmalines... »* (MICHEL TOURNIER : *Le Roi des aulnes*).

TOURMENTIN [sm] : Petit foc de toile forte. « *Dick Sand dut alors renoncer à établir même un tourmentin, petite voile de forte toile, qui aurait rendu le navire plus facile à gouverner »* (JULES VERNE : *Un capitaine de quinze ans*).

TOURNEVIRE [sm] : Cordage en boucle qui, passé dans le cabestan, sert à tirer un câble d'ancre. « *Le câble rentrait régulièrement ; les mousses avec leurs garcettes le suivaient jusqu'aux surbaux et retournaient à toute allure saisir à nouveau le câble et le tournevire »* (C.S. FORESTER : *Retour à bon port*).

TOXÉMIE [sf] : Empoisonnement par insuffisance organique. « *Ils apprirent que la toxémie provoque l'anémie et qu'aux yeux de la loi romaine l'empoisonnement délibéré était à la fois un crime et une trahison »* (VLADIMIR NABOKOV : *Roi, dame, valet*).

TRACHYTE [sm] : Roche volcanique bulleuse et râpeuse. « *... les sources étaient de plus en plus rares dans ces terrains composés en grande partie de trachytes fendillés et d'amygdaloïdes poreuses »* (JULES VERNE : *Les Révoltés de la* Bounty).

TRAILLE [sf] : Câble sur lequel on tire un pont flottant, canot de passage. « *Les énormes piliers de maçonnerie portant le câble du bac à traille remis en fonction après la destruction du pont sont à peine visibles »* (BERNARD CLAVEL : *La Guinguette*).

TRAMAIL [sm] : Grand filet de pêche formé de trois maillages différents. « *Nous allions relever le tramail que* *j'avais posé la veille dans un coin fertile en soles...* » (BENOÎTE ET FLORA GROULT : *Le Féminin pluriel*).

TRANSFILER [verbe] : Joindre deux toiles ou deux filets bord à bord en passant une vergue ou un filin dans les œillets. « *C'étaient des espèces de chaluts [...] vastes poches qu'une vergue flottante et une chaîne transfilée dans les mailles inférieures tiennent entrouvertes* » (JULES VERNE : *Vingt mille lieues sous les mers*).

TRANSIR [verbe] : Donner froid ou ressentir le froid. « *... il faut que vous ayez le cœur bien dur pour nous laisser transir dehors* » (GEORGE SAND : *La Mare au Diable*).

TRANSMIGRER [verbe] : Migrer à travers un paysage ou une région. « *... il s'agissait d'un de ces loups sibériens qui transmigrent par hordes entières à travers la plaine polonaise* » (MICHEL TOURNIER : *Le Roi des aulnes*).

TRANSSUDER [verbe] : Transpirer ; traverser la paroi d'un récipient. « *... la plaie est d'une netteté magnifique [...] transsudant comme son humeur vitrée, un filet de lymphe qui forme une lente coulée albumineuse le long du mollet...* » (MICHEL TOURNIER : *Le Roi des aulnes*).

TRANSVERBÉRER [verbe] : Refléter par transparence. « *Aussi longtemps que l'homme demeura tel que Dieu l'avait fait, son âme divine transverbéra son masque de chair...* » (MICHEL TOURNIER : *Gaspard, Melchior et Balthazar*).

TRAVERTIN [sm] : Sorte de calcaire dur. « *Le hall, dallé de travertin lui parut bien frais après la chaleur du dehors* » (JEAN FAILLER : *La Mort au bord de l'étang*).

TRAVOIS [sm] : Sorte de brancard fait de deux perches tirées d'un côté et traînant au sol de l'autre. « *Oregon fabriquant pour elle, en quelques minutes, un travois et le lui attelant : de chaque côté d'Appaloosa une perche ...* » (YVES BERGER : *Immobile dans le courant du fleuve*).

TREILLISSER [verbe] : Garnir d'un treillis. « *... un énorme fragment de métal rond, une sorte de demi-calotte géante, veloutée de poussière, treillissée par de légères toiles semées* » (JORIS-KARL HUYSMANS : *Là-bas*).

TRÉMULANT [adj] : Tremblant, tremblotant très rapidement. « ... *je m'installais à mon aise dans l'ombre généreuse de l'après-midi, un livre-prétexte posé sur mon giron [...] ou rien d'autre que mes glandes trémulantes, et je la regardais gambader...* » (VLADIMIR NABOKOV : *Lolita*).

TRÉMULATION [sf] : Tremblement. « *Je sentais sous mes pieds la trémulation sismique qui annonce aux voyageurs que les machines halètent enfin dans les soutes, que l'ancre est levée...* » (MICHEL TOURNIER : *Le Roi des aulnes*).

TRÉPIGNEUSE [sf] : Manège générateur d'énergie actionné par un cheval. « *Pour actionner une trépigneuse, un cheval marche sur un chemin qui ressemble à une chenille de tracteur [...] c'est la chenille qui fait tourner les rouages qui actionnent la batteuse* » (EPHRAÏME GRENADOU ET ALAIN PRÉVOST : *Grenadou, paysan français*).

TRESSAILLÉ [adj] : Fendillé (céramique). « *Et cette bâtisse, cassée par l'âge, tressaillée par les pluies, minée par les bises...* » (JORIS-KARL HUYSMANS : *En rade*).

TRIBADE [sf] : Lesbienne. « ... *ses baisers avaient je ne sais quoi de fureteur et de voltigeant, dont je déduisis qu'elle avait été initiée fort tôt par une petite tribade* » (VLADIMIR NABOKOV : *Lolita*).

TRICLINIUM [sm] : Lit de repas chez les Romains. « *Cramponné au triclinium, il se courbe vers le sol dallé dans une convulsion douloureuse* » (MICHEL TOURNIER : *Gaspard, Melchior et Balthazar*).

TRIMARDEUR [sm] : Vagabond, nomade, routard. « *Mais quand donc reviendront ces trimardeurs qui sur les routes de l'âge d'or semaient des paroles sans jamais attendre que des révoltes lèvent ?* » (PIERRE DRACHLINE : *Le Cœur à l'horizontale*).

TRIPARTITION [sf] : Partage en trois. « *... la division entre clergé, seigneurs laïcs et peuple était valable, mais sur cette tripartition dominait la présence de l'*ordo monachorum*...* » (UMBERTO ECO : *Le Nom de la rose*).

TRIPUDIANT [adj] : Dansant. « *Ce village sommeilleux, que troublent à peine quelques carriolées de diablotins tripudiants, s'enorgueillit de posséder la plus vieille église de l'île aux fleurs* » (RICHARD JORIF : *Les Persistants Lilas*).

TRIRÈGNE [sm] : Bandeau blanc ou rouge des prêtres ou des victimes. « *Brambilla se coiffe d'un trirègne orné d'une demi-lune, s'empare d'une flamberge rituelle [et] trace sur la scène des figures magiques...* » (UMBERTO ECO : *Le Pendule de Foucault*).

TRISMÉGISTE [adj] : Trois fois grand ; titre honorifique. « *... et cet Humbert trismégiste savait combler les moindres désirs de chaque parcelle de son petit corps châtain et doré* » (VLADIMIR NABOKOV : *Lolita*).

TRISMIQUE [adj] : Relatif au trismus ou trisme, tétanisation morbide de la mâchoire inférieure. « *Je lutte autant que je peux contre cette trémulation trismique qui fait mes dents s'entrechoquer et des petits jets de salive fuser à l'intérieur de ma bouche* » (MICHEL TOURNIER : *Le Roi des aulnes*).

TRISSER [verbe] : Émettre un cri d'hirondelle. « *Il [...] ignor[ait], le malheureux, que le serin gringotte et que trisse l'hirondelle...* » (RICHARD JORIF : *Le Navire Argo*).

TRISSER [verbe] : Répéter une troisième fois. « *... le public [...] peut au besoin trisser, afin de permettre aux plus lents d'esprit de comprendre...* » (ROBERT MERLE : *Le jour ne se lève pas pour nous*).

TROCHAÏQUE [adj] : Qui repose sur le trochée (une longue et une brève). « *Les mots Nouveautés et Souvenirs, avec leur inflexion trochaïque, la plongeaient dans l'extase* » (VLADIMIR NABOKOV : *Lolita*).

TROCHÉE [sm] : Pied de poésie ancienne, formé d'une longue et d'une brève. « *[Il] montait dans un compartiment de non-fumeurs, relisait le même sempiternel couplet publicitaire [...] et, au rythme de ses vulgaires trochées, parvenait à destination* » (VLADIMIR NABOKOV : *Roi, dame, valet*).

TRONCATURE [sf] : Aspect de ce qui est tronqué, coupé. « *Entre ces contreforts se creusaient autant de vallées étroites, hérissées d'arbres, dont les derniers bouquets s'élevaient jusqu'à la troncature du premier cône* » (JULES VERNE : *L'Île mystérieuse*).

TRÔNES [smpl] : Sorte d'anges. « *... la sardoine évoque les séraphins, la topaze les chérubins, le jaspe les trônes, la chrysolithe les dominations, le saphir les vertus, l'onyx les puissances, le béryl les principats, le rubis les archanges et l'émeraude les anges* » (UMBERTO ECO : *Le Nom de la rose*).

TROPISME [sm] : Augmentation, orientation, croissance vers une source lumineuse ou une influence favorable. « *Partir était au total plus facile que rester. Il suffisait de céder au tropisme qui entraînait vers les ports d'embarquement les plus jeunes...* » (MICHEL TOURNIER : *Éléazar*).

TROTTIN [sm] : Jeune femme employée dans des maisons de couture ou de mode à l'époque de la Troisième République. « *... son nez court et curieusement retroussé au bout, un nez chiffonné de trottin parisien, très remarquable dans cette tête africaine...* » (VALERY LARBAUD : *Fermina Marquez*).

TROUSSEQUIN [sm] : Arcade postérieure de l'arçon d'une selle, l'antérieure étant le pommeau. « *L'autre [lanterne pendait] au troussequin de la selle du cheval que montait le batelier* » (C.S. FORESTER : *Trésor de guerre*).

TRUISME [sm] : Figure de langue qui définit une chose par elle-même ; évidence. « *On est mieux ici que sous le tunnel de Saint-Cloud ! C'était le grand Robert qui venait d'énoncer ce truisme* » (JEAN FAILLER : *Mort d'une rombière*).

TRUITÉ [adj] : Marqueté. « *... des buissons de houx, truités sur leurs feuilles d'un vert métallique de larmes jaunes...* » (JORIS-KARL HUYSMANS : *En rade*).

TRUMEAU [sm] : Pilier soutenant le milieu du linteau d'un portail. « *... on entrevoyait dans l'ombre [le portail] surmonté d'un grand tympan, soutenu de chaque côté par deux pié-droits et au centre par un trumeau sculpté...* » (UMBERTO ECO : *Le Nom de la rose*).

TSUNAMI [sm] : Raz de marée d'origine sismique. « *Il déplie les journaux [...] et redécouvre que des tsunamis épouvantables, d'une magnitude de 7,8 sur l'échelle ouverte de Richter ont ravagé le nord du Japon, provoqués par un séisme* » (YVES BERGER : *Immobile dans le courant du fleuve*).

TUDESQUE [adj] : Au sens propre : germanique ; au sens figuré : rude, grossier. « *Il s'en défendit [d'avoir trouvé du vin] par un feu d'artifice d'à-peu-près où entraient pêle-mêle les noms des uns et des autres, [...] et les mots tudesques – grotesquement francisés – qu'il avait glanés depuis le début de sa captivité* » (MICHEL TOURNIER : *Le Roi des aulnes*).

TUMESCENCE [sf] : Turgescence. « *Ces tumescences qui s'élèvent peu à peu, se découronnent pour laisser fuir la matière éruptive, et s'affaissent ensuite...* » (JULES VERNE : *Kéraban-le-têtu*).

TUMESCENT [adj] : Turgescent ; gonflé, en érection. « *[Le globe] apparaissait comme un organe anatomique tumescent et noir, traversé par un réseau arachnéen de veines luminescentes, serpentines et flamboyantes* » (UMBERTO ECO : *Le Pendule de Foucault*).

TUMULTUAIRE [adj] : Qui provoque du tumulte. « *... les règlements de compte à la dague ou au glaive pour un manquement aux us, les votes tumultuaires, les ovations et les sifflets excédés...* » (JACQUES FLEURENT : *Celteries*).

TUMULUS [sm] ; **TUMULI** [smpl] : Amas de terre. « *[Ils] suivaient entre les tumuli de petites allées ombreuses* » (JULES VERNE : *Les Enfants du capitaine Grant*).

TURBIDITÉ [sf] : Qualité de ce qui est trouble. « *... la légère turbidité ne permettait pas de comprendre si le faible halètement qui les animait [ces êtres] provenait d'un effet d'optique ou de la réalité* » (UMBERTO ECO : *Le Pendule de Foucault*).

TURBULER [verbe] : Être turbulent. « *Ils turbulaient autour du billard, croisant leurs queues comme des armes...* » (JORIS-KARL HUYSMANS : *En rade*).

TURGESCENT [adj] : Qui gonfle. « *[Les nues] devenaient turgescentes, grosses de floches, rebelles à se liquéfier dans le ciel...* » (UMBERTO ECO : *L'Île du jour d'avant*).

TURGIDE [adj] : Gonflé. « *Seules les mains turgides, [...] les calus et les croûtes des paumes, le cuir regredillé, indiquaient qu'ils travaillaient réellement la terre* » (JORIS-KARL HUYSMANS : *En rade*).

TURLUTAINE [sf] : Chose sans cesse répétée. « *... Foucault soi-même [...] certainement s'il a monté la turlutaine du pendule, c'est parce qu'il faisait partie de la clique lui aussi* » (UMBERTO ECO : *Le Pendule de Foucault*).

TURQUIN [adj] : Bleu foncé et mat. « *... l'île paraissait colorée de turquin sur un papier grenu* » (UMBERTO ECO : *L'Île du jour d'avant*).

TURRICULÉ [adj] : En forme de petite tour. « *... la tête couverte d'une mitre turriculée, la barbe divise...* » (JORIS-KARL HUYSMANS : *En rade*).

TUSSICULEUX [adj] : Ayant l'aspect d'une légère toux. « *... il avait permis que graduellement ce tic-tac lui devînt une tussiculeuse berceuse* » (UMBERTO ECO : *L'Île du jour d'avant*).

TWO-STEPS [sm] : Danse du XXe siècle. « *... il demeurait [...] sans savoir s'il était endormi ou éveillé, ni qui traînait les* *pieds, dansait le two-steps et chuchotait dans le corridor...* » (VLADIMIR NABOKOV : *Roi, dame, valet*).

TYMPANISER [verbe] : Ridiculiser quelqu'un en public. « *On me commettait à la garde du tiroir-caisse pour le plaisr de m'entendre tympaniser les buveurs oublieux* » (RICHARD JORIF : *Les Persistants Lilas*).

TYMPANON [sm] : Instrument à cordes de laiton frappées avec des baguettes de bois. « *Une troisième jeune femme [...] marquait la mesure sur un tympanon formé d'un cadre de bois légèrement infléchi en dedans et tendu de peau d'onagre* » (THÉOPHILE GAUTIER : *Le Roman de la momie*).

TYPHAS MASSETTE [sm] : Massette d'eau, canne de jonc, quenouille. « *... une touffe de typhas massette s'affaissa, décapitée net par une charge rasante* » (JEAN FAILLER : *La Mort au bord de l'étang*).

TYRANNEAU [sm] : Tyran de peu d'envergure. « *Gustave Keller [...] avait dû régner en tyranneau sur les pauvres gens qui travaillaient dans son usine* » (JEAN FAILLER : *Mort d'une rombière*).

U

TYMPANISER [illegible]

[illegible]

TYMPANON [illegible]

[illegible]

[illegible]

[illegible]

[illegible]

U

UBÉREUX [adj] : Très productif, très fertile. « *... ce n'est pas de sa maison que l'îlien est le plus fier, mais de ce qui ne lui appartient pas : le soleil, l'océan, la terre ubéreuse...* » (RICHARD JORIF : *Les Persistants Lilas*).

ULVE [sf] : Algue verte, laitue de mer. « *Maintenant, dans cette descente, enraciné au récif, son corps sans vie vacillait telle une ulve* » (UMBERTO ECO : *L'Île du jour d'avant*).

UNGUICULÉ [adj] : Qui porte des petits ongles ou des petites griffes. « *J'admirai fort ce curieux mammifère [...] aux pieds palmés et unguiculés, à la queue touffue* » (JULES VERNE : *Vingt mille lieues sous les mers*).

URÆUS [sm] : Serpent dressé sur le pschent des pharaons. « *Autour de ton petit front bombé et obstiné s'enroule l'uræus d'or aux yeux d'émeraude, dardant sa tête à triple langue de rubis* » (UMBERTO ECO : *Le Pendule de Foucault*).

URANISTE [sm] : Inversé sexuel masculin. « *Paris me convenait à merveille. Je [...] m'asseyais à la terrasse des Deux Magots avec les uranistes, publiais des essais tortueux dans d'obscures revues...* » (VLADIMIR NABOKOV : *Lolita*).

URANOPHORE [adj] : Qui porte le ciel. « *... il me semble qu'Atlas uranophore, Atlas astrophore, est le héros mythologique vers lequel devrait tendre ma vie pour trouver [...] son apothéose* » (MICHEL TOURNIER : *Le Roi des aulnes*).

URINAL [sm] : Flacon où peut pisser un malade alité. « *... les haricots, les stéthoscopes et l'urinal translucide* » (FRÉDÉRIC ROUX : *Le Désir de guerre*).

URSIDÉ [sm] : Classe animale des ours. « *Cet homme aux dehors ursidés était capable de tomber amoureux pour un subjonctif bienvenu derrière un verbe étrange...* » (PIERRE DESPROGES : *Des femmes qui tombent*).

V

VACUITÉ [sf] : État de ce qui est vide. « *... [le sourire lolitien] flottait dans la brume lointaine et fleurie de sa propre vacuité [...] il errait avec une myopie angélique sur des objets casuels...* » (VLADIMIR NABOKOV : *Lolita*).

VAIGRAGE [sm] : Ensemble des vaigres : bordages intérieurs des membrures d'un navire, revêtement intérieur du navire. « *Au gémissement des bordages et des vaigrages faisaient chorus les plaintes des matelots...* » (UMBERTO ECO : *L'Île du jour d'avant*).

VAIR [sm] : Fourrure de petit-gris, fourrure de blason mêlant des motifs noirs et blancs. « *... auprès de toi [elle] prenait plaisir aux riches étoffes doublées de vair et de bijoux...* » (UMBERTO ECO : *Le Nom de la rose*).

VALÉTUDINAIRE [adj] : Maladif. « *Les deux hommes lorgnaient son père, cet Européen valétudinaire, jeune encore mais frileux et fragile...* » (VLADIMIR NABOKOV : *Lolita*).

VANESSE [sf] : Papillon coloré et vif, diurne. « *... la vie terrienne des humains prenait son envol, passant de l'état larvaire des chrysalides à celui, aérien, de chatoyantes vanesses* » (JACQUES FLEURENT : *Armorica*).

VAPORETTO [sm] ; **VAPORETTI** [smpl] : Bateau de transport de passagers à Venise. « *Elle [...] abhorrait la promiscuité des croisières au point de plonger des vaporetti en marche entre San Marco et la Giudecca...* » (PIERRE DESPROGES : *Des femmes qui tombent*).

VARANGUE [sf] : Véranda des comptoirs coloniaux en Inde. « *... il venait d'achever le premier corps, ceinturé d'une varangue avec cinq portes-fenêtres, ourlées [...] de lambrequins* *en bois et en métal…* » (YVES BERGER : *Immobile dans le courant du fleuve*).

VARUS [adj] : Cagneux, tourné en dedans. « *… le gros orteil des Veddahs actuels s'articule en varus à pouvoir vous ramasser par terre une pièce de six pence !* » (VERCORS : *Les Animaux dénaturés*).

VASARD [sm] : Étendue de vase en bord de mer. « *… des perspectives terraquées faites de basses terres boisées, de pointes rocheuses, d'anses roselières, de vasards goémoneux, de criques confidentielles…* » (JACQUES FLEURENT : *Armorica*).

VASTITUDE [sf] : Immensité. « *… cet appel irrépressible vers les vastitudes peuplées de dangers naturels…* » (JACQUES FLEURENT : *Celteries*).

VATICINER [verbe] : Prophétiser. « *… elle m'agaçait souvent. Je détestais l'entendre vaticiner sur le destin du monde…* » (SIMONE DE BEAUVOIR : *Le Sang des autres*).

VAUTRE [sm] : Chien courant seulement le sanglier. « *[Les] échos de battues ou de chasses à courre dans l'aboi des vautres…* » (JACQUES FLEURENT : *Celteries*).

VELARIUM [sm] : Toile couvrant les théâtres romains. « *… la voûte, haute de trente pieds, présentait une sorte de velarium d'azur, bordé de longues palmettes jaunes* » (THÉOPHILE GAUTIER : *Le Roman de la momie*).

VELOT [sm] : Veau mort-né dont la peau sert à faire du velin. « *Pour notre dernier évangéliaire, il a fallu compter 259 pages : donc 130 feuillets correspondant, retaillés, à autant de peaux de velots, d'agnelets ou de chevreaux !* » (JACQUES FLEURENT : *Armorica*).

VELOUTIER [sm] : Fabricant et marchand de velours. « *En Avignon affluaient aussi bien les veloutiers de Gênes que les papetiers de Savoie ou les négociants de Catalogne* » (FRANZ-OLIVIER GIESBERT : *Le Sieur Dieu*).

VÉNÉFICE [sm] : Empoisonnement par sortilège. « *Plus sûrs que les vénéfices oubliés des Exili, les terribles mixtures de cette maison empoisonnaient lentement sa clientèle* » (Joris-Karl Huysmans : *Là-bas*).

VÉNÉFICIER [verbe] : Empoisonner par un sortilège. « *Il soigne surtout des aliénés qui sont, d'après lui, pour la plupart, des gens vénéficiés, possédés par des Esprits...* » (Joris-Karl Huysmans : *Là-bas*).

VÉNÉNIFÈRE [adj] : Qui contient du poison. « *L'envoûtement par le sang vénénifère des souris eut lieu en 1879 à Châlons-sur-Marne dans un cercle démoniaque...* » (Joris-Karl Huysmans : *Là-bas*).

VÉNUSTÉ [sf] : Beauté, gracieuseté. « *... il était [énamouré] de sa souffrante beauté, de sa voluptueuse émaciation, de sa grâce blême, de sa vénusté affaiblie, de ses maigres nudités...* » (Umberto Eco : *L'Île du jour d'avant*).

VENVOLE (À LA) [sf] : À la légère. « *Il lui vient un bout de phrase incongru cueilli à la venvole chez un auteur contemporain* » (Richard Jorif : *Le Navire Argo*).

VÉRACE [adj] : Qui porte, qui dit la vérité. « *Sans doute certaines plaies avaient la rectitude sobre et rigoureuse des bouches véraces aux lèvres minces, mais elles étaient l'exception* » (Michel Tournier : *Le Roi des aulnes*).

VERDINE [sf] : Cabane. « *Les mendiants [...] ne sortaient que très rarement de leurs verdines...* » (Charles Le Quintrec : *Les Nuits du Parc-Lann*).

VERJUTER [verbe] : Assaisonner de verjus, de jus acide de raisin. « *Ils saisissent l'hérétique, ils lui macrouillent le râble, ils lui dragonnent l'abdomen, ils lui brésillent la luette, ils lui verjutent la bite* » (Richard Jorif : *Le Navire Argo*).

VERMICULAIRE [adj] : Qui a l'aspect ou le mouvement du ver. « *Des polypes ocellés, qui dans leur grouillement vermiculaire et lubrifié révélaient l'incarnadin d'une grande lèvre cen-*

trale, effleuraient des plantations d'olothuries albuginées au gland de passe-velours » (UMBERTO ECO : *L'Île du jour d'avant*).

VERMIFORME [adj] : En forme de ver. « *Taille : 1 m 45 ; poids : 35 kilos ; silhouette : linéaire ; quotient d'intelligence : 121 ; appendice vermiforme présent, Dieu merci* » (VLADIMIR NABOKOV : *Lolita*).

VERMILLER [verbe] : Se dit du porc en train de fouiller la terre. « *De-ci de-là, à travers les vallonnements de la campagne ouverte, porchers au bord des souilles où vermillaient truies, verrats et porcelets [...] essarteurs et porteuses de fagots [...] accouraient vers les moines...* » (JACQUES FLEURENT : *Armorica*).

VERNACULAIRE [adj] : Qui se rapporte au pays, indigène. « *S'approchant alors des deux moines, il les interrogea dans cette langue hybride ou corrompue qui semblait décidément être la langue vernaculaire de ces lieux...* » (JACQUES FLEURENT : *Armorica*).

VERNAL [adj] : Qui concerne le printemps. « *... les montagnes vernales, à l'échine lanugineuse d'éléphant nouveau-né ; les montagnes pré-automnales...* » (VLADIMIR NABOKOV : *Lolita*).

VERRUQUEUX [adj] : Couvert de verrues. « *... les rares beautés de la cour d'Angleterre coiffées de duègnes verruqueuses* » (RICHARD JORIF : *Le Navire Argo*).

VERSICOLORE [adj] : Multicolore et changeant. « *... sa nature épicurienne rechign[ait] [...] à trouver illusoire et peccamineux le monde versicolore après tout fait par Dieu en six jours de dur labeur...* » (JACQUES FLEURENT : *Armorica*).

VERSICULET [sm] : Petit verset. « *Il y avait en réalité deux textes, le premier, serré, qui occupait la première moitié de la page, et le second, espacé dans ses versiculets mutilés...* » (UMBERTO ECO : *Le Pendule de Foucault*).

VERTUGADIN [sm] : Robe bouffante. « *Une houppelande [...] formant un vertugadin filigrané d'une cannetille métallique...* » (JORIS-KARL HUYSMANS : *En rade*).

VERTUS [sfpl] : Sorte d'anges. « *... la sardoine évoque les séraphins, la topaze les chérubins, le jaspe les trônes, la chrysolithe les dominations, le saphir les vertus, l'onyx les puissances, le béryl les principats, le rubis les archanges et l'émeraude les anges* » (UMBERTO ECO : *Le Nom de la rose*).

VÉSANIE [sf] : Folie. « *... les admirables excès [de la Pucelle] n'ont aucun rapport avec les vésanies et les délires !* » (JORIS-KARL HUYSMANS : *Là-bas*).

VESCE [sf] : Plante et graine fourragères. « *... toute la gamme des graines d'alimentation réglementaire du pigeon militaire, soit orge, avoine, millet, lin, colza, maïs, blé, lentilles, vesces, chanvre, féveroles, riz et pois* » (MICHEL TOURNIER : *Le Roi des aulnes*).

VÉSICANT [adj] : Qui provoque de petites ampoules. « *Ce trou ignoble [...] suggère l'idée d'une plaie nécessaire suintant sur un corps bien mis, d'un vésicant, d'une sorte de séton, dissimulé sous l'opulence du linge...* » (JORIS-KARL HUYSMANS : *En ménage*).

VÉSICATOIRE [sm] : Cataplasme provocant des petites ampoules de sérosités. « *Il ordonne une saignée, des ventouses sèches, des sinapismes et des vésicatoires* » (GENEVIÈVE DORMAN : *Le Roman de Sophie Trébuchet*).

VESPÉRAL [adj] : Du soir. « *Quelque part, derrière la baraque de Bill, une radio vespérale chantait la folie et la destinée...* » (VLADIMIR NABOKOV : *Lolita*).

VESPÉRIE [sf] : Réprimande. « *Au téléphone, l'hôtesse essuya une vespérie qui rendit Frédéric très malheureux* » (RICHARD JORIF : *Le Navire Argo*).

VESPERTILION [sm] : Chauve-souris. « *... volant avec des ailes de vespertilion et écoutant avec des oreilles pourvues d'un* *grand tympan, noctule qui ne voit que dans la ténèbre...* » (UMBERTO ECO : *L'Île du jour d'avant*).

VÉTILLARD [sm] : Personne qui s'intéresse à des vétilles. « *Le vétillard s'efface progressivement, et revient à la surface le maraudeur en eaux croupissantes* » (PIERRE DRACHLINE : *Le Cœur à l'horizontale*).

VEXILLATION [sf] : Groupe d'hommes d'armes sous une même vexille. « *J'ai fait quérir deux vexillations supplémentaires pour hâter le dispositif d'embarquement !* » (JACQUES FLEURENT : *Celteries*).

VIBRATILE [adj] : Animé de vibrations. « *... mes pensées, ce sont les cils vibratiles ; elles ont l'air de s'en aller vers quelque chose, et puis elles se rétractent...* » (SIMONE DE BEAUVOIR : *Le Sang des autres*).

VIBRIONNER [verbe] : S'agiter de façon incessante. « *Je veux passer des heures à vibrionner autour du feu perpétuel en le regardant s'étirer au-dessus de son grand vase de bronze...* » (FRANZ-OLIVIER GIESBERT : *Le Sieur Dieu*).

VICARIANT [adj] : Qui remplace. « *Quelle horreur d'entendre ton nom sur ses lèvres de cabot (je ne savais pas que, esprit par damnation double et vicariant, il la cherchait pour Bacon)* » (UMBERTO ECO : *Le Pendule de Foucault*).

VICINAL [adj] : Du voisinage ; qui unit des villages voisins. « *... quelle que fût notre allure, l'intervalle ensorcelé glissait toujours à notre suite, intact, mathématique, comme un mirage – équivalent vicinal d'un tapis magique* » (VLADIMIR NABOKOV : *Lolita*).

VIDELLE [sf] : Ustensile de cuisine pour vider un fruit à confire. « *Je n'aurai été précoce que dans l'antiquaille intime. Il me manque une videlle pour percer mes abcès* » (PIERRE DRACHLINE : *Fin de conversation*).

VIGUIER [sm] : Prévôt des villes méridionales médiévales. « *Mais je suis viguier perpétuel. Je dois faire respecter la loi* » (FRANZ-OLIVIER GIESBERT : *Le Sieur Dieu*).

VIOLE DE GAMBE [sf] : Instrument proche du violoncelle. « *Sur fond de musique de viole de gambe, il y eut une succession d'images, tableau, parc, tableau, parc* » (YVES NAVARRE : *Dernier Dimanche avant la fin du siècle*).

VIOLINE [adj] : De couleur violet pourpre. « ... *il étendit un crépi qui alternait le vert tendre, le violine, le gris perle et l'ocre...* » (YVES BERGER : *Immobile dans le courant du fleuve*).

VIRE [sf] : Endroit pour virer à flanc de montagne. « *L'étroite vire avait été élargie [...]. Deux hommes pouvaient l'aborder de front...* » (JEAN M. AUEL : *Le Grand Voyage*).

VIRETON [sm] : Flèche tourbillonnante. « *[Les] Maures, [...] les criblent de pierres et de viretons, les massacrent tous...* » (UMBERTO ECO : *Le Pendule de Foucault*).

VIREVOUSSER [verbe] : Virevolter. « *Où était-il, l'enfant sans mystère et virevoussant que j'avais renoncé ?* » (RICHARD JORIF : *Les Persistants Lilas*).

VIRURE [sf] : Nom donné à une file de bordages s'étendant de l'avant à l'arrière du navire sur la carène. « ... *le plat-bord était enfoncé, mais apparemment seules les deux virures supérieures se trouvaient endommagées...* » (C.S. FORESTER : *Pavillon haut*).

VITA NUOVA [sf] : Vie nouvelle, renaissance. « ... *nous rêvions à une sorte de* vita nuova, *à l'oubli du passé dans la clarté et la propreté du groupe...* » (ALBERTINE SARRAZIN : *L'Astragale*).

VOCATIF [sm] : Construction de phrase, figure de style où l'on invoque quelqu'un ou l'on s'adresse à quelqu'un. « ... *ne m'appelle pas monsieur, mais Oncle, cher Oncle. Éviter le vocatif, nota hâtivement Franz* » (VLADIMIR NABOKOV : *Roi, dame, valet*).

VOLANTER [verbe] : Garnir de volants. « ... *des jupes [...] amples ou serrées, des toutes simples, des volantées à la verticale* *et doublées de points d'esprit, émaillées d'incrustations de dentelles...* » (YVES BERGER : *Immobile dans le courant du fleuve*).

VOLITION [sf] : Acte par lequel la volonté se détermine à quelque chose. « *... la terreur stupéfie les volitions, sans que l'intelligence, bien qu'ébranlée, fléchisse* » (JORIS-KARL HUYSMANS : *À rebours*).

VOLUCRE [sm] : Oiseau (latinisme). « *Mais, dit Durtal, pourquoi l'épervier est-il choisi de préférence aux autre volucres ?* » (JORIS-KARL HUYSMANS : *Là-bas*).

VOMITOIRE [sm] : Couloir de sortie d'un théâtre antique. « *... au milieu [...] des cris soudains, cette foule énorme se précipita dans les nombreux vomitoires de l'amphithéâtre : mais où fuir ?* » (BULWER-LYTTON : *Les Derniers Jours de Pompéi*).

VORTEX [sm] : Tourbillon. « *... des nappes indéterminées d'écume [...] surplombaient des abîmes [...] aux vortex perclus et sourds* » (JORIS-KARL HUYSMANS : *En rade*).

VOUGE [sm] : Arme d'hast, sorte de serpe de chasseur. « *Mais le grand veneur ne s'intéressait qu'aux cerfs, et c'était merveille de le voir courir pesamment de l'un à l'autre en brandissant son vouge de chasse* » (MICHEL TOURNIER : *Le Roi des aulnes*).

VOUSSOIR ou **VOUSSEAU** [sm] : Pierre taillée en courbe pour former une voûte. « *... nous avons admiré les pierres chefs-d'œuvre : colonne taillée dans un monolithe, voussoirs et sommiers assemblés aves soin* » (FERNAND POUILLON : *Les Pierres sauvages*).

VOUSSURE [sf] : Ensemble de voûtes, aspect de la voûte. « *L'ingénieur ne s'était pas trompé. La voussure d'une vaste excavation commençait à se dessiner au-dessus des eaux* » (JULES VERNE : *L'Île mystérieuse*).

VULCAIN [sm] : Sorte de papillon rouge et noir. « *Surgi de nulle part arriva un vulcain qui se posa sur le bord de la table, ouvrit ses ailes et se mit doucement à les relever et à les* *abaisser comme s'il respirait* » (VLADIMIR NABOKOV : *Roi, dame, valet*).

VULNÉRAIRE [sm] : Qui guérit. « ... *le recensement des feuillages, racines, herbes ou mousses dont son maître lui enseignait à tirer embrocations, élixirs et vulnéraires...* » (JACQUES FLEURENT : *Celteries*).

VULTUEUX [adj] : Gonflé, congestionné en parlant particulièrement du visage. « ... *replets, vultueux, partagés entre la dyspepsie et la myocardite, les citoyens [...] gagnaient leurs maisons des champs...* » (RICHARD JORIF : *Le Navire Argo*).

W

WHARF [sm] : Quai de bois prolongé au-dessus de la mer. « *Le flanc fatigué du* Waggy *heurtait en douceur les boudins pare-battage du wharf* » (JACQUES FLEURENT : *Celteries*).

WISKI [sm] : Voiture légère tirée par un cheval. « *… ce mouvement incessant des fiacres, des charrettes […] des phaétons et des wiskis* » (GENEVIÈVE DORMAN : *Le Roman de Sophie Trébuchet*).

X

XÉNOPLASIE [sf] : Intégration des étrangers. *« Il fut question de xénoplasie et Gommier-Fersac expliqua qu'il s'agissait d'intégration des étrangers... »* (YVES NAVARRE : *Dernier Dimanche avant la fin du siècle*).

Y

YATAGAN [sm] : Sabre ou poignard oriental à lame courbe. « *Il s'interrompit pour saisir une pelle d'or en forme de yatagan que lui présentait un serviteur* » (MICHEL TOURNIER : *Gaspard, Melchior et Balthazar*).

YEUSE [sf] : Chêne. « *Dans mes rêves, il n'y a plus des chênes mais des yeuses* » (YVES NAVARRE : *Le Petit Galopin de nos corps*).

YEUX D'ARGUS [smpl] : Regard perçant. « *On le voyait en semaine, vers une heure de l'après midi, saluer avec componction sa voisine aux yeux d'argus* » (VLADIMIR NABOKOV : *Lolita*).

YOLE ou **YAWL** [sf] : Embarcation légère. « *... il sauta sur le quai et se mit au travail pour arrimer la yawl à un treuil* » (LAIRD KOENIG : *La Maison au bout de la mer*).

Z

ZEUGME [sm] : Rattachement grammatical à un même élément en dépit de la logique du sens. « *J'ai des verres en papier et l'après-midi libre. – C'est un zeugme, observai-je. – Non, un bourbon mis en bouteille...* » (UMBERTO ECO : *Le Pendule de Foucault*).

ZINZOLIN [adj] : Couleur violet rouge. « *... je tirai de ma poche la fiole contenant les pilules zinzolines de papa* » (VLADIMIR NABOKOV : *Lolita*).

ZIRCON [sm] : Minéral. « *... dans les lueurs différentes du vert, dans les lueurs vert-lumière de l'émeraude, prasines du péridot, glauques de l'aigue-marine, jaunâtres du zircon, céruléennes du béryl...* » (JORIS-KARL HUYSMANS : *En rade*).

ZOOPHYTE [sm] : Animal ressemblant à une plante. « *... les animaux comestibles, par comparaison à leurs ascendants, étaient de véritables zoophytes, des masses ovoïdes et hideuses...* » (ROSNY AÎNÉ : *La Mort de la Terre*).

Composition réalisée par NORD COMPO

Achevé d'imprimer en octobre 2006 en Espagne par
LIBERDÚPLEX
Sant Llorenç d'Hortons (08791)
Nº d'éditeur : 77169
Dépôt légal 1re publication : novembre 2002
Édition 04 - octobre 2006
LIBRAIRIE GÉNÉRALE FRANÇAISE - 31,rue de Fleurus - 75278 Paris Cedex 06

31/5338/4